中国专业作家小说典藏文库

中国专业作家小说典藏文库
王鸿达卷

青马湖

王鸿达 ◎ 著

QINGMAHU

中国文史出版社

1

《肇州县志》记载：光绪二十七年，清政府开放蒙荒时，委派巡防局理刑主事庆山来到肇州县境，勘定安字十二井中心（今老街基）作为肇州城的选址地。自光绪二十七年起，关内汉人开始流落到此地，开荒种地。

这一年春天，细瘦得像麻秆穿着官衣的庆山主事，是骑着一匹矮腿长毛的青灰色马从呼兰过来的。由二站（古鲁驿站）一个站丁吴有顺在前头给牵着马引着路。这站丁吴有顺惦记着家里的老婆生孩子，想尽快把庆山大人送到下一个驿站三站（茂兴）上交差了事。庆山大人从呼兰府过来，就是这么由一个驿站一个驿站交接做向导引路的。哪知那腿短毛长的畜生不解人意，竟贪起嘴来，时而去啃茅草道上的嫩草芽，时而又去啃草甸子上的车前子（车轱辘菜）。这是个旱年，虽时令已进入五月份了，可那草甸子上的草却刚刚冒绿。

这样走走停停，再加上头上蔫了吧唧的日头晒着，那细瘦身板的庆山大人摇摇晃晃竟在马背上打起盹儿来。

吴有顺虽然心里着急，却不敢打那马一下。那青灰马后还跟着一个骑着马的随从，那随从的后背上背着一个长圆皮筒，装着大清北域勘测地图。他一边走，还一边四处观望。

照这样的速度，就是走到天黑也走不到骆驼脖子的三站去。走着走着，吴有顺也不急了。他在马上走了心思，他在想他那个大腚媳妇马桂花，这回是能给他生儿子呢还是生闺女呢？他这媳妇人高马大，丰乳肥臀，站上的弟兄都说这样的女人是准保能生儿子的。更让他感激这个女人的是，马桂花是去年一路打听从河北老家到东北找到他的。马桂花是家里从小给他定的娃娃亲，吴有顺的父亲被清兵招募到云南戍边去了，撇下他们孤儿寡母守在家里，这一走就是十多年没有音讯，村子里有人说父亲在云南肯定有了女人。长到十五岁的吴有顺决心到云南去找父亲，他费尽周折走到了云南，到了那里才知军营里有人叛乱被朝廷镇压了，他父亲也战死了。他在官军里打听到父亲的死讯要回来时，官军却不让他回来了，让他充当军丁，跟着被发配到黑龙江来了。他一想反正黑龙江比云南离河北近些，等到了关东再想办法逃回老家去。可是到了站上才知道站丁是不允许走出这方圆百十里的，往南走出百里就要砍头。他亲眼见到一个站丁受不了这里的苦寒，往南逃走时被捉回来，砍去了双脚，又砍去了双腿，大冷天吊在拴马桩上，血流尽而死。吴有顺就死了心，想这一辈子怕要孤身在这塞外了。大清朝廷除了规定站丁不许离开驿站百里之外，还不允许站丁与满蒙女人通婚。此后多年里吴有顺心里只惦记老家的两个女人，一个是他娘，一个是大他一岁的马桂花。

前年冬天，从北边漠河十八站过来一队为朝廷押运金子的清兵，在他们站上歇脚时，官兵里面有一个河北籍的清兵老乡，他偷偷写了封信让老乡捎回老家那个槐树村去。那河北籍清兵从山里走出来，脚上起了冻疮，他给淘弄点儿獾子油抹上了，这么着才搭上话攀起老乡来。

他本不指望老家会有什么回信捎给他，他只希望这个河北籍清兵把信转到就行，让家里人知道他是死是活。他想这么多年过去，

2

马桂花也早该退婚帖嫁人了。

谁知一年后，马桂花像从天而降出现在他面前时，他简直不敢相信这个夏天傍晚出现在草甸子上的人高马大的女人就是马桂花。那天傍晚，他正在驿站外面的草甸子上割蒿子笼火驱蚊子。这是他们夏天每天晚上都要干的事情，否则他们就会被那厚厚的蚊子叮得连屋子都出不去，还有马厩里的马，也得靠他们笼艾蒿烟火驱赶蚊子。这天晚上轮他值更做这件事情。他刚刚在马厩木栅栏外笼起那堆艾蒿烟火，顺着飘过头顶的浓烟抬起眼睛，就看见一个头部裹得严严实实的人影朝这边走过来，这人头上像顶着一团乌云。

走近了，才看清是一个头部被捂得严严实实的女人，而且疲惫得连说话的力气都没有了。她一抬手从露出的脸颊上抹下一片像草莓汁一样红的蚊子血来。她的嘴唇也肿得老高。

"有……顺？你是……顺……子——"她那肿嘴唇张了一下。

吴有顺一愣怔，有十来年没有人叫他的乳名了。

"你……你是——"

"俺的老天爷啊，俺可找到你啦，俺是桂花啊——"那女人摇晃了一下要倒，吴有顺上前扶住了她，他还是不能相信。"桂花，你真是桂花？你是怎么找到这里来的?"

那女人就歪倒在他怀里呜呜哭了起来，吴有顺抱着她蹲在艾蒿火堆前也呜呜地哭了起来。

等两人哭够了，马桂花才抽抽咽咽告诉他，他娘在头两年过世了，是她戴的孝给他娘送的终……那个河北籍清兵把信带到老家，桂花这才知道他在外头还活着，不顾她爹娘的劝阻，就一路打听着找来了。

吴有顺把桂花领进站丁房子里，把马桂花给别的站丁和长官做了介绍，官丁们都很惊讶马桂花一个女人能从河北找到这里来。当

3

夜这几个云南籍的站丁给她让出一个铺位来，用布帘子挡上睡下了。

第二天站丁上岗出去，长官准假吴有顺留在营房里和马桂花好好唠唠嗑儿。吴有顺打来一木桶洗澡水，叫马桂花洗洗身子。他在屋外守着。马桂花洗完穿上衣服出来，连吴有顺也吃了一惊，马桂花竟是一个俊秀的女子。只是这两三个月在路上脸也没有洗，头也没梳，才让她昨黑瞅着一副邋遢相。还有有时在路上为了安全，她故意女扮男装。看着站丁们回来眼睛都往马桂花身上瞅，吴有顺想晚上不能叫马桂花住在站上了，他出去找附近的蒙古人包八万帮忙，在离站不远的一块田地上搭起了个马架子窝棚，当晚就和马桂花成了亲。包八万还带了两坛蒙古老酒来驿站，和站上的弟兄喝了他们的喜酒。

晚上圆房时，看着桂花身下流出了红，吴有顺这才想起来问道："桂花，这么多年，俺是死是活你都不知道，为啥还等俺不再说个人家？"

"你是俺一早定下的男人，俺生是你的人死是你的鬼。俺要嫁人，娘咋办？"

桂花的话叫吴有顺觉得马桂花是个重情重义的刚烈女子。他紧紧地把这个丰腴滚烫的女人身子搂在光裸的怀里，比起站上那些不晓得女人是啥滋味的兄弟，他觉得自己是个幸福的人了。同时他也知道，桂花这一来，今后也别想再回老家看她爹娘了。

春风和煦地吹拂着草甸子上刚刚开放的蒲公英花，那黄黄的小花星星点点，在吴有顺眼里是如此可爱。也许因为有了女人的缘故，他才觉得这荒芜的大甸子不再像以前那么孤寂了。此刻，他甚至觉得眼前马背上这个老头都有点儿可爱。自从他们被发配到这里来当站丁后，对清廷上下的大小官员都本能地怀着一份戒备和敌意。

"嘚、嘚……"轻轻踩在草丛里的马蹄还惊起一些野鸟，有黄莺、铁雀、灰雁、斑鸡……在大甸子这么多年，他认识草甸子上所有的野鸟，当然有些野物他也是从八万爷那里知道的。

这个季节也是野鸟孵蛋的季节，他想着回去时能捡到一两窝鸟蛋来给老婆桂花下奶，最好是雁蛋，一想到桂花那两只白白的大奶子，吴有顺就一阵心旌荡漾了。

前面这条清水沟，吴有顺以前骑马也走过，宽十几米，今年天旱，沟水只有细瘦的一条，不过三五米，且水浅浅的还没没过马小腿。吴有顺眼盯着两只惊起的水鸭贴着水面蹿飞到对面的草丛里，不由得两腿夹紧了马肚子，那马便一昂头三步并作两步哗啦啦奔上了对岸。马前蹄刚刚登上岸，不料身后传来一声惊呼——"哎呀！"他急忙回头，却见庆山大人瘦瘦的身子正从马上栽下来，那匹青灰马一只前腿跪在了水里，那跟在后边的随从急忙把马靠上去扶住了庆山大人的身子，不过庆山大人那顶长翎翅的红官帽却掉进了水里，顺着水面漂走了。吴有顺也急忙跳下马去，扑腾进水里，先把庆山大人连人带马拉上岸，又折身再去水里把庆山大人的红顶官帽捞上来。

吴有顺湿淋淋着身子走上岸来，就"扑通"一下子跪在了庆山大人的面前："大人饶命，恕小人有罪，一时疏忽！"吴有顺深知清官大人的官帽是落不得地的，这可是杀头之罪。他已斜眼瞅见那随从李兵丁把手摁在腰刀上。

庆山看看跪在地上的吴有顺，又望望弯腰低头在水边饮水的那匹青灰马，像刚刚睡醒过来，忽搭了一下眼皮问："这条沟叫什么名字？"

"回大人，这条沟叫青马沟。"

"嗯，好名字，好清澈的一条水泽。"

沟水又恢复了先前的平静，极清的水浮着日头和两朵白云在里头，那匹青马的影子也倒映在水里。

"你起来吧，刚才也怪老夫打了个盹儿。"

"谢大人恕罪。"

庆山大人接过他举过头顶的红顶官帽，摸了一下红绒穗，说了一句吴有顺没有听懂的文词："清水洗尘哪。"就将这顶还溻湿的官帽扣在了他那垂着花白辫子的头上。

只走了一会儿，官帽就被这头顶上暴晒的日头烤干了。庆山叫三人把马停下来，他问小李子："这是到哪里了?"小李子把身上背着的圆筒里的地图取出展开了，说："回禀大人，这里是安字十二井。"庆山大人望望四周，就指着一处高岗说："就这里了，明日去差个石匠来凿个石碑立在此。""嗻!"小李子应命。

吴有顺长长地松了一口气，也如同得到了大赦。当晚他打马赶回他的马架子窝棚，马桂花正头上蒙着一条毛巾，搂抱着一个啼哭的婴儿躺在炕上，婴儿见到他就不哭了。他赶紧掀开小蓝花被子一看，是个带把的，又在炕下冲南头跪下了："爹、娘，你们地下有知，咱们老吴家有后了!"随后他问桂花，儿子是几时出生的。马桂花告诉他是午后卯时，他一算刚好是他向庆山大人求饶那一刻，又说了一句，是儿子救了他一命啊。

吴有顺那时还不知道这个庆山官大人在那里埋个石碑日后对这方圆百里有什么意义。他只知道儿子这一天降生给他带来了吉利。他把回来时在青马沟边的草窠子里捡到的六七个野鸭子蛋给马桂花煮了。他给儿子取名叫吴带福。

2

关东松嫩平原上有两条江像铁犁铧一样从这片广袤的黑土平原上划过，一条是从北面极寒的大兴安岭发源过来的嫩江，一条是从南面的长白山发源过来的松花江，两条江在三肇弯骆驼脖子处交汇，呈一个大大的人字形。无论是先前到过这里勘定县址的庆山大人，还是后来来这里上任的沈崇绥大人，都认为这两条江是走了龙脉，而且两条江的弯曲走向正是大清龙旗图腾的那条龙的样子。

每年一到十月份江就开始封冻了，一直到次年四月份才开始解冻，解冻时那江里的冰排就像脱缰绳的野马浩浩荡荡从上游奔腾下来，撞击出无数条死鱼上岸来。吴有顺就跟着包八万爷去二十里外的松花江边上捡过冻鱼。八万爷也用他那杆俄国造的鹰牌猎枪打过顺着嫩江漂下来蹲在一块大冰坨上的黑熊。这只冬眠的黑熊是饿极了跑到江里来吃鱼的，就被翻滚的冰排顺江冲下来。八万爷那杆猎枪更多的时候是打狼、獾子什么的。

冬天的时候，吴有顺看见过八万爷一个人骑着马走过江去，马背上驮着十几张狼皮、狐狸皮。等他回来的时候，马背上的狼皮和狐狸皮都不见了。

"八万爷，江南是啥地场？"

"扶余城。"

"热闹吗？"

"是你八辈子也没见过的热闹。"

吴有顺就和别的站丁像冻着了似的呲呲哈哈往鼻子里吸了一下冻出了老长的鼻涕溜子，抄着袄袖子又缩回站丁房去。江南是他们从没有去过也不敢走过去的地方。吴有顺后来听从江南过来的喇叭匠杨殿甲讲，一般从关内"闯关东"过来的人到扶余就不往江北来了，一是夏天不容易过江；二是冬天江北要比江南冷，且人烟稀少，狼多，胡子多。山东人喜欢扎堆，河北人喜欢结伴，无论是山东人还是河北人都把蒙古人视为异类，哪有把先人放在勒勒车上喂鹰的，这在汉人看来是最大逆不道的事情了。

包八万爷是这片草原蒙古部落一个世袭的王爷，汉名叫包八万，蒙古名叫"簸勒汁·尼玛"。八万爷系成吉思汗弟弟哈布图哈萨尔十八世孙布木巴的后裔，世代居住在这里，承袭祖业。他本来有册封的八百垧良好草场，可他这人喜欢打猎，喜欢过自由自在的生活，草场疏于管理，头年朝廷开放蒙荒，从江南过来的汉人从他手上买去不少荒地，他乐得逍遥自在。包八万爷年轻时娶过一个女人，可是这个女人给他生下一个儿子和一个女儿后，就染上一场病死了。此后他再没有娶女人。包八万爷的儿子长大后，他给儿子娶了个女人，还是满族正黄旗一个贵族家的女人，他本来指望儿子成家后能帮他打理家业，管理家里和草场上的事，哪知包家这个少爷不争气，染上了烟瘾和赌瘾。

吴有顺有时也会看见包八万爷家的少爷尼布皮袍腰间掖着一只鼓鼓的皮口袋过江去，不过那多半是老八万出去打猎的时候。尼布过江有这两样东西在吸引他：一个是赌，一个是抽。回来时，看见少爷那腰袍上的皮口袋瘪了，小脸蜡黄，一路上哈欠连天，吴有顺就想，八万爷家的家业早晚会毁在他手里的。吴有顺从在云南待过的老站丁那里知道，人一旦染上这大烟膏子，是比赌瘾比嫖瘾还难戒的，所以当年吴三桂在他的军中特下了一条死令，如发现军营中谁窝藏烟土，一律格杀勿论。相反，对于嫖女人，吴大人倒要宽松得很，不知这是不是和他一生的嗜好有关。

包八万爷过江南去，除了倒腾些兽皮、兽骨外，有时也去烟馆、赌馆里寻少爷。如果找着了，他会把少爷两手绑在马后的绳子上，把他拖着跑回来。大冷的天，少爷的脸冻得煞白，那脚指头都冻烂两根了。可烟瘾、赌瘾犯了，尼布还是忍不住偷偷往江南跑。

　　对于儿子的嗜赌成性，包八万爷也认命了。有一回他过江南去，遇到一个算命的瞎子，瞎子拦住他，要给他算一卦。包八万爷本不信这汉人的东西，他只信奉萨满教。不料那瞎子在摸过他的骨相后，竟随口说出他的汉名"包八万"来，叫他心下一惊。更叫他一惊的是，那瞎子又顺口说出他命里犯赌。他怔在那里了，听瞎子娓娓道来：他脸骨方正，留有三绺胡子，与纸牌上的八万（朱仝）相似，命里该着有犯赌这一劫；而且这一劫会出在他独苗的儿子身上。他走时，给那瞎子留下一锭银子。

　　赌他不怕，而那抽，他却担心会要了那畜生的命。这畜生的抽是随谁来的呢？这不由得让他想起他那个女人，嫁给他时，就带着一杆长长的紫铜锅梨木长烟袋，终日那长烟袋锅不离手。那女人害有头痛病，一犯起病来更是抽得凶，后来他才从伺候她的丫头那里得知，她的烟丝里夹有从她娘家带来的烟膏子，这东西可以止痛，就叫她上了瘾。而奶在她怀里的儿子，一定也是吸了这烟雾才染上了这口。他真后悔当初没有坚持让儿子喝羊奶，是那个女人坚持要喂她的奶的。说羊奶不会把人喂聪明了，只会让人变成野蛮人。

　　现在他把儿子看在家里，唯一能做的就是把尼布所有的烟枪搜出来，折断烧掉。再有就是他烟瘾犯了，把他捆绑在一间单独的屋子里，任凭他发出像深夜独狼一样的嘶叫来，也不允许别人去把他解开。

　　那深夜里发出的嘶号声，会顺风传到几里之外的古鲁驿站上来，值更的吴有顺听了，就在心里生出几分对尼布少爷的同情来。都说女人是男人的拴马桩，这尼布少爷的婆娘咋就拴不住尼布少爷这匹马呢？

说起来，要怪也有点儿怪包八万爷。那还是有一回从吉林府过来一个往黑龙江墨尔根去的清军军官，夜里在包八万爷的府上留宿。好客的包八万爷晚上又是烤全羊又是马奶酒来盛情款待这位那图达军官，结果酒席上两人都喝醉了，歃血为盟结为亲家。正好这姓那的军官有一女儿待嫁在家中，年方与尼布少爷匹配。

等到那清军军官从墨尔根公干回来，把女儿从吉林送过来时，尼布少爷和包家上下都傻了，这那图达的女儿那慕容长得又瘦小又丑，脸上还有点儿浅白麻子，眼睛看人时还闪着极冷的光。尽管包八万爷也有点儿为那晚酒醉后的失态后悔，可是他还是依照蒙古人的礼仪为尼布举办了婚礼，强令尼布与这丑女子结了婚，并收下了亲家那军官带来的一份厚厚的陪嫁，走时又回赠给那军官五匹良种马。

成亲当晚，尼布并没有同新娘圆房。一直到第五日上，包八万爷叫人把喝得大醉的尼布少爷抬到新娘的床上。从此少爷常常借口打理田地和草场上的事，在外面跑，睡在外面是常有的事。包八万爷打发下人去找，不是发现他烂醉如泥睡在草垛里，就是和一些汉人在人家炕头上赌博，少爷就是从这时渐渐染上了赌博恶习。

一晃三年过去了，这个儿媳肚子还平平的没有半点儿动静。这倒是有点儿叫八万爷着急的事情。不知是她不是一只下蛋的鸡，还是自己那货是一只不会配种的骡子。

所以当看到台站上吴有顺那人高马大的女人为他生出一个儿子来，八万爷嫉妒得眼睛都像草原上的狼一样绿了。当冬天来临时，听说那个女人因为缺少口粮而奶水不足时，包八万爷特意打发他的女儿尼日朗花给小带福送来了鲜奶和奶酪。

关东腊月是一年里最寒冷的月份，户外滴水成冰。就是在这鬼龇牙的天气里，江南扶余县里也热闹得熙熙攘攘，有江北过来的蒙古人在交易牛羊皮子和冻奶坨，也有满族人在交易鱼皮、服饰。扶余城里除了当地汉人开的饭馆、烟馆、赌馆、大车店、妓院外，还有从关内流浪到这里来的汉人，做着各种营生，有卖艺的、耍杂耍的、劁猪的、剃头的、干泥瓦木工活儿的、吹红白事的喇叭匠……多是些临时落脚在这里混口饭吃的。

这几日城北头的客来顺大车店里，就住着几个刚刚到这里不久的山东客，四男一女，他们是结伴落脚到这里住下的。五人当中，有一对邹姓父子、一对乔姓兄妹，还有一个跑单帮的姓杨的喇叭匠。

这对邹姓父子，父亲叫邹万灵，今年三十九岁，矮个头，窄脸，眨巴一双眍䁖眼，头上戴着一顶瓜皮帽，一根辫子从瓜皮帽后垂下来。他身上还穿着从山东老家出来时带的一套小棉袄肥棉裤，到东北就进腊月了，这身棉袄棉裤就没离开过身。他儿子曾要给他买一件羊毛坎肩，他说什么也不要，只让他儿子自己买了一件羊毛坎肩套在身上。

他儿子叫邹守田，年方十八，中等个头，圆头圆脸，看面相是随了他母亲，唯一随他父亲的，就是一双精明的小眼睛。

姓乔的兄妹，哥哥叫乔焕章，妹妹叫乔焕芝，兄妹俩都长着一双秀气的大眼睛，与哥哥白净的方脸比起来，妹妹的枣核脸更显得秀气些。她苗条的身形，梳扎着一根又黑又粗的长辫子，那用红头绳结着的辫梢常常扫到她丰满的臀部上。她走起路来风风火火，有股子山东妮子的泼辣劲，屋里屋外的活计，她都拿得起放得下。

乔焕章比妹妹大四岁，今年二十岁。这乔焕章在山东登州府考取过秀才，本来是要做官的，可是他考取秀才那年父亲病故，母亲不久也辞世了，他只好回乡照顾尚年幼的妹妹。念过书的哥哥很开明，自小不主张妹妹裹足，因此妹妹就长了一双和别的女子不一样的大脚。哥哥现在还暗自庆幸，幸亏没有让妹妹裹脚，否则真不能这一路跟他走到东北来。看父母相继过世，剩下的叔叔婶婶就开始挤对起这兄妹俩来，地也分给他们很小的一块。乔焕章从报上得知关东开放蒙荒的消息，就写了一纸契文，放弃了家里那几亩薄地，卖了些银两就带着妹妹出来闯关东了。哥哥脚上那双棉鞋还是妹妹纳的。到吉林后，哥哥又从蒙古人手里买了两件羊毛外套坎肩，和妹妹一人一件穿在身上。

再说跟他们结伙过来的喇叭匠杨殿甲，在家里时就跟人学艺吹唢呐，也跟过人家班子。这次出来只背了一杆唢呐，从大连码头下船，过普兰店时身上的盘缠就没了，好在路上结识了乔家兄妹俩，给他接济着这才一路走下来，到了奉天后又和邹家父子搭了伙。

他们是半个月前来到这里的，每日住店吃饭的钱都是大伙儿凑在一起的。刚开始住下时，本来以为可以在扶余城里临时找些活儿做，再做日后的打算。可是邹家父子和乔焕章出去寻摸了几日也没有找到活儿做。这死冷寒天的，出去手都拿不出来，更别说有什么营生可做。倒是杨殿甲出去找到了两三份白事活儿做，挣了些钱，这才勉强能在这大车店住下去。吃饭呢，也尽量要乔家妹子省着些米做。可大家心里清楚，这样闲待下去也不是个事。

这日下午，看见儿子邹守田又跟杨殿甲去听蹦蹦戏回来，邹万灵就拉下脸来："守田，咱不是关东人，咱不能那么不着五不着六地看那花花戏，能当饭吃？"

乔焕章已听出那话里的味道，说道："大叔，您别犯愁，俺这儿还有些银两，不会叫店主把咱撵大街上去住的。"

邹万灵叹了口气，就咳嗽起来，东北的寒冷让他患上了风寒，没见好，咳嗽的毛病也犯了。乔焕章叮嘱邹守田明日去药铺抓服药来。邹万灵赶紧摆手阻止了，他是怕花钱。夜里他只是靠近炉筒子晾出后背，叫守田给他拔了几罐子。

铺炕的另一头上，拦着一道布帘，睡在布帘那头的乔焕芝捅了捅她哥，悄声说："哥，明儿个做饭的米要没了，咱哪还有银两呢？"乔焕章悄悄说："要不明日你把手上的镯子拿当铺先当了吧。"焕芝说："俺不，那是娘留给俺的。"

不料这话被睡在乔焕章身边这头的杨殿甲听到了，第二天他一早就出去了，回来把杨家兄妹扯到一边说，他刚才出去寻到了一份死人的白活儿，这份活儿可挣下够这两日吃的，别叫焕芝妹妹去当手镯子了。乔焕芝就有些感激地瞅了杨殿甲一眼，可是靠挣死人的钱也不是个事啊。杨殿甲又说，刚才从街上回来，看见街头有一个要打官司的人立在雪地里央人写打官司的状子，如赢了官司必有赏银酬谢。"乔大哥，你是秀才，可否去代写这份状文？"乔焕章本没太在意，后来问杨殿甲道："这人在哪里？带我去看看再说。"二人随后就出去了。

等到了下午回来，两人都一脸的喜色。乔焕章嘴里还说道："这狗官太仗势欺人了，这大清的律法岂能容这等恶人欺霸人祖业家产！"一问方知乔焕章出去了这半晌是帮人代写了这份状子。几日后升堂，如赢，那原告人家答应送二十两银钱来。

不知是这一消息让大家兴奋，还是看到邹万灵咳嗽有所减轻，乔焕芝问邹大叔晚上想吃什么，她给大家做。不等邹万灵开口，邹守田说，面条吧。没细粮，苞米面做也行。乔焕芝问为什么吃面条。

邹守田这才嗫嚅地说，今儿个是俺爹四十庚辰生日。乔焕章听了一拍炕沿说道："那今天我们出去下馆子，一来给大叔庆寿；二来等那官司赢了，我们也有钱了该吃顿好的，账咱可先赊着。"邹万灵听了急忙摆手："罢了罢了，这些日子没有少烦劳你们兄妹，还怎好叫你们为我过个寿破费，咱穷跑腿子跑到关东来还没个安身着落，还过个啥生日不生日的。"可是乔焕章已不由分说，叫邹守田给他爹穿戴好，拉开大车店里挂着厚厚霜花的棉被门帘子，带着大家走出去了。

几个人就进了当街一个挂着两个幌子的酒馆，一身的寒气被带进去，几个人跺跺脚上的雪。听里面飘着酒香菜香的热气里，店小二喊道："来了，几位客官，里边请。"他们围着一张桌子坐下，抬眼看到里边已有两桌客人在喝酒，靠窗户前的桌上是几个蒙古人在涮铜火锅子，那热气腾腾的炭火苗已将窗上厚厚的霜花烤化了一个洞，外边天黑了，窗外马桩上的马肯定是他们的了。几个蒙古大汉喝得脸膛红红的，都脱下了绵羊皮大衣。

另外靠炉子的一桌上，坐着一伙当地的汉人，他们都把辫子盘在头上，皮带束着腰身，看不出他们是干什么的。他们也已喝得半醅，正在划拳行着酒令，见他们进来，有两个人不怀好意地往他们身上扫过来一眼，乔焕章恍惚觉得这两个面孔有些熟悉。

"几位客官，你们要点什么?"店小二躬着身子问道。

乔焕章点了两样山东菜——熘大肠、熘肝尖，又点了两样东北菜——猪肉炖粉条子、酸菜炖冻豆腐。邹老爹一个劲儿说，够了，够了，太破费了。乔焕章又给他点了一斤长寿面，要了一壶烧锅酒。没承想岔子出在这酒上，店小二把酒端上来，乔焕章随口问了一句："是吕烧锅家的酒吗?"柜台里那个老板听到了，赶紧说了句："不是，是韩家的烧锅酒。"

旁边汉人桌上有两个人听到了这话，就站起身来走过来，口气阴沉地说了句："怎么，想喝吕家烧锅的酒吗？果然是你这不识相的山东棒子。"

乔焕章也站起来冷冷地说道："这位兄弟，我和你素不相识，你为何如此出言不逊？"

"状告韩家烧锅的状子是你写的吧，小子，你也不看看你这是到了啥地界？"

"到了啥地界也是大清的天下，总得有说理的地方吧。"

"屁，爷说的话就是理，看来不给你点儿教训你还真不知关东这疙瘩风硬不硬。"说话的那个脸上有一道疤的瘦子把手里的酒碗"啪"地一下摔碎在地上。

"客官息怒，客官息怒，别砸了俺的场子。"那个掌柜的赶紧从柜台里出来，站在了两人中间，浑身哆嗦着，拱拱手哀求地说。

这一声响动也惊动了酒馆里的其他人，那伙蒙古人扭过头来看。这时坐在炉筒子后面单独一张桌上吃烤牛肉的一个蒙古人站了起来，道："慢着，想要动手吗？这是吃饭的地方，不是打架的地方，你瞅瞅你们两个欺负人家一个书生算什么本事？"

两个人刚要发怒，回过头来，看一眼说话的人就悻悻地回到座位上去了。

菜上齐了时，乔焕章对柜台上的掌柜说一句："俺们这顿先赊着，等明日有了钱再送过来，俺就住在隔壁的大车店里。"

掌柜为难地说："本店小本经营，概不赊欠。请客官体谅。"

他话音刚落，那边独桌吃酒的蒙古人，"啪"地把一角银子拍到了柜台上："他们的酒钱俺给一起结了。"掌柜赶忙露出笑脸："好嘞！"

乔焕章站起身来一拱手："请问这位好汉尊姓大名，日后好还您钱。"

"一顿饭钱不足挂齿。"这位蒙古黑脸汉子搭上狐狸毛围脖,瞅了瞅他,又瞅了瞅桌上几个人,问,"是从山东过来的吧?"乔焕章点点头:"嗯。"

"那就过江北去吧,那边有大片的荒地,肥得插根棍子都能发芽。"说完又套上老羊皮袄,拿上那杆猎枪,掀开棉被门帘子,夹带着一股寒气走出去了。

回到大车店,乔焕芝问起刚才在酒馆那几个混混儿找碴儿是怎么回事。乔焕章和杨殿甲这才想起是因为白天给那家写打官司状子这件事引起的,就向她和邹老爹父子说了事情的原委。原来这扶余城里有两家有名的做酒烧锅,一家姓吕,一家姓韩。开始两家烧锅井水不犯河水,各做各的烧酒。可后来韩家看吕家烧锅酒卖得比他家好,就眼红起了歹心,雇了当地一些混混儿,凡是城里酒馆有卖吕家烧酒的,都叫人去砸了场子,一来二去吕家生意就淡了下去。更可气的是,吕家的烧酒手艺没男丁可传,韩家变着法子霸占了吕家的两个酒作坊。逼得吕家烧锅掌柜只好跟韩家打官司,打了两年都打败了,家产也差不多打空了。当地人私下都知道那韩家上面买通了官家,下面买通了街皮混混儿,弄到今年连为吕家写上告状子都没人敢写了。晚上坐到酒馆里乔焕章也想试试吕家说的是不是真的,这一试果然如吕掌柜说的那样,酒馆里没有吕家的酒卖,而且还试出韩家的帮凶混混儿来。

焕芝听完,叹息了一口气,说:"今晚要是满堂哥在就好了,看那几个混混儿还敢不敢张狂。"

焕章听了,也不由得想起高满堂来,一晃和他们分别有两个月了。高满堂是和他们兄妹俩同一个村子的,一起在老龙口上的船,走到奉天时,一天外出回来,他突然跟乔焕章说:"大哥,俺不跟你们走了,俺本来就不是干庄稼活儿的料,俺去当兵。"原来这天他在街头上拉车跑活儿时，看见两个清兵在贴招兵告示，他上前问当兵一个月给多少饷银，两个当兵的回过头来，见他一身疙瘩肉，就盯上了他说一个月能挣四块银圆，管吃饱饭，还说他们是清新军张作霖张都统部队里的，他就报了名。高满堂小时候在家跟人学过武艺，粗壮的身子练得一身疙瘩肉。这一路上碰见有人欺负他们兄妹，都是他出面。因此他回来辞别的时候，焕芝有点儿舍不得他，走时她送他一双鞋子；焕章也叮嘱他，如果当兵太苦就去吉林找他们，他们要往北走。"妹子、大哥，你们好好保重，等俺挣够了钱再回来找你们。"这是他走时留给他们的话。

1

他们五个人在扶余客来顺大车店一直住到年后，开始由杨殿甲找了两份白活儿接济了住店的钱，再加上焕芝帮着店老板洗洗涮涮，邹守田帮着旅店里劈柴火，店老板就给他们住店的钱减了一半。后来乔焕章帮着写状子的吕家烧锅打赢了官司，果然送来了二十两赏银钱，他们手头也宽裕了，过了个像样的年。

过年时他们还分别从包裹里把各自先人的灵牌拿出来摆上，烧了香，上了供，摆上由焕芝蒸的大枣馒头，然后分别在各自的祖先牌位前跪下，磕了头。

几个人围着一张炕桌吃年夜团圆饭时，乔焕章还依着山东人过年的礼数，随邹守田一起给邹万灵磕了头，邹万灵急忙摆手，使不得，使不得。乔焕章起身时说："邹大叔，咱们从山东过来一起走了这么多日子，已是一家人了，您老就是俺们的长辈，今后俺们要是有啥不周的地方，您就知会一声。咱山东人是孔圣人的后代，不能让别地场的人看咱们笑话。"

乔焕章这样说，也是给邹万灵父子宽心的，这些日子他们父子俩也看出来住的、吃的花销都是靠乔焕章和杨殿甲挣来的钱。邹万灵脸上已流露出了愧惭之色。那天晚上焕芝在外头听到邹万灵跟劈柴火的儿子说，他想换一个小一点儿的车马店去住。焕芝告诉了她哥哥后，乔焕章立刻阻止了他们的想法。乔焕章想，这个大车店里还住着一伙河北人，如果邹家父子离开了，肯定要招河北人笑话的。至于杨殿甲，他已从那二十两银子里，拿出两块银圆来，叫他去买一件羊皮袄穿上，说他起早贪黑在外边干白活儿，身上那件薄棉袄肯定冻透了。杨殿甲先是不收，后来见焕芝也说，他就收下了。邹万灵将了将他下巴上稀疏的胡须说："焕章贤侄真不愧是读过大书的人，明礼仁义。"又对守田说："你得好好跟你焕章哥哥学一学。"邹守田忙应道："嗯哪，爹，俺记下了。"

过了年，白天杨殿甲还出去找活儿做。乔焕章有时待在店里大通铺炕上看他随身带的两三本书，一本是《论语》，一本是《庄农杂事》，还有一本是《水浒传》。《水浒传》是夜里临睡前讲给他们三个年轻人听的，有时白天他到城里的蹦蹦戏场去听戏。邹老爹呢，逢到天气好，他也抄着袖子出去转一转。他既不是出去找活儿，也不是出去听戏。转回来常常眼睛盯着房梁，装上一袋细碎的烟末在寻思什么，常常不等那一袋烟吸完又掐灭了火，把那根短烟袋锅放在窗台上。夜里睡不着时再接着抽，一锅碎烟末够他反反复复抽几次。有一回他夜里找不着火镰石了，把这边铺上三个人都折腾醒了，他儿子守田揉着眼睛有些不耐烦地说："爹，你戒了这烟行不行，瞅你吸得这遭罪劲，还不够浪费那火镰石钱呢。"邹老爹瞅瞅叽歪的儿子，又瞅瞅乔焕章和杨殿甲两个人，就不找了，睡下了。

乔焕章每天起来得早，起来就要出去端一盆干净的清雪回来化在炉子上，给大家洗脸用。他呢，有时直接用雪擦脸，他是用这个办法锻炼自己来东北后的抗寒能力。

邹老爹是第二个起来的，他起来穿棉袄时，发现枕头边放着两块新火镰石。他一怔，知道这不是儿子放的，不用问，一定是乔焕章放的。

白天多数的时候是邹守田和乔焕芝在旅店里，一个在屋里洗衣服，一个在外面的院子里劈柴火。屋里屋外低头不见抬头见，焕芝抱着满盆的衣服去院子绳上晾，守田见了就要停下斧头来，替她把那衣服一件一件往上晾，叫她回屋去别冻着。那冒着白气晾上去的衣服不一会儿就被冻硬了，好像一个人在上面伸出了胳膊，伸出了腿，风一吹又晃悠起来。

守田抱着劈好的柴火走进外屋地来，满头是汗，盘在头上的长辫子还染上了一层汗湿过的白霜，冒着丝丝白气。蹲在地上的焕芝见了，说了一声："守田哥，歇一会儿，喝口水吧，那水瓢放在锅台上给你晾着呢。"

"哎。"守田应了一声，果然看见锅台上晾着半葫芦瓢开水，他抓起来"咕嘟咕嘟"仰脖喝了下去。放水瓢时，低眼瞅见焕芝露出的两只像白莲藕的手臂在灵巧有力地搓动，那木盆里就发出"嚓、嚓——"一下一下的搓衣声来，守田竟忘了把那瓢放在锅台上，痴痴地站在那里端着了。

焕芝弯着的背上像长了眼睛，她说："守田哥，你娘呢，你娘咋没有跟你们一起出来？"

听了这话，守田手里的瓢才抖动了一下，回过神来："俺娘……俺娘不在了……"

"咋不在了？"焕芝回过头来。

"……气……气死的。"守田突然丢下一句就走到外面院子里去，又劈柴火去了。

院子里传来一下一下发狠的劈柴声，那块桦木疙瘩树根，平常守田使出吃奶的力气也劈不开，可这回一下就被抡起的斧头劈开了。焕芝心里有点儿过意不去，可她又不知该怎么去安慰他一下。

焕芝心里还时不时会冒出高满堂来，他当兵现在怎么样了？他会不会再过吉林这疙瘩来找他们？

那天，客来顺大车店里住进来几个当兵的，都穿着短衣束着皮腰带的兵服，圆帽上戴着毛耳包，背着长筒枪。看见这几个当兵的躲在屋子里叽叽喳喳议论着什么，她就装作送水，提着长嘴壶走进了他们屋里，那几个兵立刻住了嘴。她装作若无其事的样子问："你们说的袁大人、张大人是谁？"有一个兵立刻警觉起来，问："你是干什么的？"她吓了一跳，旁边另一个兵说："她一个丫头片子能知道个啥。"那个兵头就放松下来。等她出去时，她又听那个兵头小声说了一句："袁大人起事是早晚的事，这东北的张大人跟袁大人是跟对了。"她不知道"起事"是什么意思，但她听那兵说张大人，就想起高满堂走时说去了张作霖的队伍里，这个张大人就是张作霖吧。等她再进去给他们送水时就直接说了："我有一个同乡大哥在张作霖的队伍里，叫高满堂，你们认不认识？"那几个兵听了半天，而后摇摇头。

那几个兵走后，晚上哥哥乔焕章回来，她向他讲了住进店里的那几个兵讲的话，并问他"起事"是什么意思。她哥一听脸就变了，叫她莫要向别人讲起这件事，这可是要杀头的。焕芝一听也害怕了，不免心里为高满堂担忧起来。

过了几天，窗前房檐的冰溜子到了晌午开始滴水的时候，有一天，邹万灵跟乔焕章讲："焕章贤侄，我和守田要过江北去开荒了，你们去不去？"原来他这些日子出去是往江北过来的人堆里凑，有个蒙古汉子就跟他们这些汉人讲："要过江北去就趁早过去吧，等开了江就过不去了，还犹豫什么呢，我跟你们讲，我出手的荒地是最便宜的了，一亩地比睡一宿娘儿们还便宜，上哪里找这等的好事呢？"说得几个河北来的汉子都笑了。邹万灵早就活心了。其实他心里是不想拉上乔焕章兄妹一起走的，但一想跟人家在一起搭伙住了这么久，不说一声不好。他已看出来眼下这兄妹俩还不可能跟他们走，因为他听到昨儿个乔焕章问过那个吹喇叭的，开春愿不愿意一块儿到江北去，那个吹喇叭的这样说：他这手艺在江北是找不到活计的，听说蒙古人死了人都不入土的，用不着吹丧的。言语中流露出不想往江北走的意思来，而乔焕章是不可能把他一个人丢在大车店里不管的。还有那个闺女惦记着她那个当兵的同乡，也暂时不会离开这里。果然听乔焕章说："叔，你和俺兄弟先过去吧，俺和杨兄弟再待些日子。""也好。"这正中邹万灵的下怀，他磕打了一下烟袋锅子，叫守田收拾东西，吃完晌饭就走。

焕芝包了酸菜馅饺子，吃过，邹家父子就动身了。守田有些恋恋不舍地瞅了焕芝一眼，对焕章说："焕章大哥，等你们啥时过那边时，给俺们打个信告诉一声。"

乔焕章应下了，和杨殿甲把他们父子一直送到江沿上去。看见江面上那两个黑点小了下去，两人才往回走。还带些刺骨寒意的风从江套子里吹上来，吹得他俩脸颊有些生疼。

背着日头走过江去的邹家父子，走上了荒芜的岸，又走了一阵，邹守田心里发虚地冒出一句怨言来："爹，咱这是两眼一抹黑往哪里走啊？""往西北走，越往北走荒地越便宜。"邹万灵说："再便宜的地咱也买不起啊。"守田就泄气了。"我的傻儿子，你以为你爹真是空壳田螺螺呢。"话刚说完，邹万灵停住脚，撕开破棉袄下摆里边的一块灰布补丁，从一堆团成球的黑棉花蛋里，掏出一块金元宝来。

守田眼睛一亮："爹，你哪儿来的钱？""就是咱老家卖地得来的钱啊。""爹，你不说花光了吗？""不说花光还拿什么钱买地？"邹万灵狡黠地眨巴了一下小眼睛。守田呆愣在那儿了。想起这一路走来，他爷俩在辽宁单独找活儿干时饿得眼眶子发黑，宁可捡烂菜帮子吃，也舍不得买个火烧填一下嘴；上秋爹宁可买那陈年碎旱烟末子抽，也舍不得买一片新烟叶抽；还有在扶余大车站里生病烧得直说胡话，也没有告诉他棉袄里有钱拿出来让他去买药；住店没钱时，连乔焕芝都要拿出手镯子卖了，爹也没露出一文钱来……邹守田站在那里想哭，他不知这时该赞赏爹，还是该恨爹。西北风抽着他的腮帮子，让他麻木的脸感觉不到一丁点儿痛。

"走了。"前边那个驼背身影站起来，回过头唤了他一声。

他挪动了一下脚步，脚步仍有些发僵。

"记住，这是你娘的命啊！"邹万灵狠狠地说了一句。邹守田听了浑身一抖。

"爹知道你想那个妮子，爹不怪你，爹像你这么大也娶上了你娘。可你要记住，女人是为地而生的，你只要有了地，就会有媳妇。你没有地，媳妇是养不活的。"

后来邹守田一辈子都记住了他爹说的这句话。再走，邹家父子的脚步慢慢轻快了起来。

5

《肇州县志》记载：光绪三十一年四月二日，设肇州直隶厅，沈崇绥任直隶厅同知。是年七月二十七日，同知沈崇绥率所属官员移至新衙署。

自光绪二十七年春，清官庆山主事在安十二井勘了肇州城址，立了基碑石后，时隔四年，朝廷才设立肇州直隶厅，并派了江南人沈崇绶前来任职，可见京城朝廷对这塞北蛮荒之地一向马虎了事。

　　这肥胖的沈崇绶大人本是贬官到这里来上任的，心情本来烦躁，又一路舟车劳顿，弄得心身已是疲惫至极。从吉林境内过来时，幸亏走的是水路，否则若骑在马上，让这七月的骄阳烤晒也会晕的。北方的天气到了七月份比江南还干热。

　　坐在船上从松花江上过来，沈崇绶的心情慢慢好了起来，两岸青山绿水的，这山和水虽不似南方的山和水那般灵秀，却有一种说不出的气势和苍美。沿岸很少看到人家和农田，多是一种静默的辽阔，这种辽阔在沈大人眼里就变成了苍凉之美，倒也抚慰了他此时的心境。沈大人的心境就像这江里不时翻腾出的浪花一样，翻出一种闲情来。

　　船快要到岸时，一名下官来报："上游前方不远处就是三岔河交汇之处，大人要不要上去看看？"看来此下官很会揣摩沈大人的心理。

　　"何谓三岔河？"

　　"回禀大人，三岔河就是两江交汇处。"下官答。

　　"你是说松花江和嫩江是在这里交汇？"沈大人来时查看过地图。

　　"嗯，正是。"

　　"好，那就上去看看吧……"船掉了一下头往上游走了。

　　从南面随船流来的松花江江水和从北面流来的嫩江江水在这里交汇，两股江水合流又向下游流去，江面在这里很开阔。沈崇绶有些发怔地站在甲板上瞅着船下的江水，两股江水如两条龙一样绞缠着向下游流去。他猛然想到这里是大清的龙兴之地啊，沈崇绶虽是汉人，但对北方民族历史也略知一二，七百年前金灭辽出河店战役正是在这里打的……

等船头折回来，在下游江码头上了岸，身着下等官衣官帽的那文秀和他儿子那小胡已在日头底下带人恭候多时了，那汗珠子直从他红顶帽子底下往下流。看到沈崇绥走下船来，他迎上前去施礼，恭敬地说："沈大人一路辛苦，在下那文秀恭候大人到来。"沈崇绥问了一句："此地是哪里？"那文秀答："骆驼脖子石人沟渔场。""离县城址还有多远？""还有四五十里路吧。"沈崇绥和随员听了都皱了皱眉头。已过了午时，沿江游逛了半天，沈崇绥这会儿肚子也饿了。这时那小胡说："小的已为大人备了薄宴，为大人接风洗尘！"

那氏父子把沈大人一行引到岸上一座石头房子前，那院子里一张桌子上已摆好了丰盛的鱼宴。那小胡躬身把各位让到座上，沈大人和几个随从坐下便动筷狼吞虎咽吃了起来。那小胡给几人倒酒，沈大人不胜酒力，独对桌上一碗红烧的肥肉不摞筷。那小胡见了问："大人，这肉可可口？"沈大人连说："好吃，这东坡肉烧得肥而不腻，这鲜美的味道老夫还是头一回吃到。"那小胡听了一笑说："大人这不是红烧肉，这是鱼肉。""鱼肉？这是什么鱼肉？"沈大人脸上有几分不悦。"这是鳇鱼肉，就是俺这疙瘩给老佛爷和皇上上贡的那种鱼。"几个人一听差点儿吓掉筷子，他们早听说过给皇上进贡的这种鱼，只是没有见过，眼下他们不仅见到了，还吃到了肚里，这不犯有杀头之罪吗？难道这满人父子要害他们不成。"大人息惊，这是昨儿个一个渔工误打上来的，往京城送的鳇鱼都是赶在上冷的时候，这么热的天半路上早臭了，小的听说大人要来，就叫人收拾一下做了。大人，是您赶上了，有口福。"经那小胡伶牙俐齿这么一说，方知虚惊了一场，沈大人露出了笑颜，他端起酒杯说："来，来，让我们谢主隆恩，吾皇万岁万万岁！"一桌的随员也都跟着干了，那文秀刚才揪着的心也放松了，他掏出手帕擦了擦额上的汗。

原来那文秀是这里的渔场都守，这渔场是专为秋冬打上来鳇鱼进贡皇上而设的。他家世代驻守在江边，是满族正白旗，其祖父为叶黑贝勒。昨日听驿站站丁传信来报，说同知大人今日到，让他做向导。他对儿子背着他把那条误打上来的鳇鱼做了，本来还有点儿担心。

酒足饭饱，下午离开骆驼脖子往安字十二井去，那文秀找来了几匹快马给几个人骑上，他就带着众人一路扬尘颠簸而去。

那毒日头晒在肩上，汗从红顶官帽往下流。走不多会儿，人和马都大汗淋漓了。

日落时分赶到，见一人高的荒蒿子中，那块勘址石碑已叫沙尘埋去了大半截。沈大人命两个衙役上前把石碑挖了出来，碑石底下竟蹿出一条小花蛇来，众人一惊，后退了几步。沈大人又望了望四周的旷野，不解地想，这个庆山主事怎么会选择这么个鬼地方。不等他再多看一会儿，一大群长脚蚊子和大个瞎蠓就轮番向出现在这荒蒿地上的人发起了攻击，每个人都被这一团团黑影包围了。他们就折了蒿子秆死命拍打起来。但脸皮还是瞬间被叮肿了，有两个衙役龇牙咧嘴地叫，那脸一抹就成了血脸。

"快……快走……"沈大人命人把那块石碑丢在坑内，转身上了马。

其他人也纷纷上了马。

随同父亲一同做向导前来的那小胡暗暗在心里笑了，这正是他想看到的效果。

沈大人没有想到他到任后的第一份奏折竟是上奏朝廷改县衙府地址，他将县衙役址由安字十二井改到了骆驼脖子。沈大人在折子里提到，骆驼脖子是踩在大清的龙脉上，大清的两条龙脉水系松花

25

江、嫩江从这里流过，风水极好，会保佑吾县百姓永受龙恩。而安字十二井地处荒僻的不毛之地，境内无一条水系可供农业灌溉，不宜设县址。沈大人就差说庆山大人老眼昏花才将此地立为县址。

半月后，驿站站丁送达朝廷批复准允的奏折，沈大人就带人在骆驼脖子大兴起土木来。

县衙役府盖好后，沈大人招收的第一个县衙役差事是那文秀的儿子那小胡。

那青石碑被遗弃在荒草坡的时候，庆山大人已告老还乡，这一年他六十岁，庚年属蛇。

这一年站丁吴有顺家的儿子吴带福四岁了。他已经是个叫人看不住的在草甸子上四处乱跑的男孩子了。他常常被吴有顺扯着脖领子揪回来，"别到处乱跑，小心狼吃了你。"吴有顺这样吓唬他，倒不是真的怕狼叼走了他，吴有顺是顾忌朝廷的禁令。

这一年他的老婆马桂花已开垦出四亩荒地来。马桂花天天在地里忙碌着，茄子、豆角、辣椒、苞米、土豆，他家已吃不了这些时令菜蔬了，每逢包八万爷从这里骑马路过，马桂花总要摘下一猪腰子柳条筐的菜蔬给八万爷带回去。

包八万爷对跑差回来的吴有顺说："你老婆可真能干。"吴有顺听了心里就很熨帖，他在想是不是该要下一个孩子了。

于是他就在夜里回到马架子房里，把马桂花压到了身下。马桂花是个喜欢叫唤的女人，她的叫唤像唱歌，一声长一声短的："哎哟哟……亲爹呀……亲娘呀……哥哥哟……俺的心肝宝贝哟……"吴有顺乏了，就从她身上跌下来。

马桂花也有觉得寂寞的时候，那是秋天她看到大雁排着人字形队向南飞去的时候，她从地里直起腰来，手搭凉棚向空中望去，那

26

声声雁鸣叫她想家了，一晃出来五六年了，爹娘在老家怎么样了呢？吴有顺也知道她想家了，这个时候他夜里尽量不去碰她。

站里有五个站丁、五匹快马。有时八百里加急邮件来，五匹马得轮换着往北边跑，这时台站就是一座空空的房子了。这是马桂花最感到寂寞的时候，这个时候白天她不让吴带福离开自己半步，无论是在地里干活儿，还是在院子里晾晒豆角干。天没等黑她就早早把房门从里边插死了。有一天半夜里醒来，她从窗里往外看院子里闪着一串绿莹莹的亮光，那是一群狼在围着她的房子转磨磨。直到天亮，老八万和他的猎狗赶来，这群狼才散去，院子里地上留着白狼屎。

老八万告诉她去弄白石灰把房子刷了，这样狼就不会围着房子转磨磨了。狼在夜里是色盲，看到近处白色以为是白天，就不会走近。马桂花照着做了，屋里屋外她都用白石灰粉刷了一遍。

干这个活计时，马桂花已经挺着个大肚子了。这一年冬天到来时，马桂花在她收拾得干干净净、漂漂亮亮的白房子里生下了他们的第二个孩子吴带粮。

吴有顺跑差回来，看见马桂花正头缠着白毛巾躺在炕上，她身边蓝被褥裸里躺着一个干干净净的小人儿，苇子炕席上不见一丝血迹。在马桂花的枕头边放着一把干净的剪子。这个场景叫吴有顺一愣，他想起站上的马生马驹时，那母马是用自己的嘴咬断了脐带，然后那匹母马卧在那里，一点一点把马驹身上的黏物舔干净，露出水洗过一样光亮的绒毛来。

吴有顺出差前曾拜托过八万爷，他媳妇生产时，让他女儿尼日朗花过来帮帮忙。八万爷也答应他了。不知是嫌人家身上的膻味儿，还是因为人家是没出阁的闺女，桂花显然没有去叫。

收下吴有顺送来报喜的红皮鸡蛋，包八万爷吃了一惊：这么爱干净的女人他在草原上可没见过，蒙古女人把孩子生在马背上、牛粪堆上的都有。看他走出去，包八万爷倒上一碗马奶酒，举到眉上，又用手指蘸过碗里的酒，往头上弹弹，往地下弹弹，又往额头上抹了一遍，随后仰脖喝下去。他在替这个女人祷告神灵，草原上通常爱干净的女人总是短命的。

马桂花没有想到在又一个大雁归来的春天，她在驿站草甸子上见到的第一个汉族女人是乔焕芝，从见到乔焕芝第一眼她就喜欢上了她。她觉得这是一个像她一样能干的女人，并且毫不犹豫地告诉她青马沟边上是块肥地，她如果不是站丁女人，也会去那边开地的。

6

邹家父子走了大约十天，这天杨殿甲从外面回到客来顺大车店告诉乔家兄妹：他找到了一个落脚之处，他和几个这阵子一起走活儿处得挺好的喇叭匠合伙起棚开了个白事班子，因他吹奏的功夫好，大伙儿推他做班主，并给他们的棚起名叫"杨小班"。

乔焕章自然是为他高兴，拍拍他的肩头："殿甲兄弟，这世上别管是上九流还是下九流，行行都是出状元的。"杨殿甲嘿嘿一笑，偷偷有点儿难为情地看了乔焕芝一眼。自打走到吉林来，他虽对乔焕芝动过那种非分的心思，可是碍于自己是个吹丧的就一直没说出口。头些日子邹家父子没走时，那邹守田总是黏糊在她跟前，他心里也生出过妒意。邹家父子走了后，他不上活儿留在店里时，也喜欢看焕芝蹲在地上洗衣服，添水倒水时就过去搭把手。

"焕芝，俺给你吹个曲听吧。"

"俺不听，你那曲子都是听了叫人心里酸溜溜的。"

"那俺……给你换个好听的曲子吧，俺给你吹个喜曲子吧。"

"啥喜曲子，吹得人心里闹闹的。"焕芝头没抬，皱一下眉头。

其实他也早看出来，焕芝这些日子总是心神不定的。一有从奉天过来的人，就向人家打听奉天城里的事情，他知道她还在惦记那个当兵的同乡，他也就渐渐死了心。

看到杨殿甲有了着落，乔焕章就跟焕芝说，咱们该过江北去了。焕芝眼里就闪过一丝失望的神色。她知道一旦过了江，高满堂想找到他们怕是也难了。杨殿甲看出她的心思，对她说："如果有满堂兄弟的消息，我就带他过去找你们。"焕芝听了冲他感激地点点头。

杨殿甲把他们兄妹俩送到江沿上去，乔焕章紧紧握着他的手说："殿甲兄弟，你自己也多保重，如果江南待不下去就过江北找我们。"杨殿甲重重地点点头，看着他们兄妹俩扛着行李卷走下江面去，他从行李卷里掏出唢呐，站在那里吹起来，"呜哇——呜——哇——"

刚刚走到江中心的兄妹俩听到了，站下了，听出这是他们山东老家娶亲送亲的曲子，平时从没听他吹过，这支曲子他吹得像哭，让人心里酸酸的。乔焕章从杨殿甲那里听说过他在山东老家说过一个没过门的媳妇，可是没等成亲，因为他拿不出答应女方家的一份彩礼钱，那没过门的媳妇就被一个地主填房娶走了。杨殿甲这才一气之下跑到东北来。

焕芝一直背着脸不去看岸上的人影，脚下踩着的江床雪软软的要化了，那裸露出的冰面，湿湿地龟裂着深深的粗纹沟。

他们站在那里听了一会儿，乔焕章就冲岸上那人影挥挥手，又向江对岸走去。那江对岸上红红的一片红柳，在正晌午温暖阳光的照射下，在他们眼里像点燃的一团火。

上了岸，又走了不一会儿，乔焕章忽然停下脚步说："你听——什么声音？"焕芝以为又叫她听那憨人的唢呐声，可是停下侧耳一听，却是后面传来的"咔嚓、咔嚓"的响声，由远及近，仿佛脚下的大地都跟着颤动。焕芝有些害怕了，抖着声问道："哥，这是什么声音？"乔焕章又侧耳细听了一阵，突然叫道："这是开江啦——"他拉着焕芝跑到荒地里一处高岗上朝身后远处瞭望，果然见那江面上一段一段在塌陷，上游冲下来的冰排又顶着下游拱起来的冰面，撞击着向下游移动而去。

好悬哪，他们再晚走半个时辰就有被冰排冲走的危险。他俩都在庆幸地想。这条江也断了他们的后路。乔焕章同时在心里想，那个山东老家离他们兄妹越来越远了，远到此生恐怕再难以回去了。多年以后，成了青马湖边乔家围子大地主的乔焕章，还会想起他当年带着妹妹从老龙口渡海、从扶余过江时的情景。那时他就想这把骨头恐怕就要埋在关东这个地方了。

他们兄妹又往北走了二十多里，就来到了古鲁驿站那幢白房子前，就见到了这大甸子上第一户人家的女主人。马桂花站在院子里远远地看着这兄妹俩一路走过来，十分友好地叫他们进来舀瓢水喝。他俩就进来喝了。乔焕芝喝完打量一下主人的屋里，对马桂花说："你家里真干净啊！"受到别人的夸奖，马桂花的心里自然是很舒坦的。

而她的丈夫吴有顺一直站在门槛上，目光警觉地打量着这两个从江南过来的汉人。

乔焕章向他俩打听在哪里开荒好，没等她丈夫答话，马桂花就抢先说了，在北边青马沟边上开地最好了，那里连野鸡下的蛋都是最多的。

她丈夫小声咕哝了一句："这你得跟八万爷说去，看他会不会卖给你。"从他第一眼看到乔焕章进院起，就觉得他生着一副书生面孔，不像是个会做农活儿的庄稼人。

乔焕章向他们夫妇道过谢，就去包八万的府上见包八万爷。那个站丁在背后望着他们的身影想，包八万不会把那块地卖给他们的，他们今晚也别想回江南去了。

　　刚刚外出打猎回来的包八万一从马上下来，乔焕章就觉得眼熟，他想起来是在江南酒馆里见过的那个蒙古人，刚要提起那次的事来，包八万像从来没见过他们似的，问他们找他有什么事。乔焕章说他们刚从江南过来，想在江北开地。

　　包八万爷就叫人牵了两匹马出来，叫他俩骑上，叫下人带他们过青马沟边上去看。

　　到了那里，乔焕章从马上下来，他走进枯黄的草丛去，雪已从半人高的荒草甸上化去，旁边的青马沟还没有化冻，那白白的雪覆在冰面上，叫乔焕章眼前一亮。

　　他走出来，对那个包家随从家丁说："回去告诉你家老爷，这块地我买了。"

　　"您真的买啦……"那个家丁随从不太相信地又跟问了一句。

　　"一点儿没错，我真的买啦，你快去跟你家老爷说。"乔焕章又催促了他一句。

　　过了一会儿，那个家丁又骑马回来了，跳下来跟乔焕章说："我家老爷同意卖给你啦，我家老爷还说，今天太晚了，你们兄妹到我家府上住下吧，明天再过来起个窝棚。"

　　乔焕章听了，就和妹妹跟他上了马，在马上听那个家丁说起，前些天过来一对父子也是到这里来看地，可那老头嫌贵，又往北走了……他也不想想这靠水边的地多难找啊。乔焕章一听就想到那两人可能是邹家父子。

　　乔焕章兄妹当晚在包家府上住下时，他掏出随身带的年前为吕烧锅家打官司赏给他的银钱先付给了包八万两亩地钱，并在一纸契约上写上了双方的名字。等签完了字画完了押，乔焕章忽然提起年前在江南酒馆里的事，说："包八万爷，您不认识我了?"包八万爷说他早认出他们兄妹两个了，而且在前些日子还见到过跟他们一起的那对父子。乔焕章赶紧佯装不知地问："他们也来您这里了?"包八万爷就说："那个长得像黄鼠狼子的老头是一个月前和他的儿子来过我这里的，他儿子本来也相中了青马沟边上那块地，可那老头不知听谁说西北头的地更便宜，拉他儿子离开我这儿了，临走时我还劝过他，沟那头兴许以后会建县城的。那老头不信，还嘲笑我说：'别说大话叫风闪了你的舌头。'这话叫我听起来很生气，我说：'去吧，去西北风口喝西北风吧。那里地便宜，可也不看看那是什么地。'"

乔焕章就明白了包八万爷下午刚见到时为什么装不认识他俩了，他也不相信他们兄妹会在这里落脚，他想他们可能会去西北风口找那对父子。

第二天，乔焕章就带着妹妹去青马沟边上盖房子去了。包八万爷还打发人送来几根檩木和一马车干黄草，头一天房顶架子就架起来苫上了房草，过了两天地一化冻，就地取土用土拌草垒起土坯墙，一幢马架子房就盖好了。土炕和锅台垒起来，包八万爷就叫人送来一口铁锅。焕芝割来了蒿草烧锅烧炕，乔焕章去刚刚开化的青马沟边上挑水。

午后的阳光风和日丽，暖暖地晒在乔焕章的额头上。乔焕章把扁担钩挂着水桶伸进水里，"咕嘟嘟"冒出一串气泡后，他把水桶提上岸，水桶里就"噼噼啪啪"响起来，低头一看，是几条活蹦乱跳的大鲫瓜子鱼闯进了桶里。乔焕章一喜：这回有下锅的吃物了。

回来，他没等走进马架子房就对乔焕芝喊："焕芝，我们有鱼吃了。"

屋里蹲在灶坑前的焕芝起身迎出来，一愣："鱼在哪里？不会是哥大白天说梦话吧。"

乔焕章一指水桶里，焕芝惊大了眼睛。"真的有鱼，哪儿来的？"焕章就告诉她就在那边的水沟里，有好多鱼，直往他水桶里钻呢。焕芝赶紧兴奋地伸手捞出来，刮去了鳞，舀水炖进了锅里，不一会儿，一股香喷喷的冒着白气的鲜鱼味儿就弥漫了整个房子。

到了晚上，他俩在院子里笼起一堆火，因为包八万爷告诉过他们夜里在院子里笼火，是防止狼靠近的。由于有火光照亮，乔焕章找来块大青石，他把锅搬出来架在上面做晚饭，先烧了一锅水。焕芝打算用白天马桂花给他们送来的一袋苞米面做点儿玉米面糊糊粥，水烧开的工夫，她叫坐在锅边看书的哥看着点儿下边的火，她进屋去抠半瓢苞米面。刚刚脚进屋的工夫就听院子里"扑棱、扑棱"一阵乱响，接着听见哥一声惊叫。她赶紧跑了出来，看见哥从锅边下闪开了身，身上溅着水点，正惊恐万状地瞅着锅里。

"怎么啦，哥？"

"你瞧——"焕章小心地往锅里一指。

翻白水花的锅里正挣扎着两三只山鸡，只一会儿工夫就耷拉下翅膀不动了。

"山鸡？哪儿来的山鸡啊——"焕芝也惊讶地叫道。

"刚才飞进锅的呀。"焕章合上书擦了一把脸，惊魂未定地说。

"这下我们有野味吃了。"焕芝拍着手说。看看四周黑乎乎的野外上空，只有天上的星星调皮地冲她眨着眼睛，她也调皮地冲星星做了个鬼脸。

原来这荒野甸子的野鸡一到夜里就夜盲起来，一见到有亮光就往亮里扑，结果就扎进了这翻着白水花的锅里了。

焕芝把掉进锅里烫死的野鸡捞出来，煺去了毛，又换水炖在锅里了，锅里放上乔焕章白天从草地里挖出的草参。炖熟后，兄妹俩美美地吃了一顿这关东荒地里的野味。

临睡下时，焕芝对焕章说："哥，这地方还真饿不死人哪。"

"嗯，妹子，你不后悔跟哥来东北了吧？"

"俺不后悔，比咱山东老家强多了。"

"睡吧，明天还要干活儿呢。"看着焕芝的兴奋劲，他叮嘱一句。

"嗯。"她应了一句，蒙上了被头。

四月的北大荒土地开化得刚暄软，那枯黄的草木里都透着一种芳香的味道。一大清早，乔焕章在草房子的南窗台上放的一个神龛里插了三炷香点上。那香头还没有燃尽时，他提着一把镐头走了出去。焕芝也随后跟了出去。乔焕章走到房前这片草地里停下了，往手心里使劲吐了口唾沫，之后举起镐头一镐刨下去，一大块连着草皮的黑土块翻过来。他蹲下身去，用手攥起一把那油汪汪的黑土，对身后走来的焕芝说："这土肥得流油哩！"

焕芝也跟着一镐刨下去，一块块黑土翻在她脚下，这泥土比她的头发还黑呢。这片房前新开垦的散发着清新泥土味的土地，让他们俩相信，就是插根棍子也会发芽的。

就在乔家兄妹在青马沟开垦出一亩田地的时候，比他俩早过江北来的邹家父子已在西北风口岗开垦出两三亩田来了。这里的荒草岗子没有青马沟的土质好，而且地里的石头多，开垦半亩田能捡出几筐石头来。邹万灵就用地里捡出的石头垒了房墙。

因为这里偏远，再加上地难开垦，邹万灵从这里一个蒙古牧主手里用在青马沟买两亩地的钱买回四亩田来。刚开始他们父子开地还没觉得多累，后来一刮春风了，就觉得人在地里干活儿迎着风挥镐要被吹倒似的直打晃，还有肚子吃不饱的原因。邹万灵和邹守田起早贪黑在地里开荒，吃的饭却很少。一天两顿饭，早上起来干一阵再吃饭，干到下午饿得透腔了再吃一顿，那饭是高粱米磨的面掺的麦糠麸子蒸的馍。邹万灵把钱都买地了，也没有多余的钱再从蒙古牧主手里买苞米面和白面了。就是这样的馍还得省点儿吃，吃得邹守田拉出的屎比地里的石头还硬。好在他用细棕绳下套套过一只兔子、两只黄鼠狼，算父子解了解馋，吃到点儿荤腥儿。

等四亩地开垦完了，邹万灵叫邹守田冲着东南方向跪下了，说："田儿，给你娘磕个头吧，告诉你娘咱有地了。"邹守田就"扑通"一下跪下了，冲东南方向磕了三个响头，嘴里说："娘，咱有田了。"两个月起早贪黑干下来，邹万灵和邹守田的嘴唇都被风吹起了干泡。

邹万灵又冷着脸说："田儿，还记得你娘是怎么死的吗？"

邹守田说："爹，俺记得……"

"记住，田地就是咱的命根子啊。"邹万灵丢下一句，转身走进了草房顶石头墙屋里。

邹守田至今还记得娘是因为和大伯家为争地而气死的。邹守田的爷爷死后，大伯家在分地时，就比他家多分出一亩地来。多分出的这亩地是因为大伯家孩子多。他家和大伯家地挨着，每到春天耪地时，大伯家的牛犁杖都往他家这边的地里滚垄，一年就多滚出一根垄来，到守田十二岁时，大伯家已多滚出六分田来。守田的娘不干了，到了春天耪地时她就出来和大伯家理论。大伯家大娘就出来了，这是一个厉害的角色，跳着脚与守田娘对骂，大伯不出来管，守田爹也不出来管。骂着骂着，常常是守田娘败下阵来，那地还是叫大伯家欺负着种上了，守田娘就把气憋屈在肚子里，日子久了人也消瘦下来。到守田十四岁这一年，两个女人不再对骂了，而是动手在田里厮打了。可是守田娘哪里是大娘的对手，头发被扯下来好几绺，衣服也被扯破了怀襟，里面露出干瘦的乳房来，她一屁股坐在地垄上，对着推犁耕地过来的大伯说："我不活了，你要犁就从我身上犁过去吧。"这话叫大娘听到了，她跳着脚高声叫道："你这不要脸的贱货，想作践大伯子的名声啊，有种的你就去死！"这句狠话顶得他娘脸发青，她嘴张了张没发出声来，一口黑血从口里吐出来，人就倒在地垄上了。等家里人慌慌张张把郎中找来，他娘已在炕上咽气了，咽气时手里还死死攥着一把土。

守田娘死后，大伯家消停了两年，不再争地了。大伯家的人和守田家的人不说话，守田家的人也不和大伯家的人说话，两家的仇就这么结上了。两家都在一个村子住着，地又挨在一起，总是低头不见抬头见的。后来还是四叔过话来，对守田爹说："二哥，要不你把地卖了，闯东北去吧。"爹就听了四叔的话，拾掇拾掇他们就来东北了。

7

五年以后，当乔家围子的地主乔焕章从小城子丰乐镇回到青马湖边上乔家围子的时候，他头上的辫子已经剪掉了，他是头上清清爽爽回到屯子里来的，没有去管别人瞅他的惊异目光。这一年乔焕章二十五岁，已娶妻生子，家里已有一百亩的田产了。

乔焕章去小城子，一是去拜望他的岳父大人；二是去镇上看看这秋粮打下来，卖给镇上哪家商号合适，也是想让岳父大人给参谋一下。

他的岳父大人不是别人，正是江南扶余过来的吕家烧锅吕殿臣。那一年乔焕章兄妹过江要往江北来谋生时，吕殿臣曾给乔焕章留下过话，他官司虽然打赢了，可是他也不想再在扶余城里待下去了，

36

他想韩家不会善罢甘休的，日后还会找他的麻烦，他想到江北小城子去开烧锅坊，听说那里挺繁华的。当时乔焕章听了这话并没有太往心里去。

吕殿臣是在他走后的第二年过江北小城子的。这小城子地处交通便利地带，往西走八十里是骆驼脖子的肇州县城，往东走一百里是甜草岗子，南北又通向在驿站的路径上，因此在光绪初年，这里就渐渐繁华起来，镇上各种商号、药铺、客栈林立。蒙古人、满人纷纷在这个镇上立脚经商。吕殿臣在没来小城子之前，这里也有一家经营烧酒作坊的，是蒙古人开的，规模不是很大。吕家烧锅一开，生意立刻红火起来。生意虽红火，吕殿臣吸取了先前的教训，也没打算再扩大烧酒作坊。他每天只烧一锅酒，烧酒的高粱他也不叫人多进。

乔焕章开荒种地的第三年，家里有了多余的粮食，他在包八万爷的指点下，来到这四十里外的小城子卖他的苞米和高粱，这么他就和吕殿臣又见面了。

当下，吕掌柜要了他三马车高粱和两马车苞米，并把他请到家里去，与他好好对饮了几盅。席间还叫他的女儿给他泡了一壶上好的碧螺春茶，说是一南方的客人送给他的。吕殿臣的这个大女儿他在江南扶余见过一次，那时他给他家写状子时，她给他研过墨，低眉顺眼的模样，看也不敢看他一眼。只不过两年没见，她已出落成一个大闺女模样了。

乔焕章晕晕乎乎回到家中，第二日吕掌柜打发账房送来粮款的同时，吕家请来的媒人也后脚也到了。吕家要把女儿吕凤兰许配给乔焕章。原来自从在扶余城乔焕章帮着吕掌柜写了那状子打赢了官司，吕殿臣便钦佩起乔焕章的才笔，觉得此人不愧为秀才出身，将来做什么都会大有发展的，便有意想把女儿凤兰许配给他，只是想着女儿相貌平平，不知乔焕章会不会看中，这才当时犹豫着没有把这话说出口。这回重新相见，见乔焕章果然成了一方地主，而且尚未婚娶，吕殿臣觉得不能再犹豫了，就打发媒人上门提亲来了。

乔焕章自幼读书时就立下心愿，大丈夫应先立业后成家。此前他在这里立户后，也有人上门给提亲的，都被他一一回绝了。现在乔家的家业已逐渐殷实，况且妹妹焕芝还待嫁闺中，焕芝曾跟他说过，他不成家，她也不会先嫁人的。尽管那时邹家已托人送过来一份婚帖，但被她回绝了。乔焕章自然明白她那点儿心思。

乔焕章就答应了吕家这门亲事，择日迎娶了吕家的大小姐吕凤兰。他并没有大操大办，觉得眼下还是把钱财用来置办田产家业为好，况且他的婚事也没有父母主持，一切还是从简的好。他只请了包八万爷和吴有顺两家人来参加他的婚礼。吕家也自是满意，觉得能嫁给识礼读过大书的秀才，也是女儿前世修来的福分，一切都听从他这个女婿的了。

吕凤兰小乔焕章五岁，嫁给乔焕章这一年刚好年方十八。人虽相貌不出众，却很贤惠，读过几年私塾，也识文断字。嫁过来不多日，便与乔焕芝熟络起来，人前姑嫂相称，人后竟姐妹相称起来。这让乔焕章心里很是安慰。他常常想起关东人一句老话，丑妻、近地、破棉袄，是家中的三件宝。娶凤兰的第二年她给他生了一个儿子，他给儿子取名叫乔守廉。

自从娶了吕凤兰为妻后，乔焕章心里只有一件事让他着急，那就是焕芝的婚事。焕芝比凤兰大一岁，早该到了嫁人的年龄。就在这年过年时，乔家又收到了邹家托人送过来的第二份婚帖，这回乔焕章自作主张替妹妹收了婚帖，并回了帖。然后他把焕芝叫到自己房间来，与她进行了一次推心置腹的谈话："哥哥知道你心里还在想着高满堂，可这么多年过去了，他也没有再来找咱们，谁知道他在外边娶没娶个女人。还有先前杨殿甲对你有意，可你没这个心思。哥也想庄稼人还是本分种地为好，邹家虽说没有太大的本事，可毕竟这几年还积攒下了一份田产，你嫁过去，不用为柴米发愁，能安生过日子，哥也就安心了。"

听哥这样说，焕芝知道自己的婚事也让哥跟着操心了，想想也不忍，就应承下这门亲事。

话传到邹万灵家里，邹万灵听了一拍大腿对儿子说："守田，我说什么来着，女人就是地，等你置下了地，女人自然会上门来的。"

他把头几年提亲乔家没答应，归结为乔家那会儿嫌他邹家地少。第一次给乔家下婚帖时，邹家只有四十多亩地、一头耕牛和一匹骡子。等到二回向乔家提亲时，邹家已经有了一百二十亩地、两匹马、两头耕牛了，成了邹家屯田产最多的地主。头回没答应，邹万灵本想在本屯给守田谋一门亲事，可是守田死活不同意，邹万灵就作罢了。其实他也相中了乔家的妹子，觉得儿子还是找个山东媳妇好，能干，懂得孝敬人。他一看乔焕芝那高胸大屁股的身子，就知道是生儿子的身坯。

应下了这门亲事，双方家里就开始操持起来。乔焕章娶吕凤兰虽没有大办，嫁焕芝他却叫邹家大办起来，说他作为兄长会代替父母送妹妹前来邹家参加结亲婚礼的。

迎亲嫁娶这天，杨殿甲不知从哪里得了信，带了他的鼓乐班子先来到乔家，等邹家迎亲的轿子到了，又一路跟在后面吹吹打打迎送到邹家。邹家在院子里摆了二十桌酒席，下轿、典礼、吃喜酒，一直闹腾到晚上才散。

乔焕章和邹万灵把杨小班的人送到大门口，邹家要付给杨小班工活儿钱，杨殿甲说什么也不收。乔焕章把杨殿甲送到屯外，也掏出些银两要殿甲给帮活儿的伙计。殿甲又说什么也没要，并说："大哥，俺说过等俺妹妹成亲时，俺来吹打送她，钱俺是不会收的。俺只希望她过得好。"乔焕章听了心里头一热，看那杨殿甲眼圈都红了，他就收起了钱，叫乔家跟过来的一辆马车送他们一班子人过江去。

乔家跟送过来的随嫁聘礼有两辆马车，让邹家看热闹吃喜酒的人都大为惊讶，连邹万灵也吃惊不小。这些聘礼足以抵过他办事的花销了。开始他还为婚礼花出去的银子心疼，现在他心里的算盘珠子扒拉得叫他眉梢松开了，脚步也迈得轻快了。看见焕章送完杨小班回来，他拱拱手说："焕章贤侄，再到屋堂坐坐，喝会儿茶抽袋烟再走。"

"不啦，天不早了，我们得往回赶了，叔，麻烦您把守田叫出来，我有句话跟他说。"

"哎。"邹万灵应着回身去叫了。

过了一会儿，脸喝得通红的守田出来了，见到焕章说："大哥，怎么不到屋去？"乔焕章瞅瞅他说："俺们该回去了，这些聘礼也是俺妹妹这些年挣下的，俺只希望你日后待她好点儿，俺只有这一个妹妹，是俺一小带大的。否则俺会叫你去乔家围子说话的。"

"那是一定，一定的……"这个喝红脸的人一个劲儿地点头。

乔焕章就带着乔家来送亲的人回去了。回去过后他还在想，那天临走时他对邹守田说的话是不是重了些。可多年以后，当邹守田纳了小后他就不这么想了。

乔家和邹家的联姻就像当初乔家和吕家的联姻一样，让乔焕章对日后两家家业的兴旺充满了期待。乔家围子里后迁移过来的人家，都对他们兄妹的婚配竖大拇指，一个是小城子最大的烧锅作坊主吕家，一个是方圆几十里最大的地主邹家。都说他们兄妹当初选择在这里落户是沾了青马沟风水好的光。

这一年秋天乔焕章到小城子里去，他的岳父给他介绍认识了一个从关内南方过来的粮号商人贾老板。贾老板是专门到东北来购买大豆的。他听说了东北这疙瘩大豆好，做的豆腐又白又嫩，榨出的豆油也比南方的瓜子油香。吕殿臣跟他说，据他所知方圆百里几个地主家，只有他这个女婿家里今年种了几十亩黄豆。因为他这个女婿总是喜欢做和别人不一样的事情，在种庄稼上也是如此。

果然，乔焕章一来到镇上，说他家里是种了二十几亩的黄豆，这个贾老板就紧紧拉着他的手不放了，当即把他请到镇上曹小二酒馆里，两个人谈成了交易，乔焕章答应把这二十几亩黄豆全都卖给他。当即贾老板从他随身的黄皮箱子里掏出两卷红纸包着的定金来，这定金一打开，乔焕章吃了一惊，这钱既不是他们常交易的银票，也不是银圆，而是一摞卷成卷的光洋，在每块光洋的面上还印着一个人的头像。看乔焕章愣怔在那里不敢伸手去接，贾老板就说："乔掌柜，这是新币大洋袁大头啊。""袁大头？这钱好使？""已经民国了，都用这钱，你们怎么还不知道？"贾老板拿起一块光洋，用嘴吹了一下，放到耳边去听，也叫乔老板拿一块吹一下，放到耳朵边上。乔焕章就听出一种声音来，是银子做的。

不过从贾老板一进屋来他就觉得他有什么地方不对劲。此人三十岁左右的年纪，穿着一件丝绸长袍，戴着一副金丝眼镜，头上扣着一顶瓜皮帽，现在酒喝热了，他把瓜皮帽摘下来时，乔焕章才发现他头上少了辫子！他的辫子咋没啦？

"已经民国了，男人不兴再扎辫子了。"贾老板看出他的惊讶，又说了一句。这是他第二回从他嘴里听到"民国"这个词。

"民国……民国是什么意思？那大清的皇帝呢？"

"民国就是不是大清朝的天下了，皇帝早被赶跑了，现在是袁世凯做了中华民国大总统。"贾老板又说了一句，并掏出一张他路上买的报纸给他看，那上面确实像贾老板所说的那样，乔焕章就不再觉得脖后颈有些发凉了。

"这么远的路，你怎么把粮食运回去？"这又是让乔焕章眼下该关心的一个问题。

"用火车运。"贾老板告诉他，他就是坐火车从奉天过来的，在甜草岗子下的车。

"火车……"乔焕章又是头一回听说，不过他从甜草岗子过来的农民那儿听说俄国人在那里修了火车道，试跑过一种铁驴子，就是贾老板说的火车吧。据那边过来的农民讲，那铁器是个庞然大物，"呜——"的一声跑起来飞快，还轧死过两匹农民赶着过道的马，吓得人不敢再靠前了。

"坐这个铁驴子不危险吗？"乔焕章把心里的疑虑说了出来。

"哈哈，乔掌柜，你看我不是好好的吗？"贾老板爽朗地笑了。

"我听你岳父说你是前清的秀才……"贾老板不知为什么这样问了他一句。

和贾老板分手后，乔焕章就走进了镇上那家他常去刮头刮脸的理发店，往椅子上一靠，说："胡师匠，剃头。"胡剃头匠就过来了，给他白布巾一搭，展开剃刮刀磨了两下吊着的帆布带，正要刮他的额前，乔焕章又道："把辫子剪掉。"胡剃头匠以为听错了，手里的刮刀一抖："剪辫子？""对，剪了它。"胡剃头匠哆哆嗦嗦取来一把剪子，又问了一句："乔老爷，您是要剪辫子吗？""瞧我说了两遍了，你还站在那里啰唆个啥？"胡剃头匠这才伸过剪子来，夹住辫根闭了眼睛，"咔嚓"一声，那根长长的辫子被齐刷刷剪下来。

乔焕章站起身来时，说了一句："民国了，你的铺子要火啦。"胡剃头匠怔怔地站在那里，并不知道他说的是啥。

乔焕章就这样成了小城子第一个剪掉辫子的人。他剪着齐耳的短发从街上走过，没有再去他老丈人家，直接回到乔家围子。走近屯边路口时，有几个在田里收割的乡邻看到他回来，先没有人顾得上去瞅他脑后有没有辫子。等他走过去，才有人在背后看他头上少了东西，就有人惊讶地议论起来，到了晚饭后全屯子人都传开了。

乔焕章一走进家门，就喊："凤兰，凤兰，你快出来。"凤兰就从屋里出来了，一见到他就呆愣在门槛上，她像不认识自己的丈夫一样看着他。那根她摆弄过的青丝长辫子不见了，取代的是一头轻飘飘的短发。"怎么样，凤兰，受看不受看？"他问。凤兰愣了半晌没有说出好来，也没有说出不好，只是从嘴里吐出一句："那根辫子你要回来了吗？"

乔焕章从怀里掏出那根用那张贾老板给他看的报纸包着的长辫子，递给凤兰，又说了一句："民国啦，男人再不兴留辫子了。"凤兰把辫子攥在手里，起身回屋找出一块绸布来把辫子包好，呆愣了一会儿，放到她出嫁时带来的一个木箱子底下了。

8

沈崇绥同知万没有想到他选择骆驼脖子作为肇州直隶厅衙署，四年后这个直隶厅衙署改为县衙署会重新迁回到老街基去，而且他本人的乌纱帽也被摘掉了。

这一年夏天，当初沈崇绥看中的两条龙脉嫩江和松花江由于连日降雨，江水暴涨，淹没了两岸村屯和农田，村屯的百姓纷纷向下游逃亡，一时间泄了洪的混浊的水面上，漂下来的死猪、死狗、死马的尸体和箱柜不计其数。

雨已经下了七七四十九天，还没有停歇下来的意思，肇州县衙署已被洪水包围成了孤岛，每天只靠那文秀、那小胡等人划船送来一些吃的东西。

这日傍晚，沈崇绥在一个老衙役的搀扶下，登上衙署西楼，在一个天井窗前向外远望西天的天象。他刚刚在梯子上站稳，不想在三岔河那段江面上空突然响起了几声惊雷，在那江面上空闪出了两道龙爪形的闪电。那个在下面扶梯子的老衙役手一哆嗦，差点儿叫同知大人从上面摔下来。沈崇绥惊魂未定地从上面下来时从心里闪过一个不祥的念头：是谁动了龙脉，难道这天要变啦？他想起前几天从驿站上转来吉林同道府一个与他关系甚密的同僚的信，信上告诉他京城里的传闻，说那姓袁的贼人在京城里要谋反，要投靠什么革命党，搞什么君主立宪制……只是他这里闭塞，后来就断了消息。

十天后，雨终于停住了，洪水也渐渐消退，在衙府里关了这么多天的沈同知终于可以带人走出来见见阳光了。他们这些人的官袍上都闻见一股发霉的味儿了，从这乌云里露出的太阳晒到脸上叫他们觉得是那么亲切。

"大人，看，下游有人坐船来啦！"那小胡眼尖，喊了一句。众人纷纷向那变宽了的江水望去，果然见一艘大船慢慢向他们这里驶来。

沈崇绥还以为这是上面派来赈灾慰问的船呢，竟一时眼眶有些湿润了，赶紧走到那刚刚露出水面的码头上迎接。

没等他们这些人在洼着水的码头上跪下，船上的人就下来了，为首的是一个穿着长袍马褂的人，叫他们惊异的是他们这些人脑后并没有长辫子。沈崇绥正有些发愣，那小胡扯了他一下，就听那个穿长袍马褂的人开口问道："哪位是同知沈崇绥？""下官在此。"沈崇绥赶紧回过神来应道。

穿长袍马褂的人从另一人手里接过一纸任命状念道："中华民国大总统令，撤销前清肇州直隶厅改为肇州县，张樾任知事。撤销沈崇绥同知职务，经查沈同知在任时鱼肉百姓、贪占官银，交由吉林府革职查办。"

张樾刚刚念毕，上来几名持枪的随从摘去了沈崇绥等人的红顶帽子，一股江风直吹沈崇绥的脑后，他战战兢兢地说："俺是大清皇帝的命官，俺只听大清皇帝的。"

张樾鼻子里轻轻哼了一声："你们的大清皇帝已被关在紫禁城里不得出行半步，现在是袁大人的天下了。"

沈崇绥"扑通"一声跪在码头上，哭号了一声："这是天要灭俺大清国啊！"

下午，张樾知事叫人找来一条小船，把沈崇绥等人提上船，欲送到吉林府听候处置。临上船前，沈崇绥央人把他腌制的一麻袋咸鱼装上船，说他带着路上吃。那麻袋咸鱼已散发出腥臭味儿，张知事就捂着鼻子叫人给他抬进船舱内了。

船行至二站附近的江湾处时，大朵的乌云又席卷了江面上空，一个急浪打来，船虽躲过了，却慢慢下沉了。沈崇绥和几个随从都一命呜呼了，据说沈崇绥是死死抱着那麻袋咸鱼沉入江中的，只有一个押船的兵丁抱着一个船帮子板漂上了岸，被人给救起。后来人们从那兵丁嘴里才得知，那麻袋咸鲫鱼，每条鱼的肚子里都叫沈崇绥塞藏了金条，沈大人似乎早防备这一天了。只可惜这麻袋咸鱼太重，让小船沉了江。

张樾知事听了，摇了摇头，心里道：真是舍命不舍财啊！

张知事上任伊始，骆驼脖子留给他的是满目凄凉的景象，沿江几十里村屯都了无人烟。闻之，都往下游逃命去了。衙府内是一股捂得发霉的潮味儿，墙壁已浸泡得脱落了，走廊里还时不时蹿出一些水耗子，叫他们这些新来的官员战战兢兢不敢下脚。

张知事就差命那文秀做向导带他们往下游村屯查看，那文秀回绝了，说他是大清渔场的都守，只为皇帝效命的。张樾刚要发怒，站在一旁的那小胡媚笑着说："大人息怒，小的带您去就是了。"

他们刚刚离开衙府，那衙府就轰然倒塌了。张知事和那小胡都一惊！本来盖这衙府时，沈崇绥就贪扣了上面拨的银子，房基建得就不牢，再加上多日洪水的浸泡，多亏人出来了。

他们乘船顺江而下，在古鲁驿站的草溏子又顺着泄出的洪水拐向了青马沟去，这青马沟由于涨水和头些日江水的倒灌，比原来增宽了十几倍。坐在船上，张知事问那小胡："这水叫什么名字？"那小胡答："叫青马沟。"张樾看了一眼说："这哪里是什么沟，这分明是个湖。"那小胡赶忙说："对，对，是湖，大人。"

他们乘船路过一个屯子时，远远看见这个屯子一处高岗坡地上，支着一个防雨的用苇席搭的草席棚，一大群衣衫褴褛的百姓正围聚在那里，他们手里都拿着一只碗，看来是流落到这里的灾民。这些人影的出现，让来到这里看惯了空村屯的张大人忽然有了一丝欣喜，便问道："这个屯子叫什么名字？"那小胡答："回大人，叫乔家围子。"张知事就叫船靠了岸，随后打发一个人先去打探一下。衙役回来禀报道："这是这个屯子一户姓乔的地主在他家房前支起的一个粥棚，救济流落到这里来的灾民。"

张知事带人走过去，果然看见那围着的人群里，一个身穿青布长袍、面目清秀的男子正挽着衣袖在给人一碗一碗舀着米粥。他做得专注，并没有察觉到走过来的这些官人。那小胡便上前打断他道："这位是县府新来的知事大人张大人。"他抬了一下眼皮，道："不知知事大人对本县的灾民有何救济的办法？"问得站在一边的张樾脸一阵白一阵红有些尴尬，他轻咳了一声道："本知事刚到此地上任，

46

正在了解灾情往上禀报，乔府能私设赈灾救济粥棚救助灾民，实在是可钦可佩。"说完掏出手绢擦了擦脑门上的汗，不知是不是走累的。

那群人又无声地糊在粥锅前，乔焕章又忙碌起来。他背过身去盛粥时，张知事才看到乔焕章脑上和他一样，这是他到此地见到的唯一一个剪去辫子的人，觉得此人不凡。

张知事又叫那小胡带着乘船过到青马沟的西岸来。在原来埋着那块老街基碑石处，他命人挖开那块埋着的石碑，他正要去细看那碑上的字，却见那碑石上盘着一条青蛇。那小胡刚用手里的柳条棍去抽打，张知事却阻止了，看见那青蛇飞快游进草丛里不见了。莫非是天意？他想起他们刚离开骆驼脖子衙府，那衙府就倒塌了。张知事愣怔了半晌，吐出一口气来说："把县衙府迁回此地。"

几日后，县衙府在安字十二井高岗子建成了，张知事又命人把那块基石碑立在当街的十字路口上。随着新县衙府落成，一些从骆驼脖子逃难过来的难民纷纷在老街基上落了户。那天乔焕章的话提醒了他，张知事向上奏折申请了一笔赈灾安置款，除了新建县衙府外，购置了一些粮食，给落户到县城来的百姓每家每户分一斗苞米、一斗高粱，来打发灾后这个歉收的秋天。

9

吴有顺终于看到青马沟那头建成了县衙府，他就觉得这日子有了盼头。去年秋天乔焕章跟他说什么民国了，他还不相信。不久，驿站上就接到了上边的差遣令，驿站站丁就地解散，允许站丁回老家，不愿回老家也可在原地当民国的邮差。

听到这个消息，吴有顺又喜又忧，喜的是他终于不用再做苦役似的站丁了，他还可以回老家了，以前他是那么盼望回老家；忧的是他老家没什么人了，回去也不知道干什么好，而且不能像那几个云南站丁轻手利脚地回去，这么远的路程带着马桂花还有两个孩子，谁知道路上会出点儿什么事情。他已听到关内多处地方在闹贼党打仗，而北方又遇上这么个灾年，路上的盘缠都没攒够……

马桂花看出了他的为难，夜里在枕边跟他说："要不咱明年回去吧，今年是个灾年，外头又兵荒马乱的，明年兴许能好点儿，反正民国了，啥时走都行了。"吴有顺听了，说："行，明年回关内去看你爹娘，俺答应你。"说完就搂过马桂花的身子轻轻地舒了口气。

吴有顺脱去站丁服做的第一件事，就是骑马带着马桂花走了一趟沟那边的老街基新县城。马桂花到古鲁驿站上八年了，还从来没有出过这么远的门。由于青马沟涨水，他们是骑马从北头绕过去的。吴有顺矮小的身子坐在前面，马桂花高他一头骑在后面，远远望去像马桂花怀里抱着一个孩子。他们慢悠悠绕水边走过时，乔焕章站在自家院子里看到了，他心里叹息了一声："这个站丁终于获得自由身了，看他的女人多高兴啊。"

马桂花从老街基回来，她为自己扯了二尺碎花布，为两个孩子扯了一身蓝麻布，又给吴有顺买了一顶瓜皮帽，这是吴有顺要的。他以后再也不用戴站丁帽了，总觉得头上少了点儿什么，他还不能像乔焕章一样剪去辫子，觉得还是有一顶帽子戴着好。马桂花这些年身上一直穿着两件从老家带来的衣裳，冬天一件蓝棉袄黑棉裤，夏天是那件开襟的灰布褂子和黑布裤子，这身衣服已叫她缝了数不清的补丁了，好在她也不需要出门给谁看。

马桂花回到家里就把那块白地碎花布剪成了一件单袄，又为自己剪了一条葱绿灯笼裤。缝好后，她穿上给吴有顺看，吴有顺就呆住了。真是人是衣服马是鞍，这套新衣服穿在马桂花身上就像换了个人似的。马桂花正是一个少妇最好的年龄，那身子该凹的凹，该鼓的鼓。这样一比就把吴有顺比出自卑来。吴有顺虽然比马桂花还小一岁，可由于常年骑马在驿道上跑，风吹日晒的，粗糙的黑脸上纹沟都很深了，背也驼了，看上去比马桂花要老上十来岁。吴有顺也觉得有点儿对不起马桂花，因为他现在的房事也不如先前那么勤了，跑马回来常常是累得倒头就睡。许是白天的刺激，夜里他又骑在了马桂花的身上，可是只两个回合他就草草下来了。他羞愧地被马桂花搂着睡去了。

后来才有了叫吴有顺更感羞愧的事情，这一切都是那个叫马丁的洋鬼子引起的。

这个秋日上午，马桂花正站在自己家高岗的黄豆地里收割黄豆。种黄豆是因为她听信了乔焕章说的，可以卖个好价钱。黄豆在高岗子那块地里，就没有被今年的涝灾淹着。马桂花穿着她那身新做的衣服在干活儿，头上又传来雁鸣声，她抬头看见一队大雁又排着人字形向南飞去。马桂花呆呆地望了半天，望着的时候她又开始想家了，她心里有点儿后悔答应吴有顺明年回关内去，而不是像站上别的站丁那样今年就回南方老家……等她放下眼睛时，心情就有了一丝烦躁，这个时候她看到远处有三个人影慢慢移了过来。

法国人传教士马丁·路德是一早从甜草岗子方向过来的。他的随从有俄国人伊万摩西、中国翻译张文。马丁·路德是驻甜草岗子俄国护路军队的随军牧师，这一天他要到老街基县城里去传教，因为低洼的路段被水冲毁了，他们才绕道走到这里来。

马丁·路德骑在一匹白洋马背上，由伊万在前面给他牵着。身材矮小的张文骑在一头毛驴上，走过来时，被远远地落在后面了。

这两个黄头发褐色眼珠的洋人站在马桂花面前时，竟吓了她一跳。其中那个穿黑长袍胸前挂着十字架的洋人从马背上下来，手指还在胸前比画着，嘴里在叨咕着什么。

马桂花像看两个怪物一样看着他俩，他俩向她比画了一阵也停了下来，马丁·路德在等后面的张文走过来，向她打听一下去县城的路怎么走。

就在等着的时候，那匹白马把嘴伸向了道边的黄豆秧，嘴唇一抹一嘟噜黄豆荚就嚼进了嘴里，白马旁若无人地吃了起来。等马桂花把眼睛从他俩身上移下来，移到牲口身上时，那地头的垄已叫它吃光一小片了。

"我的黄豆，我的黄豆，快把你们的马赶开……"马桂花挥舞着镰刀把撵过去，那两个洋人还不明白怎么回事，这时张文到了，他匆忙从毛驴上下来，把那白马拉开了。

一小片啃光了黄豆的豆秧湿漉漉出现在马桂花眼前时，她恨不得用手里的镰刀把狠狠打在那贪嘴的白马嘴上。张文看出了这个女人的愤怒，跟马丁小声说了句什么，想要牵马快走。可是马缰绳被这个女人死死拉住了。"你们不能走，你们的马吃了我的黄豆，你们得赔我黄豆！"这个灾年地里一点儿粮食的损失都叫这个持家的女人格外心疼。

争吵声惊动了刚才回屋喝水的吴有顺，他从房里走出来，远远看见媳妇在死死地拉着那匹白马，那两个高大的洋人在比比画画说着什么。他走过去一句也没听懂，还是那个小个子中国人张文转过头来跟他说："老乡，我们是到县里传教的，让主来解救你们，马丁神甫的马不小心吃了你家的黄豆，看在主的分儿上，宽恕它吧，我们还要赶路……"

吴有顺总算听明白了个大概，其实从一开始看到这两个洋人，老实的吴有顺就想息事宁人了，只是看到马桂花还不依不饶地拽着马缰绳，他也不知道该怎么办好。

僵持的争吵声又惊动了草甸子上移过来的三个人，这三个人是尼布少爷带着两个家丁，他们在草甸子上转悠打野兔子，听见这边的吵嚷声就过来了。尼布少爷这两天的烟瘾犯了，正闲得难受。早上出门时包八万爷叮嘱这两个家丁，让他俩一步也不要离开少爷。

"……咦嚅，洋鬼子，哪儿来的洋鬼子……"尼布走过来，围着穿黑袍的马丁左右在看。

"不得无礼，你们是什么人？这是马丁神甫，是来传教为你们送福音的。"张文说。

"狗屁神甫，你们的马吃了人家的黄豆，不给人家赔还说送福音，哪儿冒出来你这个杂种在替洋鬼子说话。"尼布推搡了张文一下，张文一个趔趄差点儿摔倒。尼布又挥起手里的鞭子要去抽那白马的头。

这时那个没说话的伊万挡过来，一伸手捏住了尼布的手腕，尼布痛得叫了一声，马鞭掉到了地上。

"你们两个还站在那里瞅什么，给我上，教训一下这个洋鬼子。"

两个家丁上来抱住了伊万的腿和腰，撕巴着把他摔倒在地上。伊万从地上爬起来给了一个家丁一拳，这便激怒了两个家丁，他俩这回把他放倒后，用枪托照着他的腰和腿砸了起来，直到把他打得哼哼着再也爬不起来为止。这边张文过来要阻止，又被尼布拦住了，张文脸上身上挨了几马鞭。而那个神甫一直站在一边，在低头往胸前画着十字，嘴里说着只有张文能听懂的话："主啊，请宽恕这几个迷途的羔羊吧。"

马丁·路德身上也挨了尼布一马鞭子，"老驴，你来草原上散布什么幺蛾子，我们大汗的子民只听从萨满神的意旨，快滚蛋吧。"

最后两个人狼狈地把被打得走不了路的伊万扶上了马，跌跌撞撞地走了。

三天后，驻甜草岗子的护路队俄军官少尉额威尔盛带着俄兵十余人在伊万和张文的带路下，来寻机报复了。他们先是骑马包围了八万爷的庄院，包八万爷的炮手在院墙角的炮台上望见了，早早把大门关上了，把这十几个俄兵挡在院门外。额威尔盛叫张文在门外喊话，叫交出那天打人的家丁来。这时包八万爷已把尼布叫到他房间问怎么回事，尼布胆战心惊地把那天的事情说了，包八万说："孩子，你闯祸了。"随后，包八万爷走上了炮台，冲外边喊道："你们听着，这是中国人的地盘，不许你们在这里撒野，如果让我交出我的家丁，除非问问我的枪答不答应。"话音刚落，"啪"的一声枪响，空中飞过的一只麻雀掉了下来，刚好掉在额威尔盛少尉的马脖子上。额威尔盛知道这个老蒙古人是要和他比枪法，他掏出毛瑟手枪往空中比画了半天，见一只花斑鸟飞过开了一枪，只打下一根花斑鸟的鸟毛来。他羞愧得脸红脖子粗，下令叫人撤退了。

额威尔盛少尉心躁口干，走在路上有些口渴了，经过古鲁驿站时就想找水喝。看到前面那个白房子，听伊万说神甫的马正是吃了这个女主人家的黄豆才闹起了这场纠纷，他也想见识一下这是一个怎样厉害的中国女人。就叫腿还没好利索的伊万骑马和那一班俄兵先走了，他只带着一个俄兵和张文走进了白房前院子里去。

这天下午吴有顺没有在家，他领着吴带福到江边挂鱼去了，还没有回来。家里只有马桂花和三岁的带粮在家。马桂花坐在里屋的炕上做棉衣，冬天马上就要到了，她得给两个孩子把棉袄做好。听见门响，马桂花以为吴有顺回来了，头也没抬地说了一声："你怎么回来得这么早，江边没鱼了吗？"没听到回声，就听到水缸前有人舀水喝的声音。"看你渴得像得了干涝，江边没有水吗？"她头也没抬在絮棉花，带粮在炕头上睡得正香。

马桂花抬起头来时，看到了一双狼一样冒着绿光的眼睛，她嘴巴刚张了张，额威尔盛一只毛茸茸的手已捂住了她的嘴巴，另一只手撕开了她胸前的衣怀。马桂花两只白花花的乳房像两只惊慌失措的兔子无处可逃。额威尔盛少尉有两年多没有碰过女人了，自从旅顺口日俄战争失败，沙皇俄国觉得蒙受了奇耻大辱，他们也延长了在远东轮换的服役期。刚才那个蒙古老头又叫他蒙受了羞辱，他把这一肚子邪火都发泄在这个女人身上，而且他看出这是一个爱干净的女人，屋子里收拾得像他们俄国女人一样干净。马桂花为了不惊醒带粮，就不在炕上挣扎了，她知道再挣扎也没有用了。她不想让孩子看到这个场面，就一动不动像死了一样躺在那里，直到身上的这个男人兽性发泄完毕。

　　俄少尉系着腰带走出去。她从窗子里看到院子里那个汉人熟悉的人影，就明白这是怎么回事了。她起来的时候把炕席上弄乱的棉花收拾得干干净净。随后她又找出那件她新做的浅碎花上衣和葱绿灯笼裤子穿上，之后走进仓房里去。炕上的带粮还在睡。

　　下午太阳落下去的时候，吴有顺和吴带福回来了。吴有顺手里拎着渔网兜着的鱼，进门喊了两声桂花，没有回应。问醒来的吴带粮："你妈哪里去了？"带粮木呆呆地摇摇头。带粮说话晚，三岁才刚刚会说话。吴有顺就出屋去找，这个时候地里活儿都干完了，她不可能在地里。他拉开了仓房的门，先看到一只装黄豆的麻袋倒了，接着看上面的仓房梁上吊着马桂花，身子已像死去的鱼一样硬了。吴有顺一屁股坐在了撒满黄豆的地上，手里忘了放下的网兜淌出一地腥腥的水来。

10

下葬了马桂花，吴有顺做了两件事情：一件是他把吴带粮送到包八万爷的府上由包八万的女儿尼日朗花照看。自从马桂花死后，这孩子好像不会说话了。那天下葬了马桂花后，尼日朗花就跟他说，让她来照顾带粮吧，她还那么小。另一件事，他去了乔家围子找乔焕章给他写个状子，写状子时他一脸的窘迫。

然后他带着这个状子去了老街基县衙府。那小胡把他的状子递了上去，出来又把他传唤了进去。

在一个光线不太明亮的厅堂内，张知事坐在一个高高的椅背前，看他进来，问道："你叫吴有顺？"

吴有顺点点头，说："是。"

张知事又问："马桂花是你的妻子？"

吴有顺又点点头，说："是。"

张知事皱皱眉头，说："你这份状子告俄国人强奸了你的妻子马桂花，是这样的吗？"

吴有顺一阵脸红耳热，赶紧点点头："是……是的。"

"那你的妻子马桂花本人怎么没有来呢？"

吴有顺一阵悲痛，声音有些哽咽："她……她上吊死了。"

屋里一阵喊喊声。

张知事又皱皱眉头问："你可有现场证明人看见你妻子被强奸？"

吴有顺说没有证人。

张知事盯着他瞅了一会儿，又转而说道："我这里可接到一份状子，状告你妻子唆使人殴打俄国人伊万、法国人马丁和中国人

54

张文。"

吴有顺一听愣住了，急忙争辩说："她没有唆使，知事大人，我妻子死得冤枉啊！"

张知事耷拉一下眼皮，说："这两个案子本官还要派人下去调查，择日开堂审理，你在家听候传唤吧。"

到这时吴有顺才明白这一件事变成了两件事。他从县上回来先去了包八万爷家，他向包八万爷讲了张知事接到状子告少爷殴打神甫的事情。吴有顺不想因为自己的事让包家跟着受牵连，吴有顺想让包家少爷出去躲一躲。包八万只说了一句："不必。"

一个礼拜后，县衙府的传唤令到了，要开堂审理这两起案子。一份传唤令被县衙役传到了包八万爷家，一份传唤令被县衙役送到了吴有顺家。包八万爷和尼布少爷、那两个家丁一起过去了。吴有顺收拾一下也过去了。乔家围子的乔焕章闻了信也骑马去了县城。

吴有顺这回走进县衙厅堂内，看到除了他们这些人，上次在自己家地里见过的马神甫、那个长胡子老毛子和张文也都来了。张文看见他时，目光躲闪了一下。

除了他们这些当事人分站在两排，还有十几个县衙役扎着腰带、手挂警棍站在两侧，厅堂内一派肃穆。

张知事坐在厅堂正中的高椅背上，宣布开庭，厅堂内肃静了下来。先是当堂审理了伊万马丁等人被殴打一案，取了证人口供画押。接下来审理吴有顺妻子被奸污屈辱致死一案。

四十分钟后，张知事当庭宣判："经查法国人神甫马丁·路德、俄国人伊万摩西和中国人张文被殴打一事，证人证实事实确凿，打人者包氏家尼布和两名家丁，分别被判处六个月刑役。另查，事情是由马丁神甫的马啃吃了屯民吴有顺家的黄豆而引起的，由原告赔偿吴有顺家的黄豆损失二十文钱。另外一案，关于本县屯民吴有顺

55

状告俄军官额威尔盛少尉强奸其妻马桂花一案，经查，无证人证明，无证据理查，本官宣布此案不予受理。退堂。"

"慢！"张知事刚宣布完，就听旁听的人群中有一人喊道。张知事有些愠怒地正要叫衙役去制止，却见站出来的是他刚来上任那天见过的乔家围子的地主乔焕章，就口气松懈下来问道："你有什么要说的？"

"知事大人，吴有顺之妻死得冤枉，她明明是在家中被人奸污，这种事情怎么会有第三者在场呢？而且明明那天额威尔盛少尉带人去了包家，折回来有包家家丁看见他们去了吴家找水喝，他们走后马桂花就吊死在自家的仓房内，知事大人不觉得这件事蹊跷吗？"

一席话问得张知事脸色有些难堪得挂不住了，他清了清嗓子干咳了两声，说："那就等这个案子找到新的证据，本官再开庭受理。"此时他心里更加烦躁，没想到到这里来上任受理的第一桩公务竟是这么叫他头痛难缠的案件。

接着过来六名衙役，把包少爷尼布和那两个家丁押走了。尼布被反剪着胳膊押走时喊："阿爸，我不想坐牢，阿爸——"

一时厅堂里有些混乱，神甫马丁在往胸前画着十字。

"孩子，到时我接你回家，我们大汗人要有骨气！"

包八万爷走出县衙来，说了句"昏官"就打马走了。

吴有顺不知所措地耷拉着头走出来，在外边看见神甫他们三个人，吴有顺追上去拉住了张文的衣襟："你看见那畜生糟蹋了我的妻子吧，你告诉我，你可以为我妻子做证……"

张文哆哆嗦嗦地说："我没看见，我真的什么也没看见。"他扯掉了吴有顺的手。

神甫在往胸前画着十字，嘴里边念叨着："主啊，宽恕这些人的罪行吧，愿你的妻子灵魂得到安息，阿门！"

吴有顺没有理睬他，他失魂落魄地走到十字街口那块老街基石碑坐下来，歇了一会儿喘口气。手摸在这块冷冰冰的石头上，想起多年前和庆山大人走到这里的情景，这个站丁痛恨过大清朝廷，可眼前的事情更叫他极度悲伤和痛恨。他离开那块石头时，把手里这二十文钱币统统扬撒在地上，引过来一群蓬头垢面的乞丐疯抢。

乔焕章也有些失落地骑马走回去了，他本以为他写的这个状子会打赢这场官司，可是最终还是让这个可怜的人失望了。深秋的风凉飕飕地吹着他的脖颈，他的脖颈没有像往日那样直挺着了。马"嗒嗒"踩着散落到蹄下的落叶……今秋的洪水让青马沟宽阔了许多，他得绕着走回乔家围子去了。

一场大雪一夜之间覆盖了青马沟的冰面和附近村屯边上的草原、耕地，天地之间变成了白茫茫的一片。洁白的雪盖上了夏天洪水冲毁的一切，也让人暂时忘掉了遭受的灾难。人们在为这个严冬的到来做着准备：取暖用的烧柴，村民们早早把被水淹过的苞米秆、高粱秆收来，每家房前都垛起了高高的苞米秸秆垛；喂牲口的草料，夏天雨水大草长得好，每家都割回来一个高高的草垛。还有大人孩子过冬的棉袄，棉花比往年高出了许多倍，一斤棉花要两块大洋才能在小城子棉花商那里买下来，幸亏乔焕章早预料到这一点，他在涨价之前就打发管家过江到扶余城里把一家老小做棉衣所需的棉花都买下了。

早上，穿着新做的棉袍的乔焕章站在院子里，叮嘱喂马的伙计，草料比平时多铡些。他知道马多吃些草料才能提高耐寒能力。伙计照着吩咐去做了。

之后，他就站在院子里把目光远远地向青马湖望去，那辽阔平整的雪面让乔焕章想到夏天这场大水真的让青马沟变成一个湖了。

虽然这湖水吞去了他二十亩地,可是比起那些家里的田地叫洪水冲得一分也不剩的屯户,他还是幸运的。二十亩田对他这个拥有一百八十多亩地的地主来说,算不上什么。

他的目光移向屯子南边那片地里时,就看见雪地里冒出个黑影来,那个黑影朝屯子里移过来,等那个沾着一身雪的人影移近时,他才看出是抄着旧棉袄袖的吴有顺,他一愣。

"乔老爷……"

"有顺,你来有事?"

"嗯哪……"不知是走得急,还是冻的,他脸红坨坨发僵,棉帽檐上挂着哈出的白霜,像长出了圈白毛。

"快进屋说去。"乔焕章和他走进屋去。

刚进堂屋,乔焕章还没等在太师椅子上坐下,吴有顺就躬曲着身子从棉袄口袋里掏出一个十字形的铜制纪念章来,这上面还凝着一层寒霜。乔焕章接过来左看看右看看,也没有看明白这是什么东西。

"这是什么?哪儿来的?"

这一问,又把吴有顺问得涨红了脸,听他喘均了气慢吞吞地说道,昨晚他把马桂花没给孩子做完的那件棉袄翻出来,他想把它缝完,自从马桂花出事后,他就把这件棉袄夹片扔进了箱子底下,不愿再见到它。可是当他拿出来时,"当啷"一声从棉花里掉出这东西来。他看了半天也没看明白这是啥玩意儿,但他想明白了这一定是那个毛子头掉下的……

这样一说,不由得又叫乔焕章仔细瞧了一眼,见上面有细小的洋文。这么说这是一个勋章了,只有军人才有这种东西,一定是那个额威尔盛少尉丢下的。

吃过早饭,乔焕章戴好高毡圆帽,围上围脖,就和吴有顺骑马过县衙去了。他俩是从青马沟面上骑马走过去的,冰层上的雪面上留下两行清晰的马蹄印。他们不到二十分钟就来到了县衙。

这个雪天张知事本想再多睡一会儿懒觉，被那小胡叫起来的时候脸上还透着不耐烦。这两日县里灾民围着县衙府上访讨要救济款的人也很多，弄得他也很烦躁，他以为又是这样的来人。等穿好官衣来到堂内，看到这两个人，似乎想起了不久前的事情，他坐在椅子上一边把手伸到火盆上，一边头也没抬地对来人说："你们有什么事，快说。"

乔焕章手里拿着这个十字铜制勋章，走到他面前说："上回本县屯民吴有顺状告俄少尉强奸他妻子马桂花一案有了新证据。"张知事抬头看了他俩一眼，把勋章接过去左瞧瞧右瞧瞧，把勋章又还给了他，说了一句让乔焕章和吴有顺都吃惊的话："这个不归本县管了，甜草岗子刚设立县衙府，当事人是他们县境内的，犯的案由他们来管。"

等他俩走出去，张知事似乎轻松地叹出了一口气。

乔焕章出来还在想，他要帮这个可怜的人再写一份状子，再往甜草岗子县衙府去告。可是走过青马沟时，吴有顺从马上下来，蹲在雪面上说了一句："俺不想再告了，丢人哩！"就蹲在地上捂着脸呜呜地哭了起来。

乔焕章吃惊地看着他，心里像被什么东西锉了一下，有了麻痛的感觉。

11

三个月后，尼布少爷和两个家丁被释放出来。尼布在监禁期间，烟瘾犯了两回，头撞墙差点儿没死掉，因此出来时脸蜡黄，人也瘦得不成样子。

回到家后，那慕容少奶奶叫下人顿顿给少爷熬牤牛骨头汤喝，尼布少爷脸上才渐渐有了血色，身体也恢复了点儿元气。尼布这次回到家里跟谁都不说话，包括八万爷。后几天，尼布就套上马，过江到扶余城里去了，一直到傍晚才回来。

八万爷知道他在监牢里遭了大罪，对他到扶余去干什么也不管了。他只希望尼布不要再去烟馆，至于赌馆就由着他去了。他还吩咐一个家丁带着些银两偷偷跟着他。

后来回来的这个家丁跟八万爷禀报说，少爷这回去城里没有去以前常去的那两个地方，而是去了柳条街上一家叫翠红的六铺炕客馆。初听到翠红六铺炕客馆叫八万爷一愣，他很快明白这是干什么的了，这是扶余城中一家有名的妓院馆，他以前到扶余城卖皮货曾听人提到过。他叮嘱这个家丁，不要把这件事向少奶奶去说。

八万爷放下心来，一想到他那次酒醉后给儿子定下的这个丑媳妇，他就觉得有点儿对不起尼布。成婚后看到两人冷冰冰的形同陌路人，他更觉得在萨满神那里犯下了罪孽。现在看到他能在别的女人那里找到些安慰，总比那要了命的烟枪强。唯一让包八万爷忧虑的是簸勒汁·尼玛家族将来会不会有后。可是现在他也管不了那么多了，这几天他还在为一件事情焦头烂额，那就是肇东县成立后，他在东边的八百亩草原荒地也划在了肇东境内，俄国人想出钱买下他那片草原，是看中了那片草场。通过前一段那件事，他对俄国人已恨之入骨，怎么会把那片荒地轻易卖给他们呢？他得想出个法子来和这些大鼻子老毛子周旋，这个县衙门他是不抱什么指望了。少爷的事暂时让他放下心来。

尼布进监狱前好久没来过扶余城了。那天他进城本来是想去以前的那个大烟馆的，可是当他牵着马冻得哆哆嗦嗦从柳条街走过时，脚底下一滑，撞到了一个在街头溜达的姑娘怀里。这姑娘柳眉弯桃眼，红袄绿裤，脸上擦的胭脂直冲他冻得流出鼻涕的鼻孔。尼布刚要说声对不起，那姑娘却娇滴滴地说："大哥，这大冷的天，进屋暖和暖和吧。"尼布就跟她进了屋，把马拴在了院子里。

尼布后来才知道她叫小红，原是辽宁宽甸县下一贫家女子，为给爹看病借了高利贷，被老鸨卖到了吉林地界妓院里来。尼布从小红身上第一次尝到了女人是啥滋味。连小红都笑他："蒙古少爷，你好像是头一回和女人睡觉。"尼布就羞愧得脸成了红布，把那小红又压在了身下，骑了几回，直到天很晚了，他身子虚了，才离去。

就这样尼布成了翠红六铺炕的常客，他带的银子大部分流进了小红的口袋里。除了小红他还认识了一个叫百合的女子。这百合低眉顺眼的，服侍起男人来却很讨男人的欢心。每次做那事之前，还跳一支拍手舞来助兴，这时百合姑娘就穿上一件艳丽的和服，赤着白皙的脚在炕上跳起来，这很挑尼布的兴致，尼布也跟她跳起蒙古舞来，跳着跳着两人就搂抱到了一起，做了鱼水之欢。这百合姑娘不像别的姑娘做完那事后，或抽身离去，或拥被坐在炕上数钱，她喜欢和他说话，总是问这问那的。尼布累了，有时问着问着，他就昏昏沉沉睡了过去。有一回他睡着了，恍惚听到外面有人说话，是一个男的小声问："你跟他说了吗?""我还没说。""他不是王府的少爷吗，这种事情还不好办。"百合说："他说他不管家里的事情，一切都要那个王爷说了算。""那你还是别在这个白痴身上浪费时间了。""哈咿。"……渐渐没声了，尼布恍在梦中觉得奇怪。他想找个机会问问百合这是怎么回事。可是自从那日后，他每回来点到百合时，她总是在服侍别的嫖客。他曾问过小红，百合是哪里的人，小红说百合是从延边那边过来的朝鲜人。尼布就不再多问了。

可是没过多久，家里发生的一件事又让尼布感到了奇怪。那天晚上他一回到家里，就听八万爷气咻咻地坐在厅堂的椅子上，嘴里嘟囔着："都想打我草场的主意，让我出卖祖宗的草场给这些异族人，除非让鹰叼瞎我的眼睛，让狼掏走我的心肺。"

尼布悄悄问一个下人这是怎么回事。下人告诉他，白天家里来了两个日本人，自称是"满洲拓荒株式会社"的人，要买老爷东边的那片草原，被老爷拒绝了。那两个人走时还威胁老爷说，如果老爷要把那片草原卖给俄国人，后果自负。俄国人已叫他们打败，他们在这儿不会长久的。老爷狠狠地回了他一句："这用不着你管，天上的太阳照着，我八万爷是不会把一寸草地卖给异族人的。"那两个人碰了一鼻子灰，灰溜溜地骑马走了。

"真奇怪，他们是打哪里知道这么清楚，我那八百亩草地划归了肇东县，俄国人动心思要买了去呢？"吃饭时八万爷看了尼布一眼，尼布赶紧低下头去，他不敢去瞅八万爷的目光。

尼布的心里和身子一样发虚，他有点儿被掏空了。

夜里又传来那慕容的号叫："尼布，你连畜生都不如，你要么是被骗了的骡子，要么是连野驴都找的杂种，你们尼玛家族不配有我们那氏满族高贵血统的后代，活该!"

这话叫蒙古包正堂里的八万爷听到了，直捅他的心窝子。"够了，别号了。"他吼了一声，前屋里立刻安静无声了。

夜里的寒冷，让管家不住地往火盆里添着牛粪蛋，那火盆里的火一夜一夜都不敢熄灭。这样寒冷的夜晚让每个人都恨不得围在火盆前，怪不得那个丑母狗要往尼布的被窝里钻。

过了不久，尼布染上了梅毒大疮。他先是感到大腿根部奇痒无比，接着就从裆部发出异臭的怪味儿来，连走路都困难，更别说骑马了。尼布就不再过江南去了。在老尼玛得知他染上了梅毒大疮之后，曾请来萨满神父给他跳神驱邪治病，也未见好。老尼玛又请来蒙医给他看。蒙医看后摇摇头对老尼玛说,少爷这病染上的真不是时候,他知道一个偏方可以治这病,可是草原上只有夏天会生长这种狼毒草,把狼毒草捣碎了敷于患处,这叫以毒攻毒。可是现在是冬天,到哪里弄狼毒草啊,只能听天由命了。蒙医无奈地摇摇头,背起药箱子,连老尼玛给他医病的钱他也没收就骑马走了。

尼布的病日益加重,便开始流出脓血来,而且每次解便都疼得难忍,嘴里发出撕心裂肺的号叫来,叫那个女人听到了,嘴里说:"活该,叫你去采野花,这真是报应!"

尼布的鼻子开始溃烂,他每天过来到后屋吃饭,脸上都要蒙一条厚厚的围巾,只露着眼睛和嘴巴。后来他干脆不出前屋了,饭叫下人给送到前屋来吃。而且他的胃口越来越糟糕。家里的下人都知道少爷的身体在一天天变坏,可是谁都一点儿办法也没有。老尼玛在想,这幸亏是冬天,不然苍蝇和蛆也会爬满前屋的炕上的。

只有尼布的姐姐尼日朗花每天在为弟弟祈祷,她希望冬天快点儿过去,春天快点儿到来。她每天都去离家一里地远的敖包祈祷,石头堆上那棵枯树枝头上让她挂满了红布条。呼啸的西北风裹挟着雪粒,凄厉地席卷着她长跪在那里的身影。除了她跪伏的身影外,在那棵卷起雪尘的枯树枝头上,还盘旋着两只黑乌鸦的身影,"呱——呱——"乌鸦发出的叫声在呼啸的北风中听起来是那样瘆人。她走回家的时候,那两只乌鸦还跟到了家门口,它们似乎闻到了死亡的气息。

尼布没有等到草原绿的时候,在正月里过完灯节的第二天早上就死了。头天夜里的酥油灯还没有凝固,尼布的身子就僵硬了。从他的屋子里传来那个丑女人的哀号,这是自从她嫁到王爷家来,王爷家的人头一回听到这个女人哭,她的哭声一声长一声短的,尖厉持久。

送葬时，尼玛和家人把尼布的身子用清水清洗了几遍才干净，他身上已多处溃烂。尼玛又用酥油给他身子涂抹了几遍，之后用一面白布把他卷起抬到勒勒车上。上车前，请来的喇嘛给他做了升天的祷告。

之后，那辆一头牤牛拉着的勒勒车就向雪野里走去。送葬的人群中除了尼玛的家人外，还有乔焕章、吴有顺等汉人。

大家一路默默地跟着勒勒车往前走，大约走出二里地，白茫茫的雪野空中，出现了一些黑点，向着勒勒车俯冲过来，有秃鹫，有苍鹰，也有乌鸦，一定是尼布身上厚厚的酥油让它们闻到了。解剖师割下尼布一块块净肉向空中抛去，被它们一块块叼走了……

老尼玛嘴里在念叨着："孩子，这回你身子干净了，你的灵魂可以升入天堂了……所有的罪孽萨满神都给你洗去了，你在天堂里做咱尼玛家族的好孩子吧，让你来世成为一只草原上矫健的雄鹰……"

那慕容这个女人还在后边哭哭啼啼，她穿着一身黑裙袍，身子抽得歪歪扭扭，尼日朗花在旁边搀扶着她，老尼玛眼里一滴泪水也没掉。

勒勒车在向北面的青马湖"咯吱、咯吱"轧着雪面走去，没等走到青马湖，尼布的肉身就一块一块被鹰和乌鸦叼没了。那辽阔白净的湖面渐渐出现在尼日朗花眼中的时候，她觉得天堂就是这个样子吧。秋天湖面会落进大雁南归的身影，夏天湖面会装满蓝天、白云的身影，春天那清澈的湖水四周的岸上会开满马蹄莲花、野百合花，像一只镶嵌在湖边的漂亮画框……性急的尼布怎么等不到春天就走了呢？

12

　　乔焕章从八万爷家里人嘴里听过关于青马湖的传说。传说在很早很早以前，有一对蒙古兄弟奉一位尊贵的王爷之命，从很远的地方过来为这位王爷寻找优良的草场。据说这位王爷就是成吉思汗的弟弟哈布图哈萨尔十八世孙布木巴的后裔。两个兄弟骑马驰骋了两个多月也没有找到满意的草场，这一年大旱，多数地方的草场刚刚进入七月草尖就发黄了。王爷给这兄弟俩下了死令，如果找不到好草场，回去后他俩就要被五马分尸。他们俩在草原上跑了半个多月，眼瞅着王爷规定的期限就要到了，兄弟俩还是没有找到草场。更让他俩担心的是，他们带的干粮青稞饼和皮囊里盛的水都吃光喝光了，运气好时用弓箭偶尔打到一只野兔或山鸡充饥；运气不好时，他们要挨饿几天。他俩日夜奔袭，跑到这里时又渴又饿，由于草原旱，他们也找不到一点儿水喝，口干舌燥已叫他俩在马背上昏昏沉沉了。

　　他们不得不下马在此地宿营过夜，这天夜里哥哥发起烧来，他并没有告诉弟弟。第二天早上出发时，哥哥跟弟弟说，他要往东边寻找，叫弟弟往南边寻找，谁找到了草场谁就回去向王爷报告，不用再找对方了，因为时间来不及了，反正超过王爷规定的期限回去他们都得被处死。

　　弟弟听从了哥哥的话，他不知道这是哥哥怕连累他而故意支走他的。弟弟往南骑马走了一个多时辰，感觉不对，哥哥跟他出来这么久从来没有与他分开过，怎么这会儿叫两人分开，再想起早上分手时哥哥那张通红的脸，越想越不对，打马折回身来。在他回头往东边去寻找的一片草丛里，他发现了哥哥和那匹马倒地的身影。原来哥哥在向这边走出后不久，他骑的那匹马在过这道草沟时，马蹄被绊了一下，就摔倒了再也没有起来。这匹青马也多日没有饮水了，它的身体和主人一样虚弱，被绊倒后它的眼睛就充血了，气若游丝。它哀叫了一声，弟弟骑着的小青马听到了，寻到跟前来。弟弟下马来抱起哥哥，哥哥从昏迷中醒来，他浑身烧得像火炭，他抬起手指了指马的前蹄，弟弟这才看到那只马蹄坑里泛出约有一碗水来，哥哥干裂着嘴唇断断续续跟他说："你……你……把那点儿水喝了……回去告诉王爷在这里发现了草……草场……""不，我要你和我一起回去！"弟弟带着哭腔说。"我……我走不动了……"哥哥奄奄一息地说。弟弟赶紧去马鞍上取下一只银碗来，刚把马蹄里的水舀进碗里要递到哥哥嘴边，就见哥哥卧着的胸脯下流出一摊紫红的血来，原来哥哥用他身上的一根弓箭压进了自己的胸脯里，笑着死了。他是不想拖累弟弟。

弟弟把哥哥的尸体背到高岗处埋了，等他转回身要去把那匹大青马也埋了去时，就见刚才绊倒哥哥青马的地方汩汩冒出一大片水来，早把那匹青马淹没得看不见影子。这水极清澈、甘冽。弟弟和他的那匹小青马喝了水，就回去向王爷报告了。

王爷就叫他带人赶着马群来到这片新发现的牧场。由于有了水源，人和马都有了饮用的水，这片草场果然长得好，到了九月份，那草场还碧绿得像绿毯一样覆盖在这片草原上。布木巴王爷念及他们兄弟俩寻找草场有功，就册封弟弟贵族的身份，要招他回乌兰巴托去。可是弟弟思念哥哥，就在这片草原上世代留了下来。

"这是一股神水。"包八万爷家的人讲完这个故事，总要这样感慨地说一句。而且逢到雾天，传说还有人看见过一匹青马在湖边吃草；等到雾散去，那匹青马也不见了。

据说那位被王爷册封为贵族的弟弟就是包八万爷的祖先，对于这一点包八万爷却从来没有向任何人提起过。自从尼布正月里死去后，他一下子衰老了许多，他也好久没有出去打猎了。

草甸子上的雪是一点一点融化的，先是那沙粒一样硬的雪粒被风吹软了，接着就露出下面黄黄的草来，那草被雪捂了一冬，叫阳光一照，露出黄缎般的光泽来。接着是耕地里的雪开始融化，露出黑黑的泥土来，这个时候，白色、黄色和黑色是关东平原春天常见的颜色了。

这初春的季节里，每天早上或傍晚，乔焕章总喜欢站在自家院子里眼睛向房前瞭望，草房檐下挂着长长的冰溜子。看一会儿，再弯身回屋去看书或跟儿子守廉下会儿五子棋。耕种还得些日子，关东的农事谚语节令总要比关里晚一个月的时令。整个冬天乔焕章都会把自己关在屋子里看书，他那个题写着"悟耕堂"的堂室里，每天都放着一只炭火烧得红红的火盆。乔焕章很喜欢关东人冬天这样的猫冬，不像在关里老家冬天也有做不完的事情，外头的活儿如往田里送粪啊，翻晾谷场上的粮食啊；屋里的活儿如拉磨碾面啊，女人做鞋，男人编筐篓，很难有手闲着的时候。这样一比乔焕章就觉得关东人比关里人享福，就连雇的长工也一入冬就早早放假回去守着老婆孩子热炕头了，直到第二年春天四五月份才到主人家地里来干活儿。而乔焕章家还是全屯最先开始播种的。这几年屯子里的人已养成习惯了，看他家先种啥再跟着种啥。乔焕章根据每年春天雪化后地里的湿度，再根据他看过的《农事杂物》书籍得来的知识，来决定地里今年适合先种什么、后种什么。播种的时候，乔焕章都是亲自到地里撒种子的。屯子里的人那会儿看他就像一个一辈子长在地里的庄稼把式一样，而看不出他是一个读书人。

这天晌午他正和守廉在屋子炕上方桌下着五子棋，一只黑蜘蛛从糊着花纸的棚顶扯着线掉下来，正好落到棋桌的角上。守廉眼尖看到了，刚要用鞋板去拍死它，乔焕章阻止了他："别动它……"守廉的手停在了半空中，看着它爬没了影。

"好啦，今天就下到这里吧，你去找你弟弟守仁玩一会儿吧。"

乔焕章本想在屋里再看会儿书，可从正南面窗子照进来的阳光晃得他有点儿眼花，他就穿戴好衣帽走到院子里来。

白白的日光将房檐上的冰溜子照化了，滴答、滴答……往下滴答水。他的目光越过他家裸露着的黑色耕地，向覆着白色薄雪的青马湖望去，就看见两个人影从湖边朝屯子里走来。后边那个人影还牵着一匹高头大马。待那两个人影渐渐走近了，他认出头里那个矮小些的人影来。"这个喇叭匠，这会儿又到屯子里来干什么？"他自言自语地叨咕了一句。

等他迎出去，杨殿甲也看到了他的身影，老远招呼道："焕章大哥，你看谁来啦？"

乔焕章眯了一下眼睛，他身后那个高个子的身影从灰马旁侧身闪了出来，他穿着一身青灰色的军装，头上戴着一顶青灰色布面的狗皮帽子，腰间扎着武装带，还斜背着一把大盒子枪套。他一见到乔焕章站在门口，就紧走了两步上前："大哥，是俺哩，俺回来看你来了……"这熟悉的叫声，叫乔焕章心口窝发堵，他一愣怔："是满……满堂兄弟……"他身子有些摇摇晃晃地上前，与来人拥抱在了一起，"满堂兄弟，你怎么找来了，你可想死大哥啦！"颤抖着说完，他的眼眶竟湿润了。

乔焕章赶紧扯着高满堂的手进院，没等进屋就喊："凤兰，你看谁来啦！"

听到喊声，凤兰就出来了，她身后还跟着守廉、守仁两个孩子，两个孩子怯生生地望着来人。

"这是嫂子吧？"高满堂摘下棉帽子，给凤兰行了大礼。

"这是满堂兄弟，我常跟你念叨的，我们是一块儿从山东老家出来的……"吕凤兰以前常听乔焕章兄妹俩提起他，这会儿一见果然是一个高高大大豪爽的山东汉子，赶紧站在门口往屋里亲热地让道："满堂大兄弟，快进屋暖和暖和。这一路走饿了吧，俺这就叫人给你烧火做饭去。"又叫下人把马牵到马棚里去喂。

　　进了屋，乔焕章又指着跟进来的两个孩子说："这是你的两个侄儿，老大七岁，老二四岁。"高满堂蹲下摸摸守廉的头，又摸守仁的头，欢喜地说："大哥，我们有八年没见面了吧，没想到我的侄儿都这么大了。"

　　"九年啦。"等把他让到太师椅上坐下，乔焕章就急着问他这些年在外面的情况。

　　高满堂喝了一口茶水后，环顾了一下屋里，这才慢慢说道，自从他们在奉天城分手后，他就被张作霖的部队招兵走了。张作霖先是任袁世凯的清兵新军都统，随着袁世凯的发迹，张作霖的部队又进一步扩大，袁世凯倒台后，张作霖就带着他的部队一直盘踞在关外东北，任奉天督军，做起了东北王。高满堂在张作霖部队混了几年后，已当上了连长。他随部队前年换防到吉林后，就开始打听乔焕章兄妹的下落，可是一直没有音讯。直到头些日子跟他们团长回扶余乡里为他们长官的岳父出殡，意外遇到了杨殿甲带着的杨小班，这才从杨殿甲嘴里得知他们兄妹的下落，丧事一办完，他就跟他们长官请假，跟随杨殿甲找到江北来了。路上杨殿甲已向他说起了他们兄妹这些年的情况，特别是从杨殿甲嘴里听说了乔焕芝头些年已出嫁，嫁的人正是他们在来关东时认识的邹守田。

　　"咱妹妹她过得还好吧？"坐下说完他的情况，高满堂这样问了乔焕章一句。

　　乔焕章已看出来高满堂知道了焕芝成家的事，就说："她还好，

69

嫁给了守田，你也认识，是咱关里人。你走后头两年她还常念叨你这位哥哥，可就是一直没有你的音讯。""我刚吃兵饷的头两年也想过开小差，可那清兵狗官看得厉害，总怕张大帅底下的人会出什么乱子，如果开小差被抓住要被株连九族的。再加上上边一个长官看俺打仗有一身功夫，就提俺当了排长，后来那鸟皇帝和袁大头都没坐稳金銮殿，树倒猢狲散，张大帅把部队拉回了东北，俺也断了再逃跑的念头。"高满堂无奈地叹息了一声。

这边屋里说着话，那边厨房里吕凤兰已叫人把午饭做好了，还现杀了一只大公鸡，鸡肉炖蘑菇、猪肉炖粉条子、酸菜炖冻豆腐，几大碗菜端上桌，三只酒盅已摆好，倒满了吕凤兰从娘家带回来的一坛五年烧酒。

"来，来，我们三个兄弟好多年没有在一起喝酒了，今儿个好好喝喝。"乔焕章端起酒盅来说。

他们三个酒盅碰了一下，就干尽了这头盅酒。

乔焕章边吃又边向他打听起外面许多他和杨殿甲不知道的事情来。高满堂连喝了三盅，直夸嫂子家的小烧酒好喝，喝得脸膛红红的冒出了汗，就解开了衣服，把棉军装上衣和武装带、手枪都放到了一边的炕上。三个人正喝着、唠着，没注意乔守廉不知什么时候磨蹭进了屋，对炕上枪套里的枪发生了兴趣，要伸手去摸一下，被乔焕章唤住了："满堂，你那枪孩子可摸不得，这东西一颗花生米粒大小的子弹就会要人命的吧。"

高满堂听了高声笑道："大哥，你莫说得那么吓人，我把子弹夹退了，让守廉摸一下，没准俺大侄儿将来像俺一样喜欢行武呢。"说着他把枪套里的枪抽出来，退去了弹夹，把守廉叫到跟前来，叫他双手握住了枪柄，用一根食指扣动了扳机，"啪"的一声响，吓了杨殿甲一跳。高满堂又笑了，说："看看，我大侄儿带这个架儿呢。"

"别胡闹了，守廉到外屋去玩，来，来，咱们喝酒。"乔焕章没太在意地说了句。

好多年以后，已是国军少校营长的守廉战死在江桥保卫战的战场上时，三个人才不由得想起高满堂回来时说守廉会从武的这个下午。

吃完晌午饭，乔焕章打发家里下人套上马车去邹家屯接乔焕芝回来。

三个时辰后，一驾马车停在了乔家院门前，乔焕芝和邹守田一起带着孩子来了。乔焕芝一进院就急急地问道："大哥，俺满堂哥回来了？他在哪儿呢？"闻到声音，乔焕章夫妇和高满堂、杨殿甲都迎出屋去。

九年没见，两人一见面都先愣了一下。高满堂留起了连腮胡子，额上已有了一道抬头纹；焕芝呢，也不是那苗条姑娘的腰身，她的腰变粗了，鹅蛋形脸上的皮肤也粗糙了，大概是马车跑得快，那脸被风吹得酡红。她跳下马车时手里还抱下一个四五岁的男孩来，那男孩的眉眼都生得极像焕芝。

"叫舅舅，这是你二舅舅。"

男孩怯生生地叫了一声舅舅。高满堂高高地把他抱起来，用满脸胡子的腮贴了他一下："叫啥名？""邹新福。"焕芝说。

"这位是俺妹夫吧？"高满堂又冲跟进院里的一个抄着棉袄袖的男人说。

邹守田嘿嘿一笑，说："俺听焕芝说起过你，你们是一块儿坐船从关里来关东的……"

两个男人目光碰了一下，高满堂把他从头到脚下打量了一遍。

"来，来，快到屋里说话。"乔焕章闪身把妹妹一家人往屋里让。

大家都走进屋去。

大人们在正堂里说着话，孩子们到西厢房里玩耍去了，和满堂厮混熟了的守廉手里多了几个子弹壳。而凤兰和焕芝她们姑嫂到厨房准备晚饭去了，高满堂的情况焕芝都是先从嫂子凤兰嘴里听说的，她耳朵时不时还听着屋里几个男人说着的话。

　　晚上，焕章叫家人去包八万爷的庄园里买了一只肥羊回来杀了，在家里吃起了涮羊肉火锅，又喝起了酒。四个男人里邹守田酒量最差，几杯下去后，就醉倒了，让焕芝扶进东厢房里昏睡去了。

　　喝散了酒，乔焕章安排满堂和杨殿甲到西厢房里休息。杨殿甲说他先到屯子里一户人家去走走，这户人家过一阵子有份娶亲的活儿做，他顺便踩踩线。这样喝得有点儿多的高满堂就先过西厢房里休息去了。凤兰送了两床被褥过来，又叫焕芝过来往炕下灶坑里添点儿柴。

　　焕芝抱着一抱苞米秆进来，蹲在炕下往灶坑里添柴火，火光亮亮地把她的身影映在墙壁上。高满堂一见焕芝抱柴走进来，就从炕上坐起身来，看着火光映着焕芝红红的脸，半晌没说话。旺旺的苞米秆火扯着长长的火苗在炕下"噼啪"地响着。

　　"这些年你还一个人，没找个人成个家吗？"炕下低着头的人问。

　　"没……俺当兵的这些年一个人跑惯了。"炕上的人答。

　　"他……他……对你好吗？"

　　"……对俺还好。"

　　"那就好，看到你哥和你的日子过得好，俺就放心了。"炕上的人似乎松了一口气。

　　"满堂哥……"

　　"嗯？"

　　"这次来家……能在俺哥这儿多待些日子吗？"

　　"不能啦，俺明儿个一早就走了，当兵的身不由己。"

"这么着急……"炕下的女人轻轻地叹息一声。灶坑里的火苗渐渐暗了下去。

第二天一早,吃过早饭,高满堂告别了乔家兄妹和邹守田,就和杨殿甲上路了。

乔焕章一直把他俩送到青马湖边上,乔焕章紧紧握着高满堂的手说:"满堂兄弟,如果部队不换防,你有时间再到家来。"

"好的,大哥,等俺下回再来看你。"说完,高满堂就招招手,牵着马和杨殿甲一起走远了。

院门口,焕芝抱着孩子也坐上了马车,她投远的目光一直到望不到他的身影为止。

13

这一年开春后,乔焕章送乔守廉到托古乡里去上私塾了。托古乡距乔家围子有五里多路,乔守廉每天早上背着书包去,下午放学再背着书包回来。乔焕章从不叫家里伙计接送,是想让他从小养成自立的能力。学费是一学期一斗小麦和一斗高粱,开学之初,乔焕章打发伙计给先生送过去了。听伙计回来说,先生是一个年近六旬的老人,姓于,对人极严厉,学生迟到一分钟,就要在外头罚站一个时辰。乔焕章听了想,还是严厉点儿好。

开春以后,乔焕章都在忙碌地里的事情,从翻地到播种、备垄,乔焕章都和管家、伙计赶着牛和马下到田里去,他亲自指导先种什么、后种什么。这一年雪大,开春后雨水充足,乔焕章就叫把靠近青马湖边的四十亩旱地改成了水田,种上了水稻。而屯子里别的有靠湖边地的人家自从前年夏天被大水冲毁了水田后,去年夏天又逢旱，水田的收成差点儿连种子都没收回来，不敢再轻易种水田了。

夏锄过后，乔家水田的水稻秧苗就齐刷刷绿成一片，每日傍晚，乔焕章就穿着一件浅灰色长袍去青马湖边溜达，腋下还通常夹着一本书。屯子里那些没种水田人家的女人见到了他咂咂嘴说："瞧瞧人家乔老爷，读过大书的人也会种庄稼哪。"

这一年里，高满堂又来乔家围子看过乔焕章两次，一次是夏天里，一次在秋天里。来时，守廉照例围着他的枪套转，高满堂退出子弹把空枪给他摸。看到守廉手背上有手板痕印，高满堂就知道一定是先生打的，问他疼不。守廉马上把手背过去，摇头："不疼。"高满堂又说："还是当学生好哇，你满堂叔就吃了不识字的亏，否则早当营长了。"守廉瞅瞅他，并不知道营长是啥官。

秋天里来那次，高满堂还去邹家屯邹守田家里看了乔焕芝。他来，焕章也捎信到邹家屯叫焕芝来家一趟，可邹家人正忙地里的收成，走不开，高满堂也正想到焕芝家里去看看，就打马过去了。

一进屯子，果然看见邹守田一家人都在地里掰苞米，焕芝先从地里迎了出来，看见他眼里闪过一阵惊喜，邹守田也过来了，把高满堂又给他爹做了介绍。刚才看着一个军官骑马进屯冲他家里过来，邹万灵还吓了一跳，这下听说高满堂当年就是和乔家兄妹一起从山东出来、走到奉天去当兵的那个后生，就眼睛直往高满堂身上剐。

"俺以为是哪里来的军爷长官，原来是满堂侄子，听守田说起过你，到屋里去坐吧。"

高满堂听出了他口里的不冷不热，焕芝刚要把他往屋里让，他摆手说："不了，大叔，俺也好久没有干庄稼活儿了，今天正好让俺练练庄稼把式活儿。"

"这怎是好，这怎是好……"邹万灵剐在他身上的目光闪了一下。

高满堂不由分说挽起袖子走进了地里，操起了一把镰刀在手上，一片片苞米秆被他割倒下了。邹家的田地很大，只雇了一个长工伙计在那边干着。

不一会儿工夫，高满堂头上就干出了汗，焕芝过来递给他一个毛巾擦汗，高满堂在地那头直起腰来，看邹家父子在那边地里装车，他问了一句："家里这么多地，为什么不多雇个长工来干活儿？"焕芝叹了口气，说："多雇个长工不得多张嘴吃饭吗。"高满堂就明白了，邹家这是把焕芝当长工用呢。

看看快到晌午时辰了，才听刚才在地里查看有没有漏下苞米棒的邹万灵在喊："守田家的，晌午了去弄饭吧，他满堂大兄弟来了，烙白面油饼吧。"

焕芝就拍拍手走出地里去。

等到饭好焕芝过地头来叫时，他们才停住手。往回走时，别的田里屯人都很好奇地投过来目光。高满堂的军装上衣搭在肩头上，白衬衫后背都叫汗溻透了。

吃饭时，高满堂和邹守田还有他的儿子坐在一桌吃白面烙饼，邹万灵和后回来的那个伙计坐在另一桌，吃的是玉米面饼子。高满堂要拉邹万灵过来坐在一个桌上吃，他说什么也不过来。邹新福说了一句："俺爷爷每次吃饭都是在那桌的。"那个长工很快就吃完了，又下地去了。邹万灵咳嗽一声，也站起身来下地去了。高满堂心里明白，他这是紧饭时呢。

下午又干了一阵，看看时辰不早了，高满堂就告辞了。邹守田和乔焕芝一起出来送他，走过苞米地头时，高满堂问："守田，你爹够节省的。"

"是哩，他恨不得一块大洋掰成两半花才好。"邹守田有点儿难为情地低下了头。

"守田，你家的地不少了吧？"

"嗯，有二十多垧了。"

"都赶上你大舅哥家的地多了，你为什么不向你大舅哥学学呢，多雇些人手……"高满堂看了焕芝一眼，她身上的衣衫也叫汗湿透了。

"看看你家这地主当的，再看看你大舅哥那地主当的，真是活受累啊！"他跨上马，抽了一下马鞭，走了。

焕芝嫁到邹家来，最不想让一个人看到她现在的日子，那就是高满堂，可还是叫他看到了。自打她嫁到邹家来就明白了邹万灵为啥叫他儿子娶她了。因为山东女人的秉性，无论是做家里的活儿还是做地里的活儿她都是那么要强，而且受了什么委屈从不会去跟娘家人说。所以这么些年，连她哥哥也不知道她在邹家过的是一种什么样的日子。她刚嫁到邹家来就知道，以邹家的田产养活两代人是不成问题的，可是家里每一文钱的日常花销都叫她公公算得十分仔细。比如活儿少时他让她给伙计做的玉米糊糊，每次都稀得能照见个人影，她如果多加了一把苞米面，就会招来公公的咳嗽声。先前已有两个伙计忍受不了东家伙食上的刻薄，没等干到年底就卷铺盖走人了。

家里的茅房在后院菜园里，粪坑四周都种着向日葵，一般家里人解手都用放在里面的一些向日葵叶子，只有焕芝身子来事时，公公才允许守田把一卷黄麻纸放进去。这天焕芝从茅房低头走出来，冷不丁看到在向日葵叶子间站着的公公在瞅她，焕芝心一慌，脸成了红布。

夜里睡在炕上，她想了想还是跟守田说了一句："守田……你看是不是该给爹续个弦了……"守田把她打住了："你没过门时，我就跟他提过，你听他说啥，俺还找女人来干啥，找张嘴来家吃饭？"焕芝想到公公还不算太老，才刚刚四十八岁。她还在为白天的事情画魂，也不好给守田说破。哪知第二天在地里干活儿时，守田跟她说："爹说你黄麻纸用得太费了。"这话她听懂了，怎么说她也是邹家的少奶奶，要传出去也羞死人啦。

她嫁到邹家最近几年来，也看出邹家父子在暗中和她哥哥家较劲，刚到邹家的头两年她每次回娘家回来，公公总要问她，焕章地里都种什么啦？秋天时又会问，焕章家里打了多少粮食？焕芝就一五一十告诉了他们。后来邹家父子就不再问了，因为年年秋天，哥哥家的收成总是压过邹家一头。连焕芝也觉得奇怪，按田亩的地数，邹家还比哥哥家多出十来亩地，怎么收成总照人家少呢？看来邹家这西口岗子地真不如青马湖边的地肥沃。这边多是盐碱地，再加上哥哥春天根据旱涝选择播种的时机选择得好，收成自然好了。还有看到乔焕章两个活蹦乱跳的儿子一天天长大，这也让邹万灵嫉妒。

不知是地里的活儿劳累，还是守田的精子弱，焕芝的第二个孩子是在新福六岁之后才有的。有了第二个孩子，邹万灵给取名叫新禄，就是这新禄的到来给邹家招来了意想不到的灾祸，差一点儿要了邹万灵的老命。

邹家为新禄办满月酒的第二天，招来了胡子。这绺胡子报号"天照应"，大当家的是一脸黑坑麻子的麻皮。邹万灵在屯子立户这么多年，也听人说东北这儿荒僻，常跑胡子。可一直没遇到过，他也就没把这事放在心上，再个这么多年他一直没露富。

这天天刚擦黑，这伙胡子就摸进了邹万灵的家，拿刀逼住了邹万灵和邹守田的脖子。邹守田一见那寒光冰凉的刀子顶在脖子上，就吓得尿了裤子。

麻皮嘴里嚼着一根燎煳的猪尾巴，嚼一截吐一截，吐完了说：

"说，家里的银圆都藏到哪里去了，不说就捅了这一老一少的。"

麻皮的刀子往焕芝怀里一指，焕芝一哆嗦，赶紧把一个匣子拿出来，这是白天刚收的满月份子钱，还没来得及交给公爹保管。邹万灵一看那匣子里装的红包钱，胸口就哆嗦了一下。

麻皮拿在手里掂了掂，并没有瞧上眼："你们打发叫花子呢，我叫你们把家里的金银财宝全拿出来。"

公公平时把银圆藏在哪儿是背着焕芝的，焕芝真的不知道。

"不说是不是，不说就先把这小的点了天灯。"

一个胡子上来一把夺去焕芝怀里的小被，焕芝撕扯着不放手，被里的孩子顿时哇哇大哭起来。"爹爹呀，快救救您的孙子吧。"

一旁的邹万灵被刀顶着闭着眼睛不说话。

"老不死的，真是舍命不舍财啊，你——"麻皮手里的刀子又一指哆嗦在那里的邹守田，"你也不想要你儿子了吗？"

那个膀大腰圆的胡子已把孩子从焕芝怀里夺了去，高高地举在头顶上。

"我说，我说，求求你们，把孩子放下来，爹爹呀——"邹守田"扑通"跪在了地上。

"守田，不能说。"邹万灵睁开眼睛喝道。

"爹啊，不交出来您和您孙子就都没命了啊——"守田从地上爬起来，就带人去了后院子。邹万灵一见就哀叹了一声："孽子啊……"就有些喘不上气地翻白眼了。守田带人从一个粪堆地底下刨出一个圆肚坛罐来，邹万灵口吐白沫地说了一句："你们杀了我吧！"就倒地昏了过去。

这次胡子洗家，让邹万灵大病了一场，病好后他的身体也大不如从前了，头发也一夜之间全白了，嘴里常常念叨着说："完了，完了，十几年攒下的家底全完了，遭天杀的胡子啊……"

邹家遭胡子洗劫的消息也传到了乔家围子，乔焕章特意过邹家屯来看望邹万灵。

乔焕章问邹守田报官了没有，邹守田哭丧着一张脸，说报了。不过听县里人传言，那张大人吃了胡子的赏银，胡子在这地面作歹，他是睁一只眼闭一只眼的。乔焕章一想那官人也是，就别指望这坛银圆能从官府手上讨缴回来了。

14

第二年春天，肇州县全境大旱，先是冬天里少雪，打春以后一直到立夏，没见一场雨落下。乡下的许多田地里，苗刚刚冒绿芽就被旱死了。立夏过后，还不见一点儿绿，十里八乡屯子里的老少爷们儿、女人眼巴巴地蹲在地里守着，连哭的心都有了。

乔家围子的情况稍好些，因为守着青马湖。一开春下种子时，家家都去湖里挑水浇地。过了芒种，那地里的绿苗就出来了，苞米、高粱、黄豆，这些耐旱的农作物大家都跟着乔焕章家多种了些，而水稻和小麦基本没有谁家种了。每日在田里带着伙计浇地，乔焕章的皮肤就比往年晒得黑些。

过端午节，乔焕芝领着孩子过乔家围子来看他。乔焕章想到她家去年遭人祸胡子抢劫，今年又遇到了旱灾，家里的日子肯定不好过。一问果然，焕芝说，家里大部分地里苗都旱死了，守田正张罗打井浇地呢。看到新福，他问："新福今年七岁了吧？"焕芝点点头。焕章又说："该让他上学了，莫不如这样吧，你把他放在这里，让他跟守仁、守廉一块儿上学，也是个伴儿。"凤兰也在一旁直劝她让新福留下。焕芝想，这是哥嫂要帮她家减少一张嘴吃饭啊，就从心里生出一份感动来。走时，乔焕章又叫人给她马车上装上一口袋苞米面、一口袋毛小麦。焕芝也不好再硬推却。走到门口时，她叮嘱新福一定要听大舅、大舅妈的话，用功念书学习。新福点点头答应了。等妹子上了马车，焕章看到她背过身去抹了一下眼泪。

第二日守廉、守仁去托古乡私塾学堂上学时，乔焕章叫他俩把新福带上，并叫一个伙计赶着马车装上一斗小麦和一斗高粱给于先生送过去。大旱之年能有人家有余粮做学费送孩子来求学，于先生十分意外，因为已有两个学生家里开学之初拿不出两斗粮食来，叫学生娃退学了。于老先生就对新福、守仁他们二兄弟格外用心教起来。新福和守仁一样，开学不到十日就将《三字经》《弟子规》背会了。他俩都比守廉当初来上学时强，听课规规矩矩地专注，常常让于先生满意地捋着他的山羊胡子。守仁已上到二年级了，新福很快让于先生编到守仁的二年级班级里。

新福拿回成绩单，乔焕章看过之后当着凤兰的面念叨了一句："看来这两斗粮食没白交，新福这孩子还真聪慧好学，像他大舅啊！"只是新福在家里话语很少。

干旱还在持续，进入伏夏老天爷还是一滴雨没下，那长出一尺高的苞米秆也被旱卷了叶子。乔家围子人家的地里虽然有青马湖的水浇地，可天旱却招来了蝗虫，那干卷的玉米叶子和黄豆叶子很快就叫蝗虫吞吃了一大片，眼瞅着地里的这两样农作物一片一片黄死了。大家都堵在乔家的院子门口，焦急地让乔焕章拿个主意。乔焕章闭目想了一上午，就叫各家把鸡群放到田里去。屯户们纷纷回去把自家鸡笼打开，把鸡放到田里去，鸡们就在田埂上啄吃起蝗虫来。这一招虽然奏效，可是蝗虫太多，这一拨掠过又飘来一拨，屯子家养的鸡的数量总是有限的。这么大片田地里的蝗虫，鸡是捉不过来的。屯民又苦巴着脸堵在乔家的门口，其实乔焕章家里的鸡放到这么大片的田更是杯水车薪。这几日他已观察到了这蝗虫都是打南边的草甸子上一拨一拨涌到田里来的，那草甸子上的草尖都旱黄了。他思忖了一下午，又想出一个法子来，就是带全屯的人到南边草甸子地边上笼起一趟长长的蒿火来，用火烧烟熏来堵住蝗虫过来的路。这一招果然奏效了，蝗虫成群卷过来时，纷纷被烟熏得后退了，还有的蝗虫直接跳进火龙里烧死了。

乔焕章就分派每户出一人，每天轮流在草甸子边上笼烟火，半个月后蝗虫就在乔家围子地里绝迹了。虽然每家被这旱灾虫灾闹得减产了不少，可毕竟还保住了一份糊口的田，比起那些逃荒来的外屯人讲的家里田颗粒无收，已是天大的幸运了。

且说旱情的蔓延已叫许多乡水井干涸，人畜出现了饮水困难，许多村屯的人已纷纷外出逃荒了。逃荒的人涌到乔家围子来落脚，有吃的人家就推开门送给蹲在门槛下的逃荒人一口吃的或一口喝的。还有一些人是走到青马湖边上来，喝一肚子凉水，再把带着的家什灌上水，接着往南走，过江到吉林地界去。

这日夜里睡下时，乔焕章跟吕凤兰商量："咱再支个粥棚吧。"吕凤兰说："支吧。"吕凤兰想了想，又说，"赶明儿个俺回娘家要些碎茶末来。"乔焕章有些感动，扳了她的肩头畅然睡去。

第二天，一顶苇席棚就在屯西头支好了，搭了两口大锅，一口熬粥，一口烧开水。那水都是叫伙计现从青马湖打来的，柴火在锅底下烧得通旺。

逃荒过来的人纷纷把粥棚、茶棚围了起来。口渴的人再也不用到湖边舀生水喝了，可以坐在凉棚凳子上慢慢地喝。饥饿的人排着长队等着给舀上一碗稀粥。

这伙人走了，那伙人又来了，得了信来喝赈灾粥的越来越多，乔焕章夫妇和家里伙计有点儿忙活不过来。好在这时学堂放暑假了，守廉、守仁、新福也过来帮忙，守廉和守仁去青马湖里抬水，新福负责给人端粥，他和声细语地先给老人端粥，让乔焕章看出他这个外甥的仁义来。

这日乔焕章的粥棚来了两个穿戴整齐的陌生人，一个是四十来岁的中年男人，穿着一件四个兜的黑色上衣，左上兜盖上还有一个圆圆的徽章；另一个是年轻人，穿着一件灰色中式便服。从两个人的穿着上，乔焕章看出他们不像当地人，也不像逃荒的人。他俩坐在茶棚的桌子边，大概是走得口渴了，每人要了一碗散茶叶末茶水，坐在那里慢慢地喝。他们喝完并不走，还同乔焕章搭话，问这么一个粥棚每天能做多少锅粥，供多少人来喝。看看天近晌午，两个人又要了两碗粥哧溜哧溜喝起来，喝完走时那中年人用眼睛一示意，年轻人从兜里摸出几枚铜板来。乔焕章说："我这粥是免费的。"那中年人笑笑，说："可我们不是难民。"这样说叫乔焕章不好说什么了，他看了看几枚铜板，又找回两个铜板来，说："两碗粥用不了这么多铜板。"那中年人说："可我们还喝了两碗茶水。"乔焕章又说："水是没有成本的。"那中年人说："可茶叶是有成本的。"乔焕章就觉出此人心细来。

过了两天，来他的粥棚喝粥的人减少了，从逃荒过来的人口中得知，县城里也新设了三处赈济粥棚，一问还是县官府开设的。叫乔焕章心里觉得奇怪，难道会是张樾那个狗县官开的？说的人又说，哪里是那个狗贪官开的，那个张樾贪污官银，包庇外国人，还私下通结土匪贿赂，已被上边砍了头，是新来的蒋县长开的，说那蒋县长一来还微服下到四乡里体察灾情。乔焕章就想起那天坐在他的粥棚里喝粥的那位穿四个衣兜的人定是蒋县长了。

从此这蒋县长就给乔焕章留下了好印象。

这场旱灾一直到秋天才赈灾结束，由于蒋县长把上边拨来的救灾款都用在救济安置难民上，再加上像乔焕章这样开明乡绅的义举，才让全县百姓较为幸运地渡过了这场饥荒。除了部分村屯老人、牲畜因旱灾被饿死外，大部分逃难的屯民在秋天都陆续还乡。

到了秋天老天爷才下了两场雨，尽管这两场雨来得晚了，可还是叫旱得差不多一年的人们心里生出一丝惊喜。乔焕章就是站在自己院子里淋着这两场雨的，他像个孩子一样脸上透着一种兴奋。由于开赈济粥棚，他家米仓里的米差不多掏空了，苞米面也所剩不多了。好在保住的地里庄稼快收割了，他不再有什么担心的，不过今年地里绝产，面积要少一半的收成。

前两日有两个伙计卷起行李卷向他辞行，说："老爷家里地里的活儿也用不着这么多人了，我们也不能赖在老爷家里白吃饭，看看再到别处打工去。"乔焕章硬要挽留他俩，说等打下粮食分了粮食再走。他俩正是怕分了这半年的工钱半石粮食才要走的，这干旱的年份，别的地主家短工早辞退了，而老爷还留他们在家里吃闲饭。虽说老爷开粥棚他们也帮义工，看出老爷是仁义仗义之人，更不好再留了，说什么也要走。乔焕章看他俩非要走，就叫管家每人给了两块银圆带上，说等明年用人时还叫他俩来。

后一场雨过后，蒋县长来到了乔家围子乔焕章家。蒋县长已推举他做了省议会议员，还请他出任本县农务会副会长。这个农务会是蒋县长提议成立的。他刚刚发布县公署令：倡办建社仓积谷，预防荒年，全县划分五个区，社仓积谷从每区按一垧地三升抽谷。灾年时由农务会负责发放。"鄙人已看出乔先生是一开明乡绅，恭请先生为本县百姓造福出一份力，本县长将不胜感激。"蒋县长谦卑地说。

乔焕章从前清年间中了秀才回乡伺奉老娘起，就断了仕途为官之念。他本想拂了蒋县长的好意，但想到这县农务会确实是为本县百姓预防灾年着想，就应承了下来。

过了几日，上次跟蒋县长一同来的年轻人王秘书送来两张委任状。来时还叫人在乔家的门前放了两挂红鞭炮，这让乔焕章想起他考中秀才那年，族里人在他家门前放鞭炮的情景。这省议员的任命状上还盖着鲜红的中华民国黑龙江省府的大印。

这县农务会副会长，蒋县长答应他每月过县里去议事一次就行，这省议员每年才到省里开一次会。这倒叫乔焕章觉得还行，平时他还在乔家围子做他的屯长。

乔焕章刚刚当上了省议员和县农务会副会长，就有人到他家送礼来了，送礼的不是别人，正是在前任县官那里当差的那小胡。那小胡想请乔焕章在蒋县长那里说说情，让他留在县府里再谋一差事。乔焕章想张樾是个贪官，他也干净不到哪里去，就拂了他的来意，说恐怕蒋县长那里他也难说上话的。那小胡说："您老人家是省议员，他总会给您面子的。"乔焕章说："省议员不过是个虚职。"叫人送客并叫把他带来的礼品拿回去。那小胡提上讪讪地走了。

到了秋末，那些地里仅保住不多庄稼的农户们，把粮食精细地收进仓里，就早早"猫冬"了。猫冬时，有的人家只做一顿饭，把那粮食尽量省着吃，天刚擦黑就早早关门睡觉了。不料这旱灾恐慌还没有在人们心头过去，又闹起匪患来。四乡里闻知有两户地主家粮食遭了胡子抢，仓房里的粮食被抢得一粒不剩，有一户地主还全家悬梁自尽了。据传窜到四乡里来的是两绺胡子，一伙是报号"过江龙"的胡子，一伙是报号"天照应"的胡子。

匪患上报到县衙府，蒋县长拍案而起：匪患如此猖獗，天理难容！当即颁布他上任后第二份县长令，悬赏剿匪，并亲带县警察署警察下乡剿匪。不几日就捉到了天照应的匪首麻皮，将其鼻子、耳朵割掉后斩首示众于县城门上。杀一儆百，这一招果然奏效，再好久没有听到匪患的消息传来。

乔焕章听说了这事，就想看不出这笑面和善的蒋县长身上还有一股狠劲。

15

邹守田的爹邹万灵没有熬过这一年冬天。自从去年秋天邹家遭胡子天照应抢了后，邹万灵就一股急火病倒了。大病之后，他的身体越来越虚弱，常常在夜里咳嗽醒来，咳嗽的痰中还带着血丝。

后来邹守田又去小城子找了徐郎中，徐郎中给他把了脉，说："你家老爷子是急火攻心，心火撒不了又转移到肺部上了，久积成郁。我给开几服药，慢慢吃着调理吧，切莫再有事情让他郁闷着急上火。"

给徐郎中付了钱，药抓回来，乔焕芝就按时给公公熬药，先头喝了几服不见好，一闻到药味儿，邹万灵又数落起来："又糟蹋钱，我的病我自个儿知道，别听那徐郎中胡说……"他不喝那药，邹守田就说："药也买回来了，不喝也瞎了。"邹万灵又说："真是不肖子孙啊，不肖子孙才来败家的……咳咳……"又咳嗽起来。

其实邹守田和焕芝心里都知道爹还是在心疼被抢走的那坛子银圆。要想让他把这心火去掉，恐怕不是一日两日的事情。他还常常盯着哭闹的新禄吼道："哭，哭，你这小孽障，就是到邹家来讨债的。"吓得焕芝赶紧把哭闹的新禄从炕上抱走了。她还真担心公爹气恼之后，一烟袋锅打在不懂事的孩子身上。

过了年开春，邹家都指望今年能好好下下力，把地里的收成多收回些。可老天爷偏偏不遂人愿，旱得地里的苗，一亩地一亩地死去了。邹家的田本来就是旱地，更经不起这样的旱象。眼瞅着地里大旱得露出了白花花的碱花来，每天都挪蹭着脚到田地去查看的邹万灵，回来时脸就变得黑黑的了，蹲在院子里，那烟袋抽得更凶了，咳嗽得也更凶了。

"爹，您少抽几口吧！"看见他那样咳得凶，守田劝道。

"这是老天爷叫人去死呢。"他猛地磕了一下烟袋锅，抖得火星四溅。

邹守田雇人起早贪黑到田里打井，打了几口井都不见出水，邹守田也泄气了，不再打下去了，再打下去家里的粮食都给不起打井的人了。打井人临走时说，这盐碱岗子地再打下去也不会出水的。邹守田就在抱怨当初没听他的，没在青马湖落下脚，否则是不是可以像孩子他大舅那样支粥棚了。邹万灵听着儿子的抱怨，也没有言语，重重叹出一口气。

到了秋天，收回的粮食刚刚盖住了仓谷底，邹万灵身子就一下散了架，他的手指死死抠着谷仓粮屯的苇席，失神地说："粮食……俺二十垧地里的粮食呢……"一口气憋得脸干红干红，咳嗽出来一口黑血，人就倒在了地上。

邹万灵觉得他一生的力气都耗尽了，又卧在了炕上。邹守田又去小城子找来了徐郎中，徐郎中给他号了号脉，又掐了掐他的人中，他还在昏迷，徐郎中就用一根针刺进他一根手指，放出一小碗黑黑的血来。稍停，他醒来睁开了眼睛。

徐郎中走时又给开了几服药，邹守田送徐郎中到屋外，小心地问："俺爹的病……咋样？"徐郎中脸上沉郁地说："他还是郁火攻心肺，这回又重了。我试着开了几服猛药，如果能挺过去就好了，挺不过去就……"徐郎中欲言又止地看了邹守田一眼，邹守田就明白了。

他跟徐郎中去小城子把药抓了回来。

这几服药熬着喂下去，邹万灵多数时候是在炕上昏睡，他的烟袋锅是不能再抽了，徐郎中那天走时叮嘱过，邹守田就把烟袋锅藏了起来。

这日，邹万灵在炕上睡醒过来，忽然要找烟袋抽，看他气色发亮，邹守田觉得叫他抽一口没什么，就把烟袋锅找出来给他点上了。他吧嗒一口跟邹守田说："我刚才梦见你娘了，你娘问我咱家现在有多少地，我告诉她咱家有二十坰地了。你娘就笑了，你娘说俺没白跟你大伯家争地，没想到挣出这么多地来……你娘要我回关里老家陪陪她呢……"邹守田一听这话，就心一抖，刚说了一句："爹，您不能回去陪俺娘。"就见邹万灵眼睛直了，那手里的烟袋锅还在嘴里衔着，脸上的表情却凝固了。邹守田唤了几声爹也没有反应，邹守田就伏在爹身上痛哭起来，哭声惊动了外屋熬药的焕芝，她也跑了进来……

乔焕章接到邹家打发人来报的信儿，就叫人套车赶过去了。

来到邹家，看到院子里身上披麻戴孝的邹守田正在吩咐请来的木匠打棺材。乔焕章就帮他张罗起来。

到了下午，江南扶余城里的杨殿甲也赶来了，他是乔焕章打发人叫来的，让他的杨小班明日出殡时送送邹万灵。乔焕章本以为邹守田会让邹老爷子在家停灵几日，可邹守田哭丧着脸说："遇到这么个灾年，还是早些叫俺爹入土为安吧，俺爹若是活着也会叫俺这么做的。"商量完出殡的事，杨殿甲晚上临回去时问乔焕章，用不用他告诉高满堂一声。乔焕章说："去告诉他一声吧，咱们毕竟都是从山东闯关东来的，邹老爷子走了，我们该送送。"杨殿甲就回去了。

第二天上午一早，杨小班的人过来时，高满堂也跟着骑马过来了。他走进院子里见到邹守田，从兜里掏出一个白纸包，里面卷着几块大洋，递给他，说是一点儿心意，给老爷子办事用。邹守田要推辞，高满堂硬叫焕芝收下了，看来他已经知道了邹家遭胡子抢的事。

出殡时，来邹家吊丧的人并不多，都是本屯子一些从关里来的山东人。因为邹万灵吝啬，屯子里的人跟邹家走动来往得很少。棺材由乔焕章和高满堂在前面抬着头杠，邹守田在棺材前面举着灵幡，起灵时由他摔了瓦盆。邹新福披着一身麻孝布跟在爹的旁边撒着黄纸钱，邹新禄也扎着白孝布，被焕芝抱在怀里跟在后边，她哭，怀里两岁的新禄也跟着哭。后边的杨殿甲带着杨小班吹吹打打，"呜哇——呜哇——"带着寒意的小北风把这一路的唢呐声吹得远远的，秋霜打过的庄稼地里一片萧条。

到了坟茔地里，喊丧的白事先生叫邹守田、怀里抱着新禄的乔焕芝、邹新福一字排开跪在墓坑边上，头对着棺材磕了三个头，然后棺材被缓缓放进墓坑里，由邹守田填了第一锹土，大家纷纷把冻土疙瘩扬下。刚刚把坟堆添好土，天就纷纷下起了雪花粒子来，一会儿就将这坟包盖上一层白雪，邹守田又跪在坟前说了一句："爹，您不是要钱吗，老天爷这是给您银子花呢，您在那边别不舍得花……"

回来，邹家备了两桌薄酒素菜，给来帮忙的人吃了。下午杨殿甲带着他的杨小班临走时，邹守田塞给他两块大洋，说是给他们的工钱。杨殿甲说什么也不要。乔焕章就劝住了说："不要就不要吧，看在邹叔生前和我们在一块儿的分儿上，送送大叔是应该的。"邹守田听了就不再勉强了。

乔焕章是和高满堂一起离开的。乔焕章本想留高满堂跟他回乔家围子住一日再走，可高满堂说他们近日要调防，不好在外边过夜，乔焕章就没有再留他。走到青马湖边分手时，高满堂忽然想起来问："俺大侄儿守廉有十五岁了吧？"乔焕章说："是十五岁了，他在小城子念高年级学堂，再有一年就毕业了。"高满堂听了又说："俺大侄儿将来有什么打算？"乔焕章说："还没有什么打算。""不如将来叫他从事军事，张大帅在奉天办了讲武学堂，这兵荒马乱的年月，学武一可以保身，二可以为国兴邦。"乔焕章已闻知关内军阀在混战，想在这样的军阀的部队里谈何为国兴邦，可守廉确实不是块务农事持家的料。

高满堂骑上马走后，乔焕章站在那里又思忖了一会儿。

16

开春化冻以后，乔焕章想到邹家去年遭遇了旱灾，地里的种子粮都不会够的，就叫伙计套着马车给他家送了三袋子玉米、高粱、小麦的种子。过了两天妹妹焕芝传回话来，说真解了她家的燃眉之急，头几天守田还在为地里的种子欠缺而发愁，他也不好再张嘴向他这个大舅哥来借了。这两年他们邹家亏欠乔家的太多了。

也幸亏是头几天乔焕章把自家谷仓里的种子粮借给了妹夫家一些，如果迟几天他就是有这个心也没这个力了。就在乔焕章打算播种的前一周，乔家遭遇了胡子进院抢劫。

那天是天刚擦黑，管家还没有叫人把大门插上时，院子里涌进来一伙蒙面人，这伙蒙面人分别拿刀把乔焕章和管家、伙计逼住，要他们把家里的粮食交出来。一听这话就知道进来的这伙人是胡子。只是觉得这伙胡子和别的胡子有点儿不一样，乔焕章已跟那个领头的蒙面人说了，想要家里的银圆他叫管家拿给他们便是了。可那领头的摇头，他们竟然不要银圆。俗话说得好，抢金抢银不抢春，这谷仓里的种子粮可是他们乔家的命根子啊！看见一个蒙面人向仓房里摸去，管家一见就急了，说："你们知道你们抢的是谁家吗？你们抢的是省议员乔老爷家。"为首的那个蒙面人说："我们不管省议员不省议员的，我们要吃饭就得抢。"乔焕章镇定地说："各位好汉，想必是去年大旱没有粮食吃了，那你们拿去吧。"乔焕章叫管家带他们走进仓子。管家只好带他们去了，一掀开几层苇席厚厚圈着的粮囤，苞谷、水稻和小麦种子颗粒饱满，跟进来的几个人眼睛就发亮发直了，他们一窝蜂地抢上去往口袋里装，装满了口袋就往外背。"求求你们，给我家老爷留点儿种子吧，我家老爷可是个大善人哪！"正低头在里边装粮的一个蒙面人听了，住了一下手，轻声对旁边一个人嘀咕了一句："俺只带够俺那份。"又跟着几只手哗哗地装起口袋来……

　　这些人背着口袋往外走，乔焕章又说了一句："好汉，看你们也是种庄稼人出身，总得给我留下点儿种庄稼的种子吧，这眼瞅就要往地里下种了。"那个领头的蒙面人稍一缓神，一摆头，临走时有人从肩上往院子里丢下一袋粮来。这些人很快就撤出院子去了。

　　等他们撤去后，管家出来跟乔焕章说："老爷，我们报官吧。"乔焕章摆摆手说："先不要报官，这些胡子还算讲情面，给我们留下点儿种子。"又问一个伙计："你刚才说什么，你说你看他们这伙人里有一个人你眼熟？"伙计点点头。管家也想起什么来，凑到乔焕章耳边说，他刚才在里面听到了一个人说了这样一句话："我只要我那一份。"乔焕章一愣，想到这些人轻车熟路摸到他家来，还知道他家这会儿有种子粮，不由得也心里生疑。又听伙计乔四说，他怀疑这伙人里有乔家去年辞工的一个伙计，前一段听说乡里流窜一伙叫"庄稼人"的胡子，说这些人都是守家侍地的庄稼人，平时都在家里种田，只是逼急了才出来抢劫，而且从不图财害人命。管家点点头，说："我也听说了。"

乔焕章听了，就叫管家和伙计不要把今天的事向外去说。家里的种子种田不够了，乔焕章就叫把地窖里贮藏的一点儿做口粮用的隔年陈粮拿出来当种子粮。口粮不够家里就省着点儿吃，全家都勒紧点儿腰带，守仁和新福上学交的那二斗粮食先赊欠下，到秋天再一并交齐。

青黄不接的四五月间，乔家开始了艰难度日，草甸子上的野菜一冒绿，乔焕章就带家人去挖野菜；青马湖边的柳树一发芽，乔焕章又和伙计去捋柳树芽，还采岸边的柳蒿芽，回来叫吕凤兰掺苞米面熬在粥锅里。为不让娘家人看出自己饿瘦了，吕凤兰也好多日子不回小城子娘家了。她正犯愁五月节回去该怎么跟娘家人说，从打她嫁到乔家来，她还从来没有为每日做饭发愁过。

孰料，乔家遭胡子抢粮的事还是传到了乔焕章的岳父吕殿臣的耳朵里。吕家是从借住在姥爷家里在镇上读书的守廉嘴里听说的。吕殿臣当即和伙计赶着马车送来两袋粮食。乔焕章说什么也不肯收，说家里有粮食吃。吕殿臣说："你就不要打肿脸充胖子了，守廉什么都跟我说了，遭胡子抢也算不得丢人的事，你怎么不让家里向外说呢？"乔焕章只好怨守廉多嘴，说刚刚过去大旱之年，谁家存粮都不会富余，还是不想收岳父这两袋粮。吕殿臣拿这个倔强的书呆子气的女婿没有办法，只好说："算我借给你家的，到秋天你再还我吧。我可不想我的外孙子跟着饿肚子。"乔焕章这才收下。

守廉礼拜天回到家中，乔焕章并没有再过多责怪他，只是望了一眼这个个头快有自己肩头高的儿子，问他将来有什么打算，是学农还是学工科。不料他回答得竟和高满堂一样，他想学军事。他说时下国家混乱之时，列强虎视眈眈之际，唯有军事才可以救国。守廉侃侃而谈，让乔焕章意识到守廉确实长大了，这些年的书没白读。不过他一心想习武这一想法，还是让他隐隐生出一些担忧。上个月，他去县里例行参加每月一次的县农务会议事，在蒋县长的办公室里，听他说起关内军阀混战得很厉害，根本不顾孙中山先生救民众于水火的革命想法，都在为自己争地盘扩充势力。蒋县长是孙中山革命信仰主义的追随者，他的案头墙上挂着孙中山先生的画像，画像上方贴着一幅横幅：天下为公。他每次去县府见到蒋县长，蒋县长都是一身黑色四个兜中山服，左胸上戴着一枚青天白日徽章。乔焕章听蒋县长说到南方国民革命军北阀进行得如火如荼，而北方军阀割据愈演愈烈。身为省议员，乔焕章年初去省里开议会，也听说了日本人正要拉拢奉系的张作霖，对中国东北也有图谋不轨之意。时局的变化让乔焕章对国家命运的担忧比自家开春时遭胡子抢劫更加忧虑起来，他也不像以前那样一心想让守廉非得务农不可了。

四月份的一天，高满堂匆匆来过乔家围子一次，他是来向乔焕章告别的，他的部队要拉到关内去和吴佩孚的部队打仗，直奉大战爆发了。"这么说张作霖真的要联合孙文先生的北伐军讨伐吴佩孚的直系了。"乔焕章把从蒋县长那里听到的传闻说了出来。

"嗯，俺们听上峰说，大帅已邀请这个叫孙文的能人北上议政了。"高满堂说。

乔焕章送他到青马湖边上，等高满堂给马饮过水走上来后，乔焕章紧紧握着高满堂的手说："满堂兄弟，你这次入关到南边打仗，天高水长，你要多保重。"

高满堂也紧紧握着乔焕章的手说："大哥，此一别，不知何时才能相见，你也要多保重。焕芝妹妹那里俺来不及当面告诉她了，你代俺转告她一声。"

"嗯，好的，你走吧，有空时托人写封信来家，让我们知道你平安！"

高满堂骑上马摆摆手匆匆走了。乔焕章站在那里目送他走出很远。

"已经民国了，咋还没有大清国太平呢?"那日乔焕章挖野菜走到了二站草岗上去，碰见了吴有顺。他刚刚去给他妻子马桂花上完坟回来，见到乔焕章，满脸困惑不解地说。

"这天下总会太平起来的，民国总是比大清国要进步的。你看看你们站丁不是获得自由身了吗……"乔焕章安慰他道。

吴有顺虽头两年也跟着剪去了辫子，可他的头发总是乱蓬蓬的。可能是因为没有女人经常为他梳理修剪的缘故，他的衣服也脏兮兮的，大概有好久没有洗过了。

"可是什么时候俺才能把桂花带回家去呢……"他眼睛发直地叨咕了一句，脚步摇摇摆摆地向他的白房子走去了。

这个可怜的男人，在他妻子死去，那场官司又输了后，他就想在开春后领着他的两个孩子把马桂花的遗骨带回老家去。他在他妻子坟前发过誓，一定要把她带回老家去。自从他妻子出了事，他一直在后悔没有听从妻子的话，在站上解散那年离开这里，否则他妻子也不会命丧黄泉了……第二年春天一化冻，他要刨开马桂花的坟时，是乔焕章和包八万爷一起劝他先别动土，一是他妻子的尸骨还不会腐枯，不宜装殓；二是带粮还小，过两年再回去也不迟。吴有顺就听从他俩的了。

过了这几年，带粮是大了些，可是天下却不太平了，不是发大水，就是大旱，现在又从乔焕章那里闻知关外时局很乱，军阀在打仗。这样回关内河北去的路上会不安全，能不能走到老家去都不好说。乔焕章劝他再等等。

从乔焕章当初闯关东过江北来他并没有看得起这个读书人，这些年吴有顺却佩服起这乔家围子的掌柜了。他就依了乔焕章的话。

"唉——"每回看到这个可怜的身影，乔焕章都会从心里轻轻叹一口气。看来得给他找一个事情做了，不然他这样下去会疯掉的。他想起别的驿站留下来的站丁都做了邮差，他就想到县里给他谋一份邮差的差事来做，凭他的县农务会副会长的身份是不会难的。

17

乔焕章从自家院子里看到杨殿甲朝屯子里走过来时，他身后头顶上空还跟着两只呱呱叫着的乌鸦，屯头地里的庄稼已经没膝高了。乔焕章看到他匆匆忙忙的身影心里一抖，不知为什么，从发大水那年开始，每次看见他进屯来，他头顶上都跟着乌鸦在盘旋，那乌鸦好像跟着他嗅到了死亡的气息。

不过这回这个身上沾着丧气的男人是来报告他一个喜事的。他的妻子生产了，生下一个男孩，他来请乔焕章后天去喝满月酒，而且还要请乔焕章给他的孩子取个名号。

这个激动的男人抖动嘴说完，屋子也没进，又转身走了。那两只跟进屯的乌鸦落在村头上一棵歪脖榆树上，看见这个男人没站脚地又碎着脚步走出屯子去，又跟着从榆树枝头起飞了，不过在空中跟了一阵，就识趣地收住了翅膀。

乔焕章一直瞅着这个像喝醉了酒的男人散着脚步走出了屯子，他的背影沿着青马湖边一点一点从他的视线里晃动了去，直到消失在刺目的阳光里。

"这棵铁树终于开花了，真不易啊……"乔焕章搁下目光时，对站到院子里来的吕凤兰说了一句。吕凤兰也一脸灿烂的笑。

杨殿甲与他的老婆结婚有十年了，十年前杨殿甲经人介绍和扶余城里的棺材铺李老板的女儿结的婚，不知是不是李老板的死人钱

94

挣多了，还是他和女婿沾染的阴气太重，从他女儿嫁给杨殿甲这么多年就一直没开过怀，这件事一直让杨殿甲发愁。

每次出丧，杨殿甲看到死人装殓，都会想到活人出世。这世道原本有生灵去阴间就该有生灵来阳间。无奈他怎么努力，他老婆李铁花的肚子就是一声也不响。久而久之这也成了杨殿甲的一块心病，这两年乔焕章很少见他脸上露出过笑容。听他出丧时吹唢呐，老远就好像听一个婴孩在哭，听得人心里发酸，跟着主人家一起潸然落泪。

为这乔焕章兄妹还在心里愧疚过，想起刚来关东时，在扶余城里客来顺大旅店住下时，杨殿甲曾经流露过想娶乔焕芝为妻之意，如果娶了焕芝，孩子是不是该和新福一样大了。杨殿甲每次看到新福眼睛都有些发直。

还有人劝过杨殿甲再娶一房老婆或过继一个孩子来家，杨殿甲都拒绝了，他说他不能让他的老婆一辈子不做个完整的女人，他也不能让谁家的孩子过继来将来连自己的生身父母是谁都不知道。从这一点上乔焕章也看出杨殿甲为人的厚道来。

两天后，乔焕章叫家人备了一份厚礼，就过江南去参加杨殿甲儿子满月的喜宴去了。这扶余城乔焕章有十来年没有来过了，街上也比当初他们在这里落脚时要繁华得多。乔焕章和伙计乔四骑着马来到城西头的杨殿甲家里，杨殿甲已穿着一身新圆领长衫迎候在门口了，他徒弟杨小班一伙在门口支着喜棚吹吹打打，老远就听到这家在办满月喜宴。有位伙计眼尖，看到他俩走过胡同来，就进去向班主通报了。

院子里热热闹闹摆着四桌酒席，乔焕章看到邹守田也来了，杨殿甲还跟他抱怨焕芝妹妹咋没来，想必那天他去叫时也叫焕芝一起来了。杨殿甲把乔焕章让到主宾席上落座，并给他的岳父棺材铺的李老板做了介绍。那黑粗身材的李老板拱拱手，说："俺早听殿甲说乔先生是前清的大秀才，正好请你来给俺外孙取个好名号。"乔焕章也拱拱手，说："李老板客气了。"坐下，杨殿甲举杯宣布宴席开始，随后他的老婆李铁花抱着婴儿出来给众人看。乔焕章看见小被子里这孩子白白净净，两只黑眼仁直盯盯着他看，杨殿甲就说："焕章大哥，你看看我家小儿瞅你多亲，快给俺取个大名吧。"乔焕章初看到那双黑黑的眼仁盯着他看，也心下一抖，好像这双眼仁他打哪里见过。他吃了一个喜蛋，闭目想了一下，就差人取来纸和笔，挽起青色长袍袖子写下了"杨甘霖"三个字。众人不解其意，乔焕章缓缓说道："殿甲贤弟今日喜得贵子，就好像这久旱逢甘霖。"众人连连点头，称好名。李老板一听站起来说道："乔先生真不愧为前清秀才，俺想了半个月都不知起啥名好，俺只给起了个小名叫铁蛋，来，俺敬你一碗酒。"说着把两二大碗酒都倒满了，要碰了喝下去。乔焕章刚要推辞说喝不下，李老板说："你们山东人都是梁山好汉，还有喝不下酒的？再说俺外孙的大名是你起的，这碗酒你说啥也得喝下去。"

乔焕章知道不好再推辞了，就接过碗一仰脖喝了下去。"好，痛快，乔先生以后有用得着俺的就吱声……"看见女婿杨殿甲在下边扯了他袖子，李老板才住了口，嘿嘿憨笑。

乔焕章将这碗酒喝下，就觉得头晕晕乎乎的，他以为是喝得急的缘故。等吃了几口菜还觉得晕晕乎乎的，且觉得胸口有些堵得慌，胃里有什么东西要吐。为了不出洋相，他就先向杨殿甲告辞了。杨殿甲要留他，他说家里还有事，就和乔四匆忙先走了。

乘船过了江，乔焕章才把胃里的东西翻江倒海地吐了出来。骑上马去，乔四问老爷好点儿了吗，乔焕章摇摇头，仍觉得头晕晕乎乎的，胸口还有什么东西发堵。乔四就责怪杨家孩子的那姥爷不该这样灌老爷酒，两人就打马加快脚步往回走。

回到家里，躺在炕上睡了一觉，迷迷糊糊忽听院子里有人来报："不好了，邹家的小少爷掉到井里淹死了……"乔焕章顿时惊醒过来，浑身透出一身冷汗来。

乔焕章想起上午在杨殿甲家吃酒时胸闷的征兆，看来真有不幸的事情应验了，他惊呼了一声："俺的老妹妹！"就赶紧叫人套车和吕凤兰坐上，一起跟着邹家的来人往邹家屯赶。

乔焕章赶到邹守田家，院子里已挤满了本屯子的人，看乔家的人进来，人们给他们闪开了一条道。从窗子里望着，乔焕芝头上蒙着一条白毛巾躺在炕上，已昏厥过去，邹家已叫人把徐郎中请来，正在给她人中扎银针。邹守田拖挲着手哭丧着脸站在地上，看见乔焕章、吕凤兰进来，他连迎上前来的力气都没有了，他哆嗦着嘴唇不知怎么才能把这件不幸的事情说清，突然遭遇到的不幸显然把他击蒙了。

原来他上午过江南扶余城里去喝喜酒，乔焕芝在家里觉得闷得慌，就想把苞米田里的草再锄一下。她带着新禄去了地里，把孩子放在地头上玩耍。以前她在地里干活儿，也这样把新禄放在地头玩过。这块玉米地里有一口去年打的井，没有出水也没有填死。今年入夏雨水勤，那井底就积了有半米多深的水，有时伙计还到这口井里提水浇菜地。

焕芝锄了两根垄后，一抬头发现地边上的新禄不见了，喊了几声没人应，她便慌了，把在另一块地里干活儿的伙计喊来一起寻找，伙计就在那口井里发现了新禄，他像一只青蛙似的浮在水面上。伙计下去把他捞上来，他已没有了一丝气息。焕芝疯疯癫癫跑过来，只看了一眼就昏厥了过去……

焕芝被徐郎中扎银针醒来，眼睛四处瞅瞅，失神地说："新……

新禄呢？新禄呢……"围着她的众人都别过脸去，新禄已叫邹守田抱到屯外的野地里埋了。邹守田捶胸顿足地说："都怪俺，不该到江南去喝这顿喜酒……都怪俺早该把那口井填死……"焕芝目光直直望着他，又直直地望着乔焕章，似乎明白过来什么，过了许久，她"哇"的一声大哭出来。

乔焕章走到院外来，院子里围着的屯子人都在议论："这孩子是来邹家讨债的，扔就扔了吧……""听说邹家开地时刨到了一窝黄鼠狼，得罪了黄大仙……"看到乔焕章走出来，大家就闭了嘴。

乔焕章回到乔家围子里，已是傍下黑了。守仁和新福刚好放学回来，乔焕章叫新福收拾收拾东西回家住去，说："你娘想你了。"

新福愣了愣，还不明白怎么回事，问大舅："俺娘好好的，咋想俺啦？"

乔焕章想了想，硬着心肠说："你弟死了。"

新福说："俺弟咋死的？"

"你弟掉在井里淹死了。"

新福就不说话了，开始收拾书包，收拾完书包，吕凤兰又给他收拾装衣服的包裹。乔焕章叫乔四赶车送新福回邹家屯去了。

回屋，乔焕章跟吕凤兰说："这孩子心真硬，一颗眼泪疙瘩也没掉。"吕凤兰轻轻地叹了一口气："往后怕是可怜俺那焕芝妹妹了，唉——"

18

高满堂自从走后，一直没有音讯来。不过乔焕章去县里，已从蒋县长那里听说了五月间开战的直奉大战奉军失败了，已经北上的孙中山先生中途折回了广州。听到这个消息，他不由得为高满堂担忧起来。直到第二年初，他才收到高满堂托人写来的一封信，告诉他奉军失利后，他的部队已退到山海关外休整，除了胳膊上被一块炮弹片擦伤外，并无大碍，叫他们不要挂念。信中他还痛骂了奉系一支部队的叛变是导致这场战争失利的主要原因。读罢信，乔焕章能够想象得到高满堂悲闷气怒的样子。

这一年开春，乔守廉从小城子高级学堂毕业，暑期他考取了奉天士官学校。乔焕章还是让他去上了。走时他一再叮嘱，到了学校要专心习武，将来为国家效力。守廉这是第一次离家出这么远的门，吕凤兰在他临走的几日里一边为他准备带的衣物用品，一边背人悄悄抹眼泪。守廉看到了说："娘，俺这是去上学，又不是去打仗。"凤兰听了说："可你学成后总归要去打仗的。"守廉一愣，扳过娘的肩头嬉笑着安慰她："娘，您放心吧，俺还想当将军呢。"

听说守廉要到奉天士官学校上学，临走的那天他姥爷吕殿臣、他姑姑乔焕芝都来给他送行。连蒋县长听说了也委托王秘书送来了一副他亲笔写的对联作为勉励："升官发财请走别路，贪生怕死莫入此门。"又叫王秘书传话称这是孙中山先生前年在创办黄埔军校时题写的一副对联，让他好好珍记，将来为国家为民族尽一份军人的职责。乔守廉将这副对联收下了，小心折好放进他的皮箱里。

乔焕章让伙计乔四赶了一驾马车送乔守廉到甜草岗子车站去坐火车到奉天。一大家子人依依不舍地把马车送出屯口外，车上还坐着他的弟弟守仁、堂弟新福。他俩央求一直送哥哥到甜草岗子火车站上去，再跟车回来。乔焕章就答应了。

守仁和新福去年也入小城子高年级学堂上学了，大他俩五六岁的守廉看上去俨然是大人了。新福想问点儿什么，可是看表兄的眼睛一直望着道两边地里红了穗头的高粱，蹙着眉头坐在车厢板里不知在想什么，就憋住了想问的话。

乔家围子在他们三个身后越来越远了，这是他们三个头一回在一起出这么远的门。

到学校三个月后，乔守廉寄回了一份学业课目考核成绩单，看到每科成绩单上都打着优良，乔焕章就放心了，看来守廉确实是学军事的料。

两年后，当守廉以优等生从士官学校毕业时，乔焕章更加在心里认定了这一点。他直接被分配到奉军第一军骑兵第二十六团第四十营做了排长，半年后提做了连长，是他们那期士官生里提职最快的。

这一年是民国十三年，就在乔守廉毕业的这一年秋季，直奉第二次大战爆发。乔守廉这些刚从士官学校毕业的学生兵，被直接拉向了前线。出山海关作战时，为免得家里担心，乔守廉并没有写信告诉家里。由于在同直系军作战中机智勇敢，乔守廉很快被提做了连长。

直奉再次开战的消息，乔焕章还是从蒋县长那里听说的。秋收过后，入冬的一天，蒋县长召集县商会和农务会的会长、副会长开会，募集上边摊派下来的钱款，慰问直奉大战前线的奉军。乔焕章这才知道奉军入关打仗了，这才想起守廉好久没有给家里来信了，莫非他们学生兵也去了前线？

回到家里，他并没有和凤兰提起这件事，晚饭他也仅仅吃了几口就搁下筷子下去歇息了。

"老爷，您哪里不舒服吗？"夜里躺在火炕上，凤兰问。

"没事，没事……"乔焕章点起烟袋锅子吸了起来。

"唉，廉儿这孩子好久没有写信来家啦。"凤兰披衣坐起，在黑暗中叹息了一声。

乔焕章就熄灭了烟袋，头朝里先自睡去了。

第二日他们农务会下到各乡里募集款时，听乡里有的乡长和地主在嚷嚷："怎么又入关跟人家打仗去了呢，这不是拿白花花的银子打水漂吗？"

"关内的事，关我们什么事，张大帅只要坐稳东三省就行了。"

"各位乡党，我们的钱也不是大风刮来的吧。"

"是啊，谁说不是呢……"一时吵吵嚷嚷压过了蒋会长的声音。

乔焕章咳嗽了一声，说："各位乡党，一个国家不能没有统一的政府，没有统一的政府，我们势必要遭外人欺负的，是不是这个道理？"见下边没人说话了，乔焕章举起两个手指说："我出二百现大洋！"大家一见乔副会长带头捐了款，也都纷纷捐了款，有捐一百的，有捐五十的。

三日后，共征集到募捐款四千块现大洋，蒋县长派警察署的人押送到奉天去了。

转眼到了年底，这日午后，乔焕章捂着严实的棉帽围脖正在被雪覆盖的青马湖边散步，已在县城做了邮差的吴有顺骑马走过来交给他一封信，他一看那邮戳是关内北平来的，心里不觉有些奇怪。等他走回到屋里守着火盆拆开信一看，是高满堂找人给他写来的，自从那回他收到高满堂一封信后，他有两年没有收到他的来信了。他赶紧细看下去，高满堂在信中告诉他，直奉大战奉军获胜了，把吴佩孚、曹锟这等贼人撵出了北平城。奉系获胜后，大帅张作霖也进京参加了段祺瑞临时政府的组阁。他们的部队也跟着入驻了北平城。他高满堂因为武艺高强，又有一手好枪法，被挑进了张作霖的护卫部队里，是侍卫营下面的一个连长。在信中乔焕章能看出来高满堂这回流露出的那份得意和兴奋的心情，说他这回在北平城里大开了眼界，告诉他许多新鲜的事，从北平城里的全聚德烤鸭到皇城根下小吃贡品驴八件他都吃过，从八大胡同到皇帝住过的紫禁城，他都逛过，他这辈子算没白活。虽然乔焕章也为奉系的胜利高兴，可高满堂在这封信里并没有提到守廉，他在前年曾给高满堂写过一封信，告诉守廉上奉天士官学校的事，如果高满堂知道守廉的消息一定会在信中告诉他的。乔焕章放下信后，心里更隐隐生出一些担忧来。

正在乔家为没有乔守廉的音讯而焦虑的时候，新年刚过，乔焕章收到了乔守廉的来信。守廉在信中说，他刚一从士官学校毕业就参加了直奉大战，他在少帅的部队里，由于作战勇敢，很快被提为连长。战争结束后，他们奉命在热河张家口一带驻防。他一切均好，叫家人不要为他惦念。他随信还寄回一张他身穿戎装的照片。乔焕章看过信又看过照片，说了句："这个不孝的东西，才知道给家里来封信。"而凤兰呢，则一遍一遍抚摸着照片，喜极而泣。

民国新历年刚过，旧历年就到了。尽管守廉没有回家过年，乔家这个年还是过得喜气洋洋的。因为有了守廉的消息，他当上了军官，这是给乔家列祖列宗增光的事情。年三十这天，乔家杀了一头年猪，猪头摆在了正堂祖宗的牌位上，乔焕章带着家人给祖先上供时，按照家谱顺序依次给祖先们上了三炷香，又叩了三次首。

吃年夜饭时，乔焕章破例喝了三盅酒，并给十四岁的守仁和十一岁的守孝的酒盅里也倒上一点儿酒，举杯说："守仁、守孝，你们两个听着，你俩要向你大哥学习，大丈夫应以治国齐家修身为重。这也是咱们乔家的祖训。"言毕，他一饮而尽。守仁、守孝也咧着嘴喝下去半盅，剩下的都叫他们娘给喝下去了。凤兰出身烧锅世家，天生就能喝酒，而且干喝不醉，嫁给乔焕章后，因乔焕章不善饮酒，平时才少了喝酒的喜好。不喝酒的她长烟袋锅子就离不开身子了。这烟乔焕章是喜好的，那个南方商人送的弯肚黑色烟袋锅成了他的随身宝贝，每逢在书房看书累了或者在湖边散步时，他总要吸上几锅。

关东这疙瘩，男人、女人都善饮酒和吸烟袋，是和寒冷的气候有关。酒和烟是可以让身子暖和解乏的。看自己男人吸烟喝酒凤兰心里是舒坦的。凤兰小的时候家里没有男孩子，就她们姐妹俩，过年都是她在桌上陪父亲喝酒的，只有年三十这天平常不喝酒的父亲才会把自己喝得烂醉如泥，忘了去当院里放鞭炮。而这时吕殿臣往往会说，他们老吕家就是靠酒来发家的，不喝醉对不起酒神爷。

守仁、守孝吃完就去当院放炮仗了。"嘭——啪！"二踢脚的响声震得屋内炕上桌上的酒盅直发颤。乔焕章眯着醉红的眼睛望着吕凤兰说："你说俺一张状子，赢来了一个好媳妇，划不划算？"吕凤兰就知道他喝醉了，出外屋仓房里拿了一盆冻梨，回屋盛上凉水缓着，这化软的冻梨解酒。

依关东人习俗守岁到半夜，吃了饺子大家方才迷迷糊糊睡下。

大年初一一早乔焕章从炕上醒来，问吕凤兰："今儿个是哪年啦？"凤兰知道他问的是公历年，也是问农历年，便答："民国十四年，阴历牛年。"乔焕章便想起守廉是属马的，就说："我刚才做了个梦，梦见廉儿骑着高头大马回家来了，身上还披着厚厚一层白雪，等我让他拍掉身上的白雪，他人却不见了。"凤兰说他这是想他大儿子想的。

他俩起来刚刚穿戴好，守仁、守孝就进来给他俩叩首拜年，凤兰就把准备好的压岁钱每人给了一份。

乔焕章走到院子里，见院子里覆着厚厚的白雪，管家正吩咐两个下人在院子里扫雪。管家抬头见乔焕章出来，就上前拱拱手，说："老爷，过年好。"乔焕章也拱拱手，回敬道："田禾，你也过年好。"田禾家里没什么人，不然也让他回家过年去了。

"老爷，您看这初一大早刚刚下过一场大雪，今年肯定是个好年份，牛马年好种田呢！"田禾又说了一句讨吉利的话。

"呃，呃……"乔焕章嘴里应着，心里却忽然想起夜里做的那个梦，这外头还真下雪啦？

一阵鞭炮声从门口外边响起来，乔姓家族的人来给他拜年了，他迎了出去……

民国十四年春节带给乔焕章的喜气并没有叫他沉浸多久，这一年三月间发生的一件大事让他担忧起来，乔家围子这个足不出户的小人物乔焕章想不到，这件事不仅会影响东三省历史的走向，还会影响这个国家命运的走向。

春节过后的一天，他过县里去参加县农务会每月一次的例会，他走进蒋县长办公室，只见蒋县长伏案痛哭。等王秘书冲他耳边轻轻说乔副会长来了后，蒋县长才慢慢抬起头来，挂着泪痕对他说了一句："中山……中山先生仙逝了……"他抬头看到，孙中山的画像上方已挂上了一道黑纱，蒋县长胸前佩戴了一朵白花。他上个月还从蒋县长嘴里听说，孙中山先生已受冯玉祥、张作霖之邀到了北京，准备商议由他主政中华民国之大事，谁想竟传来病逝的噩耗……"怎么会这样？"他只觉得蒋县长这间屋子很冷，那种寒意从脚底下的砖缝里泛了出来。这个大人物的辞世可能会给动荡不安的中华民国局势带来不可预测的变数。后来时局的发展的确像乔焕章那天站在蒋县长屋子里想到的那样。

19

甜草岗子大草甸子青草长高了的时候，吴带福每天都和他的干爷包八万爷骑马过大草甸子一趟。他弟弟带粮自打他们母亲死后就被八万爷的女儿尼日朗花抱回去抚养。包八万爷的儿子尼布死后，他也让包八万爷的儿媳妇那慕容认作了干儿子，尽管他有点儿不喜欢这个女人。

吴带福小的时候，他那个乔家围子大叔乔焕章几次来家里跟他父亲说，让他去学堂上学，可是都被他父亲拒绝了。他父亲开始拒绝的理由是站丁的后代朝廷上是不允许念书识字的。就像他们站丁不允许与当地女人通婚一样，他得遵守。后来乔大叔又来说，现在已经是民国了，朝廷上再也管不着孩子念书识字的事了。吴有顺摇摇头说，福儿大了，脑子里装不进字了。还有他那时还想着把他们两个带回关内去，不想被别的事情缠住脚。

吴带福虽然没有进学堂念书，可是他在大草甸子上却学会了包八万爷教给他的一切，骑马、放马和打猎。到二十岁的时候，他已经是包家一个很好的马倌了。

甜草岗子大草甸子是关东三肇一带最好的草场，这也是尼玛家族世代留有的最大一片牧场。六月初，草场没马腿的时候，吴带福就把干爷家的马群赶到这一带放牧，直到十月份下头场霜时，吴带福再和包家的下人把马越冬的牧草一马车一马车割回去，不光是够马吃一冬的，还有牛和羊越冬的草料。

即使这样，这一百垧的牧场草料包家也是用不完的，包家就雇人到草场上把草割下来，拉到甜草岗子镇上去卖掉。所有来往路过甜草岗子的马车老板，都愿买包家的马草料，因为这地场的马草料马吃过了力气十足，跑出百八十里地再不用喂草料，久而久之，甜草岗子马草料就这样出了名。甜草岗子的草料不仅马喜欢吃，奶牛和母羊吃了，产奶也特别旺盛，因此，一到秋季还有蒙古人和汉人专门到甜草岗子来买草料，秋天卖的草料也是尼玛家一笔不小的收入。

自从尼布少爷死后，尼玛老爷对家里什么事情都不太经心了，唯独这片草场他每隔些日子都要来一次，他来草场上是叫吴带福陪着打猎的，草场上狼和兔子、斑鸡多的是，当然狼不能都打光，狼是吃沙鼠的，沙鼠对春天的草场破坏很大，让狼帮着捉沙鼠也是八万爷告诉带福的。春夏之交青草刚返青的时候，是沙鼠掏洞最横行的时候，不仅如此，沙鼠还吃草根，光靠八万爷和带福沙枪打、几只猎狗捉，是攈不干净的，还得靠狼来捕捉沙鼠吃。沙鼠洞也是很伤害马的，马常常被崴折了蹄子。狐狸是伤害不到马群的，一般八万爷很少打狐狸，八万爷说狐狸是草原上最聪明的生灵，一定是萨满神的旨意让这灵物在草原上和他们共同生存的。如果有陌生的人和马群来过这片草场，八万爷的鼻子总能闻到狐狸放出的臊味儿。八万爷的鼻孔比狗的鼻子还灵敏。

近来让包八万爷烦心的不是那些盗马贼和偷草贼，而是那些异族人在惦记着这片草场。自从光绪年间中东铁路一修通，驻扎在甜草岗子的俄国骑兵护路队就要征用这片草场做军马场，包八万爷据理不让，官司从前清一直打到民国就搁置了下来，大鼻子在旅顺口一战，已元气大伤。可他们常常借护路的名义，从东边的草场穿过，为首的就是和他结下仇怨的额威尔盛中尉的护路队。还有那几个至今他也猜不透身份的东洋人也在草场上出现过，尼布死后，他去江南扶余城里卖皮货，曾有人悄悄跟他说，少爷的死很可能是有人故意让他染上了梅毒大疮……他听了不觉一惊。告诉他的人又说，少爷在那种地方曾接触过一个东洋娘儿们，那是个神秘的女人，后来没有人再在妓馆看到过这个妓女。

在巡视草场时，带福是见到过那个长得像沙鼠一样尖嘴猴腮的额威尔盛中尉的，那是他和包八万爷从草场西头走到东头去，看见几个俄国人背着枪骑着马走过去。等他们从草丛中走过去，包八万爷指着中间那个长得像沙鼠的军官说："孩子，记住，他就是害死你妈妈的那个畜生。"当时带福恨不得扣动手里的猎枪。八万爷摁住了他的手，说："孩子你得学会像狐狸一样，在攻击对手前要保护好自己，要用萨满神教给你的智慧。"走过去的额威尔盛中尉当然不知道草丛里这个小伙子是谁。十多年过去，额威尔盛也老了，背已有些驼了，他那瘦瘦的脸腮上，还留着两撮稀疏微微上翘的黄胡子，就像沙鼠的胡须一样。

带福在去草场和回来的路上，也碰到过马丁·路德神甫，还跟着那个俄国人随从伊万和小个子中国人张文。神甫还能从他的脸上认出他母亲的影子来，就下马在胸前画着十字："可怜的孩子，请万能的主为你的母亲祈祷呢，让仁慈的主保佑你并宽恕那些有罪的人吧，阿门。"带福听不懂他在说什么，不过那个小个子张文在看到他和八万爷手里的猎枪时，目光不自觉地躲闪了一下。"神甫，如果有人说了谎干了坏事，在你们主那里会原谅他吗？"包八万爷讥讽地瞅着他说。神甫看看张文，叫他把他说的话翻译给自己听。张文结巴地说不出话来，神甫就在胸前画着十字，嘴里说着什么，对张文摇摇头。

这天上午带福和八万爷去甜草岗子大草甸子时，八万爷的鼻子闻到了一股狐臊味儿，他俩打马往东头去时，就遇到了几个骑马的陌生人，站在草丛里比比画画说着什么。八万爷和带福骑马走过去，带福已把猎枪的子弹推上了膛。走近了，听到了马蹄声，忽然看到这四个人里，有一个人骑马迎了过来。

"包八万爷，您好哇！"来人笔直地坐在马上垂头向他行礼。

包八万一愣，眼前这个男人有点儿面熟，可他却想不起来在哪里见过。

"您忘记了，八年前我曾到您的府上拜访过您，我还认识您的公子。"这样一说，八万爷猛然想起来，这个人是日本人，是"满洲开拓株式会社"的。当初是来庄园跟他商量要购置他甜草岗子这块荒地的，被他拒绝了。这样想起来，八万爷不由得警觉起来。

"这是您的草场吗？"

"是的。"八万爷冷冷地回了一句。他想起了他儿子的死，真像别人传说的那样，与日本人有关吗？

"真是一片优良的草场啊！"这个后来告诉他名字叫野田三友的男人不由得赞叹了一声。

他看出包八万爷不友好的表情，他走到那边三个人跟前，叽里咕噜说了几句什么，而后他们打马向甜草岗子镇方向走去了。包八万爷很奇怪他们来这里干什么。

过了一日，从甜草岗子马掌铺子马铁掌那里听说，昨天夜里俄国护路队抓获了两名日本人，从那两名日本人身上搜出一张绘制的勘测地图。俄国人说这两个日本人是间谍，还要交远东军事法庭处理。奉天的日本关东军知道了，正在和俄国人交涉。听到这消息，包八万爷倒松了一口气，从马掌铺子回来后，包八万爷也跟乔焕章说了。

"这两个洋狗狗咬狗，看来又会咬出一嘴毛来。"

"恐怕不会那么简单吧。"乔焕章听到后沉吟了一下。他把前一阵子听到的不好的消息又在心里过滤了一下，听说奉天城里的关东军在向张大帅施压，要让他在一份协议上签字，要把东北变成独立的国家，日本人有在东北开矿、开垦耕地、移民、管理铁路的权利，再联想到眼前这件事，不会是空穴来风吧？

20

　　民国十七年六月间发生在奉天城外的这件大事，是三个月后才传到肇州来的。乔焕章是从关内粮商贾老板嘴里听说的。那天贾老板来到镇上，他们又是在曹家酒馆见的面，他一坐下就看出贾老板一副心神不宁的样子，不像以前那样沉稳淡定。贾老板是昨天夜里才匆匆下的火车，一大早赶到小城子来的，脸上透着倦色，像是几天没有合眼了。

　　"贾老板这一路来东北还顺利?"乔焕章开口问。

　　"唉，别提啦，差点儿没堵在半道上。"

　　"为啥?"

　　"你们这疙瘩没听说吗?"

　　"啥?"

　　"你们东北王张大帅三个月前在奉天皇姑屯被炸死了……"

　　"啊——"乔焕章手上一抖，手里端着的茶碗里的水溅到了桌子上。

　　"铁路往这边来都中断了，又是关东军又是东北军，堵在那里上车盘查。"

　　"咋……咋会这样……是什么人干的?"

　　"不是日本人，还会是谁?"贾老板小心向窗外看了一眼，从怀里又掏出一份报纸，乔焕章急忙接过来看，那上面登着张大帅被炸的消息。

　　"这么说日本人真起歹心啦，狠毒啊——"他马上想到了高满堂，报上没说炸死的警卫人员，只说了炸死的随行人员和六姨太。

这么个呼风唤雨一跺脚都会叫东三省抖一抖的枭雄，说炸死就炸死了，这简直让乔焕章有点儿不敢相信眼前的事实。

"你们东北这疙瘩怕是要乱哪。"半晌又听贾老板这样说了一句，摇了摇头。

他俩这个晌午谁也没心情提订购黄豆的事。看这阵势，贾老板即使把黄豆收上来，也没办法运出去。贾老板只说他这一路看到的情形，他看到关内的东北军正在往关外调动，在天津和绥中车站停留时，他差点儿被东北军的人当成日本人的密探抓起来，昨天晚上他在甜草岗子下车时就想好了，他想尽快离开东北，东北军和关东军一旦打起来，他恐怕很难离开东北了。贾老板掏出手绢来，擦了擦额头上渗出的一层汗珠。

初听到这件令人震惊的大事后，开始乔焕章还只是想到为高满堂担心，现在又听到关内的东北军在往外调，又为乔守廉担心起来。

他和贾老板都无心再坐在这里饮茶喝酒吃饭了，贾老板也着急往关内赶路。贾老板说他下午就从小城子往西边白城子走，绕过吉林奉天，从内蒙古那头走热河回关内。

草草吃了几口东西，乔焕章就叫店小二过来结账，他俩就分别了。分手时贾老板对他说，如果局势稳定他明年秋天再来东北，叫他黄豆好生种着，有多少他收多少。"嗯，嗯。"乔焕章嘴里支吾了两声，就走了出去。

离开了曹家酒馆，往乔家围子赶的路上，乔焕章变得心神不宁起来。正是晌午过后，秋老虎的日头晃在头上，让他感觉从内里到外头都十分燥热。大帅死了，少帅能不能当起奉系的家撑起东北军这杆大旗还很难说，要不然也不会把大帅被炸死的消息推迟好多天才向外公布。要是日本人趁乱得了这东北的天下，他们这些小老百姓可就要遭殃了。

乔焕章越想越担忧起来，从小城子到乔家围子这二十多里路平时他坐马车半个多时辰就到了，可这回竟然走了两个小时，他走了一路也想了一路。

看到乔家围子庄稼地露出影子的时候，他方心里安稳了一下。地里有村民在收割苞米，他们不用像乔焕章此时去关心奉天城里发生了什么事，庄稼人还是守在地里踏实。乔焕章走过他家的黄豆地，那一垄一垄的黄豆荚鼓鼓的已经发黄了，风吹过来，串串像铜铃一样摇着。要是搁平时，他一定会跳下马车来，走到地里去，可是现在他实在没有这份心情。

他现在想到的是要不要把这个消息告诉吕凤兰，告诉了她她会不会像他一样担心守廉？在马车进院那一刻，他决定把这个消息压下来。刚刚进院就传来凤兰的问话声。

"……当家的，你去镇上见到贾老板了吗？"

"没……没见着。"

"那地里的黄豆怎么办？"

"告诉田禾，从明儿个起，让他去叫李家屯、刘罗锅屯的油作坊主过来拉豆子，还有小城子王家豆腐坊、老街基上白家豆腐坊都告诉一声……"

从这天起，乔焕章开始关心起外面有没有信件来，他想出了这么大的事，守廉应该写信来家的。他每天下午太阳西斜的时候，会走到青马湖边去堵吴有顺。吴有顺每天上午去县城取邮件发邮件，下午太阳落山的时候，他会从湖边走回来。他觉得在托古乡也好，在丰乐镇也好，消息最灵通的就应该是吴有顺这个邮差了。

他从小城子回来的第二日，吴有顺在湖边一看到他，见他问奉天的事，就一脸惊慌地说道："老爷，奉天皇姑屯发生的事您知道啦？"

他点点头，说："知道啦。"

早年当站丁养成的习惯，如果不是有人问起，吴有顺不会主动跟人说什么的。特别是马桂花死后，他慢慢变成了一个跟谁都不爱说话的哑巴。这一点带粮倒跟他很像。

"有顺，有我的信吗？"

"没……没有。"

"有顺，奉天那边有什么新消息吗？"

"没有。"

每天下午在湖边碰到了，两人就这样一问一答两句话，然后看着吴有顺"嘚嘚"骑着那匹杂毛马走去。吴有顺裤子屁股后头磨出了一个洞，乔焕章觉得吴有顺早该有个女人照顾了，他曾想过给他说合包八万爷那个女儿尼日朗花，她虽然大他三岁，可人家毕竟是王爷的女儿。他以为这门亲事一直是老姑娘的王爷女儿不会答应，没想到倒是吴有顺头摇得像拨浪鼓一样："俺们站丁是不允许同当地蒙古女人通婚的。"乔焕章说那是大清的戒律，现在是民国了。吴有顺这才又说："俺还是要带俺的桂花回关内老家。"乔焕章就无话可说了。

带福和小带粮都住在包八万爷的府上，只有吴有顺住在他那个破旧的白房子里。小带粮是尼日朗花一天一天伺候大的，那个孩子天天晚上和她睡在一起，已经离不开她了。如果吴有顺想他小儿子了，就去包八万爷府上看他。带粮自小管尼日朗花叫"额吉"。

一直到头场霜下来，最后一块黄豆地要收割完了，乔焕章也没有等来守廉的信。

这天下午收割完这块黄豆地，他叫守仁和管家田禾赶着装满豆荚的马车回去了，他在地里吸一袋烟歇口气，一会儿再到湖边去等吴有顺。他刚刚坐在地头一块青石上吸完一袋烟，就听远处有马蹄声传过来，抬头，一前一后两匹马驮着人顺着屯外的路口跑进屯来。渐渐地近了，他不由得站起身来，骑在马上的人也看见了他，朝这边奔过来——

他看见这是两个穿着灰青色军装、扎着武装带的身影时，他的胸口就发颤地跳了几下，继而眼睛就有些模糊了。

"爹——"前头那个人影先到了他跟前，跳下马来，叫了他一声！

"廉儿……是廉儿回来啦——"他颤抖着嘴唇说，想迎上前去，可腿却一动也动不了。

"啪！"前面这个军官快步上前给他敬了军礼，之后双腿跪在地上："爹，不孝之子守廉回来看您啦！"

"回来就好，回来就好。"乔焕章上前扶起儿子，上下打量着他，"六年啦，你离开家六年啦。"

"是的……爹，您和我娘还好吧？"

"都好，都好，走，快回家去。"

乔守廉叫勤务兵牵着两匹马在后边跟着，他和乔焕章在头里走着，引来不少屯子里人在自家院子里张望。没等走进院，乔焕章就高声叫道："守仁他娘、仁儿、孝儿，你们快出来，看谁回来啦！"

吕凤兰和守仁、守孝就从屋里迎了出来，守廉和爹的脚步也刚刚迈进院子，吕凤兰冷不丁看着两个穿军装的后生走进院子里来还有些发愣，守廉已"扑通"一声跪在了她面前："娘，不孝儿守廉回来看您来啦！""哥——"守仁也惊喜地叫了一声。

吕凤兰身子晃了晃，颤抖着伸过手来去摸守廉的脸庞："廉儿，廉儿，你可想死娘啦。"说着凤兰就用衣襟抹起了眼泪。守廉站起身来，掏出手帕为娘擦去脸上的泪水，凤兰嘴里还在说："让娘看看……廉儿，你长高了，成大人了，娘都快认不出你啦。"

这边，乔焕章赶紧叫伙计乔四把勤务兵手里牵着的马牵到马棚去喂了，又告诉管家叫厨房准备晚上的饭。管家就打发人去前屯买一只现杀的羊来家，又叫人捉一只公鸡杀了。

等到在正堂屋里坐下，乔焕章这才急不可待地问道："你这是打哪儿回来？听说奉天城里出事了，大帅叫日本人炸死了，现在外头的情况怎么样？"

听到乔焕章这样问，乔守廉的脸色这才阴沉了一下，稍停了一下，说："爹，您听说的这些都是真的，大帅几个月前是叫日本人给炸死了，不过奉天城里的局势已平息了下来，少帅已接任了东北军总司令一职，谅关东军眼前也不敢把咱们东北军怎么样。"

"廉儿，你咋不给家里写封信呢？出了这么大的事，你知道家里有多惦记你。"松下一口气来，乔焕章又埋怨道。

"爹，俺是两个月前才随少帅的关内部队从热河调回东北来的，调动回来后，为防止日本人打探到东北军的布防情况，上级命令，一律不准与家里通信。直到上周我们部队调动到吉林扶余一带布防时，上级才允许营级以上军官和家里联系，俺一想离家这么近了，不如直接回来看你们，就没有写信告诉你们。"

"这么说，你又提拔了？"乔焕章问。

没等乔守廉说话，一旁的勤务兵"啪"敬个礼，替他回答道："报告乔老爷，乔长官现在是俺们少校营长。"

"好哇，好哇，怪不得你满堂叔打小就看出你是一块做军人的料，对了，你满堂叔怎么样了？你有没有你满堂叔的消息？"乔焕章问。

"俺调回东北时向人打听了，听说张大帅被炸的那天夜里，满堂叔他们警卫连没有在专列担当警卫，他们连是提前一天回到奉天打前站的，准备在奉天车站迎接大帅回府。"

"那后来呢?"

"后来听说安葬完大帅的灵柩后,他们警卫营一部分分到了少帅的卫队里,一部分又分到了王以哲旅长的部队里。至于满堂叔分到了哪里,我还没有打听到,因为我们部队没驻防在奉天城附近。"

听说高满堂没事,乔焕章也就放心了。

晚饭很快就做好了,一盆手扒羊肉,一盆烀羊排,一盆鸡肉炖蘑菇,还有一盆是守廉在家时爱吃的猪肉炖粉条。

乔焕章给自己杯里和守廉杯里斟满酒,和他对饮了两盅。守廉酒量不大,两盅酒下肚,脸就红了起来。

吃过饭睡下前,乔焕章问乔守廉:"你在家能待多久,要不要明天把你姑叫家来?"

乔守廉跑了一天的路有些累了,头一沾枕头就要睡着,迷迷糊糊地说:"俺明天一早还要赶回驻地去,下回吧,下回回来俺去看俺姑……俺姑她还好吧?"

乔焕章说:"你军务要紧,就不多留你了,你早些睡吧。"乔焕章背过脸去走出西厢房,他本来想告诉他新禄淹死的事,他姑自打新禄淹死后身体一直不好,想想还是先别说了。

第二天一早,吃过早饭,守廉就同家里人告别了。走出院来,乔焕章也跟了出来。"爹,您回吧。""我送你到屯口。"乔守廉就依了他,让他送到青马湖边。

在湖边站下了,乔守廉叫勤务兵把马牵下去饮饮水。那勤务兵就牵着两匹马走下去了。

"廉儿,你跟爹说句实话,咱东北现在是不是很危险?"

乔守廉看了爹一眼,说:"眼下日本人还不敢明目张胆把咱东三省怎么样,就怕日后,光靠咱东北军是对抗不了一个日本国的。"

"那怎么办,少帅想出个啥法子没有?"

"少帅正打算易帜呢。"

"易帜?"

"就是想把咱东北军归顺中华民国革命军，到那时候小日本就不敢把咱咋样啦。"

"爹懂了，还是早点儿易帜好，回去你要好好带好你的部队，咱东北百姓可指着你们呢。"

"爹您放心吧。"两匹饮完水的马牵上来了，乔守廉一跃身跨上马去，回头冲爹招招手，一打马鞭，两匹马"嘚嘚"一路烟尘跑走了。

21

乔守廉回来的消息传到邹家屯，尽管乔焕芝没有看到她这个侄儿一眼，还是叫她放心地舒了口气。还听说高满堂也没有出事，也叫她安心了。头些日子她的心还一直悬着。

奉天出事的消息她是从邹守田嘴里听说的。那日邹守田一从小城子回来，就跟她和新福讲："瞧瞧，这当兵吃官粮的有什么好，连张大帅这呼风唤雨的东三省主席也说炸就炸没了。这兵荒马乱的世道，还是守在家里种地的好。"一听说张作霖是在回奉天的专列上被炸死的，她马上哆嗦地问："那高满堂会不会被炸死?""肯定会被炸死的，听说那节火车厢被炸飞上了天，他一个护兵马弁还能跑得了，炸死的人里还有咱黑龙江省主席吴大舌头，人炸得胳膊腿都分不清了。"乔焕芝一听，她的失眠又加重了。

邹守田是带着一副幸灾乐祸的口气说这事的，他也是在说给新福听呢。邹新福自从去年春上和乔守仁在小城子高级学堂毕业后，

116

就一直待在家里，去年有一阵子他还吵吵着要像他堂哥那样去考奉天士官学校，邹守田不同意，邹守田让他在家里安心务田。头些日子，小城子的徐郎中来家给乔焕芝诊病，自从新禄掉井淹死后，乔焕芝受到了惊吓和刺激，经血失调，迟迟不能再怀孕，有时整夜整夜睡不着觉，人也日渐消瘦了。徐郎中常来家给她号脉开些方子调理。这日徐郎中一边把脉，一边随口说出一个方子，叫新福拿笔记在一张纸上。完后他拿过方子来瞧，嘴里就赞赏了一句："好字，这孩子天资聪慧，是块读书的料。"这一说又把新福和他娘说活了心，等徐郎中走后，新福娘同邹守田商量："还是叫福儿出去上学读书吧，他大舅也早看出来他是块读书的料，即使不到奉天去上那个讲武学堂，咱也让他考省城中学吧。"邹守田一冷脸子："现在家里地里正是用人的时候，你又是这个样子……"邹守田说了一句没有再说下去。

其实邹守田心里清楚，无论新福是想考奉天习武学堂，还是想考省城中学，都是和乔家人的影响分不开的。一提起乔家来，他既有一种受惠于乔家的自卑，又有一种说不出来的嫉妒。大旱那年如果不是乔家送来的几斗粮食，他家怕是早出人命了。他爹死后的第二年开春要不是乔焕章打发人送来种子，他家第二年秋天也不会获得那么好的收成。正是有了第二年的好收成，邹家才一年一年缓过劲来，又粮满仓了，家里藏着的银圆也有了一定的数目。走在街上人前，邹守田又觉得腰杆子硬气了不少。

只有在一个人面前，他的腰杆子硬气不起来，这个人就是他的大舅子乔焕章。从打在邹家屯立户，他和他爹就憋着劲想把乔焕章比下去；从打他第一次向乔家提亲被拒绝，他就暗暗发誓，一定要乔焕章对他高看一眼。凭着他们父子俩的勤劳和节俭，终于为邹家攒得了一份田产和家业，也把乔家妹妹娶进了家门。谁想天有不测风云，他和爹攒下的家底，一夜间被土匪抢了个精光。他不得不接受乔家的施舍，就连焕芝这几年不能生育，他也不好说什么，他觉得他是欠乔家的。徐郎中曾跟他说过："太太的病虽是失子伤极所致，却也是在月子里劳累落下的。"无论是生新福还是生新禄，都是在月子里就下地干活儿了，他爹说女人没有那么金贵，他娘生他时就是生在地里的。他本来跟他爹说再雇个长工，可他爹不让。有一回干活儿时，他看见焕芝裤管里流血，焕芝告诉他小产了。

他爹死后，他靠着从他爹那里学来的精明和算计，让家业渐渐恢复了元气，日子也殷实了。看着不开怀的焕芝，别人也劝过他再纳个妾。他虽也闪过一下这个心思，可整日里还是把全部心思放在了田地上。他要让邹家的田产和家底都超过乔家，这样才对得起死去的爹。可有一样他是无法和乔焕章比的，那就是乔焕章也做官了，当了省议员和县农务会副会长。邹守田觉得青马湖边的乔家围子真是块风水宝地，这么些年乔家总是在走顺字，而邹家总是在走背字。当初他爹要是听了他的话，那块风水宝地就姓邹了，现在却叫他无处去买后悔药。

所以当邹守田在小城子里听说奉天城里出事了，他首先想到自己阻止儿子去考奉天什么士官学校是阻止对了，接下来他想到乔家的大公子在东北军里是福是祸还很难说，他就幸灾乐祸地想乔家这回八成要摊上倒霉的事了。

地里的苞米棒灌完浆了，地里的高粱也红了，这个多事的秋天到来了，邹家的庄稼又获得了丰收。

秋天他赶着马车去小城子卖粮，没有看到乔焕章的身影。那几个别的屯子的地主，卖完粮后又聚集在十字街口的茶棚里议论奉天城里的事情，好像那件事情发生之后人人开始关心起时事了。他听一耳朵就走了。

"看这阵势，这东北是不是少帅小六子的天下还很难说啊。"

"唉，从打咸丰那年起，这龙年就没有太平过……"

他和伙计邹三福把一马车苞米、一马车高粱卸在万家粮栈里，瞅瞅日头到晌午了，就把马车赶到程记火烧铺子门前，他和伙计三福进去，要了十个烧饼坐在条凳上吃了起来。三福也是闯关东来到邹家屯落脚的，和掌柜一样，都爱吃镇上这家山东人火烧铺子里的火烧。邹守田又要了两碗羊肉杂碎汤，三福就放开肚皮吃起来，呼噜呼噜汤喝得山响。三福饭量大，力气也大。"三福，吃，吃，管饱。"邹守田和他爹不一样，他在伙食上从来都让伙计吃饱。

两个人吃了十个硬实的火烧，打着冒着膻味儿的饱嗝走出来。他想起来还要给老婆抓药，就把药方子掏出来叫三福去街拐角徐郎中的铺子抓药，他不愿去。徐郎中见到他总要问他房事如何，弄得他跟配种的马一样难堪，其实他现在一闻到那药汤子味儿连做那事的心情都没有。

他站在拴马桩的车前等三福，日头足足地晒着他的头。他一眼瞥见当街张扎彩匠的铺子开着门，露出摆在门口两边花花绿绿的纸牛纸马等冥品。张扎彩匠出来倒水，看见了他，打了声招呼："邹掌柜，过镇上来卖粮啊？""嗯，嗯哪。""进来坐坐，喝口水。"张扎彩匠客气地让道。要是搁往常邹守田是不会走进他那间阴凉的屋子的，可这会儿站在当街上没事，头上晒得有些冒汗了，他就走了过去。扎彩铺子他爹死的那年他来过一回，来给他爹扎几件冥品，他那次是一大清早敲开张扎彩匠的铺子门的。张扎彩匠给他扎完他要的彩牛、彩马、装粮食和元宝的彩柜，忽然问他："你爹有没有老伴？"邹守田摇摇头。"那你娘呢？""俺娘死在山东了。""那俺还得给你爹扎个女人。"说着话，张扎彩匠就动手扎了起来，一会儿工夫，一个穿红配绿的纸糊的人就活灵活现地立在邹守田面前了。邹守田觉得张扎彩匠那双手是神手。只这一大早的工夫，他坐在那儿，只动着两只手，上下翻飞，一件件用竹子彩纸扎的物件就活生生地堆在他面前，看得他眼花缭乱。这双手磨出了厚厚的老茧，虎掌龟裂着口，"缺啥，你再来找俺。"手放下来眼里晶亮的神采熄了，他付了钱走出来。就这么的他和张扎彩匠认识了。爹生前他那么劝爹娶个女人爹都不同意，爹死后，张扎彩匠给爹配了个女人。

他走进了张扎彩匠的铺子，和上次来没啥变化，低矮的屋子依旧阴凉，外屋也堆满了彩件。张扎彩匠围着皮围裙依旧坐在那只马扎上，低头做着手里的活儿。见他进来递过来一只竹马扎，又冲里间喊了一声："彩蛾，给邹掌柜倒碗茶水来。"里面应了一声。过了一会儿，从里间走出一个十六七岁的闺女来，这女子俊眉俊眼，白巧的小手端着一碗冒着热气的茶水，轻放到邹守田身前的小桌上。"叔，喝水。"她低眉说了一句，又怕生人似的退回到里屋去。"这是我女儿。"张扎彩匠割着竹条说了一句。邹守田还没有回过神来，上次他来并没见过他的女儿，他没有想到张扎彩匠还有这么水灵灵的女儿，他不觉得这低矮的屋子里阴凉了，端起茶碗慢慢喝了起来，那茶碗上还留有一丝女孩子的手香气。

他从敞着的门上朝外面瞥一眼，看见三福顶着日头回来了，就起身跟张扎彩匠告辞了。

看到三福手里提着的一串汤药黄纸包，他的胃里又翻出一股子煎药汤子的味道来。不过他远远地看到那匹驾辕的公马肚子底下伸出那长长的东西时，他的裆里忽然莫名其妙地硬了一下，他的脸一下子臊红了。

这个秋天，无论是乔家围子的乔焕章还是别的屯子里大户人家都在关心外面的事情的时候，只有邹守田在关心自己家里的两件事情，一件是地里的收成，一件是家里的女人什么时候再他生出个儿子来。

22

入冬后的几场大雪让三肇平原上变得一片洁白，小城子、乔家围子顺着青马湖往下一直到三道岗子、古鲁驿站这一带，收割过的耕地和封冻的青马湖面，像被盖上了一层厚厚的棉被，被没膝深的雪捂得严严实实的。白茫茫的天地间，只有草甸子上的雪面上，不时掠过一群红脑门的铁雀，在"啾啾"地叫着觅食，只有这不怕冻的铁雀让这大雪肃杀后的平原上有了一点儿活气。

时令已进入了关东最冷的腊月，屯子里被雪压矮的屋顶上，都驮着圆蘑菇一样的雪坨。猫冬的人们，无论老少都不愿出屋了，出来撒泡尿的工夫，棉袄裹得严严实实的身子都会被刀子似的西北风吹透。因此，这腊月里的屯子显得很安静，连狗都像被冻掉了舌头，一声不吭。只有从西北风口刮过的西北风，一阵阵从房头、院子里、苞米秸秆垛上呼号着刮过……

屯头土道上被冻裂了口子，风卷着雪尘一绺一绺像小蛇一样往口子里钻去。冻得梆梆硬的土道上老半天也看不到一个人影或牲畜走过，那嗖嗖游走的雪蛇就将道面覆平了。

"嘚嘚……"这天下午，有两匹马踏着硬邦邦的雪道，顺着呼号的西北风，从小城子方向朝乔家围子奔来。那马蹄扬起的雪尘有一人多高，不一会儿工夫，跑在前面那个穿深青色呢面黄毛领大衣、头戴长毛狗皮帽子的军人身上，就积上了一层厚厚的雪尘；可他还嫌马跑得不快，还不时打一下马鞭，落下后面那个背盒子枪的勤务兵足足有三十米远。虽然这么冷的天冻得他脸发麻，可他的心里是温暖的：回到家乡了，要见到爹娘了。等跑到屯头，他座下的那匹枣红马已变成白马了。

这个人就是东北军二十六骑兵团一营少校营长乔守廉，此时更让他激动的是他们东北军前天刚刚易帜，他们国民革命军东北军陆军第一军骑兵第二十六团昨儿个刚刚接到命令，换防到小城子。上午驻扎完毕，他就向团长请了假，急不可待地回乔家围子来家看看了。

在屯头他俩下了马，拉着马往屯子里走。走到乔家大院门前，乔守廉上前叩门，开门的管家房田禾冻得抄着袖哆哆嗦嗦惊呼："哎呀，少爷，怎么是你？你怎么回来啦！"管家的惊呼惊动了屋里的人，乔守仁先走了出来，一看到他就冲屋里喊："俺哥回来啦！"房门顶着寒气推开，乔焕章、乔守孝和吕凤兰都涌了出来。

"爹、娘，俺回来啦——"

"廉儿，这大冷的天你打哪儿回来？快进屋，守孝，快给你哥扫扫身上的雪。"吕凤兰慌慌张张地说。

守仁过来牵去他的马，大家簇拥着守廉走进屋里去。等进了屋里坐下，乔守廉说："咱们东北军易帜了，少帅是中华民国革命军副总司令兼东北军总司令，我们骑兵团调到小城子来驻防了。"乔焕章才看出乔守廉的帽徽和上回来家时的不一样了，换上了青天白日的帽徽。

"易帜了好哇，好哇。"乔焕章连连说，又问他，"这回你们驻在这里不走了吧？"

"不走了，爹。"

"那就好，那就好，你就可以常回来看看我跟你娘了。"

吕凤兰赶紧叫他把马靴子脱了，上炕头上去坐，暖和暖和去。勤务兵过来要给他脱靴子，他自己动手脱掉了，坐到炕里去。吕凤兰看他跟他爹唠嗑儿，又忙去外屋安排人做饭，突然见到儿子让她不知做什么好。

守孝凑到守廉跟前，有点儿陌生地打量着他。守廉问："守孝该念高年级学堂了吧?"守仁替他回答了："是的，哥，在小城子念呢，现在放假了。"看爹到外屋去了，守廉问守仁："你有什么打算?""爹是想让我操持家里的营生，守孝还小，你又在外边。"守廉就说："那家里就辛苦你了，多帮爹张罗点儿。"守廉觉得这个家他一点儿也没有尽到做儿子的责任，有些愧疚。

爹进屋来，又问了他一些外面的局势。不一会儿饭做好了，大家热热闹闹坐在一起吃饭，爹问他晚上能在家里住下吗，守廉说他晚上得赶回营里去住。又听爹说："也好，小城子近，以后你可常来家。快吃吧，日头短，天说黑就黑了。"吕凤兰一直坐在炕里端详着他。

吃完饭，又围着火盆说了会儿话，天就渐渐黑了。守廉走时叫勤务兵从皮夹包里掏出一卷大洋来，他拿过来递给娘："娘，这是儿每月攒下的军饷，留给家里用吧。"凤兰不接，她又流泪了："这钱你自个儿花吧。"守廉说："我每月都有军饷，在部队里也没有多少花销，这些年我这个当儿子的也没给家里尽孝，这点儿钱全当我尽一个儿子的孝心。"乔焕章说话了："收下吧，这是廉儿的一片孝心。"吕凤兰这才接了说："你什么时候领回个媳妇来家，娘也就知足了。"这样一说，守廉脸红了，乔焕章嗔怪道："你当着廉儿勤务兵的面说啥呢，咱廉儿是做大事情的人。"

乔守廉同爹娘挥挥手："快进屋吧，外头冷。"就骑上马和勤务兵打黑幕里走了。

走在路上，想起刚才母亲的话，倒从他心底浮现出一个人影来，那就是他在小城子读高级学堂认识的徐郎中的女儿徐雪花，不知她家还住不住在镇上，这回回来能不能见到她。想到这里，他一拍马的屁股："驾!"迎风踏雪向小城子方向跑去。

第二天，县城里蒋县长召集全县各届名流举行欢迎国民革命军两个骑兵团进驻肇州大会。乔焕章一大早就坐着棉棚马车过县城里去了。

老街基的十字路口两侧的街道上，虽然天寒地冻看不到多少抄着袖的人影，可他还是看到不少店铺门板上，叫人贴了一些红红绿绿的标语："欢迎东北军易帜!""东北民众拥戴蒋总司令、张副总司令!""三民主义万岁!"……乔焕章就想这一定是蒋县长叫人张贴上去的。街上还不时跑过一队巡逻的骑兵马队，士兵的狗皮帽子上都挂着厚厚的白霜。

到了县府大院外，他停好马车，走进县府礼堂。东北军骑兵第二十六团和四十三团连以上军官都到了。蒋县长正在陪两位团长说话，看见他走进来，蒋县长就给两位团长介绍："这位是乔副会长。"那个二十六团的马团长"啪"地给他敬了个军礼："乔副会长，久仰，敝人马某听贵公子提起过，正想腾出空来登门拜访，不想今日在这里见到，幸会!"乔焕章也拱手施礼："马团长，久仰，犬子在属下奉职，还望长官多加调教。""哪里，哪里，乔营长可是我们团一员虎将，今日一见乔副会长就知您是饱学之士，还是您教子有方，为国家培养了栋梁之材。"蒋县长先是一愣，后听明白了，微笑着说："原来乔公子就在马团长团里任职，那蒋某也恭贺乔会长了。"

蒋县长把两位团长和乔焕章，还有商会会长请上台，致了欢迎词。蒋县长说："欢迎大军进驻本县防务，当此东北局势动荡之际，实乃本县百姓之幸事，大军安顿所需服务，本县长及全县百姓当效犬马之劳。"随后马团长也代表军方宣布了两个团驻扎情况，国民革命军东北军陆军第一军骑兵二十六团和四十三团下属各营分别驻扎

124

在小城子、老街基、大同镇、三道岗子、葛家围子、古鲁驿站等处，两个团部分设在老街基和小城子。

中午吃饭时，蒋县长特意安排乔副会长和两位团长还有乔营长坐在一个桌上，同桌作陪的还有县商会会长、副会长。马团长在敬酒站起来答谢时说："保家卫国，乃军人守土有责，进驻贵县，还望蒋县长和各位会长多多支持。"席间，马团长又特意走到乔焕章跟前，敬了他一杯酒，说："感谢乔副会长对我军的支持，我听蒋县长说乔副会长带头为我们募集军粮。早听乔营长说乔副会长是深明大义之人，令马某深感敬佩！"乔焕章说："应该的，应该的。"有长官和父亲在，守廉显得很拘谨，身板坐得端端正正的，风纪扣也没有解开。桌前的酒杯他很少去动，吃了几筷子就先下去了。

乔守廉从县礼堂出来，回小城子驻地时，绕道去了邹家屯，去看他姑。

邹家屯离县城有四十多里路，顶风跑到那里时，他座下的枣红马就变成白马了。进了屯子看到屯中央那座熟悉的院落时，他和勤务兵就从马上跳了下来。

乔焕芝头上围着蓝布头巾从屋里走到院子里，她端着一盖帘包好的黏豆包要送到仓房里冻上，一抬头看见屯子里跑进两个骑马的人，待那两个人影走近了，前边那个人影跑下马来时，她不由得叫了一句："这不是守廉吗?"手上的盖帘一抖，黏豆包有几个滚落到地上去，沾上了地上的白雪。

"姑——"乔守廉推开院门，瞅着院子里这个有点儿老相发呆的女人叫了一声。闻声从房门里又出来一个人影："守廉哥，你回来啦!"是他的表弟新福。六七年不见了，新福的个头也长高了。

"守廉……"乔焕芝上前哆嗦着手抱住了乔守廉。

"是守廉啊，快进屋吧。"又一个男人走出来了，是他的姑夫邹守田。刚才在炕头上从窗镜里看见这两个人影走进院来，他惊讶得有点儿不敢相信，身后那个背匣子枪和皮夹兜的分明是勤务兵，这么说乔守廉升官了，他慌慌地下炕，趿拉着一双乌拉鞋就出来了。

"姑、姑夫，家里都还好吧？"他瞅着姑比六七年前他出去上学时又憔悴了许多。

"啊……还好，还好，你不都看见了吗，又新翻盖了房，院子也扩了。"这个男人稍稍有些得意地说，"从打你上学走了，有六七年没到你姑夫家来了吧。"

"嗯哪。"守廉走进堂屋坐下，打量着堂屋，堂屋宽敞明亮，还摆设着一个香案。

"哥，你现在是个什么官？"新福问，从打他一进屋，脱掉身上的大衣，他就盯着他腰间斜挎的那支手枪，这会儿又盯着他肩上一颗星两道杠的肩章问。

"俺们长官现在是少校营长。"勤务兵替他答。

"那管好多人吧？"新福又把勤务兵扯到一边问。

"六百多人呢。"

"啧啧。"

这边，乔焕芝和邹守田听守廉说他们部队这回驻在小城子不走了，都挺意外。乔焕芝说："这回在家跟前了，你爹你娘该高兴了吧。"乔守廉说："俺头晌还听俺爹说，俺娘高兴得昨一宿没睡实沉觉。"

"老姑也高兴，你也常回来看看老姑，对了，新福，一会儿你去杀只鸡，晚上给你哥做小鸡炖蘑菇吃。"

"姑，今晚我不能留下来吃饭，部队刚驻扎，我这是从县里回去顺路先过来看看你们，等以后部队安定下来，我再来你家吃饭。"

"咋到姑家不吃饭就走呢，你这么多年没回来了……"乔焕芝说着要抹眼泪。

乔守廉赶紧说："要不姑你把黏豆包给我带上一些，我带回去吃，也给兄弟们尝尝，你看这样好吧，你也知道我打小最愿吃姑包的黏豆包了。"

乔焕芝就叫新福去仓房里把冻黏豆包给拿上一水筲来。

坐到日头偏西，守廉告辞了。老姑和姑夫送他到大门口，而新福一直送他到屯子路口上，冻得两腮通红，鼻涕都出来了，还恋恋不舍。守廉叫他回去。

"哥，哪天俺去小城子看你。"

"你去吧，到时我教你骑马打枪。"

"真的?"新福眼睛发亮。

"真的。"说完，他就和勤务兵骑上了马，打马走了。

这日，乔焕章也是很晚才回到家的。他脸喝得红红的，吕凤兰一看他高兴的神情就知道他在县里受到了敬重，就问他见没见着廉儿。乔焕章说见到了，又说了一句："俺这都是借了廉儿的光啊!"吕凤兰说："还不是你打小教得好。"乔焕章听了这话很受用。

两个骑兵团在肇州境内驻扎了下来，县城里和乡下的百姓也都安下心来，不再像秋天那样闻听外边传来的流言闹得人心惶惶的了，大家该过自己的日子过自己日子。老街基和小城子每月逢五逢七的小集大集也热闹起来。猫冬的乡屯各家各户都开始置办年货了。

23

乔家因为乔守廉回来，这个年过得比往年热闹些。腊月二十三小年这天上午，乔家又特意杀了两头年猪，一口送到二十六团团部，一口留下自己家人吃。马团长收下了，并写了封感谢的回呈。

这天一早，乔焕章起来写了两副对联叫人贴到大门上去，其中一副是这样写的："国泰民安盛世祥和，风调雨顺人丁兴旺。"为准备年夜饭，乔家特意请了个厨子来家，从腊月二十六，家里就开始了煎、炒、烹、炸。有两道菜是乔家的祖传菜，一个是熬鸡冻，一个是炸油丸子。乔焕章亲自下到厨房指点厨子如何给鸡冻配料，鸡肉、肘子、猪头肉要熬到什么火候，炸油丸子的油温要多高。在油锅前他又亲手操作炸出一锅金灿灿的肉丸子来，等他把这盆丸子端到仓房里去冻上，那厨房油烟香味儿也跟着飘到院子里来了。

他在院子里站下，忽听到屯子外面有两匹马的马蹄声"嘚嘚"传来。抬头见头一匹是守廉骑的那枣红马，另一个骑在白马上的人却不是他的警卫员小李子。这会是谁呢？而且守廉也没说今天来家啊。乔焕章就站当院里呆呆地望着。

转眼工夫，两匹马到了院门前。"爹，您看谁来啦？"守廉从马上下来，推开了院门，指着身后那个从马上下来的人说。那人也穿着军官大衣，头上皮帽子上的霜花和他胡子上的霜花挂在了一起，他嘴一咧道："焕章俺的哥哥，你都认不出俺来了吧？"

是高满堂！乔焕章一下子惊呆了。

"满堂兄弟……你可让哥哥好想啊！"乔焕章上前一把抱住了他。

"俺也想你们哪！"

屋里的人都迎了出来，院子里热闹起来，乔焕章拉着高满堂的手进屋去坐，暖和暖和身子。乔家人就簇拥着满堂和守廉走进了屋子。

进屋坐下后，才听高满堂说，他现在在奉天少帅府警卫连里当连长，这次过来是往二十六团和四十六团团部送两封机密的军事文件。正好赶到年根前了，他也想顺便回来看看乔焕章一家人，就在来时向长官请了假，文件送到后，他过完年再回奉天。

"太好啦！这回你能回来在家过年，守廉也能在家过年，今年这个年是最热闹的了。"乔焕章高兴地说。

凤兰又说："满堂兄弟，你大哥前天还念叨着你，还真把你给念叨来了。"

高满堂说他昨天夜里才从甜草岗子下火车，一大早把两个文件送到两个团部，饭也没顾上吃，就拉着守廉一道往乔家围子赶。

说话工夫，吕凤兰从厨房里端着一盘丸子走进来："满堂兄弟，算你有口福，这是刚炸出锅的山东丸子，你尝尝。"高满堂就捡了两个扔进嘴里，嚼了两口，道："嗯，味道不错，是咱山东老家的味道。"

乔焕章陪高满堂脱鞋坐到炕里去，等他抽了一袋烟后，问高满堂这些年在外头的情况，又问夏天张作霖被炸前前后后的事，他是怎么幸免于难的。高满堂听了，半晌才叹了口气，说道："唉，大哥，这人都是命啊，张大帅的命该栽在日本人的手里啊。他妈拉个巴子小日本，真不是人，大帅到了也没有斗过日本人，大帅死不瞑目啊……"大家围着他，听他慢慢说道，张作霖离开北平回来前，日本公使芳泽谦吉曾到紫禁城张公馆找过张大帅，逼他在《日张密约》上签字。那天正赶上他值星带班，听里边的警卫说，张大帅拒不接见，并在屋里高声大骂："日本人不够朋友，竟在人家危难的时候掐脖子要好处，俺张作霖最讨厌这种做法。俺是东北人，东北是俺的家乡，俺老张家祖宗的坟地都在那里，俺不能出卖东北，免得后代子孙都要骂俺张作霖卖国，俺不能干对不起祖宗的事，俺什么都不怕，俺这个臭皮囊早就不打算要啦！妈拉个巴子，敢拿这个来威胁老子……"

"这么说张作霖还真是一条汉子。"乔焕章听了后说道。

"张大帅已料到日本会在他返回东北的时候谋害他，他把回来的日期对外宣称是六月二日，并叫我们警卫营一部分在二日乘车先行回到奉天警卫，可这种假象没有骗过日本人，在他三日动身，四日夜里专列开到皇姑屯时，日本人还是引爆了事先埋好的炸药，同车回来的黑龙江省督军吴大舌头和六姨太被当场炸死，连同车跟着的日本人也被炸成了重伤，张大帅是被抬到家中咽气的。临咽气的时候他对守在跟前的卢夫人说：'快叫小六子回来，告诉小六子，以国家为重，让他好好干，别做对不起祖宗的事情，俺这个臭皮囊不算什么，叫小六子快回来。'为防止关东军乘机占领东北，大帅身亡的消息一直封锁到少帅回到奉天，并把关内的部队调到东北来……"乔焕章听完唏嘘了一阵。

　　"这已算不幸中的万幸了，如果当时日本人知道张作霖已经炸死的消息，乘机起兵占领东北，这东北的天恐怕就要变了。"乔守廉听到这里说了一句。

　　看看到晌午了，乔焕章就叫把饭桌放到炕上去，他和高满堂边吃边聊，守廉也跟着上炕坐了下来，他是专程陪高满堂回乔家围子的，吃完饭还要在下午赶回营里去。

　　"看看我大侄子多有出息，军阶都比我高了。"高满堂朗声笑道，赞许地看着守廉。

　　"当初还不是听了你的话上了奉天士官学校，要不哪有他今天的进步。"乔焕章说。

　　守廉听了，就敬了高满堂一杯酒说："俺爹说的是呢，高叔，能在少帅府上的人都是对大帅、少帅忠心耿耿的人。俺一定以您为榜样，恪尽军人职守。"

　　"好小子，你叔没看错你。"高满堂一仰脖干了这杯酒。

　　守廉吃过晌饭走后，乔焕章又打发守仁套车去接他姑来家。太阳偏西时，乔焕芝坐着守仁的马车来了。刚才守仁去接她时，乔焕章已把乔焕芝头些年死去了第二个孩子新禄的事跟高满堂说了，还有焕芝这些年身体也一直不太好。高满堂有点儿意外。

一见面，高满堂觉得焕芝老了许多，原来结实的身子骨也瘦了。看到高满堂，她有些发怔，愣了一会儿才说："你有九年没回来过了吧？"高满堂说："是啊，这日子过得可真快。""你还一个人吗？""俺还一个人。"乔焕章听了就说："对了，满堂，我还忘了问你，这些年在外头咋不找个女人成个家呢？"高满堂说："这些年在外，一直在打仗，关内关外地跑，哪顾得上这个。"乔焕芝没吱声，看他一眼，想说什么又压下了。

"对啦，头些年跟着大帅在北平，俺可是开了眼界，连皇帝待的金銮殿俺都进去过，皇城根里什么好吃的东西、好玩的东西，俺都吃过、都玩过，这辈子也算没白活了。"说着，他从兜里掏出一只银手镯和一条银珠项链来，说："这是俺从直系冯玉祥部队最早进紫禁城的一个连长手里用十块大洋换的，他说是从皇宫里搜罗出来的，说是女人戴的物件，他急着等钱用，俺就要下了，想着一件给俺嫂子，一件给俺妹子。"说着就把银珠项链递给焕芝，焕芝不接；又把手镯给凤兰，凤兰也推却着没有上前接。

乔焕章说："满堂兄弟，你这是干什么？"

满堂就有些急了："大哥，你看看，俺也没女人好送，给俺妹妹、嫂子当个心意。"

乔焕章这才叫焕芝和凤兰收下了。

晚上，焕芝吃完饭就留在哥哥家住下了，她和凤兰住在西屋，焕章和满堂睡在东屋炕上，两人也正好再说说话。

等到两个人倚躺在东屋炕上，一边烤着火盆，一边吸着添上了乔家今年新收下来的旱烟叶的烟袋锅，高满堂吧嗒了一口烟，说：

131

"俺妹妹瘦好多了……"乔焕章叹一口气:"从老二掉井里,她就受刺激落下了病。""没找郎中给她看看吗?""找了,中药都快当饭吃了。"

两人磕掉烟斗里的火星,要睡下时,乔焕章又跟高满堂说了一句:"满堂,你该找个女人成个家啦。"

高满堂头挨上了枕头,说了一句"再说吧",就一歪头打起了呼噜。

高满堂在乔家住了五天,大年三十这一天,乔焕章一大早起来,看见高满堂把院子打扫得干干净净。他又和高满堂去青马湖上凿了两个大冰块,用马爬犁拉回来,做了两个冰灯放在院子里,又叫凤兰剪了两个大红的福字贴在冰灯上。时辰将近晌午,听到院门外传来了一阵马蹄声,是守廉回来了,他没带勤务兵,是一个人回来的。

守廉下马进门前,瞧了瞧门边的对联和大红的福字,进院跟爹说了句:"爹,您的字还那么有风骨。"乔焕章摇了摇头:"老了,手劲大不如从前了。"守廉想起爹今年刚过四十三岁,等爹五十岁时,一定回来给爹做寿。

按照关东的习俗,年三十这天是吃两顿饭的,下晚这顿饭开得早,太阳没落就开了,半夜里再吃一顿守岁的饺子。

下午三点钟时,厅堂里摆了一张大圆桌子,厨子已把做好的十二道菜一道道开始往上摆了。乔焕章换了身新做的烟紫色唐装棉袄和一件半身长袍,和高满堂坐在上首的位置上,守廉、守仁、守孝依次坐在下首,凤兰和管家、厨子也坐上桌,一家人就齐了。乔焕章端起酒杯说道:"今儿过年是咱家人最团圆的一个年,你满堂叔和守廉也都回来了,去年龙年过得不算太平,现在好了,国家安稳了,东北安稳了,咱家也安稳了,为来年风调雨顺,你满堂叔和守廉在军队飞黄腾达,干了这杯酒。"除了守孝外,大家都一饮而尽。外边的屯子里也响起了"噼噼啪啪"的鞭炮声。

"满堂，你吃菜，吃菜。"乔焕章给他夹了一筷子肘子肉，放到他碟里去。

"嗯，嗯，吃着呢……"这几日在乔家每天都四个热菜，外加鸡冻和油丸子两道现成的菜，让他不住地跟凤兰、焕章感慨，想当年他们一起闯关东，在刚过来的路上，饿得夜里都睡不着觉，哪里想到今天会过上这好日子，说得焕章心里头也热乎乎地发酸。

酒喝到半酣，高满堂解开军装扣子，端起酒杯说："大哥、嫂子，今儿个是俺在外这些年，头一回在家过年，热乎心口窝呢。这杯酒是俺敬大哥大嫂的，大哥，你们成婚时喜酒俺也没赶上，这杯酒全当俺补上了。"说着一饮而尽，又倒了一杯，和焕章、凤兰碰了，共同干了下去。

慢慢地，焕章也喝得红了脸。凤兰给他挡驾，焕章笑眯眯地说："今儿个和俺兄弟在一起过年，高兴，一会儿，守孝，你出去放两挂鞭。"守孝就出去到院子里放鞭炮去了。

高满堂又端起酒杯对守廉说："大侄子，我和你喝一个。大侄子，你好好干，你会比你满堂叔有出息的。"乔守廉就挺直着身板站起来，与高满堂碰了杯，干了。

守廉今天特意穿了一身新军服回来，扎着武装带，那马靴也让他打理得锃亮。

酒一直喝到高满堂吵吵着也要到院子里去放鞭炮才散席，屯子里鞭炮声已此起彼伏了。

半夜里吃守岁饺子之前，乔焕章带着家人到堂屋里祭案台上给乔家先人的牌位依次上香。上香时，乔焕章特意叮嘱守廉多上几炷香，说他好多年没在家里过年给祖先上香了，每次过年都是守仁代他上的。上完香，乔焕章就带着守廉、守仁、守孝跪下，给祖先的牌位磕头。之后凤兰、满堂、管家也依次给乔家祖先上了香，磕了头。

等到院外十字路口发纸、烧纸时，乔家父子烧完纸，乔焕章说："满堂，你也给你爹娘发点儿纸钱吧。"高满堂就流泪了："大哥，你也知道，俺爹娘啥样俺都没见过，他们什么时候过世的俺也不清楚啊。"乔焕章从山东老家出来时听他说过他是在一个堂叔家长大的，他爹娘过世早。乔焕章就说："你就冲着路口东南方向烧吧，叨咕几遍你爹娘，他们会收到的。"高满堂就跟着乔焕章抱起一卷黄纸走到路口的边上。乔焕章在雪地里画了个圈，之后拉着高满堂双膝跪下，他和高满堂各点了三炷香，冲着东南方向高声说道："高叔、高婶，你们在天之灵听着，今儿个是大年三十，我和你们的儿子高满堂一起给您二老送钱来了，并告诉您二老，你们的儿子在东北活得很好，愿你们在天之灵保佑他平安吧。"高满堂也冲着东南方向磕了三个头，说："爹、娘，不孝儿子高满堂给您送钱了。爹、娘，收钱吧，这些年您二老在那头过得好吗……"说着，就点起了一堆黄纸烧起来。火堆烧了半天才熄。

大年初一一大早，乔焕章、吕凤兰起来后，就穿戴整齐地坐在厅堂里的太师椅上，然后，守廉、守仁、守孝依次进来给爹娘跪下磕头拜年："爹、娘，过年好！"起身时，凤兰把准备好的红包递到他们三个儿子手上。守廉接红包时稍有迟疑："爹、娘，俺已是大人，不要红包了吧。"乔焕章威严地说："你没成家就是孩子。"守廉只好赶紧接了。

之后，乔焕章又叫管家把高满堂喊来，坐在太师椅上，让他们三个给高满堂跪下拜年，高满堂双手直摆："使不得，使不得，论军衔守廉还是俺的长官呢。"

乔焕章说："你是我的磕头兄弟，就是他叔，按老家的礼数，他

134

是要给你磕头拜年的。"

"满堂叔，过年好！"他们三兄弟一起跪下给他磕了头。高满堂没有准备，现从兜里摸出六块大洋来，每人给了两块。

大年初一上午，让乔焕章没有想到的是，驻小城子二十六团马团长亲自登门到府上给他拜年来了。拜过年之后，守廉跟马团长一同回驻地了。

高满堂在大年初二焕芝一家过来给哥拜年之后，也返回奉天去了。

24

草甸子上的雪化去，露出捂了一冬的黄草，黄草甸子又渐渐返青，天就暖和起来了。青马湖边的柳条枝也变得柔软了，抽出了细嫩的柳芽，大雁又列队飞回到松嫩平原上来。

大田里农民开始耕地翻种，牛拉犁在慢悠悠地走着，新翻出的泥土黑油油的，散发着一股芳香的味道。春天的阳光新鲜得透明、温存，像一双女人的巧手在抚摸这生机盎然的大地。关东这冻僵的黑土地就在这抚摸中活了过来。

乔守廉是喜欢家乡春天这草甸子上的味道的，那青草刚刚返青就引来了鸟做窝，马蹄跑过，不时惊飞起草窠子里的花脖子鸟和黄野雀。他就从马上下来，牵着马慢腾腾在草丛中溜达起来。

他刚刚从包八万爷的庄园回来，去商量再给团里买一些马料的事。他们这两个骑兵团冬天入驻到肇州境内后，就面临着马草料准备不足的问题。在小城子安顿下以后，他陪着马团长来找过包八万爷一回，年前包八万爷把家里的草料卖给他们一些。一冬天过去了，他们团里的草料都喂得差不多了，马团长叫他再来找找包八万爷，看看能不能再卖些草料给他们。他上午就过来了。

"你看看，我的草料也不多了。"包八万爷把他带到后院去，两大垛草捆垛都空了，而仓棚竹席下的草料，也仅够包八万爷家的牲畜维持到青草长高可以放牧的时候。

"草原上一下子来了这么多马，得在秋天做些准备才行。"包八万爷说。

不过在他离开时，包八万爷叫他回去告诉他的长官，答应他们在青草长高的时候，他们的军马可以到他的牧场上去放牧。

可是现在离六月初青草没过马蹄子还有两个月的时间，这青黄不接的两个月，可怎么熬过去？

他牵马快走到乔家围子屯边上的时候，看见爹、守仁和两个长工伙计在地里耕地。"吁——"看见他，乔焕章把牛犁停住，问："廉儿，你去八万爷那儿啦？"

"嗯。"

"还是为军马草料的事？"

"嗯。"

"别再去为难包八万爷了，守着这么大片草原，总会有办法的。"乔焕章打了拉犁的黄牛一柳条棍，"喔，喔，走——驾！"那黄牛又扬起蹄向前拉去。那犁耕出的垄沟笔直，乔焕章的腰板也挺得笔直，步子稳稳地迈在田里。看见父亲还像从前一样是个好庄稼把式，谁会想到他是前清秀才呢。

第二日下晌，乔守廉刚刚拉部队到野外训练回来，回到营部坐下休息一会儿，就听营区门口传来一阵熙熙攘攘的吵嚷声，接着就听站岗的哨兵进来报告说，乔家围子的乔副会长带着乡亲来给一营送草料来了。乔守廉一听就赶紧出去了。

营房院子门口，果然停着几辆马车，上面都拉着一些草料，还有豆饼。这让乔守廉顿觉意外。看见他出来，父亲走上前来说："乔营长，这是乡亲们各家凑的自己家喂牲口的草料，现在拿出来支援大军，大军驻守在这里是为保护我们的，我们不能眼看着大军的马没有草料吃，请你们收下。"乔营长就叫军需官出来，给乡亲的草料登记收下，按官价付钱给乡亲们。

乔家围子乔副会长带人送来的这几车草料，解决了一营马料的燃眉之急，也让乔守廉想到了全团渡过马料饥荒的办法，他把这一情况向马团长做了报告。马团长又和蒋县长协商，发动骑兵团驻地附近村屯百姓参照乔家围子的做法，解决驻军的马料问题。没几日，托古乡、大同镇、三道岗子、葛家围子等十多个村屯都发动起来，征集够了两个团度过枯草期的草料。由于在解决军马草料上乔营长为长官分忧得当，他受到了陆军第一军骑兵旅的通报嘉奖。

从去年冬天到现在，最让乔守廉和他的长官头疼的就是马草问题。去年由于奉天突发事件，他们骑兵旅从关内热河调回关外时，本来马料就备得不足，在辽宁境内驻守的几个月基本都吃光了。冬天拉到吉林境内时，两个团几乎连四马车的马料都不足，上级之所以把他们两个团放到这里，一是从战略意义上考虑，再个就是考虑到这里有优良草原。可他们一过来时，是白雪皑皑的严冬啊。上面让他们自己想办法解决草料问题，两个团营级以上的军官只有乔守廉家是肇州的，因此就地解决草料问题自然落在他肩上。而且马团长要他立军令状，如果团里有十匹马被饿死，他就要被降职；如果二十匹马被饿死，他是要被交由军事法庭军法处置的。现在总算让乔守廉轻轻地松了一口气……

这天下午，没有训练科目，他在营部坐在床上擦枪，忽听营房门口的哨兵来报告，说有一个自称是他同学的人来找他。他以为是邹新福，年前年后，邹新福来找过他两回，他因为刚扎营，还有马草的事弄得焦头烂额，每次新福来都没有陪他多待，也没和他细聊什么。而每次新福来，对卫兵并不说是他的表弟，只说和你们营长在一个学堂里读过书，他也不知为什么。有一回新福来，他没在营里，邹新福竟到营房里和士兵聊得挺熟。乔守廉回来，问他："你为什么不跟我们士兵说你是我的表弟？"邹新福说："如果我那样讲，他们还能跟我什么话都讲吗？"乔守廉就觉得他这个表弟有些心计。

乔守廉走出去，远远看到营房门口站着的人不是邹新福，而是一年轻女子的身影。他一愣，想不起来她是谁。等他走近了，那女子转过身来冲他一笑，他恍然有些面熟，就听那女子对哨兵说："我说过和你们营长在一个学堂里念过书，你不信问问他。"乔守廉这才想起她是徐雪花，是镇上徐郎中的女儿。她的确跟他在镇上的高级学堂里念过书，不过不是同一年级的，她低他两级，和邹新福在一个班里。

"徐雪花，你怎么来啦？"他一愣，想一定是邹新福告诉她他在这里吧。

"怎么，当了大营长，不认识俺啦……真是好了伤疤忘了疼啊。"徐雪花抢白了他一句，他的脸就稍稍红了一下。她还是那样快人快语。他和徐雪花的认识确切地说是有一年夏天，放学后他爬到一棵老杨树上去掏鸟蛋，下来时他被树枝划破了腿，疼得他头上直冒汗；徐雪花路过看见了，去路边草丛中拔了一把止血草放到口里嚼碎，给他糊在腿上才止住了血。过后他才知道她是徐郎中的女儿。徐雪花上学时就性格开朗，喜欢跟男孩子在一起玩。

他把徐雪花请到营部去，徐雪花从营区里走过，好奇地伸头东瞅瞅西看看，问乔守廉："你们骑兵是干什么的，光喂马不打仗吗？"有士兵从营房窗子里往外探头探脑，看营长和一个扎着根大辫子的姑娘走在一起也很好奇，这徐雪花比在学堂念书时个头也长高了，身子也鼓溜溜的了，乔守廉目光怕烫似的不敢往她身上落。

到了营部坐下，乔守廉问徐雪花现在在家里做什么，徐郎中还好吧。徐雪花就告诉乔守廉，她从镇上学堂毕业后，在家帮了两年父亲的药铺子，本不打算再念书了，可她父亲还想叫她考省城女子中学。她父亲还好。看到桌上放着乔守廉刚刚擦好的那支勃朗宁手枪，徐雪花又好奇地说："我可以拿一下吗?"乔守廉就退出子弹夹，给她拿了一下。她小心翼翼握着枪柄，又看了看枪管，放下来时，却叹出一口气来："俺要是个男孩子该多好啊!"

这之后，徐雪花又来兵营找过他三回。有一次她还是和邹新福一起来的，看他们在操场上列队操练，在马背上翻上翻下。休息时，乔守廉走过来，他的大盖帽后边印着一圈汗，他把外边的军装脱掉，白衬衣束腰扎在青灰色马裤腰带里，黑亮的马靴"咔嚓、咔嚓"踏出声来。这个时候的乔守廉在徐雪花眼里是威风凛凛的，连旁边站着的邹新福都看见她眼睛发亮了。

等乔守廉又走回队列前去，听徐雪花这样跟邹新福说："你怎么不报考士官学校?"

邹新福说："俺爹不让。"

"俺要是你，就去报考奉天士官学校。"

邹新福听了脸红了。其实他来这里找过守廉几次，也是很羡慕他这个表兄的，他心里也想从武。

"咔嚓、咔嚓"的马靴声又踏过来，"走，去那边，我带你们去参观参观我们的军马，它们也是我们弟兄，你们千万别把它们当成不会说话的牲口看，它们机灵着呢。"

　　草甸子上青草长高了的时候，按照八万爷答应过的，骑兵团的军马可以带到他的草场去放牧了。每个营野外训练完了之后，都把马牵到他的草场上去，当然像二十六团一营这样把马牵到自己选择的草甸子上去放牧的也有。

　　乔守廉熟悉屯子南边这片草甸子就像熟悉自己的掌纹一样。本来放牧军马是饲养班的事，可是他总喜欢亲自带着饲养班的人牵着这些军马到乔家围子南边这片草甸子上来。因为他小时候就在这片草甸子上放过自家的马，而且知道马吃过几分饱后，该牵到青马湖边上饮水了。刚刚训练完，大汗淋漓的军马是不能马上让它饮水的。

　　初夏的草甸子上，除了嫩嫩的青草，还盛开着各种野花，马蹄莲、矢车菊、星星蓝……这些军马就像落在绿毯一样的草地上的云朵，有白的，有黑的，有灰的，有红的，慢慢移动，"嚓嚓"的吃草声像音乐一样美妙。这个时候乔守廉会仰躺在一处草坡上，头枕着胳膊，望着蓝蓝的天空和天空中偶尔飘过来的白云，那白云就像被青马湖水洗过一样干净。这个时候乔守廉心境是十分美好惬意的，他会忘了乔家围子以外的世界，蓝天、白云、草地、湖水像一幅画收入他的眼中，这就是生他养大他的家乡啊！眼前安静的一切，让乔守廉忘记了自己是军人，忘记了眼前这个世界还会发生战争。

　　屯边地头偶尔会看到屯民劳作的身影，他们对这些军马也失去了先前的好奇，默默地做着手里的活计，好像乔家大公子这个骑军少校营长干的活儿和他们马夫干的活儿也差不多。

　　放牧班的士兵对他们长官选择的这片草场还是很满意的，这里不仅能吃到嫩草，还能喝到湖里的清水。在这里放牧，他们还听说了乔家围子最大一户地主家就是他们长官家。他们闹不太明白的是，长官家里这么有钱，干啥还出来吃这份辛苦的军爷饭？

看见他们长官仰躺在那里望云，他们也不知道长官此时脑子里在想啥。不过听勤务兵说，营长的父亲家里有很多书，营长从这个家走出来，一定也读过不少书，读书多就会让人费脑子想些什么的。

草甸子上花开的时候，也是各种草本植物生根长叶的时候。乔守廉在屯南头的草甸子上经常遇到徐郎中来这里采草药，他背着一个柳条编的筐篓。在放暑假的时候，他还碰到过刚刚考上省城师范学校回来的徐雪花，和徐郎中一起来采草药。

看见乔守廉躺在草坡上，徐雪花倒有几分惊奇："大营长，你不在你的营部里，怎么跑到这里当起了弼马温？"

对徐雪花这样随随便便说话，徐郎中赶紧板起脸训道："不得这样无礼！乔长官，你莫要见怪。"

乔守廉笑笑，说："没关系的，你的女儿我们早在镇上学堂就认识啦。"

"哦，哦，你们乔家是识书知礼的人家，你父亲他还好吧？"

"家父还好，徐伯，你有日子没去我父亲那里坐坐了，他前日还提到了您，说你有日子没去家里同他下棋了。"

"谢谢乔会长的记挂，我得空便去。"

徐郎中和徐雪花走过去，乔守廉从背后望过去，这父女俩怎么看相貌也没有一点儿相似之处，便想起父亲跟他说过的话，徐雪花是徐郎中捡来的女儿。徐郎中从没娶过女人，在他年轻的时候，有一年冬天晚上他去三道岗子出诊，回来的时候天下起了鹅毛大雪。他沿着青马湖边走，快走到乔家围子时，被脚下什么东西绊了一下，他低头细一看，脚下的雪包里露出了一个蓝花被包裹，他弯下身扒开那蓝花被包着的一角，露出一张冻得脸色青紫的婴儿脸来，那婴儿已经没有气息了。徐郎中赶紧解开棉袄怀，把婴儿焐在怀里，渐渐缓过来，他又嘴对嘴进行了人工呼吸，这婴儿才"哇"地哭出一声微弱的啼音来。徐郎中加快了脚步把她抱回家去。经过两天汤药调理，这个婴儿终于活了过来。他又去包八万爷家牵回一只母羊来，每日喂她羊奶喝。

徐郎中猜测过，这个婴儿被包着小蓝花被丢弃在湖边上，一定是谁家不想要的孩子，可是为什么不想要了呢？头几年他到各屯子出诊时，还留心地向人打听起这事，希望丢弃孩子那户人家回心转意，把孩子认领回去，为此他还保留着那个蓝花被。可几年过去了，并没有哪户人家来认领这个孩子。徐郎中也就不再打听了，他就打算把这个女婴当亲闺女抚养在自己身边了。因为捡到她的那天晚上下着漫天的大雪，徐郎中就给她取名叫徐雪花。

乔守廉在草甸子上还碰到过包八万爷和吴带福，他俩从甜草岗子草场回来。包八万爷跟他说，今年的草场看上去不错，到秋天就能收回上好的草料，冬天和来年开春马料就不会发愁了。他听了也就放心了。带福对他的坐骑——那匹枣红马产生了兴趣，每次看见他，都盯着它看。有一回还冲他并排竖起了两根大拇指，他一时没明白什么意思，包八万爷替他说："他要和你比比马。"他什么也没想就同意了，吴带福从包八万爷家的马厩里牵出一匹大青马来。乔守廉知道这匹大青马是包八万爷家马群里的头马，只有到远处的草场放牧时，吴带福才骑着它走在前面，平时都不骑。

他俩骑着两匹马围着青马湖跑起来，开始火狐狸还跑在前面，等到后半圈时，大青马就撵了上来，跑完一圈两匹马齐头并进了。更叫绝的是后半圈时，大青马竟跳进湖水里，驮着吴带福眨眼工夫就游上了对岸，这叫乔守廉看傻了眼，在水里火狐狸是游不出这个速度的。如果大青马经过军营的训练，那可是能成为一匹好军马啊。

包八万爷这匹大青马草上飞赛过乔营长的火狐狸的事不知怎么传到二十六团马团长的耳朵里，他知道乔营长的火狐狸可是全团跑得最快的战马，是什么样的马跑过了火狐狸呢？马团长要出一百块大洋买包八万爷的这匹大青马。他叫乔守廉带着一百块现大洋来和包八万爷谈，结果乔守廉刚一走进包八万爷家的院子就被包八万爷冷着脸拒绝了。包八万爷冷冷说道："我们蒙古人是从不卖头马的，请你回去跟你们长官说。"

乔守廉走回到乔家围子，正不知回去怎么向长官交差，他本想叫父亲再跟包八万爷说说情，乔焕章却对他说道："我看马团长是个识大体的人，你回去如实跟他说，他会理解的。"乔守廉就回去和马团长如实说了。马团长听了并没有怪罪包八万爷，也没怪乔守廉事办得不力。

等秋天收购军马草时，马团长还亲自带着军需官来包八万爷府上来拜见八万爷，他没有提大青马的事。包八万爷也像忘了这件事，两个人坐在蒙古包里喝马奶酒喝得一醉方休。马团长走时，还叫人给包八万爷留下了两箱子子弹和几杆快枪，给包家看家护院用。

而八万爷呢，他们的军马草，都照卖给外边的一半价格卖给了骑兵团。

东北军两个骑兵团在肇州境内驻扎的两年零八个月，是肇州境内历史上最太平的两年，既没有胡子来袭扰，也没有俄国人和日本人来威胁，百姓安居乐业，地里收成丰产丰收。好年景，十里八屯的屯民也无病无灾。有两个人感受最深刻，一个是乔家围子的地主乔焕章，一个是小城子的行医郎中徐泽民。

这两年每逢元宵节、端午节、八月节，乔焕章都请扶余城过来的"笑东北"二人转班子来屯子里唱蹦蹦戏，一唱就是三天。在乔家围子土地庙前搭起个土台子，到晚上全屯人扶老携幼出来看，将那戏台子围得人山人海的，猪油灯照得台子中央灯火通明，锣鼓唢呐响起时，打扮得粉红粉白的小凤仙和玉米棒就扭着腰身转着花手绢唱起来："东北的二人转，三九天你也爱看，冻得你鼻涕流大烟袋也不冒烟哎，大姑娘裤裆肥，小伙子你可别乱钻哎嘿（玉米棒配合地从小凤仙的裆下钻出头来扮着鬼脸）……宁舍一顿饭不舍二人转，咱大东北的二人转，三伏天你也爱看啊，蚊子咬，瞎蠓叮，热得你满头是大汗啊，小伙子拍，大姑娘挠，挠得你胸脯通红一大片啊呀……"

守廉过节回家时，也跟着家人去看二人转。看完了，他跟二人转班子的堂主说，想请他们戏班子到军营里给兄弟们去唱蹦蹦戏。堂主有些犹豫，守廉就从兜里掏出几块大洋来，堂主就接着了，在乔家围子唱完，就跟他去了小城子骑兵营。

他们骑兵一营在小城子南面，平时官兵们除了训练，很少走出营区到镇上找乐子。一是他们营长不喜欢抽，也不喜欢赌，他们也就没这种嗜好了；二是他们营长老加大训练强度，还总说关东军在奉天城外正加紧战备训练，他们也得做好战斗的准备，别到时吃亏。训练得一天人困马乏的，他们就什么找乐子的心思都没有了。

看见营长带着蹦蹦戏班子进营房，他们呼啦一下子就围了上来，眼睛比新上了电池的手电筒还亮，直往小凤仙和高粱红的胸脯和腚上盯。守廉赶紧叫把场地布置好，开唱："大姑娘美，大姑娘浪，大姑娘走进了青纱帐……"闹哄哄的官兵一下安静了下来，津津有味地听着、瞅着。在他们眼里只有小凤仙、高粱红了，没有了那两个男搭档。有的士兵哈喇子都流出来了，还有的弟兄跟着摇头晃脑眯着眼睛学唱："大姑娘美，大姑娘浪，大姑娘走进了青纱帐……"看他们笑逐颜开的样子，守廉就觉得把"笑东北"带军营里来是带对了。

过端午节时，回乔家围子，父亲突然跟他说："徐郎中来过啦，

144

他来给他女儿提亲。"

父亲的话叫守廉一愣，又听见爹说："那女子我见过，虽从小叫徐郎中惯得疯疯癫癫，可去年上了省城女子师范学校后，就识书懂礼得多了。你也老大不小了，要是同意，我就去请个媒人，给你俩换换八字，先把亲定下来，等八月节的时候办桌定亲酒席。"

这事情一下子来得太突然，叫他有些没有思想准备，说了句模棱两可的话给爹："徐姑娘俺也早就认识……要不等等再说。"他想起寒假徐雪花回来，又是和表弟邹新福一起去军营看他的。邹新福也在去年秋天考上了省城中学，在镇上学堂念书时他就看出表弟有些喜欢徐雪花，现在两人又都在省城读书，谁知道会不会有什么变化呢？守廉想等徐雪花暑假回来问问她愿不愿嫁给自己，再叫媒人正式上门提亲也不迟。

就在徐郎中上门后不久，邹家屯的邹守田也打发媒人到小城子徐郎中家来提亲了，徐郎中说他已将徐雪花许配乔家大公子了。媒人问喝过定亲酒、换过八字帖了吗，徐郎中说那倒没有。媒人就说一家女百家求嘛，走时让他再考虑考虑邹家的少爷。平心而论，邹家少爷邹新福他是蛮欣赏的，不过若从家庭长辈方面论，徐郎中更钦佩的是乔焕章的为人。那天上门后，他就等着乔家请的媒人上门来说喝定亲酒的事情了。

26

徐郎中没有等到这一年八月节去乔家喝成定亲酒，因为乔守廉的部队在农历八月十五的头两天悄悄开拔了。暑假的时候他女儿徐雪花回来了，乔家找的媒人上门提亲来了，她也答应了，并且换了两人的八字。乔家又送来了聘礼，双方家长商定在八月十五这天请一些亲戚和乔守廉的部队长官，在乔家摆上两桌定亲酒。

驻在镇子上的兵营撤走时，一点儿征兆都没有，一夜之间那么多人和马撤得干干净净，夜里睡下的人连马蹄声都没有听到。这不仅让徐郎中觉得纳闷，也叫镇上许多人家觉得纳闷。

其实镇上还有一个人事先知道他们要撤走的消息，这个人不是别人，是乔营长的外公吕殿臣。乔守廉撤走前的那天下午，去过吕家烧锅棚，他把吕掌柜叫出来，要他明天去乔家围子报个信，告诉他爹娘他们部队开拔了。吕殿臣听了着急地问："你们这是要去哪里？"乔守廉说："不知道。"他们在镇子上驻扎两年多，外公家他也来过。每次来都看到外公扎着围裙和伙计在酒糟房里忙活，外公已经是六十岁的人了，头发都花白了，背也驼了。每次来他都劝外公，别再那样干了，该歇歇了。外公就笑笑："那叫谁来替你外公呢？"外公家没有男丁，只有两个女儿，家业只能靠他操持。这回走时，守廉又跟外公说："别再那么干了，活儿是干不完的，活儿没干完人就老了。"外公就搓着一双大手说："嗯哪，小廉子，快给你外公说上一门孙媳妇生出个小崽来，你知道吗，我这两天正准备给你定亲烧上一锅好酒呢。"守廉说："谢谢外公，我恐怕得让您失望了。"吕殿臣问："为什么？"夕阳下，外公身上散发着很浓重的酒糟味。

吕殿臣第二天套车去了乔家围子，听了他传来的话，乔焕章一遍一遍在屋子里踱着步："怎么说走就走了呢，怎么说走就走了呢？"又转过头来问岳父："他没说他们部队换防到哪里去了吗？"吕殿臣摇摇头："他没说。""这叫我怎么跟徐郎中去说呢？"其实乔焕章内心更加担忧的是，儿子部队走得这样急，又是在夜间悄悄离开的，会不会有什么事情发生。前一段他去县里，又从蒋县长那儿听到奉天城里东北军与关东军有些摩擦的消息。骑兵团的调动会不会跟奉天的动向有关呢？这样一想就叫他心里发沉了。

吕殿臣从乔焕章这儿走了后，乔焕章急于知道外边到底发生了什么事情。他又开始在傍晚的时候去屯头青马湖岸边堵邮差吴有顺，想从他那里找份报纸看看。可是他在那里等了两天也没有见到吴有顺。

第三天他去了古鲁驿站吴有顺的白房子家里找他，这才知道吴有顺把县里的邮差工作辞了。吴有顺见到他，一副兴高采烈的样子，他正在家里翻箱倒柜收拾东西。他问吴有顺为什么把县里的邮差工作辞了，吴有顺告诉他，他要带他的两个儿子还有马桂花回关内老家了，等收完地里最后一茬庄稼就走。乔焕章一愣，又问他，八万爷答应让他把他那两个儿子带走了？他说八万爷答应了，虽说他的女儿尼日朗花还有点儿舍不得带粮，可看他可怜，还是同意让带粮跟在他身边。倒是那个尼布夫人说什么也不让他把带福带走，还说什么王爷府正需要他。可包八万爷发话了，说带福总归是他的儿子，不应拆散他们父子。

离开吴有顺家，路过吴有顺家的苞米地，苞米都收得差不多了，走过他家的黄豆地，黄豆还没有收，那黄豆的豆荚鼓鼓的，让乔焕章想起了吴有顺的老婆马桂花，那是一个多么能干的女人啊。这些地差不多都是那个女人开垦出来的。

一声雁鸣从头顶上传来，乔焕章仰起脸来，看到一行大雁排着人字形向南飞去。"这回好了，那个女人终于可以回关内老家了。"乔焕章在心里默默地这样说。

可是没过多久，小城子镇外发生的一件事，让乔焕章和徐郎中都觉得大难临头了。

那是东北军骑兵第二十六团撤离小城子半个月以后，一天上午，

147

镇子南头的农民王胡带着老婆和孩子去地里收高粱。他们一家五口人坐在牛车上慢悠悠地往田里走，有他老伴、两个儿子，还有他要临盆的大儿媳。王胡本来想让他大肚子的儿媳在家歇着，可是他老伴非叫儿媳跟着出来活动活动，说劳动对临盆的女人有好处。

牛车"吱呀吱呀"走上了王家八亩苞米田的田埂上，秋阳高照，天蓝得像一块蓝布，已经下过两场霜了，地里的苞米棒子缨子已经干红蔫耷下来。

王胡耳朵背，天空中传来"嗡嗡"的声响时，老伴和儿子、儿媳都听到了，他还没有听到。大家都仰脸朝天上看，就在那蓝布一样的天空中，移过来两个黑点。"是大鸟！"十三岁的小儿子王地先从嘴里喊出声来，他跳下牛车去，往上张着手，那两只大鸟一前一后飞过他们头顶，遮住了阳光。这时候王胡才抬起头来看见这两只铁鸟，那铁鸟的身上还画着一个红红的太阳。就在他往上张望时，从铁鸟抖动的翅膀下落下一个黑物件来，他赶紧一伸手勒住了牛车，那个鱼形的物件重重地砸在前面四五米远的土道上！车上的人惊讶地张大嘴，还没发出什么声音来，一声巨大的声响把所有人的耳朵都震得听不到一点儿声音了。牛像被什么东西掀起，掀到空中去，又重重地从空中摔了下来，头上的太阳像玻璃一样震碎了，车上的人眼前一黑，什么也不知道了。

那声巨大的声响小城子里的人家也听到了，当那个双手沾着血的十三岁孩子惊吓过度慌慌张张地跑到镇子里来找徐郎中时，镇上的多数人也跟着跑去了。

王胡家的苞米地前炸出一个大坑，牛车支离破碎地翻在坑底。徐郎中赶到时，先去看人。他看到王胡血葫芦一样躺在坑边上，一只胳膊已经炸没了，他上前摸了摸他的脖颈处，已经咽气了。他又看躺在一旁的他老婆，这个女人一条小腿已经炸没了，血还在膝盖处不住地流，她脸已白成了一张薄纸。徐郎中摸她的脉时，她嘴里还微弱地说出一句："作孽啊……"徐郎中赶紧从她衣服上撕下一条布条来，叫王地帮着把他娘裤脚挽起来，用布条死死勒紧她的右小腿断口。他又去看王胡的大儿和他儿媳，王胡的大儿子胸口被一块弹片击中，胸前一片污血，已经死去了。最惨的是王胡的儿媳妇，她的肚子被炸开了一个血洞，肠子和那个婴儿头都露在外面了，徐郎中和奔过来的人都不忍再看下去，有人去地里折来苞米秸秆给她腹部盖上了。

徐郎中再去看坑底那头老黄牛，它身上多处被弹片炸得翻开了皮肉，头上一只牛角也炸没了，它痛得微微抽搐着一只蹄子，圆睁着一双充着血的眼睛，连合上眼皮的力气都没有了，徐郎中伸手轻轻把它充血的眼睛合上了。

"娘——你醒醒！"一边突然传来王地的哭叫，他赶紧抬身过去，原来刚才王地娘醒来时，挣扎着抬起头问王地："你爹呢？你嫂子呢？"等她移过目光看到不远处炸开肚子的儿媳妇，只看了一眼，就一口气没上来，头栽了下去。

徐郎中过来给她摸了下脖颈处的脉，放下手来对王地说了一句："收拾后事吧。"

"娘，娘，你不能走啊，你们不能撇下我一个人走啊！"王地抱住娘大哭起来。

一家老小，包括那没出世的孩子，五口人转身成了五具尸体，让在场的人都震惊不已。徐郎中行医这么多年，也是头一回见到这么凄惨的场面，他一下子呆了，木了，痴痴地一屁股坐在王地家的田埂上。

镇上跟来的乡亲，帮着王地在王家苞米地里挖了个大坑，把王家五具尸体埋了，也把那头死去的牛埋了。

好久没有在小城子出现的马丁·路德神甫，不知从哪里得来的消息，也来到了王家苞米地里，站在新挖的坟坑前，给王家的亡人做着祷告，他口里说："这是魔鬼撒旦干的，主啊，让这些无辜的可怜人安息吧。阿门！"伊万也跟着在胸前画着十字。

王地跪在坟头前哭得死去活来。

当天下午徐郎中赶去乔家围子，向乔焕章说了这件事，乔焕章不相信。

徐郎中灰白着脸说："如果不是我亲眼所见，我也是不能相信的。我头一回发现我是一个多么无用的人，一家老小早上出门时还活蹦乱跳，一袋烟工夫就变成了一具具尸体，作为一名郎中我却一点儿办法也没有。"徐郎中捶着自己的大腿。

"魔鬼，这一定是魔鬼干的。"让徐郎中吃惊的是，乔焕章竟说出了和那个洋神甫一样的话。徐郎中并没有说清天上掉下来的是什么，这颗炸弹是怎么来的，老实地说他也从没见到过，他只是从别人的议论中听说的，他还捡回了一块弹片给乔焕章看。

事后县警察署来人对小城子镇南和镇西两处发生的爆炸进行了调查。调查得出的结论是那日上午有两架日本关东军的飞机飞来这里，投掷了四枚炸弹，两枚投在了镇南头，两枚投在了西头。镇西曾是二十六团团部驻地，镇南头曾是骑兵一营的兵营。其中一枚炸弹炸死了当天去地里收割庄稼的农民王胡一家五口人和一头耕牛。

一时间县城里和小城子镇上人心惶惶，百姓议论纷纷：难不成日本人要打过来啦？

又一周后，县署里蒋县长得到上面传来的消息证实：日本关东军已在两周前的九月十八日这天夜里向奉天北大营的东北军发起了进攻。也就是说，日本关东军已向东三省全境开战。看过电文后，蒋县长惊呆在椅子上，半天没有动。

接下来两天，他又收到上面两封电文，一封电文通告吉林省政府主席已向日本人投降，日军已占领了吉林大部；一封电文是黑龙江省政府主席马占山将军发来的，马主席电令全省境内各县编制成立保卫团，由县警察署改编而成，蒋县长亲自任保卫团团长，县警署署长张忠信担任副团长。各乡也由乡丁成立了保卫队，全县进入备战戒备状态。

27

一场寒露一场寒，民国二十年这年秋天，没等入冬，就叫乔焕章提前感受到了那彻骨的寒意。大地里的庄稼都收割回去了，露着苞米茬的地里被夜里一场霜染上了一层白。乔焕章站在地里，他身上已穿上了棉袄。自从听说奉天城打起来了，他就再没睡过安稳觉，夜里着了点儿凉，他又患上点儿风寒。吃了徐郎中给他开的两服中药，虽然感觉好了点儿，他还觉得身子有点儿发虚，徐郎中说他这是心火来的。夜里他嗓子发堵，又叫吕凤兰给他拔了几罐子，又给他熬了碗红糖生姜水喝了下去。

白天他叫管家过县城去打探消息。看看时辰不早了，他穿戴好棉衣、棉鞋，戴好围脖到屯头的田里去迎管家。风硬硬地吹着他的脸，生疼，是那种干冷的风。天阴着，像被谁欺负了有泪哭不出。

从秋天到现在，乔焕章听到的全是不好的消息，小城子农民王胡一家被炸死，日本关东军打了奉天北大营，吉林省政府主席投靠了日本人，还有刚刚听说的少帅张学良下令东北军撤向关内……为什么不和日本人打呢？如果这样的话，东北很快就会陷入日本人的手里，那他们这些平民百姓该怎么办呢？

他走到青马湖边上，青马湖面已结冻几日了。青色的冰面上，风吹着哨子刮过，让他结结实实打了个寒战。"要变天了。"他瞅了一眼青灰色的天空，嘴里叨咕了一句。往年这个时候早该下雪了。

不知过了多久，从湖对面移过来一个黑影，那黑影慢慢变大，听到了马蹄叩在冰面上的清脆响声，"嘚，嘚——"

"老爷，走，我们回去吧。"管家站到了他面前。

"哦，哦，田禾回来啦……城里有什么消息吗？"

"还没有，保卫团的人在街上维持秩序呢。"

"也不知道廉儿他们现在到哪儿了。"

"老爷，您放心，少爷他们会没事的，大家不都在传说东北军已往关内撤了吗？"

"唉——"乔焕章叹息一声，又咳嗽起来，"他们……他们为什么要撤呢……难道不知养兵千日用兵一时的道理？"乔焕章莫名其妙，脸憋得通红，他这几天不知该把憋在肚子里的火向谁发去。

"兴许日本关东军一时半会儿还不会把咱东北这么大的地盘占了去。"房管家瞅了他一眼，安慰他说。

他俩抄着袖朝屯子里走去，后边跟着那匹马。晚上乔焕章饭没吃几口就躺下了。

夜里果然下了一场雪。早上天刚一放亮，就听在院子里扫雪的伙计跑进来喊："老爷，少爷回来啦！"

乔焕章一听有些惊慌，赶紧穿戴好棉衣棉帽，出去了。走到院子里，果然看见从屯外走进屯里一队马队，那马蹄带起的雪雾，腾起了一条长长的大烟炮。那骑马走到前头快到乔家大门口的人影是乔守廉，不过他座下骑的不是以前那匹枣红马，而是一匹白马。

"爹——"乔守廉看到迎出门的乔焕章，翻身从马上下来，喊了一声。那长长的马队就停在街上了。

"廉儿——"乔焕章抖着脚步又往前迎了两步，"廉儿，你们怎

152

么回来啦？不是说你们往关内走了吗？"乔焕章瞅着儿子疲惫的脸，棉军服上还蹭着硝烟的黑道，面色一沉问。

"爹，我们进屋说吧。"乔守廉扫视了一下屯子，一大早出现在屯子里这长队人马，显然已惊动了屯子四邻的人，他们正站在自家院子里朝街筒子里张望，神色流露出不安。

乔守廉跟爹走进院子里，吕凤兰也迎了出来，看到守廉她又惊又喜，拉着他的手把他上下打量了又打量，心疼地说："孩子，你瘦了，也黑了，你走这些日子在外头吃苦了吧？""让廉儿进屋说吧，还没吃饭吧？去弄点儿早饭。"乔焕章打断她吩咐道。

等他和爹走进屋去，乔守廉才告诉乔焕章，他们是昨天连夜从吉林那边撤过来的。他们一个月前从肇州境内撤走时，是奉上峰的命令调往奉天集结，以防关东军发动事变，他们刚进入辽宁境内时，奉天的日本关东军就在九月十八日那天夜里，突袭了奉天的北大营。日本关东军对东北军的进攻打响后，令他们没有想到的是他们骑兵旅又接到上峰不许抵抗的命令，往关内撤。命令一传达到他们团里，马团长和弟兄们就炸了营，他们团里的弟兄父母可都是关东的，马团长就问大家："咱这样他妈了个巴子不打一枪就跑了，还是不是关东爷们儿？将来还怎么有脸回来见亲娘老子？"大家就吵吵着一致要求和小鬼子干！此时他们已撤到绥中一带，马团长就抗拒上峰命令，又带着弟兄们往北一路杀过来了……

刚刚说到这里，就听门外的副营长进院报告："报告乔营长，张团副让我来问您，部队是就地扎营，还是……"

乔守廉回道："去告诉张团副，让部队原地支帐篷休息，起灶做早饭。"

"是！"副营长领命下去传令了。

"马团长呢？"乔焕章一愣问。

守廉沉默了一下，说："马团长在过吉林境内的一次战斗中牺牲了，其他两个营的营长也都牺牲了，我们团这一路打过来，也由两千来人剩下这七八百人了，我们营牺牲的弟兄最少，再加上我对这一带熟悉，张团副让我代理二十六团团长。我就带着大家撤回到江北来了，眼下先保住队伍剩下的人再说。"

"好，好，回来就好。"乔焕章连连说。

"爹，我们这次向北打过来，和上边中断了联系，也中断了后援，部队的粮食和药品都十分短缺，希望能得到当地政府和民众的支持。队伍里现在伤员不少，眼下最要紧的是把伤员安置好。爹，您看这大冷的天，先动员屯户把伤员安置到各家去吧。"

"这没问题，我现在就叫人去安置，咱家住四五个伤员没问题，早饭就叫村民在家里给做，粮食我叫管家从咱家的粮仓里拿。"

"那我代表弟兄们谢谢爹了。"

"谢什么谢，都是一家人。剩下的事情我去找蒋县长商定，这你就放心吧。"

说完，乔焕章带管家到各家各户安置去了。乔守廉也出去告诉各连把伤员送到说好的屯户家里去，乔守廉把受伤较重的二营、三营里两个副营长和两个连长安排在自己家里。没安置伤员的屯户家，就做好热粥和馒头，把官兵叫到家里热乎乎地吃。外边这七百多匹军马，乔焕章和几个大户人家就先把自己家里的草料拿出来给喂上。

部队暂时安置下来，吃过早饭后，乔焕章就带着乔守廉、张团副、军需官跟他去县城见蒋县长去了。

到了县府，见过面后，没等乔焕章多说什么，蒋县长就冲乔守廉、张团副拱拱手，说："敝人已有所耳闻马团长的部队在南满一路与日寇厮杀的事情，蒋某不胜敬佩，贵团此番来本县休整，敝人和全县民众能为你们这支骁勇之师服务，十分荣幸。本人坚决响应省

154

主席马将军的命令，大敌当前，抗击倭寇为第一要务，当为我中华民族遭受如此灾难尽绵薄之力！"

听蒋县长这样一说，乔守廉就放心了。随后和蒋县长商议营地驻扎、粮草给养的补给事宜。蒋县长让骑兵团驻在县城一所学校内，粮草的钱款由县府出面向商会和农务会征集解决。乔守廉同意了。说到伤员时，乔焕章说还是住在乔家围子屯民家里由屯民照顾好些，免了折腾之苦。药品由县长签署一道县公署令，向县城各药铺征购上来给部队上使用。

末了，蒋县长问乔守廉下一步有什么打算。乔守廉说日本人还不会很快过江来，他们打算在这里休养一段后，去卜奎向马占山将军的部队靠拢。马将军通电全国的抗战消息他们也是刚刚获知。

"好！"蒋县长一击拳头说，"国难当头，只有马将军及时拉起了抗战这面大旗，让国人振奋，让国人振奋啊！"

随后他又向乔守廉提出一个小小的请求，骑兵团在县城休整期间，他想请乔守廉派教官到他们刚刚成立的县保卫团指导军事训练，一来县警署的警察从来没有经过正规军事训练；二来呢，日本人迟早要打过来，得让他们做好打仗的军事准备。

乔守廉答应了他的请求，从各连抽调了教官训练保卫团。

当晚除了伤员，把部队带到县城驻扎下来以后，代理团长乔守廉总算松了一口气。

28

在老街基驻扎下来的第三日，一早，张团副拿着一封电报来找乔守廉，见到他说："跟旅部的电台联系上了，旅部来电报了。"

"旅部电报怎么说?"张团副双脚一磕,恭敬地敬了个军礼念道:"旅部查知了你团情况,兹任命乔守廉少校为二十六团中校团长。"乔守廉回敬了一个军礼,看着张团副迟疑的眼神,问:"还说了什么?"张团副说:"旅部让我们从白城子绕过去,向张家界旅部靠拢。乔团长,你看怎么给旅部回电?"乔守廉思索了一下,说:"咱们还按原来北上和马将军会合抗日的计划不变,这么跟旅部回电,就说白城子一带也已被日军占领,我们在这里把伤员的伤养一下,向北面马占山将军的部队靠拢。""这……""就按我说的发过去吧,少帅知道我们的处境也会同意这么做的。""是。"张团副下去发电报去了。

上午,乔守廉要到乔家围子去看看伤员救治的情况,就带着勤务兵打马过去了。

刚刚走进自家门,就见守仁迎了出来:"哥,你回来了,新福哥和雪花姐听说你回来,过咱家来看你来了,他们正想去老街基找你呢。"

守仁接过他的马缰绳,他走进堂屋,果然看见新福和徐雪花正在同父亲说着话,母亲也坐在一旁。看见他进屋,徐雪花眼睛一亮,新福说:"守廉哥,你回来了。"

"你们这是……"乔守廉迟疑地问。他们这会儿怎么没在省城上学,回家来了?

新福说:"九一八事变以后,省城就大乱了,学校也停课放假了,我们就回来了。"

乔守廉看了徐雪花一眼,他俩的目光碰了一下,与暑假见到她那次相比,她面孔白净了许多,穿着一件蓝色碎花棉长旗袍,围着一条白色长围脖。暑假回来那次,徐郎中把上门提亲的事告诉了她,她也同意了。虽然没喝成定亲酒,在两家大人心里已认定这门亲事,所以刚才一进门两人目光碰到一起时有些不自然，他看见母亲亲热地拉着徐姑娘的手。

"守廉哥，你现在都当团长了！"新福眼里透着羡慕，显然注意到他肩章上多了一颗星。

守廉要去厢房里查看伤员，他俩也跟了过去，看到团里的军医和护士刚刚给厢房里的伤员检查完伤势，护士又给那几个伤员换了一遍药出来。他问了一下张军医官屯子里住着的其他伤员的情况，又问他有什么困难，张军医官说道："药品倒是不缺了，就是医生和护士的人手不够，这里不是医院，查一遍伤势、换一遍药得跑一上午。"守廉已看到这么冷的天，那两个护士已忙活得满头是汗了。

新福和徐雪花又跟守廉到屯子里别的住户家里去查看伤员，走了两三家出来，徐雪花说："你们这儿缺人手，明天我叫我爹也来给伤员治伤吧，我也来帮着护理，你看行吗？"乔守廉听了觉得行，就点点头答应了。新福也说："那我也过来帮着护理，再叫我们几个放假家在肇州的同学也过来帮帮忙。"乔守廉看到给重伤员翻身，还有伺候大小便也真得男同学来干，觉得这主意不错，点点头说："那谢谢你们。"

下午邹新福和徐雪花离开乔家围子后，乔守廉也正准备回老街基团部。忽听从设在古鲁驿站的流动哨巡逻班派回来的一个士兵找到他报告，说从江对面过来一伙带枪的人，喊过话之后，说是东北军的人，要见他们乔营长。乔守廉一听就打马和勤务兵奔去了。

天上飘起了清雪粒，到了设在驿站的流动哨卡后，果然看见巡逻班截住的那伙从江南过来的人，他们有百十来号人，身上着装不整，疲惫至极，像是有几天没吃饭了，还有几个伤员被人搀扶着。乔守廉到跟前时，正听一个人对着巡逻班长在骂娘："妈拉个巴子，老子刚从日本人那里逃过来，难道还骗你不成！"听到身后的马蹄声，这个满脸大胡子的人跟着班长一回头，高声喊道："守廉侄儿，俺总算见到你啦！"

乔守廉也认出高满堂来，从马上下来，上前惊讶地问："高叔叔，怎么是你们？"

高满堂说："俺们刚在江南吉林境内和日本人交过手，顶不住了，就带着弟兄过江来了，打听到你们骑兵营也撤回到这里来了。"

在"唰唰"落着的清雪中，乔守廉看到这些人堆里，还有一个穿着玫瑰色旗袍的女人和一个十来岁的孩子，觉得有些奇怪。高满堂说："这是俺们黄营长的太太和孩子，他前天刚刚牺牲。"乔守廉这才注意到这个神情凄婉的女人头上扎着白绫带，那个孩子胳膊上也缠着一道白布带。此刻他们娘儿俩头上、身上都披着白雪粒，表情十分麻木。

天已近傍晚，乔守廉叫黄营长的太太和孩子骑在他的白马上，并把他的军大衣披在了他们娘儿俩身上，又叫勤务兵先骑马回乔家围子告诉他爹，准备百十号人的晚饭，听高满堂说他们已有两天没吃东西了。天太晚了，今晚先把他们安置在乔家围子住下再说。

约莫一个钟头后，他们走到乔家围子，打雪幕中看见乔焕章、管家、张军医官等人已迎在屯头的路口上。一见到他们披着雪粒的人影，乔焕章就迎上前来："满堂兄弟，你可让哥惦记死了。"高满堂也很激动地拉住乔焕章的手说："大哥，俺也没想到这回还能活着见着你，俺们从奉天那边这一路跑过来，真是九死一生啊……"

"爹，回家去说吧。"乔守廉说。乔焕章这才松开高满堂的手。乔守廉叫张军医官把伤员安置到屯户家，又叫爹让管家把这七八十人带到各屯户家里先住下。随后他就和爹带着高满堂、黄营长的太太还有两个连长走进了乔家大院。

家里已把晚饭做好了，吃晚饭时才听狼吞虎咽的高满堂说，奉天城里打起来时，他们营正在大本营留守，接到撤退的命令时，他们营往城外突围已经晚了，日本关东军已占领了奉天的大部分街道。他们只好借着熟悉城里的地形夜间拼命往外冲，冲出城外也死伤了不少弟兄，他们边打边往枪声少的地方撤，等到天亮离奉天好远了，他们才发现转迷了方向，他们本来是要往南面去的，却突到北面来。黄营长这时也存了私心，他是想把部队拉到吉林境内来，接了他的太太再往南去。黄营长私下里跟一连连长高满堂说了自己的意图，跟那两个连长只是说南边过不去了，他们才往北边来的。就这样他们一路向北奔袭，遇到小股日军他们就交火打一阵，多是在夜间赶路。黄太太家是四平的，他们也没有想到日军会这么快占领四平，黄营长带着一个排化装成百姓摸进城里，叫他们在城外埋伏接应。黄营长进城把太太接上倒还顺利，不过在出城时，却被日军发现了，日军一个联队追了出来。黄营长他们边打边撤，听到追出城来的枪声，高满堂也带人迎了上去，他们接应上黄营长，跑进了那片没有来得及收割的高粱地里，这时天色已黑了，鬼子没敢贸然冲进高粱地里。他们已一天没吃东西了，黄营长就告诉弟兄们折高粱头嚼生高粱吃，填饱了肚子趁天黑还得往外突围，要不等天亮，鬼子再调来人马把这片高粱地包围严实了，他们必死无疑。突围时，黄营长留一个连掩护，让高满堂的连打前锋。半夜时，他们冲出了那片高粱地，不过黄营长却中弹负伤了，他背着黄营长走了一程，黄营长就渐渐不行了。临死的时候，黄营长交代让他把剩下的弟兄和他太太带出去……就这么他们一路向北，又走了半个月，走走停停走到扶余来，听说二十六团到江北来了，这一带他熟悉，他就带着他们往江北奔过来……

听完高满堂的讲述，乔守廉问："那你们今后有什么打算？"

高满堂说："俺想带弟兄加入你们团，跟你们一起打鬼子。"刚才在回屯里来的路上，他已听说了乔守廉升任了二十六骑兵团团长。

乔守廉听了后说："行是行，先住下吧，不过归编的事我得向上峰请示一下。"

吃过晚饭，安置完，乔守廉就和勤务兵回县城团部去了。

当夜，吕凤兰和黄太太还有她的孩子住在正堂西屋里，那个黄太太一看就是城里大户人家的小姐。乔焕章和高满堂睡在东屋他的书房里，两个人一直聊到鸡叫头遍才睡去。

29

第二天晌午，乔守廉又和张团副来到乔家围子，传达了上峰的电令，说他们从奉天出来打散的这个营可以暂时编入他们团，由乔守廉统一指挥。

一进家门，乔守廉看到姑姑正和黄营长的太太坐在西屋炕沿上说着话，他就知道一定是爹告诉他姑来的。高满堂垂着头坐在炕沿另一侧吸着烟袋，乔焕芝说会儿话还抬头往那边瞅一眼，她还把从家里带来的黏豆包蒸好了拿给那个男孩吃。看来她过来一晌就和那个女人熟悉了，那个凄婉苍白面孔的女人看上去神情也比昨天刚来时好多了。

趁她俩在屋里说着话，乔守廉把高满堂叫到院子里来，问他："满堂叔，你打算把他们娘儿俩怎么办？"

高满堂说："黄营长是我拜过把子的兄弟，他临终前把他们娘儿俩托付给我，我不能丢下他们娘儿俩不管，再说她的娘家四平也回不去了，日本关东军对东北军的抵抗家属是不会放过的。我跟你爹说，先让他们娘儿俩在你家住一段，看看形势再说。"

"那好，就让黄营长太太住在这里吧，我爹和我娘会照顾他们娘儿俩的，你先把你们营里的弟兄情绪安抚下来，刚才我进屯子来看见你们的两个兄弟吵吵要回家，队伍这个时候可不能散了。"

"有这事？那俺出去看看，他妈拉个巴子的，这时候回家不是找死吗？"高满堂磕灭烟袋锅，转身匆匆出去了。

随后，乔守廉和张团副也到有伤员的屯户家里去看望伤员，他也看到了徐郎中和徐雪花、新福跟着忙碌的身影，还有三个他没见过的男学生。他看着徐郎中在精心地给伤员喂汤药，就上前打了一声招呼："徐伯，辛苦您了。"徐郎中瞅了他一眼，没说话。更叫他意外的是徐雪花刚在一家屯户炕上给一个伤员接完尿，端着尿盆往外走，与进来的他撞了个满怀，那炕上躺着的兵羞得满脸通红，而她脸上没有一点儿羞涩。

查看完，他问张军医官怎么样，张军医官连连说："这个郎中和这几个学生做得太好啦，我真是没想到，原来我对中医汤药没有一点儿好感，现在他几碗汤药喂下去，伤员的伤口愈合得很快。真是帮了我们大忙了。"

傍天黑，他和张团副、勤务兵骑马回团部去，刚刚走到青马湖上时，后面追上来一个人影，回头竟是新福，他便有点儿惊讶地问："新福，你有事？"

"守廉哥，你们要走了吗？"

他一愣，瞅了瞅张团副，新福一定听到张团副跟那两个养伤的连长说他们部队过几天要开拔的事情。

"是的，过几天我们要离开这里。"

"守廉哥，我要参军加入你们部队，上前线杀鬼子去。到时我跟你们一起走。"

"不行，大姑就你这一个儿子，你要走，大姑、大姑夫都不会同意的。"守廉说。

"那我就不告诉他们，偷偷跟你们走。"

"这不行，其实你要抗日，在后方也可以做很多抗日的事情，像你们现在这样帮助团里的军医护理伤员，就做得很好。"乔守廉鼓励地看着他说。

"可我觉得现在是中华民族最危急的时刻，大敌当前，每一个热血男儿都要拿起枪杆子到前线去尽一份力量，这样才能鼓舞起全国人民的抗战士气，决不能像那些入关的东北军那样，不放一枪就把东北大片的土地让给了日寇。现在是需要军人挺身而出的时候了，冒着敌人的炮火前进，誓死保卫我们关东家乡的土地！"

乔守廉忽然发觉他这个表弟很有点儿雄辩的口才，这是他以前没有发现的，可是不管怎么说，他还是不能答应表弟的请求，表弟毕竟连枪都没拿过，他不能让表弟去冒这个险。就是他同意，大姑、大姑夫也不会同意的。

临上马前，乔守廉望了一眼皑皑白雪覆盖着的青马湖面，说："其实，我真不想离开家乡的土地，可是军人以服从命令为天职，我们走后，日本人会很快过来的。新福，你要照顾好家里，照顾好大姑……"

走了一阵，张团副回过头来说："乔团长，你这个表弟很能说啊。"他从张团副的眼神中似乎明白他要说什么。上峰让他们团择机绕过日军占领区向关内热河旅部靠拢，可他现在心里想的是回去就叫报务员给马占山发电报，如果得到马将军回电，他就率部北上。

夜幕带着袭人的寒气笼罩了乔家围子，屯子里多数人家都早早熄灯睡下了，乔家堂屋里和厢房里还亮着忽明忽暗的灯光。东屋里，乔焕章还没有睡，他在等高满堂查岗回来一起睡。他就着油灯在看书，院子里静静的，焕芝哄着黄太太的孩子大概在西屋炕上睡下了。

刚才还听到那孩子睡梦中发出一声"我要爸爸……"的惊叫。

门"忽嗒"一下开了，一股寒气涌了进来。高满堂走了进来："大哥，你还没睡？""嗯，外边冷吧，快烤烤火盆。"乔焕章把火盆往外推了推。高满堂胡子上挂着冰碴儿，他摘去狗皮帽子，把两只粗糙的大手放在火盆上搓着，一会儿便搓红了。"大哥——""嗯。""……俺还得再出去一下。""做啥？"他从灯影里抬起了头。"今天是黄营长三七，一会儿俺得陪他太太去屯子路口烧点儿香和纸。""嗯，天冷，别折腾那孩子了，焕芝在家看着呢。"

"嗯哪，大哥您别等俺，先睡吧。"门又"吱呀"一声拉开，高满堂戴好帽子走出去了，外面的寒气叫他打了个冷战。东屋里的油灯随后跟着熄了。

乔守廉的骑兵团离开肇州县城的前一天傍晚，乔守廉又回到乔家围子一趟。他爹乔焕章一见到他就跟他说："廉儿，昨儿个徐郎中过来，跟我说要把你和雪花姑娘的定亲酒办了。"

"爹，我们部队要开拔了。"

"什么时候走？"

"明天。"

"咋说走就走了呢，咋这么快呢？"乔焕章手里的烟斗一抖。

"马将军那头来电报了，叫俺们这支部队尽快去江桥与马将军的部队会合。"

"那你咋去和徐姑娘说……"乔焕章知道这定亲的酒是又办不成了。

屯子里大部分伤员已归队，剩下的几个没好利索的重伤员要和团里的医疗护理队一起走，前几天徐雪花还吵吵着要和护理队一起走，乔守廉没答应。他正发愁怎么去与她告别。

走进屯子里安置重伤员的屯户家，徐雪花正在炕头灯影里给那个伤员喂汤药，听见脚步声，像背后长了眼睛，头也没回地说："你们这是要走了吧?"

"是的。"

"那你啥也不要说了，先出去吧。"

徐雪花忙活完走出来时，胳膊上多了个蓝花巾包裹。外边的夜幕里不知什么时候飘落起了雪花，徐雪花说："你跟俺来。"他就跟徐雪花走。徐雪花把他引到屯外的青马湖冰面上去，蹲下了，解开包裹，那里面包着一瓶酒、两只碗，还有红蜡烛、香。她把蜡烛点上，往雪里插了三炷香，点上，往两只碗里倒上酒，她跪在了雪幕里，说："不管你是咋想的，为俺好也好，不为俺好也好，这碗定亲酒俺和你喝定了。"

"雪花——"他明白过来了，蹲下身去想拉雪花起来。雪花不起，她跪着端起手里的酒碗说："今晚在这儿没有别人，只有咱俩，这个大湖给俺做证，十九年前俺就是俺爹从这个湖边雪堆里捡来的，给了俺一条命。今晚俺要让它做证，俺要和这个男人喝碗定亲酒，俺要等他回来……"

"雪花——"乔守廉也跪在雪面上了，端起了另一碗酒，与这个流着眼泪的姑娘碰了，一饮而尽。

之后，越下越大的雪花落在他俩的身上，让他俩很快变成了雪人。寒冷的夜空中星星哆嗦着没了星光，雪地里的红蜡烛哆嗦着两团火光，两个拥抱着的雪人身影摇曳不定地在雪地上晃，雪越下越大……许多年以后，徐雪花还记得青马湖上那一晚雪花飘落的情景。

晚上回到驻地，乔守廉看到白天他给弟兄们请来的"笑东北"二人转班子正在营房里演出蹦蹦戏，营房里的弟兄们笑得前仰后合，似乎忘记了眼前要赶赴的战场。

这天晚上高满堂也从县城赶回到乔家围子乔家,乔焕章一见到他,没等他开口,就说:"满堂,你们要去北面江桥打仗了,你放心走吧,黄太太娘儿俩留在这里,有我跟你大嫂,会照顾好他们的。"

"大哥,有你这句话俺就放心了,让他们娘儿俩先住在这里,一打完仗俺就回来找他们。"

"满堂,你要记着你说的话,你给俺好好地活着回来。"

"大哥,你放心吧,俺还没有娶女人,老天爷是不会叫俺走的。"他笑嘻嘻地说。

"大哥还有一件事要交代你,你和守廉在一起,有什么事你要照应着他点儿,他还年轻,我担心他,指挥这么多人,干什么事别冲动。"

"大哥,你放心吧,我会的,俺也早看出来守廉侄子是干大事的料,很有心计的。"

然后,他就过西厢房里同黄太太告别。他叫她安心住在这里,他要去前线打仗去了,等打完了仗他再回来接他们。黄太太也点点头,刚说了一句"高连长你多保重……"泪又恓惶地流出来了。凤兰见了就说:"满堂兄弟,你安心走吧,他们娘儿俩有俺们呢。"

高满堂从兜里掏出几块大洋给他们娘儿俩留下,又连夜顶雪赶回了县城特务连驻地。

次日上午,东北革命军第二十六团奉黑龙江省马占山将军之命,向卜奎集结开赴江桥作战。县保卫团也抽出两个中队,由张忠信带队随二十六团一起上江桥前线。从老街基出发时,蒋县长带着商会会长、农务会副会长等县里各界民众前来为他们送行。小城子吕烧锅掌柜吕殿臣,特意赶着马车送来几坛子好酒。

二十六团官兵和县保卫团团丁列队站在街头,每个人手里的酒碗都倒满了酒,蒋县长擎起一碗酒来说:"二十六团官兵和保卫团的

165

弟兄们，当此国家民族危难时刻，你们不畏倭寇，勇赴前线杀敌，精神可嘉可敬，本县长代表全县百姓父老乡亲，为你们壮行，干！"瘦弱的蒋县长和全体官兵一道把碗里的酒仰头干了。

乔焕章也端起一碗酒，颤颤地走到队伍前，高声说道："孩子们，我和你们的亲人等着你们凯旋，干了这碗酒，老夫送你们上路。"团丁们也来了不少亲人送行。

乔焕芝、邹新福、徐雪花也夹杂在送行的队伍里，乔焕芝在队伍前排找到高满堂，悄声对他说："你可要活着回来，那娘儿俩还等着你照顾呢。"高满堂从她眼睛里明白了她的意思，脸红了一下，唰唰嘴说道："放心吧，俺一定回来。"

徐雪花默默地注视着队列前面站着的乔守廉，此时她觉得乔守廉十分威严。他穿着笔挺的中校军服，身披黑红大氅，脚上的马靴擦得锃亮。他抬腕看了一眼手表，时间差不多了，张团副高喊了一声："全体立正——请团座训话！"队伍"唰"地一下肃静了下来。乔守廉先向蒋县长、父亲等人敬了个军礼，随后转过身来，接过勤务兵递过来的一碗酒，说道："弟兄们，脚下就是生我们养我们的土地，日寇的铁蹄就要来践踏，作为一名军人，我们能答应吗？""不答应——坚决不答应——"雷鸣般整齐的吼声响彻十字街的上空，震落了街边房檐上的雪尘。"好，干了你们手里的这碗酒，出发！"乔团长带头干完，一扬手将碗摔碎在地上，冰冻的白雪街面上响起了一阵"噼噼啪啪"的碎碗声。

之后，一阵马蹄声"嘚嘚"响起，队伍出发了。

"守廉哥，我等着你回来！"徐雪花忍不住喊了一声，可是齐刷刷的马蹄声淹没了她的声音。

队伍刚刚出县城不久，一个骑马的人影追了上来，等他走近了，乔守廉方看清是包八万爷，他不由得一愣："八万爷，您这是？"

"孩子，我这是给你送马来了。"

"送马？"乔守廉这才看到他身后还牵着一匹马，正是他心爱的大青马。

"听带福说你那匹枣红马战死了，我把这匹大青马送给你做坐骑。在草原上有一句话，好的射手要有好的坐骑，大青马会帮助你多杀几个倭寇的。"

"这……谢谢八万爷。"乔守廉心头一热，下马来接过大青马的缰绳。他把自己的那匹白马叫勤务兵牵给高连长去骑。

"好啦，你们走吧。"

乔守廉骑上大青马，回头，看见包八万爷已骑马从雪地里走了。

30

自从乔守廉的骑兵团走之后，乔焕章一直关注着卜奎方面传来的消息。他一方面从蒋县长那里打探省城传来的消息，另一方面也从吴有顺送来的报纸上关注马占山将军江桥保卫战的消息。自从秋天关东爆发战争以后，吴有顺回老家又走不成了，于是重操旧业。他也像乔焕章一样关心着关东这场战争什么时候能结束。这一阵子，外边的报纸上几乎天天都有江桥中国军队和日本军队作战的消息。

开始，乔焕章还有一种深深的忧虑，他从高满堂嘴里了解到，日本关东军每一个士兵都是训练有素的，拼刺刀对付中国军人可以以一当十，而且他们的武器装备也比中国军队精良。他亲耳所闻日本关东军飞机扔下来的一颗炸弹眨眼工夫就叫小城子王胡一家五口命全没了。守廉他们走之前，轻易不登门的妹夫也上门来家劝他，叫守廉别再去前线同日本人作战了，还是带着他的兵往关内撤吧。

167

他听了说道："守廉是军人，军人就该守土有责。""可这不是拿鸡蛋往石头上磕吗？"邹守田的话还是深深刺痛了他。

现在马占山将军在江桥挡住了日军北进的脚步，也打破了"日军不可战胜"的神话。这消息自然让国人振奋。报上说，上海甚至出现了"马占山牌香烟"。

除了乔焕章关心江桥的战事外，还有两个人也关注着江桥的战事，这就是邹新福和徐雪花。邹新福从他的一个同学那里听说，他们在哈尔滨学校的同学已组织起一个支援马占山抗日部队的慰问队，已在两天前开赴卜奎前线。他就找来徐雪花商量，也想追赶他们学生组织的慰问队去前线。徐雪花也正有此意，两人一拍即合。当下商量次日一早就出发，先不告诉家里人。两人约定了在镇外树林子里碰头的时间，就分别回去准备了。

第二天天不亮，邹新福就起来了，为了免得母亲担心，他留了个纸条放在枕下，说是回哈尔滨学校去。他背着一个包裹走到镇外那片树林里，天就亮了，徐雪花已等在那里了。

他俩往北走了一天，天黑时走到了杜尔伯特境内。这里是一片荒芜的大草原，很少看到人家。他俩怕在天黑走迷了路，也怕雪野里有狼，就想在这里歇歇脚，明天再走。好不容易循着狗叫声找到一个蒙古包，他俩走了进去，里面有一个黑脸膛的蒙古汉子和一个高颧骨脸颊红红的女人，毡毯上还睡着一个孩子，女人在往火盆里添着干牛粪。那蒙古汉子听不懂汉话，警觉地看着他俩。邹新福连说带比画，总算说明白了他们是路过投宿的，就让他俩住下了，手也从腰间的刀上移了去。他俩和衣在毡毯上躺下，邹新福并不太敢合眼，那个女人几乎一夜都在往火盆里加着干牛粪，暗暗的火苗燃了一夜。

早上天刚亮，那女人又热好牛奶和奶酪，让他俩先喝了吃了。

吃完，邹新福给他们留下一块大洋，走出蒙古包，又踏着外面厚厚的雪上路了。

外边呼叫的冷风叫他俩打了个寒战，头一天由于想追赶学生慰问队心切，还没觉得冷，这越往北走越冷了，在这无遮无拦的草原雪野上赶路，风吹过来的雪，一会儿就埋上了他们刚刚走过的雪窝脚印。鬼龇牙的西北风冻得他俩露出的脸和手像猫咬似的痒痒。

这一日赶路他们没有再歇脚，只扒地上的雪啃了几口，吃了他们出来包裹里带的发面饼。一直走，走才不觉得冷，一停下来，身子就冻得受不了。路上他们很少说话，好像两张嘴都被冻住了。说话只说关于乔守廉的话题，邹新福说："也不知守廉哥杀死多少个鬼子了。"

徐雪花说："我叫他替我杀死两个鬼子。"

他俩就猜测起来，邹新福说五个，徐雪花说七个。

第三日傍晚他俩走到泰来县境内，这里离江桥还有六七十里了。他俩准备住一宿再走，可是敲开街上两户人家都不肯收留他俩，听说他俩是学生，都神色慌张地告诉他俩北边正在打仗，叫他俩从哪里来回哪里去。总算敲开了一户人家，答应叫他俩住一宿。这户人家只有老两口，没有儿女。问到孩子时，那老妇人就忍不住流泪了，听那表情麻木的老农讲，他们的儿子前两天到江桥大兴镇乡下走亲戚，被封锁在小河口岗上的日本人用机关枪扫射死了，尸体都没有找回来。新福他俩听了不知怎么安慰这对老夫妇，心里也一下跟着变得沉重起来，夜里又听那老妇人在哭，他俩也没有睡实成。

天刚蒙蒙亮，他俩给这老两口留下两块大洋，就出了门，往县城北门走。刚刚走出县城约一个时辰的工夫，由于有寒雾笼罩着，天还不太亮，就听前边传来一阵杂乱的脚步声，是一群衣装不整的人从前面这条土道上迎面走了过来，看到他们身后还横七竖八背着枪。邹新福扯着徐雪花刚要往土道下的苞米地里躲，不料被一个拉枪栓的人喝住了："什么人？""我们是学生。"邹新福赶紧答。听到回答那些停住脚的人松了一口气，"你们是从哪里来的？""是从肇州过来的。"一听说是从肇州过来的，走到近前来的那个人就上下打量了他俩一阵，回头冲那队人中间骑马的一个人喊了一句："张团长，这里有两个人是从肇州过来的。"那个骑马的人影就走到他俩跟前，徐雪花和邹新福一见到他，就认出来他正是出发那天见过的县保卫团的张副团长。"张副团长，你们这是……"邹新福既惊喜又诧异。张副团长眼睛盯着他俩，并没有回答他的疑问，而是问道："县城里进来日本人了吗？"邹新福摇摇头："没有。"他又问道："你俩干什么去？""我俩去前线找我们学生慰问队。""张副团长又瞅了他俩一眼说："别去了，你们还是跟我们回肇州吧。"

"你们……你们为什么不在前线打啦？"他心里在揣度他们是从战场上逃下来的吧。

他们的队伍里传出不屑的议论声，"真是学生娃，你以为仗是那么好打的？""我的妈啊，我的后背到现在还冒凉风呢。"有几个负伤被别人搀扶着的团丁说："你俩别去慰问队了，就慰问一下老子吧……哎呀，我的妈，痛死老子了。"

"你们两个到底跟不跟我们回去？"骑在马上的张忠信又问。

邹新福又摇了摇头，看着他们走了。好多年以后，邹新福还会想起这次和张忠信在路上的相遇，那时邹新福就从张忠信转动的眼珠里看出他是一个很有心计、很识时务的人。

张忠信骑马走过去才想起那个女学生应该是乔团长的未婚妻，只怕那个骁勇善战的乔团长很难再回到乔家围子把她娶作老婆了。他有点儿可惜地摇摇头，也在心里感激乔团长放了他一马……

邹新福猜测得没错，他们的确是从战场上逃回来的。他们这些人都没打过仗，也没有见过这阵势，跟着骑兵团来到江桥，参加战斗的第一天，就被鬼子的大炮震蒙了，屁股抬起老高，趴在战壕里不敢露头。等鬼子黄压压开始进攻了，他们才开始按照乔守廉团里的教官教他们的方法射击，鬼子冲到阵地前，高满堂命令他们保卫团的人跟在他们步兵连后头一起冲锋。眼见几个刚刚跳出战壕的团丁，被鬼子像挑小鸡似的肠子都挑出来惨死在沟沿前，他们就吓得哆嗦在战壕里不敢出来了。后两天他们被放到侧翼阵地上，看着东北军的官兵与鬼子肉搏，乔团长骑在大青马上旋风一般，冲进敌阵，手起刀落。大胡子高满堂挥舞大刀，力气大得两三个鬼子也近不了他身前，砍得鬼子钢盔都劈成两半儿。这种肉搏双方尸体都丢下不少，可怕的是鬼子的增援人数和弹药在不断补充，而马将军的部队和弹药每天都在减少。再不走，他们就会把命丢在这里。这天夜里他悄声跟弟兄们说，等天亮进攻时，他们放几枪就找机会脱身。第二天战斗打响时，张忠信和他的人在侧面阵地放了一阵枪，就偷偷带着剩下的团丁从壕沟溜走了。主阵地前马占山在望远镜里望到了，气得大骂："妈拉个巴子，这是哪部分的当了缩头乌龟！"乔守廉在望远镜里望到了，跑到马占山跟前："报告马将军，是我带来的保卫团，我现在就过去把他们追回来！""算啦，妈拉个巴子，追回来也得当炮灰，好在没向鬼子举白旗，让他们去吧。"

当晚他们逃到江桥下游方向的孟家屯，这里离江桥只有十几里地。他们在屯子里住了一夜，第二天又绕道往回走。如果乔团长派人追他们，在孟家屯他们骑马不到半小时就追上了，按照战场纪律，当逃兵可是要被处死的啊。

邹新福和徐雪花又往前走了两个多时辰，天已大亮，他们又遇到一伙牵牛坐马爬犁往南撤的农民，一问他们，是北边屯子里的农户，要撤到南边投亲靠友去。等到最后一拨人过来时，有人神色慌张地告诉他俩不要往前走了，前面在打仗，再往前走就能碰到鬼子了，说话间隐隐听到远处传来的炮声，震得雪地都有点儿发抖。看来真不能再往前走了。他俩问一个农民能不能绕过去，那个农民问他们找什么人。他俩说想找一伙前两天过这里来的学生慰问队。那个农民就说："你俩到孟家屯去看看，那里前天来了一伙学生，在那里救治伤员呢。"他俩一听眼睛一亮，问："孟家屯怎么走？"那农民告诉他俩从这条土道绕下去往东走。

他俩在庄稼地里磕磕绊绊蹚雪走，傍天黑，摸到了孟家屯。一个在屯外苞米秆垛后边放哨的哨兵拉着枪栓问他俩是干什么的，他俩忙说找这里来的慰问队的学生，又从后面钻出一个士兵，查了查他俩带着的包袱，带他们朝屯子里走去。

屯子里黑乎乎的，刚刚走进屯子里，就听到好几户人家房子里传出撕心裂肺的声音，听着叫人不寒而栗！走进一个黑胡同里，听到匆匆走过来的脚步声，回头一副担架抬过来，那个士兵同后边那个抬担架的人说了一句什么，那个抬担架的人对他俩说了一句："你俩跟我来吧。"那个带他俩进来的士兵就把他俩交给抬担架的人走了。

他俩跟着抬担架的人匆匆走进一户人家，这才发现屋里点着油灯和松明子，屋里通亮，而窗子上捂着厚厚的棉被，才没有一点儿光亮透出来。大概是防止鬼子的侦察飞机发现来轰炸。炕上躺着一个露着腿的伤员，一个戴着十字袖章的军医正在用锯锯他那条腿，那个伤员嘴里先是咬着一根木棍，可是他还是突然痛得号叫起来，大概一点儿麻药也没打。"快过来帮帮忙，你俩卖呆儿呢！"那个军医冲他俩喊。他俩有点儿不知所措，明白过来上去摁住伤员的另一条腿和胳膊。等那条腿锯下来，那人已痛得昏死过去。邹新福和徐

172

雪花都不忍再看，战战兢兢退出了屋子，徐雪花朝院里雪堆呕吐起来。

邹新福刚刚扶着徐雪花站起来，就与匆忙走进院子的一个人影撞了个满怀，定睛看时，那人影惊讶地叫出了邹新福的名字。邹新福认出这个年轻人是哈尔滨中学学生联合会的人，他手上拿着一把什么东西："你俩怎么会在这里？"邹新福说："我们是来找你们的，今天刚刚到。"他瞅瞅徐雪花，问她是谁。邹新福说，她是哈尔滨女子师范的学生，和他一起来的。"会护理伤员吗？""她是郎中的女儿。""那太好啦，你俩跟我来吧。"话音刚落，就听屋子里有人喊："小刘同学，我叫你到谭木匠家取的锯取来了吗？这么磨磨蹭蹭。"刘同学赶紧应道："取来了。"他们走进去，看到刚才抬进来的担架上的那个人被抬到了炕上，锯递到那个军医手里时，那个一只脚被炸掉的伤员发出了绝望的哀号："你们杀了我吧……"

接下来的两天，他俩是在这个小屯子度过的，他俩一边跟着护理抬到这里的伤员，一边打探着乔守廉的消息。可是抬进屯子里的伤员并没有骑兵营的人，他们多是马占山步兵团的人。

情况越来越糟糕，由于药品短缺，抬进屯子里的伤员都没有死去抬出屯子埋掉的多。屯西头的庄稼地里每天都有雇来的农民在刨坑，覆盖着厚厚白雪的庄稼地冻得很坚硬，他们只能刨出不太深的坑，把人草草埋了，又引来成群的乌鸦在白雪上空盘旋。有好心的村民从家里端水把坟堆上的土疙瘩块冻结实，再撒上一层雪，这样乌鸦就无奈地飞走了。

从伤员嘴里知道，战场上的形势越来越严峻，已经不像开战前半个月那样乐观了，日本人已突破了江桥对岸的第一道防线，正在向卜奎城逼近。听到这样的消息，他俩的心彻底凉了，这个小屯恐怕也待不了几日了。

31

乔焕章这天一大早上起来，就觉得眼皮跳得厉害。他没有跟吕凤兰说。

上午他和守仁、守孝、伙计乔四往地里送粪，天空阴沉着，像是有雪要下没下来，憋得很难受的样子，到晌午也没见一丝日光影。

他已从报上得知了江桥失守的消息，昨天下晌，外甥新福和徐姑娘也从那边回来了，说他们没有见到乔守廉，也没有打听到他的消息，不过听说守江桥的一部分部队已经跟着马占山往黑河小兴安岭一带撤去了。日本人占领了卜奎。

乔焕章和守孝两人把一马爬犁冻粪拉到地里，刚刚卸下来，直起腰来时，看见远远的屯外头移近来几个骑马的人影。乔焕章愣怔了一下，抬起一只手遮着向那边张望。

"守孝，你看那边头前那个人是你满堂叔吗？"

守孝闻声也抬头望了一下，说："是俺满堂叔。"

乔焕章心里有点儿发慌，骑马来的一共是四个人，近了，能听到马蹄声了，那马蹄声一下一下叩击在他的心房上。

高满堂骑着那匹白马，而包八万爷送给守廉的那匹大青马背上却没有人，那匹马拖着一架马爬犁，后边跟着三个骑马的人。乔焕章手里的粪筐一下子掉到地上，他耳朵里听不到越来越近的马蹄声了……

那匹大青马已认出他来，向他这边跑来，高满堂也看见了他在地里，打马追了过来，把其他几人甩在了后边。

174

"焕章大哥……"高满堂先赶到了跟前,从马背上跳了下来。

"守廉呢……"乔焕章怔怔地瞅着他身后大青马拖着的马爬犁,那马爬犁上盖着绿军毯,军毯从头到脚把躺在下面的那个人盖得严严实实。焕章似乎不敢去掀那军毯。

"守廉他……"高满堂腿一软跪在了雪地里,"大哥,是我没照顾好守廉,守廉侄儿他……他牺牲了……"

乔焕章只觉得一阵头晕目眩,身子晃了晃,差点儿没倒地,被高满堂扶住了身。守孝已扑到马爬犁旁掀开绿军毯,发出了撕心裂肺的哭叫声:"大哥!大哥,你醒醒,大哥你怎么啦——"那边的一块地里,乔守仁和伙计听到了,也朝这边飞奔过来。

后边的三匹马也赶到了,从马上跳下一个戴着中校军阶肩章的军官,他走到乔焕章面前"咔嚓"一个立正,给乔焕章敬了一个军礼,说:"这位就是乔团长的父亲吧,本人是马占山将军的副官,特来护送乔团长的遗体回家安葬,这是乔团长的阵亡通知书,还有马将军给您的一封亲笔信。"说着,他从皮包里掏出两只信封来,恭敬地递给乔焕章。

乔焕章颤颤巍巍地接过信来,哆嗦着手打开马占山将军的信。读毕,已有两行冻泪挂在脸上,他用衣袖擦掉,把信交给了站在身边的守仁。抬头又看了眼来的这三个人,另两个他认出来了,是在他家里养过伤的守廉团里的一个副营长和一个连长。

乔焕章推开搀扶他的高满堂和守仁的手,振作一下,对守仁、守孝说:"走,我们接你哥回家。"他迈步走向了马爬犁,弯下腰去,用手轻轻拂了一遍落在军毯上的雪尘,小心掀开军毯,露出守廉那张冻僵的白面孔,他坐到马爬犁上去,抱起了守廉的头,喃喃地说:"廉儿,回来就好,回来就好,走,我们回家。"他把军毯又轻轻地给守廉的脸盖上了。

守孝在前边牵着大青马，一行人跟着默默朝屯子里走去。

青暗色的天空不知什么时候飘起了雪花，马爬犁走到乔家大院时，乔焕章身上已披上了一层雪花。他像一尊白雪塑像似的坐在马爬犁上一动不动，直到院子里响起了吕凤兰一声长哭："我的廉儿啊——"他才慢慢扭过头来说了一句："不要哭，廉儿是为国捐躯走的，他不希望看到我们哭。"

乔家当日中午便布置起了灵堂，上上下下开始忙活起来，又叫人去屯中请来了两个木匠，在院子里打起了厚厚的棺材。

等乔焕章进了他的书房，高满堂和严副官也跟了进来，同他商量安葬乔团长的事宜。考虑到特殊情况，日本人马上就会过来，严副官安葬完还要追赶部队去，决定乔团长的灵柩在家停灵一日，后天一早下葬。

之后，乔焕章叫守孝去邹家屯告诉守廉他大姑一声，又叫人去小城子告诉徐郎中、徐姑娘一声。高满堂说也该差人去告诉杨殿甲一声，乔焕章叫乔四过江南去找杨殿甲了。

安排完这一切，乔焕章就觉得似乎有些累了，就叫守仁和满堂在前厅接待好客人，他在书房炕上躺下打了个盹儿。这一个盹儿他觉得睡了好长时间，他还做了个梦，醒来却想不起来梦见了啥。听见前屋里焕芝和新福他们来了，他擦去眼角一滴泪痕，穿鞋走了出去。

厅堂里，焕芝和新福正对着守廉的遗像在流泪，焕芝又瘦弱了不少，身体在微微颤抖，目光呆滞。乔焕章走出来说："不要哭，守廉不想看到你们这样。"

接着，徐郎中和徐雪花也赶到了，徐雪花一扑进灵堂里就泣不成声地痛哭起来："守廉哥，你怎么撇下我走了呢？你不是答应我，让我等你回来吗……"她身子踉跄地跪在地上。

她的哭，乔焕章没有劝阻。他把徐郎中引进书房，一进屋就声音哽咽地对他说："徐先生，我对不住您，守廉不能给您做女婿了。"徐郎中紧紧握着他的手，面容镇定地说："这是说哪里的话，守廉是为国捐躯，俺为他骄傲还来不及呢。雪花虽说没有跟守廉拜过堂，可也是换过八字的，雪花要为他守灵。""这……"乔焕章一时不知说什么好。

到了傍晚，杨殿甲也从江南匆匆赶来了，他还带来了一个风水先生，并说后日起灵时，他们杨小班全体都过来为守廉送葬。

当晚除了部队代表李副营长和张连长为乔团长守灵外，家人这边守仁、守孝和徐雪花也都留在了灵堂里。李副营长和张连长穿着军装站在乔守廉的遗像前，守仁、守孝和徐雪花穿着白孝衣蹲在黑漆棺木前烧纸、燃香。

第二日，闻了信的乔家围子的百姓纷纷来到乔家吊丧。蒋县长得了信，也来到了乔家，对乔家大公子乔守廉为国捐躯深表哀悼，江桥作战的情况他已听张团长回来说了，乔团长和他的八百余名弟兄在战场上表现得极其勇敢。他握着乔焕章的手说："乔会长，请节哀顺变，乔公子以身殉国不仅是乔家的骄傲，也是本县的荣耀。"他还带来了两卷大洋，叫张秘书交给了管家，说是对乔家丧事料理的一点儿心意。乔焕章还把严副官引见给他，严副官恭敬地敬了个礼说，蒋县长能在国难当头抗战如此危难之际，对捐躯的抗日国军军官家属进行慰问和抚恤，他深表敬意，他回去一定向马主席禀告。

白天在家里来人少的空当，乔焕章把李副营长叫到书房里去，问他："你们团长杀死了多少个鬼子？"李副营长说，他杀死了十七名鬼子，其中包括一名日军大佐。说着话，李副营长从一个捆着的麻袋片包里抽出一把军刀来给他看，说这就是那个日本大佐的军刀。乔团长缴获了这把军刀后，临终前交给了他。

"值了，值了，守廉他值了。"乔焕章听后连连说。

接着李副营长向乔焕章讲起了乔守廉牺牲那天的经过。战斗到最后一天，他们八百多弟兄就剩下一百多人马了，鬼子的一个骑兵联队要从侧翼包抄过来，断了他们的后路。乔团长就带着他们这一百多弟兄混入敌阵，左冲右突，搅得鬼子人仰马翻，但毕竟寡不敌众，他们这一百多弟兄杀到黄昏时，只剩下他们七八个人了。乔团长叫他俩领着这几个人撤出敌阵，他来掩护。鬼子嗷嗷叫着要抓活的，乔团长用夺过来的一挺机枪"突突"一阵猛扫，压住了敌人的人马，闪出一道缝隙来，他们几人乘机冲了出来，可乔团长却没冲出来，他中弹倒在了马背上。鬼子要截住这匹大青马，取乔团长的首级当战利品供他们战地记者拍照。这几日，日军已看出这支厉害的中国骑兵团正是这位中校军官带领冲锋陷阵的。鬼子的十几匹马围住了大青马，可是大青马一声长嘶，前蹄高高跃起，从鬼子两匹马背上蹿跃了过去，而且它蹿跃过去时，还用后蹄把两个鬼子的脸踢开了花。其他鬼子一愣怔间，它像旋风一样已冲出去数十米远了，鬼子反应过来开枪射击，并没有打着它。等它跑到一座土丘后面找到李副营长他们几个，马背上还拖挂着乔团长……李副营长含泪告诉乔焕章，从去参加江桥阻击战，经历数次恶仗，大青马已救过乔团长两次命了，只是这回未能幸免。

昨天晚上，包八万爷过来了，大青马一见到他就"咴咴"地哀叫了两声，包八万爷拍拍它的头，它才安静下来。从昨天到现在它并没有吃东西，乔焕章让包八万爷把它牵回去。包八万爷说，让它再陪陪他吧，不然它心里也会不好受的。

傍黑，乔焕章又走到马厩里，看见它依旧站立在马槽子前，槽子里给它拌的马料一口也没动。他俯下身去，抚摸了它脸腮一下，黑暗中它长长的眼睫毛也湿漉漉的，他用马灯照了一下，轻轻地说：

"孩子，你吃点儿东西吧，不然会饿坏的。我知道你心里难过，可是你才跟了他几天，我可是养了他二十三年啊！"乔焕章觉得自己眼眶湿润了，他吹熄了马灯，马厩里变得一片黑暗。

他突然听到马厩里响起了"咔嚓、咔嚓"缓慢的吃草声，"吃吧，孩子，吃饱了好好睡一觉吧，你太累了。"他像是在对着廉儿说话。

马头在黑暗中抬起来，静静地听着他说话。此时，只有他俩才最为惺惺相惜了，黑暗中彼此能听到对方的呼吸和心跳声。

走过灵堂时，看到徐雪花昨夜在灵堂前守了一夜未睡，再加上极度悲伤，身体极度虚弱，乔焕章就叫吕凤兰劝她这夜回屋休息，可是徐雪花执意要为守廉守最后一夜，跪在那里不起。乔焕章就不再叫人去劝，想这徐姑娘倒是个忠烈女子，只可惜……他摇了摇头。

第三日上午起灵，在乔家灵棚前为乔团长举行短暂的追悼安葬仪式，乔家围子的百姓都来了，蒋县长带县保卫团的人也来了，县保卫团团丁持枪列队在棺木两侧，那口漆黑的棺木摆放在灵棚中央，灵棚两侧摆放着花圈和挽幛，严副官代马占山将军送的花圈和挽幛摆放在灵棚的右侧，依次是蒋县长和县里各界人士送来的花圈、挽幛，乔焕章、邹守田等家人和乡里送的花圈摆放在灵棚左侧，那花圈一直沿着屯道摆到屯外去。

安葬仪式由蒋县长主持，严副官致悼词。官方祭奠仪式完，由私方白事先生主持起灵往墓地安葬，随着白事先生一声"起灵——"杨小班的吹鼓乐队就吹打起来，送灵的队伍就从乔家门前向屯西走去。

抬棺木的是严副官、高满堂、李副营长、张连长、守仁、新福等人，杨小班的吹鼓手在棺材前边吹打，守孝穿着一身孝服为哥哥打着灵幡，挨着他的是一身白孝服的徐雪花，她边走边向路边扬撒着纸钱。

在棺木后边跟着的是蒋县长和乔焕章、乔焕芝、吕殿臣、邹守田、徐郎中等家人和亲戚，再往后边就是跟着的乔家围子村民长长的队伍。张忠信带着保卫团的团丁分两行走在棺木和送葬队伍的两侧。这是乔家围子有史以来最隆重的送葬队伍。

墓地选在了青马湖边上的一处高岗坡上，东高西低，青草茂盛，岗坡上和岗坡下各有一棵榆树。这本是乔焕章为自己选的墓地，没想到先葬到这里来的却是他的儿子，失子之痛已叫他这两天头发白了不少，他的岳父吕殿臣也走在他身边，白发人送黑发人，这一路叫吕老爷子唏嘘不已。棺木落入墓坑之前，他亲手倒了一碗酒洒在墓坑里："廉儿，再喝姥爷的一碗酒上路吧，你怎么走在姥爷头里了呢？"闻听此言，被人搀扶来的吕凤兰又泣不成声痛哭起来，她要往前来，被乔焕芝和黄太太架住了。

随着白事先生的一声喊："下葬——"棺木往坑里缓缓放下去，放毕，严副官、高满堂、李副营长、张连长和张忠信的保卫团的团丁都围着坑沿，垂着头向天空举起了枪。严副官一声高喊："乔团长一路走好！让小鬼子走开——"枪声一起响了起来！而人群外边，传来大青仰天的嘶鸣声，令人无不动容。

乔焕章向坑里填了第一锹土，严副官、蒋县长和乔家人一起填下土去。

离开墓地时，乔焕章回头看坟头前徐姑娘还跪在那里烧着纸不肯走，他叫守仁留在那里陪陪她，新福也过去了。

吃了乔家待客的出殡席宴，严副官就告别要走了，跟他一起走的还有李副营长和张连长。他们走时，乔焕章把严副官叫到一边，拿出前日蒋县长送与他家的那两卷白纸包着的大洋，严副官一愣，没有去接。乔焕章说："这个你们带上，算我代廉儿捐给部队抗日用的，我知道你们打得很苦，连买子弹和药品的钱都没有。部队军饷不足，马将军的信我看过了，你回去带话给马将军，请他不必为没能给阵亡的属下家属发抚恤金而感到惭愧，吾儿报国的心愿已尽，老夫也感到欣慰了。就是廉儿活着，他也会叫我这么做的。"

严副官大恸，他"啪"地给乔焕章敬了个军礼，说："乔先生的大义真让吾辈感动，有您这样的义举，抗战不愁没有胜利那一天，我们誓死也要和小鬼子战斗到最后一人。那好，钱我收下，我一定转交到马将军的手上。"说完，他们三人就打马出屯去了。

下午，高满堂也与他告别了，他要和黄太太、孩子一道回她的吉林四平老家去，他要照顾他们娘儿俩今后的生活。走之前，焕芝同高满堂唠了几句嗑，焕芝说，她看出这个黄太太是挺好的女人，现在又没了男人，拖累着个孩子不容易，让他和人家相互照顾着过日子吧，这年头，活下去就不容易了……焕芝说到这儿，还深深地叹了一口气。"你也照顾好自己。"高满堂瞅了那边套车的邹守田一眼，想说什么又住了嘴。送他们出门时，焕芝还偷偷地往那个女人包裹里掖了两块大洋。他们和杨小班坐着花轱辘马车一起过江去了。

32

民国二十年这个冬天，无论是对乔家围子的乔家来说，还是对老街基县城里的百姓来说都是格外寒冷的，大家心里恓惶惶的，不知道明天会有什么事情发生。连年都没有心情过，年集也没有人进城赶了，走亲戚的也没了，整个县城变得死气沉沉的。连流落到街上的一两只狗都显得无精打采的，没等天黑每家每户都早早放下窗板关门了，这胆战心惊的日子又把这个冬天拖得格外漫长。

刚刚过了年，打外边传来了伪满洲国建立的消息。这日，滨江省派来六名日本人到肇州县来任职。他们是坐着一辆卡车从哈尔滨过来的，除了这六人，车厢两侧还坐着两排戴着狗皮帽子的日本士兵，怀里抱着三八大盖枪。他们是沿着没有化冻的松花江江面开上来的。车轧得江面冰冻的雪"咔嚓咔嚓"响，像整条江都要被轧裂了似的。江风"呜呜"地吹着日本兵的黄面狗皮帽耳朵，呼扇呼扇像枪刺尖上挑着的猪耳朵。到了骆驼脖子后，卡车由那小胡带路开到了肇州县城老街基来。

据那小胡后来讲，看见这辆打着日本太阳旗的卡车开到县公署院子里来，县公署的其他署员都纷纷逃离县公署躲避起来，只有蒋县长坐在他办公室的椅子上纹丝没动。留着仁丹胡的江原富治副县长走进来，蒋县长背对着门面向椅后墙上的孙中山画像，听见开门的人进来，他头也没回说了一句："你们是来抓我的吗？"

小个子江原"啪"地双脚并拢，头垂下说："不，不，蒋县长，属下是来向您报到的。"他的中国话说得这个样子，让蒋县长略微有些吃惊，他慢慢转过头来，看见眼前这个垂首向他鞠躬的光头日本人，面目和善地堆着笑，并非有杀他之意。

随后，他向蒋县长呈上了两份委任状，一份是蒋县长的，一份是他自己的。他拱起双手递到蒋县长面前的委任状上写着："满洲国滨江省主席×××兹任命蒋慈为满洲国肇州县县长。"落款是大同元年×月×日。江原向身边两个穿着新式黑警服的人一使眼色，这两个人就上去把背面墙上孙中山的画像摘去了，换上了瘦长面孔、戴着金丝眼镜、身穿金色礼服的溥仪画像；把墙上的青天白日旗摘去了，换上了五色旗。蒋县长怔怔看着他们做着这一切。

中国通江原随后给他介绍了其他随行任职人员：胖胖的新任县警务局局长铃木常雄、板着面孔的警察局教官小林则一、精瘦的县署新任教务局局长岛村三郎、县参事乔本一郎等。

江原副县长介绍完这一干人，对蒋县长说："来吧，我们向新满洲国皇帝行宣誓鞠躬礼吧。"蒋县长像木偶一样听由人摆布，和他们一道向溥仪画像鞠躬行礼。除了这六个日本人，县公署其他职员还继续留用，只是职务上有所变动，如警察局原来的局长张忠信变成了副局长。县教务局那个前清秀才局长借口年事已高，退休还家了。

那小胡又到县公署来上班了，他成了江原副县长来肇州后最信得过的一个中国人，整天跟在江原身边出出进进的。

自从那天他看见江原县长把溥仪皇帝的画像挂在蒋县长的办公室里，那小胡就觉得他的机会来了，也明白了"满洲国"是怎么一回事了。那天一宣誓完毕，那小胡就跟进江原富治副县长的办公室，跟江原富治说自己是满族正黄旗出身，愿为"满洲国"效力。中国通江原深知正黄旗是溥仪亲戚皇族的一脉，上峰在他来任职前交代过他，要想巩固他们的统治，必须培植满族人中这些皇亲贵族的亲信力量。

"那君，你愿意为满洲国效力，这很好，你明天就到县公署上班来吧。"

"哈咿!"那小胡把腰弯成九十度，把刚刚学会的一句日本话也用上了。

江原富治到肇州县上任做的第一件事，就是制定了保甲法，全县划为二十六保、二百五十九甲，取消了原来的乡、屯的划分制。这个县公署令，他叫蒋县长盖上了县长手印章。接着他又在县里成立了维持会，让那小胡做了维持会副会长，让商会会长张耀舟做了会长；由县维持会长推举下边乡里保长，再由保长推举屯里的甲长。

那小胡在推举托古乡保长时，第一个想到的人选是乔焕章。

那天那小胡走进乔家围子乔家大院时，是挺着腰杆进去的，再也不是多年前他来找乔焕章让他跟蒋县长说情在县公署谋一差事时，那低三下四的模样了。他的穿戴也差点儿让管家认不出他来，等他摘下脸上的墨镜，管家才认出他来。乔焕章正坐在书房里看书，看见那小胡由管家引到客厅坐下一会儿，他才放下书走了出去。他这几日已有所耳闻，日本人来到县里以后，他跟日本人走得很近。

那小胡看他出来，脸上堆上笑，说："乔会长，今天我来是告诉你好消息的。"

乔焕章不冷不热地说道："好消息何来之有？"

"我向江原县长推举你做托古乡保长了。"

乔焕章冷冷地说："我年纪大了，不想做这抛头露面的事啦。"

那小胡听了，心里说老东西真不识抬举，正不尴不尬坐在那里想再劝劝乔焕章时，却听乔焕章说："我今天身体有点儿不适，房管家，送客。"

那小胡在乔家碰了一鼻子灰，灰溜溜走出来，正不知如何回去向江原交差时，在回去的路上碰到一个人，这个人是外号叫关大麻子的关五魁。这关五魁是托古乡里的小地主，家里有一百多亩田产，只是此人不务正业，吃喝嫖赌样样沾。他能认出那小胡来，是因为他也是满族人，他祖上是镶白旗，他几年前去骆驼脖子吃过那小胡父亲五十大寿的生日宴，那小胡却不记得了。

"小胡贤侄儿，你这是去哪里啊？"

那小胡故意拍了拍颠在他丝绸外褂衣襟后边的那把王八盒子："回县城里……"

"噢，对啦，那会长现在是在县里当差……"随后又凑过来说，"听说日本人又帮咱恢复大清国啦？"

"是满洲国，溥仪皇上已在新京就任大同皇帝了。"那小胡给他更正。

"对，对，满洲国，敢情还是咱满族人的天下了。"关五魁满脸的麻坑都在阳光下兴奋得亮了起来。他这些年看到像乔焕章这帮闯关东来的汉人，在这块本属于他们的土地上田产、家产兴旺发达起来，恨得牙根直痒痒。

"那会长，你看都到晌午了，跟我去家里喝两杯怎么样？"

那小胡瞅瞅头上的日头偏中了，肚子也确实饿了，就跟关五魁去了托古乡里他的家。

坐在关大麻子家里炕桌前，酒杯一端，关大麻子就弄明白了那小胡上午来乡里的事由了，便说了一句："你看你关叔干得干不得这保长？"那小胡两眼一瞪，把盒子枪往炕上一拍："有什么干不了的，回头我向江原县长举荐你。"关大麻子又叫他老婆进来倒酒，可他老婆进菜园子倒蜜蜂箱去了，没有听到。关大麻子就叫他闺女关格樱出来倒酒。关大麻子的闺女就从里间走了出来，关大麻子虽满脸麻子，可他闺女却生得如花似玉，一张白玉脸羞怯怯的，她从雕花木箱柜台上取下那把白锡酒壶来，轻步过炕桌来倒酒，那小胡眼睛就一亮。

那小胡民国这二十来年一直游手好闲，没有成家，也没有哪家女人肯嫁给他。头些年从嫩江上游卜奎流浪到骆驼脖子的一对满族父女俩，那父亲害有痨病，到骆驼脖子落脚没多久就死了。那文秀在那姑娘父亲没死之前给过他银子请看郎中，死后又花银子给他安葬了。那闺女出于感恩，也是听从临终前的父命，便嫁给那小胡当媳妇。可是没出半年，那女子也同样害痨病死了。那小胡觉得那个痨病女人太晦气，连做那事都会从口腔里喷出一口血来，那以后他也就断了对女人的念想。

可是此时，一双白嫩嫩的细手托着那把白锡壶过来给他倒酒，羞怯的弯眉不敢看他，可她圆鼓丰满的腰身却叫他看了个遍，眼睛最后又落在这双捏着锡壶的巧手上。

刚满十七岁的关格樱被盯得害羞，手一抖，那壶嘴里的酒就洒到了那小胡的宽裤裆上。关大麻子见了喝唬道："格樱，看你怎么倒的酒。"

"不碍事的，不碍事的。"那小胡连连说，底下就觉得那洒下的酒正渗到那个物件上，觉得有些灼热。

"来，我们喝酒。"关大麻子说，他留意到那小胡的目光跟在走进隔壁的格樱身上了。

"好，好，我们喝个……痛快！"那小胡舌头也大了起来。

从敞着的窗外飞进来两只蜜蜂，"嗡嗡"绕着炕桌转。房前菜园子里刚拱出土的菠菜、油菜还没有开花。关大麻子轰了两下没有轰出去，就嘟哝了一句："这老娘儿们怎么把蜜蜂给放进来了，我出去看看，那会长你自个儿先慢慢喝。"说着穿鞋下地，把门窗关死了。

迷迷糊糊喝垂下头去的那小胡睁了一下眼，嘴里喊再拿酒来时，却没有人应。他一时浑身躁热得厉害，就下了地，偷偷溜到那布帘挡着的隔壁屋里。关格樱正坐在镜前往脸上搽胭脂，酒壮色胆，那小胡就从后边扑了过去，一手扯掉关格樱的小花袄，一手捂住了她的嘴巴，把她拖到炕上去，又扯下了炕上被垛上的被子。

几分钟后，从被子下传来捂不住的"呜呜"的喊叫声，那声音听起来就像乱撞在窗子上的那两只蜜蜂发出的声音，一副惊慌失措的样子。

那小胡提好裤子从屋里走出来时，才发觉他屁股上被蜜蜂蜇了一个包，疼得他咧了一下嘴。关大麻子从菜园子出来送他，嘴里说："那会长，别忘了在江原县长那里替我美言几句。"那小胡又一咧嘴："忘不了。"他心里美美的。那闺女做那事没从上面喷血，从下面流血了。

那小胡还听见走进屋去的关大麻子跟他哭哭啼啼的闺女说："你不是想当格格吗，你以后跟了他就是格格的命。"关大麻子的老婆在一边说："可他年纪太大了，大咱闺女十八岁呢。"关大麻子又说："皇帝哪个妃子不是小皇帝二三十岁的，嘁！"

33

那小胡挎着王八盒子，戴着那顶船形日本皇军帽回到骆驼脖子家中，那文秀怎么瞅着都觉得不顺眼。从骆驼脖子到肇州县里，恐怕只有那文秀还留着那根长长的辫子，那头发丝已是白的多黑的少了。前些日子他刚听那小胡从县里回来说，大清皇帝溥仪在新京（长春）登基，建立了满什么国，他还满心欢喜，激动得两夜没有合眼。他还把那赫拉氏的族谱又翻了出来，照着族谱摆上了他们的画像，并供上了香炉，插上香后，带那小胡和石人沟渔场那姓人，向大清先祖们三叩首，叩完那文秀已老泪纵横。他痛哭流涕地说："大清的列祖列宗在上，龙王爷显灵了，大清王朝又复活了，愿神龙保佑溥仪皇上龙兴大业……"

可是现在看着那小胡这一身装束，又从他嘴里听说这什么"满洲国"是靠东洋人扶持建立起来的，他嘴里又时不时溜出"哈咿""八嘎""米西""撒由那拉"他听不懂的东洋话，就觉得有些不对味儿。

"别管东洋人还是西洋人，只要能帮咱建立大清共荣，就是太君，大大的太君。"那小胡还沉浸在晌午和格樱那处女的鱼欢回味之中，还有下午他去邹家屯让邹守田当保长时邹守田对他感激涕零的得意中。

那文秀觉得那小胡这话也对，这二十来年他日里夜里不是一直盼望大清王朝有复辟的这一天吗？

那小胡这次回来，是特意带话给他，他从江原副县长那里获知，过几天日本天皇裕仁的叔叔要来新京，溥仪要在皇宫摆一场龙宴，需要一条鳇鱼，让他父亲和他的渔民早些做准备。至于哪天来，江原副县长也不知道。按照以往的惯例，皇宫里的人都会提前两天来渔场，等着他们把鱼现打上来带回去。

那文秀刚想说，这个季节不是打鳇鱼的季节，恐怕不好打到，那小胡回了一句，皇帝的圣旨能更改吗？

那文秀立刻慌了，跪在地上说了一句："喳！"

随后几天，他就把渔场石老大找来，叫渔民们把渔网都拿出来晾晒，渔船重新修补一下，他们已有好多年没有出江打鳇鱼给上面进贡了。

隔了几日，这天早上，忽听在码头上瞭望的石老二来报："那督守，来了，上面来人啦。"那文秀赶紧把他的红顶帽和压在箱子底的长袍官衣穿戴好，慌慌张张和渔民迎到码头上去。就见一艘快艇"突突"着从松花江的上游开过来，这快艇是那文秀和众渔民都没见过的怪物，在水里跑得比马还快，那快艇上打着两面旗，一面是太阳旗，一面是正黄色的龙旗。一见龙旗，那文秀和众渔民就在码头前跪成了一排。船停稳在码头，从船上先是走下来两个人，一个人是头戴着和那小胡一模一样的豁口肚船形黄帽、穿着黄军服、腰间挎着长刀的日本人，一个是身穿西服马裤的翻译官。接着又从船上颠着步跑下一个细皮嫩肉戴着圆顶帽的中国人，他冲跪在地上的人打量了一眼，拉长声喊道："哪个是渔场老大——"

这个细嗓子的中国人一开口，那文秀就听出他是皇宫里的太监。他赶忙低头应道："在下那文秀，是石人沟渔场的督守。"

他慢条斯理地展开袖子里的一张黄纸念道："皇帝手谕，皇宫现需鳇鱼一条，从速打来。"

"嗻！"那文秀应着，还想把他们请进渔场去品茶吃点心候着，不料那小太监一拂手，不耐烦地嚷了一嗓子："那就快去打呀——"

那文秀和石老大他们立刻解开渔船下到江里去，这几日他们已在上游三岔口一带蹚好了水点，以前他们都是在秋季快封江时打鳇鱼，然后往皇宫里进贡。这开江打鳇鱼还是头一遭，但愿他们能够运气好，不过看到那些东洋人和那个太监不伦不类的衣着，他们心里硌硬。

不知是好多年不打鳇鱼手生了，还是怎么的，他们明明是在三岔口以前打过鳇鱼的一带下的网，可起了几网后，连一根鳇鱼须子也没有摸到。打上来的尽是小杂鱼，连开江的鲤鱼都没有。

打到晌午他们肚子也饿了，就摇橹往岸上来。到了码头，那个太监和日本翻译官先跑过来，翻渔网看了下，那个翻译官又跑到日军军官面前，咕哝了几句什么，回来说："太君说了，这些小鱼连生鱼片都做不成，统统的叫你们再下去打。"

他们又摇橹向江心划去，又起了几网，连那文秀都觉得奇怪，怎么打上来的全是小杂鱼，连斤把重的鲤鱼都没有，不应该啊。船靠上岸，那个翻译官又跑过来看，失望地摇摇头，又撵他们下去撒网。起网，兜上来的依旧都是小鱼，早已过了晌午，大伙儿饿得身子都打晃了。石老三爬上岸要去家里取点儿干粮吃，"啪"，刚在沙滩上走了两步，就被那个日本军官一枪打倒了，石老大、石老二刚要上去和日本军官拼命，被站在岸上的一排鬼子用刺刀拦住了，那个翻译官过来说："如果打不到大鱼，你们统统的不许吃饭。"

他们后脊背发凉，又下到江里去，饿得实在不行，就趁岸上的日本人看不见，吞吃了几条生鱼崽。除了三岔口处，他们又多走了几处鱼窝子，还是没有网到大鱼。

落日快沉到江里时，石老大和石老二的渔船忽悠一下，一头往下沉坠去。石老大发出一声惊叫，和石老二死死地抓住网绳顺着水流往船边上拉，又围过两三条渔船来帮忙，那文秀的船也靠了上去，从压网的水纹上看，这是一条上千斤重的大鱼，这一定是鳇鱼了。那文秀摇桨靠上去，此时江面已呈现一片鸡血色，落日已被江水吞了去，他心下一惊，不知是吉还是凶。

他们小心翼翼地顺船把网拖着往下走，快到码头时，几条船的渔把式才合力把网拉出水面。岸上，那个太监和翻译官已看到他们打到大鱼了，朝这边围了过来。几个渔把式跳到岸上沙滩来拖，那文秀先看到那条一半身子露在网外、一半身子兜在网里的大鱼，只看了这一眼就让他惊住了。这是一条死鳇鱼，它那像猪头一样的方圆鱼头，两只眼睛暗淡无光地睁着，褐黄色的身子趴在沙滩上一动不动。

太监和翻译官先惊喜地跑过来，一跑到跟前太监就翻了白眼，惊叫了一声差点儿昏了过去。等那个日本军官过来，蹲下身查看了一下鱼眼睛，并闻到它身上散发出来的怪异的臭味儿时，他的脸色就变成了猪肝色。

之后，日本兵端枪把他们围成了个圈，叫他们跪在地上，然后把石老大和石老二叫出来。那个日本军官咆哮了一通，翻译官说："你们支那人良心大大的坏了，你们两个是故意打一条死鳇鱼来羞辱皇军的，羞辱天皇的亲戚的！"石老大看着石老三的尸体还暴露在沙滩上，就突然仰头哈哈大笑了："这真是天意，你们这些魔鬼就该去吃死鱼……活该！"

"八嘎！"不等他笑完，日本军官手里的撸子枪就响了，"啪"，石老大身体摇晃了两下倒了下去，石老二刚要往前扑，枪口又朝他

190

开了一枪，他也踉跄着倒在地上。

　　接着，这个气急败坏的日本军官朝跪在沙滩上的那文秀走来，盯着他筛糠的身子看了五秒钟，一把抓住他脑后的长辫子。那文秀轻飘飘的身子被提着辫梢抡了起来，直到他头发根处滴出淋漓的血滴，日本军官才住了手，那文秀倒在沙滩上昏死过去……

　　从上午一直等到天黑，失望至极的皇宫日本卫兵和太监匆匆跳上那艘停在码头边上的快艇，又突突走了。

　　一场倾盆大雨淋醒了那文秀，那文秀看了看身边不远处躺着的石老大和石老二的尸体，一个闪电又让他看到地上自己那条血淋淋的辫子，他惊恐地抓在手里，一摸脑后摸出一手血来，他痛苦地哀号了一声："作孽啊，天子啊，龙王爷要发怒啦！"

34

　　日本人血洗石人沟渔场那晚，让幸存下来的石人沟渔民觉得这些杀人不眨眼的日本人就是魔鬼。还有在炕上戴着帽子躺了多日的那文秀，一直对那天石家两兄弟打上来的死鳇鱼有点儿奇怪，这条鳇鱼是从嫩江上游顺水冲下来的，可是它是怎么死的呢？打过这么多年鳇鱼的那文秀还从来没有打过死鳇鱼。他觉得这绝不是什么好兆头。

　　过后，那小胡来家，那文秀向他讲起那天发生的事，那小胡还不相信，他不相信皇军会那么随随便便地杀人，哪怕是来为天皇的叔叔弄贡鱼没有弄到。他在县里看到江原这个日本人总是笑眯眯的，对蒋县长也很恭敬。还有那个瘦瘦的日本教务局局长，到处讲日满亲善，还说日本的文字就是仿中国文字传到东洋的。

那文秀就很气愤地带他去看石家那新添的三座坟包，去的时候那文秀还一巴掌打掉了他头上的那顶黄船帽："要是再出去叫渔场的人见你戴着这顶鬼帽，他们会打碎你的脑壳的。"那小胡这才发现他爹脑后的那条长辫子没了，以前谁要叫他爹剪掉这条辫子，就等于叫他爹砍了自己的头一样。他跟在他爹的秃脑壳后边，战战兢兢地去了。尽管他没有戴那顶黄帽，可是走在路上遇到渔场的人，人们看他的目光，都像锥子一样盯在他身上。

看过了石家三兄弟的坟，那文秀又带他去看那条卧在江边沙滩上的鳇鱼，由于天气一天比一天热了，鳇鱼身上的肉已经烂掉，只剩下一具白森森的鱼骨半卧在沙滩上。这是一条老鳇鱼精。那文秀说，这样的老鳇鱼活过几百年的寿命，如果没人打会自己在江里死去的。他猛然想起来，他只在光绪二十五年时看见过他父亲打过一条这么大个的鳇鱼精上贡给皇上，结果第二年皇帝和老佛爷双双驾崩了。这不是什么好兆头，那文秀絮絮叨叨地说。现在，渔场的人和那小胡都觉得那文秀被人扯掉辫子摔晕了后，好像脑子也摔坏了，变得爱絮叨起来，陈芝麻烂谷子的事他都会想起来。

自从那日以后，那文秀和渔场的人每天晚上都来这具鳇鱼精骨架前烧香摆供品上供。他们总觉得这个闹腾的年景还会有大难发生，还有这个"大清国"也不是他们期待的大清国。

那小胡自然是不相信这些的。日本人不是像渔场上的人说的是什么洪水猛兽，是魔鬼。他现在在日本人面前不是吃香的喝辣的吗？还有关保长那么娇嫩的女儿让他睡。不过他以后回家的次数少了，不仅是那文秀看他不顺眼，还有渔场的人看他也跟仇人似的。特别是他戴那顶小黄帽回来，现在他已经离不开这顶黄帽了，原因是他头上出现了斑秃，他头顶和脑勺后面莫名其妙地出现两块斑秃，大热天也只好捂着这顶黄帽子。

那天那小胡狼狈地离开骆驼脖子后，他在回老街基县城的路上，遇到了那慕容，他不知道这个女人这天下午一个人跑到草原敖包石头堆前做什么。看到他远远地骑马走来，她眼睛里亮了一下。

那慕容的父亲是正白旗出身，在前清她嫁到草原上来的时候，她和那小胡的家里还有些来往，毕竟都是皇族贵族一脉的。再加上这个女人喜欢吃鱼，常常差下人和她一道到渔场上去，坐在江边那块康熙皇帝亲笔赐写的"鳇鱼"御石边，一边吃着那文秀做的地道的生鱼片，一边向他们父子说着皇宫里的事。等到民国的时候，她和那家走动得就少了。一是她死了丈夫，二是那家也落魄了，那小胡也不在县衙门里当差了，成了不折不扣的纨绔子弟。对于这样一条游手好闲的流浪狗，她是懒得再搭理的，从内心来说，像她这样一个孤独寂寞的女人是渴望大清朝复辟的。

"喂，听说现在是咱大清的满洲国了？"

"是的……"那小胡停下来，望着她，这个丑女人比头些年要老许多。

"是爱新觉罗·溥仪在当皇帝吗？"

"是的。"

"我早说过婉容的家族会有出头的一天吧，怎么样？我的话应验了吧，呵呵。"这个丑女人突然哈哈大笑了两声，声音像落在石头上的乌鸦的叫声一样刺耳。

那小胡这才想起这个女人说过，皇上现在的妻子婉容也是正白旗人，和这个女人的家族还沾点儿什么远房的亲戚。

"你的阿玛还好吧？"笑过之后，这个女人突然提到他的父亲那文秀。那小胡不敢提到他父亲被日本人扯掉辫子的事，只说了一句："他老了，现在满嘴胡言乱语。"

她好奇地盯着他身上挎着的王八盒子，问了一句："听说你又在县衙门里当差了？"

那小胡就得意起来，扫去了脸上晦暗之色，故意板正一下肩头："嗯，没错。"

"还听说你要娶关五魁的女儿？"

那小胡就脸上冒出红光来，点点头。

"……记住，女人都是刮男人的刀，看你瘦的，该补补了。"在他抖着步子要走过去时，这个女人又在背后恶毒地说了一句。

一个月后，这一年七月里最闷热的一个晌午后，那小胡又跑到关保长家里，和他的女儿在闺房炕上行鱼水之欢时，那小胡才相信那文秀之前说的嫩江龙王爷发怒的鬼话。他和关格樱正进行到一半时，忽听窗外响起了两声炸雷，他一惊，抬头亲眼看见西边黑压压的天空上，出现了两条交织缠在一起的龙形怪物。他只瞅了一眼，身子就僵住了，趴在关格樱白嫩嫩的身子上半天没动。直到倾盆大雨裹挟着冰雹"噼噼啪啪"砸下来，将关保长老婆精心侍弄的黄瓜架都砸倒了，弯黄瓜七零八落落得满垄沟都是，空中的"龙闪电"才消失。

这场雨从那小胡下身僵硬疼痛难忍的下午开始下起，一直下了七七四十九天。这四十九天那小胡没再到关格樱那儿去。不光是因为他下身受到了惊吓，落下"回马毒"病，还因为嫩江和松花江这两条江洪水暴发，冲毁了许多村屯和良田，皇军的屯粮计划泡汤了。那小胡答应过关格樱秋天把她娶回家，可是这场洪水叫那小胡忙碌起来。那小胡没有在这个秋天为自己办婚事，却在这个秋天看到了杀人。后来那小胡的汉奸罪名就是从这个秋天开始的。

35

邹守田觉得他要时来运转了。他在春天当了保长后，又在端午节把小城子街里扎彩匠的女儿张彩蛾娶回家做了二房。乔焕芝因为自己不能再生育也默许了他填房。他以前不敢纳小，还有些惧乔焕章。可是自从去年冬天乔守廉战死，乔焕章还没有从丧子之痛中恢复过来，中年丧子已叫乔家元气大伤，他也无心再去管邹家的事了。

邹守田当保长的事乔焕芝回去是告诉了乔焕章的，而邹守田娶扎彩匠女儿的事则是从杨殿甲嘴里听说的。杨殿甲和镇上的张扎彩匠早就认识，杨殿甲说，这张扎彩匠的闺女足可以做邹守田的女儿了。杨殿甲说这话时一半是出于嫉妒，一半是为焕芝不平。

乔焕章只叫乔焕芝回来多住些日子。乔焕芝来家后，他又问新福在省城上学还好吧。乔焕芝告诉他："新福上个月还给家里来过信，告诉他一切还好，叫我不用惦记他。""那就好，好就好。"乔焕章连连说，不去看她的面孔。今年开春省城哈尔滨各学校恢复上课，邹新福和徐雪花就回去上学了。走前，他这个外甥还过来看望过他。

从春天在田里下种子时，乔焕章就觉得今年的气象与往年有些不对头，芒种刚过，地里就忽然热了起来，而且在田间地头蹿出许多黄皮点的蛤蟆来，人在地里干着活儿，它们就会蹿到人脚面上来。这种癞蛤蟆鼓鼓的大肚皮，短短的四条腿，很招人硌硬。乔焕章后来见到日本兵，觉得短胳膊短腿的日本兵就是这个样子。

乔焕章由突然涌出的这么多癞蛤蟆，想到今年会不会是个涝年？他告诉守仁和长工乔四，青马湖边上的水稻不要再去种了，而且别的旱田里的谷物都换成了不怕涝的苞米或其他作物。

进入七月，果然暴雨下个不停，青马湖水不断上涨，很快淹没了湖边乔家的田地。闻知骆驼脖子许多村屯又淹了，又下来一些逃难的人。这样的涝灾让乔焕章想起了光绪三十六年秋天那场洪灾来。只是他没有力气和心劲再在屯边路口支粥棚了，他真的觉得自己一下子老了，还有没长成的庄稼还涝在地里让他发愁。

乔焕章每天冒雨出去带着乔家围子的男人到土地庙去向龙王爷祷告，烧香上供，祈求这场连续多日的大雨早日停住。

这天，县维持会会长那小胡在小城子召集各乡的保长开会，公布了县里今年新制定的"出荷粮法"，每家农户按田亩数今年秋天要向上面多交出两石粮食来，作为公征粮。

各乡保长回来又分别给乡里的甲长们开会，关保长在托古乡给各甲长们开会时，还特意让两个持枪乡丁站在前面。他摇晃着肥大的脑袋在前边跷着二郎腿把"出荷粮法"磕磕巴巴念完，各屯甲长就纷纷议论起来："这是哪家衙府制定的征粮法啊，从大清到民国，逢到灾年，官衙都要给减掉一半官粮的，今年这大涝之年，上面不但不减收，还比往年多出两石粮食来，这还叫人活不活了。"

关大麻子从鼻子里哼出一声："这你跟我说不着，这是上头让收的，谁胆敢违抗县令，你们有几个脑壳？"

接着他让各屯甲长在保证书上摁手印，不在保证书上摁手印，谁也不许回去，连上茅房屙屎尿尿也不行。那门口还站着两个持枪的乡丁。

又有人在下边嘀咕："这东洋人也是人啊，这赶上这么个大灾之年，哪里能出得这么多石的粮食啊。关保长，你行行好，跟上边求求情。"

到晌饭时，关五魁坐在椅子上吃起了烧鸡脖子，而下面的甲长

196

们已坐了两个时辰，还没有人去前面桌上往保证书上摁手印。终于有两个甲长扛不住，走过去摁上了手印，其他甲长见了，也纷纷上去摁了手印，摇摇晃晃走了出去。

听回来的甲长们说起这事，乔焕章不太相信蒋县长会签署这么一个"出荷粮法"，可回来的甲长说他们看得真真切切，那上面有蒋县长的印章，这倒叫乔焕章有些糊涂了。

就在托古乡像乔焕章这样的大户也为这事愁眉不展的时候，永乐乡的保长邹守田却有些幸灾乐祸。从地势上说，永乐乡多数田地都像邹家屯一样，地势高怕旱不怕涝，今年的庄稼不会有太大的减产，到时他不怕从各屯甲长那儿收不上粮食来。还有自打他当了这保长，除了每月维持会发的二十块饷银外，各屯的甲长逢节还给他这个保长上贡送礼。

雨天，田里的活儿不能多做，他就和张彩蛾每日关在家里做起那云雨之事。这张彩蛾本就有几分姿色，房事做多了在炕上也浪荡起来，每每做得邹守田骨头发软，张彩蛾脸上也越发红润俊俏起来。邹守田就觉得自己四十岁以前真是白当一回男人了，当初娶了乔焕芝，虽然也是腚大胸高有几分模样的女人，可那乔焕芝整日忙碌田里的活儿，那皮肤日渐粗糙，再加上多年未能生育，整日喝那药汤子，早已让他没有了同房的兴致，哪有张彩蛾炕上的这般风情。彩蛾那戴着红肚兜白净细嫩的皮肤，仿佛一掐就冒水的嫩黄瓜，还有缠在他脖上的葱白一样的手指，从他第一次见到这双娇嫩的手就喜欢上了。

邹守田把彩蛾娶回家不到三个月，就叫彩蛾有了身孕，更叫他高兴的是，中年得子，叫邹守田也觉得对得起他死去的父亲邹万灵了。张彩蛾有了身孕，他吩咐家里的用人张妈，每日变着样做些好吃的饭菜给彩蛾吃。但偏偏这张彩蛾害喜害得厉害，什么东西也吃不下，邹守田就叫人去找镇上的徐郎中来家，给彩蛾开了些调理害喜反应的汤药。见到徐郎中，他才想起自己有些日子没有去小城子了。就在徐郎中诊完病坐在椅子上喝茶时，邹守田同他扯了一些闲话，问了日本人来后，小城子有没有啥变化。

徐郎中告诉他，东洋人在小城子开了一家布匹洋行和一家仁和西药店。还有镇警察署来了一名日本教官，整日在警察署院子里教走步、摔跟头，有时还把人拉到街上去跑步，哪个落下了，他上去就"啪啪"扇嘴巴子，打得那个狠。下雨天他也叫大家站在院子里一动不动地排着队，淋得跟落汤鸡似的。有谁受不了趴下了，他的大皮靴就踢上去了。有一回有两个警察抬着一个警察到他药铺里来上药，那警察肋骨都叫他的大皮靴踢断了两根，啧啧，那叫个狠啊！

徐郎中说的这个日本教官叫小林则一，邹守田以前也从那小胡嘴里听说过。邹守田见到他是一个半月以后，那日邹守田陪彩蛾回镇上娘家铺子里去，快走到张扎彩匠的铺子时，马车被从迎面跑过来的一队着黑衣装扎白腰带的人群堵住了。伙计邹三福赶紧拉马往道边上靠，不料却让迟了一步，从那队警察队伍中间，跑出一个身穿白长衣、下身穿黄马裤的面色冷峻的人，上来就"啪、啪、啪"抽了三福两个嘴巴子，三福嘴角顿时流出血来。"八嘎牙路——快快地闪开！"

坐在马车棚里的邹守田一听是日本人，慌忙下车，上前弓着腰说："太君息怒。"这个小林则一回过头来，刚要举手抽邹守田的耳光，马车棚后帘拉开，露出了张彩蛾惊叫的面孔，小林则一举在空中的手便停住了——

已经怀孕五个月的张彩蛾明显地显怀了，圆圆的肚子高高地挺在上面，她额头上不知是紧张还是天气溽热，有一绺头发被汗水浸湿了，沾在额前。停了几秒钟，这个日本教官挥挥手让他们走了。

当晚，镇警察分署长苟汉林走进了张扎彩匠的铺子。苟署长对张扎彩匠说："皇军叫你的姑爷和姑娘到警察所里去一趟。"

邹守田一听又害怕了，张彩蛾也变了脸色。邹守田跟苟署长说他是永乐乡的保长，白天的事情还请皇军宽恕。

"皇军又不是抓你，只是找你们去问问话，啰唆个啥。"苟署长不耐烦地说。

邹守田知道不去不行了，就带着张彩蛾跟着去了警察署。到了那儿，苟署长叫邹守田在一间屋子里等着，把张彩蛾带进了另一个房间。张彩蛾已惊吓得哭哭啼啼了，邹守田也浑身发抖。

过了挺长时间，那个苟署长又把张彩蛾带了出来，告诉邹守田，他们可以走了。邹守田惊恐地看看张彩蛾，见她不像先前进去那样哭哭啼啼了。

走在回去的路上，他问张彩蛾："他们都问你什么话了？"张彩蛾木木地不吱声。"他们怎么你啦？"张彩蛾还是木木地不吱声。"他们欺侮你了吗？"张彩蛾"哇"地一下哭起来。邹守田就不再问了。

第二天他要带张彩蛾回邹家屯去，可是苟署长又登门走进铺子来，告诉他，他和他的老婆不能离开镇子，皇军还要找他们谈话。邹守田一想这下坏啦，看来得找个人说说情了。想来想去，他想到了维持会副会长那小胡，只有这个人才能和日本人说上话。他随即叫邹三福去县城里找那会长一趟，叫他到小城子来一趟。去时，他叫三福先回邹家，从管家那里带些银圆给那小胡打点。

那小胡来到了镇上，答应他到日本教官小林则一那儿说说看。等晚上那小胡从镇警察署那里回来了，告诉他们明天可以回邹家屯了，不过等过了秋收忙季，小林太君还要他们回到镇上来住，并说住在镇上守着药铺郎中也有利于他女人的分娩。

这时候，那小胡才向他说出了他女人被小林叫去的秘密，小林则一叫她女人去，是看他女人的肚子。他叫张彩蛾躺在内室里的一张床上，脱光了上衣，细细端详她的肚子……小林则一的父亲是一名妇产科医生，他几岁时就看过父亲给女人接生。如果不是战争，他想报考早稻田医科学院，是战争让他改变了小时候的志向。当然这些都是后来那小胡从江原副县长那里听说的。

那小胡当时向小林教官求情时说，邹保长必须回到屯子里去，因为皇军要收的出荷粮还要他去尽一个保长的职责。

36

春天那会儿甜草岗子的草刚冒绿的时候，草场上来了三个日本人和一个翻译官。其中一个是包八万爷多年前见过的"满洲垦荒株式会社"的人，叫纯田一郎，另一个穿着黑色男装的女子叫百合由子。

后来听牧场上的人说有人曾见到过这个日本女人，这个日本女人就是在江南扶余城小红妓馆里出现的那个女人。包八万爷就不由得想起了儿子尼布的死，他早就在扶余城里听到过传闻，这是个身份神秘的女人。她在那种地方做事时，凡是和她接触过的男人都神秘地失踪了。后来她再也没在那家妓院出现过。

纯田一郎和百合由子是陪那个日本关东军板田大佐来看牧场的。那个板田大佐一看到这么优良的草场，眼睛都发绿了，嘴里连连说："哟西，哟西……大大的好。"

板田的胯下骑着一匹纯种的日本东洋白马，不知怎的，那匹白马一走到吴带福牵着的大青马跟前，就刨起前蹄"咳——咳——"

200

仰脖嘶叫了起来。再看大青马，也低头刨着前蹄，它眼里掠过一道寒厉之光，叫吴带福都觉得有些害怕，他赶紧把大青马扯到一边去。

纯田一郎走过来跟包八万爷说："你的草场的草，皇军都征购了，你的好好地管理。"

板田临走的时候，还特意瞅了大青马一眼，当着包八万爷的面夸了一句："你的纯种的蒙古马！"

包八万爷没有理会他。

夏天雨水不断，草场上的草疯长起来，尽管包八万爷和带福每天都去草场上打狼，希望草场上的沙鼠繁殖得多一些，破坏草场上草的生长，可是那草还是无可遏制地疯长起来。带福也看出了八万爷的愁来，发愁得他恨不得给自己的草场点上一把火。

那个纯田一郎还隔三岔五地到草场上来，他正在以"满洲垦荒株式会社"的名义在甜草岗子一带征地，说是将来还要有他们日本农民到这里来开荒种地。对于他的话包八万爷既吃惊又反感，不管他说什么，包八万爷都很少同他搭话。

一次，他又和那个叫百合由子的女人到草场上来，回去骑马翻过铁道时，遇到了额威尔盛的护路队。俄国护路队刚要盘问百合由子时，她掏出一个蓝皮证件，骂了一句："八嘎！"那个老额威尔盛就低声下气地放他们过去了。

过了两天，有一个消息传到包八万爷的耳朵里，有两个俄国护路队的人有一天晚上在甜草岗子镇上喝酒时失踪了。这件事是包八万爷在去甜草岗子镇上郭马掌匠铺子见郭马掌匠时，亲耳听他说的。郭马掌匠还神秘地告诉包八万爷说，镇上的百姓都在传说，这两个人很可能是被日本人偷去做了"马路大"。

"木头？"包八万爷想起在草场好像从那个叫百合由子的嘴里听到过这样的字眼，只是不明白这是什么意思。

郭马掌匠又做了一个劈柴的动作，似懂非懂地说了一句："嗯，就是把活人当烧柴用。"

这样的消息带给带福无疑是会令他高兴的。包八万爷回到牧场就跟带福说了，带福的脸上现出幸灾乐祸的神色，当晚他回去跟他父亲吴有顺说了，哪知吴有顺听了并没有像他那样高兴。吴有顺心里正装着别的事情，他说他白天送邮件路过一个被洪水冲毁的村庄时，看到屯子里的人和牲畜差不多死光了，很多人死去不是因为洪水，而是洪水退后染上了一种口出血的怪病。他骑马走过屯子当街时，亲眼看见一只老鼠跑着跑着就一头倒地死去了。他害怕地逃离了这个屯子。

带福次日回来向八万爷说起了他父亲的所见所闻，八万爷沉默地听完，什么也没有说。午后的时候他一个人骑马带着一条叫沙皮的猎狗出去了。带福以为他去了牧场。

下午带福在牧场并没有见到八万爷的身影。一直到傍晚，带福才看到八万爷不知从什么地方走来，远远地他看见沙皮嘴上好像叼着一只死老鼠。他要走过去，八万爷叫他不要靠近，叫他在那边挖一个土坑。八万爷和沙皮一直走进草场深处，等他们出来时，八万爷把沙皮带到他挖好的坑前，叫沙皮走进坑里去。沙皮眼泪汪汪地看着八万爷，八万爷已抬起了手上的猎枪，沙皮"呜噜呜噜"低低地叫着，八万爷手里的猎枪就响了，之后，他叫带福把沙皮倒进的土坑埋上了。

八万爷从这天起再不和带福到甜草岗子草场上去了，任那草场的草在这漫长的雨季里疯狂地长着。

日本人在八月末的时候来草场收购马草了，包八万爷叫带福去甜草岗子找了一些帮工来牧场收割马草，里面还有两三个俄国铁路牧场上的收割工，他们使用的割草大钐刀一挥就割倒一大片。只两三天工

202

夫，牧场上的草就全部割完了，装车的时候，由纯田一郎、百合由子等几个日本人，在甜草岗子火车站监督着把牧草全部装完拉走。

一个月以后，头场霜下来的时候，一队日本兵突然来到古鲁驿站，将包八万爷家的庄园包围了，他们抓走了包八万爷和带福，把他俩带到草场上去。春天时见过的那个日本大佐板田，还有纯田一郎、百合由子、从县里赶来的警察局局长铃木都站在那里，他们的脸色就像这割过的草地里刚刚下过的霜一样，冷冰冰的。

过了一会儿，县维持会会长张耀舟、副会长那小胡也慌慌张张赶到了。铃木对他俩咕噜一通，张耀舟和那小胡就过来跟他俩说："皇军的马吃了你们的草料，得了出血热死了，说，这到底是怎么回事？"跟过来的铃木凶狠地瞪着他俩，在他们面前走来走去。铃木的腿边有两只大狼狗，吐着长长的舌头。他俩像没听明白似的望望日本人，又望望这两个给日本人当差的中国人。这时又跑过来两个穿白服的日本兵，其中一个士兵手里提着一只死老鼠，在大佐耳边嘀咕了几句，另一个穿白服的日本兵手里拿着一个铜制的勋章在给大佐看。大佐看后吼了一句："八嘎！"就叫人先给他俩解开身上五花大绑捆着的绳子。

过了大约半个小时，额威尔盛少校和那三个在草场上干过活儿的俄国人被五花大绑地带到了驿站上，他们被捆到拴马桩上，大佐手里拿着那枚十字勋章往额威尔盛面前一晃，额威尔盛目光就惊惧地一闪。

吴有顺站在围过来的人群外面，他朝日本士兵拉起的人圈里望去，他看到额威尔盛这个老毛子也老了，淡黄色的眼珠暗淡无光，稀疏的胡子上沾着唾沫星，吴有顺刚才还在心里有些吃惊，带福是怎么把他埋在锅台一块石头下的十字勋章偷去的？

马丁·路德神甫和伊万摩西、中国人张文也来了，他们要走上前去，被日本兵的刺刀挡住了。

"……统统的，死了死了的有。"日军大佐一挥手，两个日本士兵拎着两桶汽油走到马桩前，兜头从绑在木桩上的额威尔盛和另外两个俄国人头上浇下，之后，两个日本兵在他们湿淋淋的裤脚下擦燃了火柴，顿时，马桩上的三个人变成了三团火球，从挣扎的火球里发出一阵撕心裂肺的号叫来……

马丁·路德神甫在往胸前画着十字："仁慈的主啊，请你宽恕这些罪人吧！"伊万摩西要冲进去，被张文死死地抱住了，"魔鬼，魔鬼……"伊万嘴里用俄语咕哝着诅咒着。

火球燃熄了，这群日本人才离开。马丁·路德和伊万、张文留在那里为那三具烧成黑炭一样的尸骸做着祷告。

吴有顺离开那里后，去了草甸子上马桂花的坟头前，他对着坟头说："桂花，那个老毛子老鬼得到报应了，你可以在那边安息了，你知道吗，是咱娃带福给你报的仇。"

第二日，包八万爷就让带福在甜草岗子的牧场上放了一把火，那火把割过裸露着黄草根的草场烧得一片漆黑，过火地带被烧着的沙鼠吱吱叫着，像一团团火球四处乱窜，还是逃不过这凶猛的火舌，倒头毙命了。

骑马离去的包八万爷想，等到明年春草绿了的时候，他不用和带福再到草场上来打沙鼠了。

37

这一年秋天，在青马湖一带的村屯还发生了一件大事，那就是青涝洼屯和乔家围子的抗粮事件。

没入秋时，乔焕章就和青涝洼屯的李甲长密约商量好，等一入秋天一放晴时，就把田里七八分熟的庄稼叫屯民们偷偷收回家，挖地窖藏起来。不知屯子里谁走漏了消息，传到了乡里关大麻子的耳朵里，关大麻子就去县里把这事报告给了维持会，那小胡又把这事报告给了江原副县长。江原副县长就责令全县警察下到屯子里监视秋收了。

托古乡归小城子警察署管，小城子警察署的警察就骑自行车下到屯子里来，白天在屯子地头看一天，到了晚上又骑车回到小城子警察署。眼瞅到了嘴边的庄稼收不回来，吃不到嘴里，屯民暗暗着急。这个灾年，有的人家早揭不开锅了。

这天晚上，青涝洼屯的李甲长又来乔家围子找乔焕章商量怎么办，两人想出一个办法，决定在三天后夜里趁天黑让屯民下到地里收割，争取一夜把粮食收割到家里。

三天后是农历八月十三，掌灯过后，月亮升起来了，两个屯子里家家不管男女老少都赶着牛车下到了地里。

第二日，小城子分署的警察又骑着自行车来到了青涝洼屯和乔家围子，一看到地里收割得光秃秃的苞米地和高粱地，就傻眼了，马上有人回去报告去了。

不等到晌午，县里的警察和小城子的警察都来了，连江原副县长也惊动了，他带着县维持会张会长和那小胡也赶到托古乡来。先赶到的小城子警察署警察由关大麻子带着去了青涝洼屯，铃木和张忠信带着县里警察去了乔家围子。

小林则一和苟署长一到青涝洼屯就把全屯的百姓押到打谷场上的一块空地上，四周的警察持枪把他们包围起来。李甲长已叫人五花大绑绑到前面一根木桩上，他刚才被关大麻子抽了两个耳光，嘴角正流着血。

场地上安静下来，后骑车赶到这里的那小胡正同小林则一耳语，铃木一摆手，他走到人群前面，先假模假样读了县里制定的"出荷粮法"，之后叫屯民把藏起来的粮食交出来。人群一片沉默。

那小胡就走到李甲长面前，瞅了瞅他说："听说是你叫乡亲们偷偷把粮食夜里收回去藏起来的？"

李甲长瞅了瞅那小胡，没理他。

关大麻子又走上前来，厉声喝道："李甲长，你竟敢煽动屯民跟皇军作对，我看你是活得不耐烦了，你要想活命的话，快发话，叫全屯人把藏起来的粮食交出来。"

"呸！"李甲长吐了他一脸带血的唾沫，"关大麻子，你别做梦了，你这条狗！"

"八嘎——"小林则一挥起东洋刀，一刀削掉了李甲长的一只耳朵，李甲长痛得惨叫一声："小鬼子，我操你祖宗！"小林则一又一刀削掉了李甲长的另一只耳朵，李甲长的头就成血葫芦了，他痛得什么也听不到了，只有嘴在张着："小鬼子，你给爷爷一刀痛快的！"小林则一又一刀捅进了他的肚子里，他嘴巴大张着，发不出声音来。那张血葫芦脸孔扭曲了几下，头就垂在了胸前，脚下那血流了一大片。人群里有人不忍再看已经咽气血还在流的李甲长，扭过头去。

"小鬼子，爷爷跟你拼了——"人群里蹿出两个年轻人，他俩分别从怀里掏出一把菜刀和一把火药枪来。

小林则一一愣，掏出枪套里的撸子手枪，"啪啪"两枪，两个青年人应声倒地。那持火药枪的后生临倒地前，手里的火药枪才响，铁沙粒擦着小林则一的耳朵飞过去。

人群里骚动起来，站在前边的警察用枪口压住骚动的人群。人群里有人身上披着火药枪和菜刀，叫小林则一和苟署长都很吃惊，苟署长下令对人群里的人进行搜身。搜到一半，搜到一个小男孩身前时，那个瘦弱的小男孩刚要把手伸进怀里，苟署长看到了，抬起手里的手枪扣动了扳机，"啪"一声枪响，小男孩仰身倒在地上。苟署长和一个警察上前，看见他从怀里露出的手紧紧攥着一只扒去皮的玉米棒，那白嫩的玉米棒上已留下一口牙印。苟署长和那个警察一愣。"孩子，我的孩子啊——"一个女人醒过神来，发疯地扑过来，抱起地上那个饥饿得面黄肌瘦的男孩。

"乡亲们啊，咱们把粮食交出来吧，不能再叫他们这么祸害人了啊！"一个老者在人群里大声呼号道。

人们默默地朝屯子里自己家里走去。谷场上的血腥气已招来了乌鸦在地头上盘旋。

与晌午前青涝洼屯发生的血腥场面不同的是，乔家围子在县里警察和江原副县长到来后，并没有发生血腥的场面，全屯人都被集中到土地庙祠堂前，日本人也并没有给乔焕章上绑。在台子前面，张会长宣读了一遍"出荷粮法"。接着那个日本副县长江原面带和善地大讲了一通"大东亚共荣"，说日本人来东北是"帮助建立满洲国"的，每一个良民都有义务交纳出荷粮，等等。台上这个面目和善的日本县长让屯民们打消了刚开始被召集到这里来时的恐惧。其实对于这个江原副县长，乔焕章是打过一次交道的。那是他来到县里不久，乔焕章被他找到过县里一次。江原让他到县里当日满亲善会会长，他借故从没离开过乔家围子，拒绝了。虽然他的拒绝让江原有点儿尴尬，可江原却跟他在副县长室里大谈起了中国的书法之道，看得出此人对中国书法颇为精通。今日他们进屯来，他对自己还算客气，刚才铃木叫人从家中给他带出来时给他上绑，是江原给他松了绑，乔焕章搞不清江原葫芦里到底卖的什么药。

江原讲完了，话锋一转对乔焕章说："乔会长，今年新增的"出荷粮法"可是本县制定的法令，上面有蒋县长署名的颁发令。我想乔先生是深明大义的，会带头执行本县法令的。"

乔焕章没想到他这时会搬出蒋县长来；如果他执行呢，实际上就把蒋县长置于了"汉奸县长"的境地，如果他不执行呢，就有了当众违抗县令的罪名。

　　一边的铃木已等得有些不耐烦了，口气生硬地说："乔会长，你还是带头叫屯民把私藏的粮食交出来，不然……"

　　江原手挥了一下，挡住了铃木下面要说的话："我们还是给乔会长一天考虑的时间吧。"

　　晌午后，江原和铃木就带着进屯来的县里警察全部撤走了。

　　下午傍天黑的时候，蒋县长来到了乔家围子，自从日本人来了以后，蒋县长就把自己关在屋里，很少有出门的时候。半年多没见，蒋县长清瘦了许多。坐下后，蒋县长说："乔先生，你还是叫乡亲们把粮食交出来吧，不然乔家围子也会发生和青涝洼屯一样的惨剧。"蒋县长一脸沉痛的神色。

　　晌午前血洗青涝洼屯谷场的事，乔焕章已听屯子里人传说了，传得人心惶惶的。

　　"可是这样一来，蒋县长，你就要背上汉奸的骂名了。"

　　"我已无所谓了，国家尚且如此，我还要什么名誉，我只是不想让百姓再这样无辜地流血了。"蒋县长眼神空洞，漠然地望着窗外说。

　　看天色已晚，乔焕章留蒋县长在家中吃饭。以前蒋县长到乔家来从没留下过吃饭，这回蒋县长留了下来，还破例喝了一小盅白酒。饭后，蒋县长就告辞回去了。

　　第二日一大早，有人来报说在青马湖里看见蒋县长漂浮在水面上的尸体。乔焕章得信就和管家急急奔了过去。到那儿，果然见一具瘦瘦的身躯浮漂在水面上，唤人打捞上来，从浸泡的程度看，蒋县长是昨夜里掉进湖里的，湖边的脚印纹丝不乱，蒋县长不是失足掉进去的，是自己投进湖里的。

当日乔焕章叫乔家围子的乡亲如数把藏在地窖里的粮食交出来。晚上乔焕章听说昨日在青涝洼屯抗粮被击毙的那两个后生是报号庄稼人胡子绺子里的人。据说这伙胡子绺子平时在家种地，有事砸窑时再把大家召集在一起，昨天被击毙的两人里有一个是他们二当家的，他们大当家的听说后，已把这伙人召集起来起窑了，打算从今往后与日本人势不两立。

蒋县长自杀后不久，肇州县又派来一位新县长，这位新县长的名字叫蓬世隆。

38

《肇州县志》记载：伪满洲国五年（民国二十六年）四月八日下午五时，从西北方向刮来的一股黑飓风，风力巨大，瞬间伸手不见五指，历经三个小时，全县境内受灾严重，草房揭盖，树木折断，播种的耕地全部毁坏。此次风灾是从清朝康熙年间以来从没经历过的。此飓风被当地百姓称为邪风。

这天下午，乔家围子的乔焕章正带着伙计乔四、管家和儿子守仁、守孝在地里耕种土豆和黄豆。干了约两个时辰，他在地头上歇息一会儿，抽口烟的工夫，一抬头看见青马湖水面上突然腾起一个旋转的水柱来，那水柱打着漩儿扭曲着越升越高，到半空中变成了一条白龙，一眨眼工夫就不见了踪影。乔焕章正吃惊发愣时，忽然间周围狂风大作，他坐在树墩上的身子差点儿被一下掀倒，他赶紧扔掉手里的烟袋锅,趴下身去死死抱住树墩。再去看地里,地里正飞沙走石,那拉犁的耕牛突然狂奔起来,那犁杖也飞了起来,扬起的黑土迷住了眼睛,眼前变得一片漆黑。从刮过来的黑风黑土里传来两声微弱的叫声:"爹爹呀——"他赶紧张嘴冲地里高喊着:"快,快趴下——"狂烈的风声很快吞没了他嘶哑的叫声,地里刚刚播撒进去的黄豆粒"噼噼啪啪"打在他脸上,而那边地里种下的土豆块,跟着扬上了空中,他赶紧把脸埋在地里。他听到那头老黄牛发出一声死命的嘶叫:"哞——"完啦,完啦,老天爷这是来索人畜的命来啦!他乔焕章活了四十九岁,还从来没做过伤天害理的事情啊,不会这会儿命就叫老天爷收走吧?

不知过了多久,眼前慢慢有了一丝光亮,乔焕章抖掉压在身上的草根、尘土和黄豆粒,伸了一下腿脚,慢慢站起身来。他朝地里走去,先看到守仁露出的一颗脑袋,他上前哆哆嗦嗦弯下身叫了一声守仁。守仁慢慢睁开眼睛,模模糊糊看见他,喊了一声爹。他帮守仁扒去压在身上的黑土。守仁摇摇晃晃站起来,他问守孝呢。他俩又去找守孝,守孝脸朝下,头已被土埋了半截,他俩扒开他身上厚厚的土,守孝半天才缓过一口阳气来:"爹、哥,俺睡了一觉,这是咋的啦?"看来他刚才晕了过去。他们爷儿仨又赶紧去找管家和伙计。伙计乔四还死死地攥着那犁把,这头小牛拖着他和犁把不知奔跑了多久,乔四身上的衣服都拖成了布条条,幸亏那牛被绳套绊住了脚才停下来,不然乔四会被它拖成一条条的。乔四的大腿已经被拖破了,膝盖处在流血,握犁的一条胳膊也脱臼了,动一下就疼得龇牙咧嘴。那头小牛还活着,守仁、守孝扒去埋在它身上的土。

乔焕章在地里找到了房管家,他也被土埋住了身子,扒出时他快窒息了,眼镜也不知刮到哪里去了。乔焕章按了按他的胸部,他才回过气来,睁开眼说:"老爷,这……这是怎么回事?我好像到阴间走了一遭，阎王爷说俺冒失，就给俺撵了出来……"

乔焕章顾不得回答管家的话，他在找那头老黄牛，他满地里找了半天，才找到那头老黄牛。它卧倒在地头上，头朝上仰着，瞪得像铃铛一样圆的眼睛充满了血。在它的心口窝处，犁尖已深深地扎了进去。它是在被风吹着狂奔时，一下子绊失了前蹄，后面拖着的犁杖抛起来又落下时，正好犁尖扎进了它两条前腿的肚囊间。他们给它扒掉身上的土，它已经咽气了。这头老黄牛在乔家做活儿快二十年了，乔焕章没想到它会这样死去。他和乔守仁、乔守孝在地边给它挖了个坑深埋了。

他们从地里回来走进屯子时，看见许多人家的草房顶都被掀开了，女主人坐在凌乱的院子里号啕大哭，有的人家院子里被风刮得什么也不剩，那鸡窝里的鸡连窝被风吹跑了。

乔焕章走进院子里，他家只有马棚和牛棚的房盖被掀了盖顶，正堂屋和两侧的厢房完好无损。吕凤兰和家里的用人惊吓得躲藏在黑洞洞的西屋里不敢出来，听见院子里的脚步声，才点上油灯推门出来看，"老爷，你们可回来了，吓死俺们了，你们没事吧?"吕凤兰灰白着脸上下打量着他们。

乔焕章赶紧叫人给伙计乔四扶到厢房炕上去，给包扎一下大腿，等明日再去镇上找徐郎中来家给他看一下。

时候也不早了，热好饭，家里人草草吃了一口饭就各自回屋躺下歇息去了。

乔焕章和吕凤兰在西屋炕上躺下去半天也没睡着，凤兰窸窸窣窣地折腾着身子，半晌在黑暗中听她仍心有余悸地问："老爷，这风到底是怎么回事呢?"

乔焕章脑子里正在回想他看过的天象古书，没有一条和这场怪风对上的，这风来得一点儿征兆也没有啊。过后他曾问过房管家和守仁，是否看见青马湖面上那突然升起的高高的蛇形水柱。他俩竟然都摇头说没看到。他心里好生奇怪，难道是自己看花了眼？可他明明看见那条水柱升天之后，天就一下子变黑了。

他翻了个身子，对吕凤兰说了一句："我看见真龙了。"

"真龙？"吕凤兰在被子里哆嗦了一下。

第二天，徐郎中到乔家围子来给砸伤的屯民医病，也到乔家来给伙计乔四敷药疗伤。乔焕章问他昨儿个小城子刮没刮这场黑风。徐郎中说刮了，镇子里许多家店铺门板都刮掉了。又说，警察署院子里的马草垛都刮没了。

乔焕章又问："徐先生，你是在关东这疙瘩长大的，小时候见过这样的黑旋风吗？"

"从来没有过。"徐郎中说。

乔焕章就贴着他耳朵说了他昨天在地头看见青马湖水面的事情，徐郎中听了一怔。

接下来半个月，倒是风和日丽。乔焕章和屯子里的农民把被风毁坏的田地，又重新补种了一遍。伙计乔四受了伤下不了地，又死了一头耕牛，乔家地里的活儿增加了不少，乔焕章和管家、守仁、守孝天天起早贪黑下到地里忙活，很晚从地里回来，累得吃了晚饭就躺在炕上，身子就像散了架似的。守仁就跟父亲商量，是不是再买头耕牛来家，再雇个伙计。乔焕章说："碰上这么个灾年，谁家都会缺少牲畜的，这个节骨眼上雇个伙计，你让乔四怎么想，你这不是撵人家让人心里难受吗？"守仁就不再提这个话茬了。守仁是在心疼父亲，快五十岁的人了还和他们这样起早贪黑下地，听母亲说每天夜里他都要母亲给他后腰和腿上拔上几个火罐子才能入睡。

乔家围子的田地陆陆续续补种完了，屯南头草甸子上的草也都返青了，往年这个时候也是屯民喘口气、找找乐子的时候了。

四月十八赶庙会到端午节放河灯这段日子蹦蹦戏也该下屯来演出了。可是今年黑风带给人们的恐惧还没有消散，乔家围子屯民都在传言乔焕章看见白龙的事情，还有人说这条白龙就是早年间那匹渴死在青马湖底的青马变的，不知它的现身带来的是福还是祸。

　　这天晚上，吕凤兰躺下时，跟乔焕章说："当家的，该给老二成婚了，乔家该有后了。"

　　乔焕章就想了想，说："那就成吧，日子就定在五月节吧，明天叫他张姨去甜草岗子老姜家传个话。"

　　"嗯。"

　　如果不是这日子不太平和他心里还时常想着大儿子乔守廉，他早就该给守仁成个家了。本屯张媒婆给乔家和姜家说下的这门亲事几年前就定下了。他一直说等等，等日子太平太平。可半个月前闹腾的风灾和青马湖上空出现的那条龙影，他不知是福还是祸，他也想借守仁的喜事冲冲心里的不祥之兆。

　　第二天一早，张媒婆就喜滋滋去了甜草岗子姜家屯地主姜广田的家。去说了这事，姜家人一听也立马同意了。回过话来，乔家上上下下就开始张罗起来，距离五月节还有个把月的时间，乔家能想到的亲戚、朋友都送去了请帖。

　　娶亲这日，杨殿甲带着杨小班的人都来了。杨殿甲一大清早就带人吹吹打打，和骑着高头大马的乔守仁一道去姜家屯迎亲。走了六七十里路，晌午前又走了回来。

　　迎亲的队伍刚进屯，眼尖的孩子就跑回去通报了，院门口上就响起了"噼噼啪啪"的鞭炮声，走累了的杨小班人重新打起精神来，鼓起腮帮子把唢呐吹得和鞭炮一样响。

　　站在门口的婚礼司仪高喊："新娘、新郎登堂——"

　　披着红绸带花、身穿一身簇新短袍马褂、头戴新郎官礼帽的乔

213

守仁从马上下来，从一顶轿子里把蒙着红盖头、身穿一身红袄的新娘抱出来，迈过大门槛，那门槛里早已让人放上了火盆，新郎抱着新娘从火盆上迈过去，接着又有人往他俩头上身上撒着五谷和花生、红花瓣，等走进正堂，新郎方将新娘放下来。两边的太师椅上，分别端坐着乔焕章和吕凤兰。司仪又一声喊："行新婚大礼，一拜天地，二拜高堂……"新郎、新娘俯下身去跪拜。

"入洞房——喜宴开席！"新郎就扯着一条红绸带引着新娘往布置好的新房东厢房走去，一些顽皮的后生和孩子簇拥着跟了进去。这边院子里坐着的十几桌喜宴席的宾客和本屯的乡亲早已等不及，风卷残云般吃起来。坐在主桌上和乔焕章平辈的乡里亲戚纷纷向乔焕章和吕凤兰祝酒道喜，吕凤兰头上戴着一朵红花，她向别人敬酒，都一口干下了，那脸就喜成了一朵红花。乔焕章还请来了"笑东北"二人转蹦蹦戏班，在大门口上扭起了二人转，唱起了《闹洞房》，一时院里院外好不热闹。

乔焕芝是和邹守田一起过来喝喜酒的，看到守仁成亲这个热闹场面，他俩都不由得想起了他们的儿子新福。新福比守仁还大几个月，要是在家也该成亲了。可是自从大前年和同学去了关内后，就再也没有接到他的来信了。他走的时候，倒是托人给家里捎过一封信来，说是要和同学结伴到关内去，不在这"满洲国"当亡国奴了，更不想看到当伪保长的爹。新福走之前那个寒假来家，就对邹守田当这个保长极为反感，为这他父子还争吵了几次。新福说："满洲国不过是日本关东军扶持起的一个傀儡政府，你当这个保长给日本人做事，就不怕将来被人骂你是汉奸？"邹守田气怒地说："孽障，我供你出去念书，不是让你回来教训老子的。"结果父子两人闹得不欢而散，新福返回哈尔滨上学后，给家里的来信少了，乔焕芝也看出他们父子间的淡漠，可乔焕芝也没有想到新福会动了去关内的心思。看到新福托人捎家来的信后，乔焕芝就抹起了眼泪。邹守田呢，则气急败坏地说："走吧，这个不孝的东西，全当没生养这个孽障。"他和张彩蛾的儿子已经两岁了，在张彩蛾的日夜缠绵下，他把心思越来越放在了这个小儿子身上，指望将来把邹家的家业给这个小儿子。

可是小新禄毕竟还太小，守仁结婚不免引起邹守田一丝嫉妒和感伤，为了不让乔焕章看出来，他和焕芝上前给哥嫂敬酒时违心地说："恭喜，恭喜守仁新婚大喜，早生贵子！"

忙碌了一天，客人都走了后，乔焕章觉得有些疲惫，就到书房独自休息去了。他忽然想起杨殿甲临回去时跟他说过的一件事：农历四月初八那天，他也看到青马湖上空出现了一条龙，当时他们杨小班正在南边一个屯子里迎亲，天地间突然刮过一阵风，混沌中就看见东边青马湖升起一条白色水柱，之后就天黑得什么也看不到了。等睁开眼时，那风把新娘的轿子刮出去有二里多地远，落在了一户人家的猪圈里，娶亲的那户人家都说这个新娘子不吉利，第二日就退了亲。退亲赔了女方家一匹骡子和五斗粮食。

"殿甲，你真的也看到那条龙啦？"乔焕章惊奇地问。

"真的，焕章大哥，俺看得真真切切。"杨殿甲说。

乔焕章不再相信是自己眼花和什么幻觉了，他忙碌了一天的好心情又一下子跌入忧虑的黑暗中，他没有去点灯。院子里传来吕凤兰的催促声："二子，时辰不早了，熄灯歇息吧。""哎，娘，俺知道了。"贴着大红喜字的窗户里的红蜡烛一下子吹熄了。

热闹了一天的院子，变得一片宁静。

215

乔家把新媳妇娶进家门两个月后，新媳妇害了口，守仁去镇上把徐郎中请到家里来给新媳妇把脉，乔焕章这才从徐郎中嘴里听说了日本出兵入关的事。徐郎中是听他的女儿徐雪花从关内来信说的，就在十几天前日本人在北平卢沟桥发动了七七事变。

闻听这个消息，刚刚还沉浸在守仁媳妇有身孕这一喜事中的乔焕章，手中的烟袋锅一抖，烟星撒落了一地，他觉得又要变天了。看来春天那场黑风有了应兆。

"小城子里人人都在传说这件事，你不知道？"

乔焕章摇摇头，他这半年来把自己关在家里，大门不出二门不迈，消息真的闭塞了。

"这么说中国要亡国了？"乔焕章不无忧虑地说。这几年东北虽变成"满洲国"了，可乔焕章还不相信日本人敢出兵入关，中国这么大，他们小小东洋的弹丸之国是不可能一口把中国吞掉的。他还隐隐生出希望，政府将来会收复东北，可是现在……

"您放心，中国亡不了的……"走时，徐郎中扔下一句话，他脸上竟是出奇的镇定。

隔日，乔焕芝回到乔家围子，乔焕章从她愁苦悲切的消瘦面容中，就知道了她担心的是什么了。

"新福还没有写信来家？"

"没有啊。"

"那有没有向徐郎中打听打听，徐姑娘那里应该会有新福的消息吧。"

216

"徐郎中来家瞧病时问过了，他闺女说七七啥事变的第二天，他们流落到北平的东北籍的学生又都上街游行去了，这兵荒马乱的，他们学生娃还敢上街游行，真是让人担心啊。"

"别担心，他们都是大人了，新福这孩子做事情会有数的。"乔焕章安慰了她一句。

晚上，听躺在西屋炕上的吕凤兰和乔焕芝有一搭没一搭地说话，又传出来长一声短一声的叹息，乔焕章就知道他妹妹的心还在揪着。

乔焕章睡在东堂屋书房里，也在翻来覆去地翻着身子烙着饼。乔家围子除了乔焕章外，还没有人知道关内到底发生了什么事情。他们对时局的关心已变得麻木了，再加上伪满洲国这几年的"抚心"教育，让他们和县城里的百姓一样，对什么都逆来顺受了。开初，屯子里的孩子去小城子读高小，拿回来学日文的书，见人就毕恭毕敬地行鞠躬礼，嘴里还"哈咿"一声，乔焕章就觉出了一种深深的忧虑。

乔焕章又开始每日去青马湖边堵老邮差吴有顺了，他关心的是报上登载的关内消息，当然这里出的报纸，都用了"支那圣战"的字样。让乔焕章吃惊的是仅仅一个月工夫，日本人就攻占了北平、天津、石家庄这样的大城市，这样的消息像他脊背上爬上了蚂蚁，让他一阵阵感到麻凉。

"关内完了……"那日吴有顺一见到他就哭丧着脸说。前年春天他还跟乔焕章说过，他想带吴带粮偷偷回关内去，他不想在这儿做事了，他说现在在这里当差很受日本人的气，因为他不懂日语，常常挨日本人的耳光。"就是在大清当站丁也没受过这种窝囊气啊，那好夕咱也是中国人，可是现在给东洋人做事，真是丢祖宗先人的脸啊。"

"你走了，带福怎么办啊?"他知道带福的干娘那慕容是不会放带福跟他们回老家的。还有按照这儿的法律，私自离开这儿到关内去，路上被抓住可是要坐牢的。因此他就劝吴有顺趁早打消这个念头。

以前他还真担心这个老光棍会做出什么傻事来，现在好了，关内也被日本人占去了，吴有顺不用再惦记着回老家了。

"关内回不去了，老家回不去了……"那日吴有顺走时，失魂落魄地哭丧着脸说。

就在这年秋天，令乔焕章没有想到的是，他在小城子曹家酒馆里又会见了贾老板，一晃他们有十来年没见了，等贾老板脱掉压在眉上的礼帽，他才认出这位坐在窗前椅子上西装革履打扮的人是贾老板，贾老板是差人到吕掌柜家传话把乔焕章找到这里来的，一见面乔焕章就愣住啦。他想不出贾老板怎么这会儿到这儿来。

贾老板起身把他拉到自己桌前坐下，这才悄悄告诉他，他这次来也是收购大豆的，而且他头两年就到辽宁和吉林来收过大豆。看着他镇定地笑着，乔焕章就知道这边的铁路已经让他跑熟了。果然听他说，"满洲铁路株式会社"有他买通的日本人。他问贾老板这回要把大豆运到关内哪里去，贾老板说西安。乔焕章听后又差点儿把手上端着的茶碗掉到桌上去，西安可是国统区，贾老板不要命了。贾老板说他这几年的大豆生意都在那边做，看看周围没别的客人，老贾又轻轻在他的耳边说："你知道咱东北军在哪里吗？就在陕西省那头呢。"头几年他过那边时，得知东北军军营里的兵特别爱吃大豆腐，而且是东北产的大豆做成的豆腐，他就想到从关外向那边倒运大豆了。军需官收购他的大豆都高出收当地大豆好几倍的价钱呢。

"老贾你这是在发国难财呢。"乔焕章笑笑说。

"乔先生说笑了，你知道那些东北兵最喜欢唱什么歌吗？"

乔焕章摇摇头。贾老板说："最喜欢唱：'我的家在东北松花江上，那里有满山遍野的大豆高粱……'"老贾哼了两句，又说，一唱这歌，不管当官的还是当兵的就都流泪了。

停了下，贾老板转头瞅瞅没人，又贴在他耳边说了一件让他更震惊的事："你知道吗，去年底少帅带人在西安把蒋委员长捉起来扣押了……"乔焕章手中的茶碗"啪"掉在了桌子上。

"为啥？"

"说是逼老蒋答应抗日，让他带东北军打回东北老家来。"

"老蒋答应了？"

"答应是答应了，不过少帅也跟老蒋回南京了，不知如何处置呢，这可是捅破天的事情。"

"少帅义气啊。"听后良久，乔焕章感叹。

那日贾老板走后，乔焕章又想起春天时他在青马湖上看到的那条龙影和那场搅得天地黑暗的黑风。这能是应了少帅事变的征兆？但他仍心有余悸。那日他也问过老贾，中国会不会亡？老贾用手指蘸着茶水在桌上写了几个字：中国不会亡。

贾老板和徐郎中说的话一个样，让乔焕章消除了心中的一些疑惑。秋天他把家里收割的豆子都卖给了老贾。

这一年秋天，县里又颁布了"谷米法"，根据"谷米法"，乡屯农民私自种的水稻打出的稻米一律上交。关五魁又给各屯长在乡里开了会，到秋收时，他又带着乡丁下来到各屯清查。在乔家围子有两户把收回来的稻谷藏在水缸下面的地窖里，被关保长带人搜出来后，把两户的男主人抓到乡公所里一顿毒打，关了几天后放出来都不会走路了。其他农民就乖乖地把家里的谷米上交了。乔焕章庆幸他家今年水稻种得少。

在青涝洼屯关保长带人去搜查时，除了乡丁，他还带着镇上警察分署的人过去了。有一户叫马三旺的农民家，兄弟两个，本想藏点儿大米过年时吃，结果在马棚里叫关大麻子翻出来，要把马三旺抓走，他两个儿子不干了，和乡丁厮打起来。在别的屯户家里搜查的镇上警察听到院子里的响动，就奔了过来，只听一声枪响，老大应声倒在地上，枪是小林则一开的。老二抡起一把铁锹就向进院的两个警察砍去，小林则一一闪，铁锹砍在他推在前面的一个警察身上，那警察一条胳膊被生生砍下来了。小林则一枪口刚瞄准他，马三旺猛地挣脱开捆绑他的发愣的乡丁，一头朝小林则一撞去。那个惊吓呆了的女人赶紧叫二儿子快逃走，马老二就翻身跃过了邻居家的墙头跳了过去，这边院子里枪又响了，马三旺直挺挺地倒在地上。转眼之间，女人的丈夫和大儿子两条人命没了，那女人发疯般地扑到马三旺的尸体上大哭起来……镇上警察和乡公所的乡丁屯里屯外搜了一下午，也没有抓到马家二儿子，这才悻悻地撤回去。

徐郎中来乔家围子向乔焕章说起青涝洼屯发生的这件事时，还很气愤地跟他说："这是什么世道，从前清到民国没听说吃大米还犯法的。"

40

转年初夏，地里苞米、高粱返青的时候，闹起了"红胡子"。这"红胡子"不像以前屯人听说的胡子，打家劫舍，欺男霸女，而是来无影去无踪，先是听说东头启明乡公所夜里被抢了，几个乡丁被绑了，嘴里塞上袜子头，枪支和弹药也被抢了。伪保长被人在家中用匕首在胸前刺进一刀刺死了，那扎在胸前的刀子上还有一张抗日宣传单。等第二天小城子警察分署来人调查时，人人都说没看清这伙红胡子长什么样。有人说这次砸乡公所是土匪"庄稼人"干的，也有人说是东边的小兴安岭山里下来的"红胡子"干的。

一时间，四乡里的村民把这伙"红胡子"越传越神，还有人说他们是东山里专和日本人作对的赵尚志抗联队伍上的人。

关大麻子虽然听到此事也惊出了一身冷汗，可他还依照上面的指令带着乡丁下到各屯来，挨家挨户散发防范告示传单，告诫屯民下地时遇到生人都要向乡公所报告。

这日晌午，关大麻子和两个乡丁走到青涝洼屯边时，嗓子眼里已干得冒火了，就顺脚走进一片瓜地里，摘了几个香瓜吃起来。吃完抬脚要走，在窝棚里打了一个盹儿听到动静的看瓜老头走出来，一看到关大麻子口气就软了下来："关……保长，你们吃了这么多瓜，不给钱也不跟俺东家打声招呼，东家会怪罪俺的。"

关大麻子瞅瞅他，问道："你的东家是谁?"

"李满仓，李地主家。"

关大麻子转动了一下眼珠，想起这个李地主正月里刚讨过一房小老婆，他还来喝过喜酒，就说："你不要管了，你们东家那里我去说。"关大麻子也走累了，正想找个地儿歇歇脚，说着就带着这两个乡丁朝屯子里李地主家走去。

这李地主已经是五十多岁的人了，整天病快快的，却娶了一个比他闺女还小的女人做小老婆。正月里来吃喜酒，一见这如花似玉不知谁家的闺女，关大麻子就起了色心，正想什么时候来坐坐呢。他走进院子时，正看见李满仓躺在炕上"呼哧呼哧"直喘，他那个小老婆正在给他捶背，看那女子的俊俏样，他更觉得是一朵鲜花插在了牛粪上。

"李掌柜的，痨病又犯了吗?"

"关……关保长，您来了。"李满仓看他进屋，要抬起他那被肺痨折磨得干瘦的身躯。

"您躺着，别动，好些了吗?"他捏着鼻子假惺惺地问道。

"咳，咳，还是老样子，咳，咳。"他又咳嗽起来。

咳嗽完了，他对捶他背的女人说:"翠花，你去西屋给关保长点一片烟来。"李满仓知道关五魁好这口。

那女人应声下地去了。这正合关五魁之意，他借机捏着鼻子离开了屋里，并向两个乡丁使了个眼色，一个守在屋门口，一个守在院子里，从别的房子里还传来说话声。大概是他另外两个老婆。

刚刚躺到西屋炕上，叫翠花的女人已把烟枪摆到桌子上，又为他剥了一个烟泡，不一会儿她把装好的烟枪递到他手里。

"点上。"翠花熟练地为他点上了烟泡。

"脱。"这回翠花收烟枪的手一抖，还没等她明白过来，这个吸了两口、眼睛发亮的男人猛地起身撕开她的红绸衣衫，一骨碌把她压在了炕上，还没等她张嘴发出声音来，他就捂住了她的嘴，接着从他身下发出"呜呜"含糊不清的哭声来……

等关大麻子系好裤子走出来，正房里听到了动静，传出一声来:"关……关保长，您这要走……走啊。"

关大麻子回了一声:"公务在身，不能多坐了。"

那两个乡丁也跟了出来。

走在路上，关大麻子冲着阳光仰头眯了一下眼，又歪脖"呸"地吐了一口，忍不住窃喜:"没想到她还没破瓜，那老东西真是不中用了。"

那两个乡丁听了就嘻嘻笑:"关保长，那青香瓜甜不甜?"关大麻子又呸了一口:"真他妈拉个巴子的甜啊!"

盛夏过后，四乡屯里再没有听到闹匪的事情。

农历八月初三这天，乔焕章和吕凤兰准备回小城子去给老丈人吕殿臣过六十六岁大寿，顺便再在镇上住些日子，待到八月十五过完中秋节再回来。一大早马车套好了，东西装上车，刚要出门时，没想到吕家的伙计赶着马车扬鞭进了乔家围子。一来到院门前，乔焕章和吕凤兰就迎了出来，马车棚里坐着吕殿臣夫妇还有吕殿臣的二女儿和女婿一家，乔焕章一愣。他这个在镇高小当教员的连襟，可从来不轻易登他家的门的。

"爹，你们这是——"吕凤兰迎上车前不由得惊讶地问。

"焕章、凤兰啊，小城子出事啦……"吕殿臣一脸的土灰色，脸上的神情像夜里做了个梦还没醒，吕凤兰母亲见到他俩倒松下一口气来。

"爹，您别着急，进屋慢慢说。"乔焕章把吕殿臣搀扶下马车，吕凤兰也把她母亲搀扶下马车，她妹妹吕凤英和妹夫刘兰奎也相继跟着下车来，众人走进正堂屋里去。

坐下后才听吕殿臣缓了一口气，惊魂未定地说，小城子昨儿个夜里闹红胡子了，而且他家里也闯进来胡子了。一听他这样说，大家的心都跟着一紧，赶紧问怎么回事。吕掌柜慢慢说道，昨儿个傍黑，他差伙计去插大门时，外面突然闪进来几个蒙面人，用枪用刀逼住了伙计，随后又走进屋来逼住了他们老两口和下午来家的凤英，说是借他们"窑"靠一下身，叫他们家里人都别出声，否则就不客气了。家里人听了只有筛糠的份儿了。

他们这些人果然只待到夜里十一点就走了。让吕殿臣奇怪的是他们这些蒙面人走时只从火磨房里拿走了一桶柴油，从外屋拿走一坛烧酒，别的什么东西也没拿。

他们走后不久，吕殿臣和家人刚刚要躺下睡觉，忽听外面有人喊："警察署大院失火了……"接着就听到外面响起了枪声，那枪声响了一阵停歇下来，吕殿臣和家人吓得再也不敢合眼。等到天刚见亮，他打发一个伙计出去打听一下消息，伙计回来说，警察署昨夜里被红胡子放火烧了，打死了警察署的苟署长和几个没烧死的警察，还打死了那个日本教官小林则一。吕殿臣一听警察署被红胡子放火烧了，就想到那伙人从他家里拿走的那桶柴油，他怕那伙胡子回头再找来他家杀人灭口，也怕日本人来调查找他们的麻烦，思前想后，就带着家人到乡下来躲避几日。

乔焕章吩咐家人倒出两间屋子来，给岳父一家和吕凤兰妹妹一家住。小城子昨夜里发生了这么大的事，日本人肯定要来折腾几日的，让他们住在这里，等消停了以后再回去。

到了下午听有个从小城子串亲戚回来的乔家围子的人在传昨儿个夜里镇警察分署遭红胡子袭击的事，而且越传越神，说那伙胡子神不知鬼不觉地摸进来，烧了警察署，击毙了苟署长和小林则一，又神不知鬼不觉地在天亮前撤出了小城子，让从滨江赶来的日本宪兵队扑了个空。此事惊动了滨江省城的日本宪兵队，让乔焕章觉得这绝非一般土匪所为。

白天乔焕章也问过岳父，这伙进到他家来的胡子待了那么久才走，没听到他们说什么吗。吕殿臣想了想说，听一个人好像说在等十二支队长什么的。乔焕章就想这一定是从东山下来的抗联的人了，可是这些人怎么对小城子如此熟悉呢，而且一摸就摸到了吕烧锅家？这个疑团到了晚上才叫房管家给他解开，吃过晚饭后，房管家把他叫到马厩去，悄悄跟他说，他怀疑闯进吕老爷家院子的是"庄稼人"这绺子人。乔焕章一愣，问："你怎么知道的呢？""白天我问过跟来的吕老爷家那个伙计了，他说抱走吕老爷家一坛酒时，有个人顺嘴说了一句'吕烧锅家烧的酒真好喝啊'，你忘了顺子以前在咱家干活儿时，我带他去吕老爷家拉酒，他最喜欢喝吕老爷家的酒，也说过这样的话。"乔焕章心下一惊，就恍然明白了。他叮嘱管家这可是杀头的事，先不要向任何人说。房管家点点头。他是有点儿不放心他那个连襟，这几年在学校待的，他完全叫日本人给同化了，来了后还嚷着要把昨晚的事如实报告给日本人去。乔焕章说："报告给日本人，岳父和你的妻子就会被带到日本宪兵队去审问，单凭那一桶柴油就可定为通匪的罪名。"这个教员一听就不吱声了。

待了两日，吕殿臣打发二女婿和伙计回镇子去探听一下消息，伙计就和刘兰奎赶马车回去了。等到晚上他俩从镇上回来讲，县城来的警察局局长铃木和从滨江来的日本特高科的人还在调查，据说他们已查清那天晚上袭击警察分署的是东山下来的抗联十二支队的人和不久前被收入他们这支抗联武装的"庄稼人"。而那天夜里袭击小城子里应外合得这样天衣无缝，已让日本人想到了小城子里有他们的眼线，这个眼线不是别人，正是镇上的徐郎中。白天徐郎中到苟胖子家给他太太诊病时，获知了苟胖子晚上要带几个铁杆兄弟来家里打麻将，抗联的人与先摸进城来的"庄稼人"接上头，就兵分两路，一路去了苟署长的家，一路去了警察分署。当场把苟署长堵在家里击毙了，而小林则一则是在一条胡同里被击毙的。那天下午，镇上有一个孕妇来徐郎中家找他诊脉，他特意陪着把这个孕妇送回家去，路过警察署院外，他看见小林则一盯着那个孕妇的背影瞅了很久，他想小林则一晚上一定会去敲那个孕妇的家门的。他就叫几个"庄稼人"的人埋伏在那个胡同口柴火垛后面。"庄稼人"能够入伙下山来的抗联十二支队，也是半个月前徐郎中给牵的线。现在小城子街头到处都张贴着捉拿徐郎中的布告。

这个消息也叫乔焕章大吃了一惊，他也没有想到平日里很少言语的徐郎中，竟是中共北满龙江工委的联络人，贴在小城子街头上的布告是这样说的。

接下来几天，关保长就带着乡丁下到各乡来挨家挨户调查了。

他们手里拿着缉拿徐郎中和"庄稼人"的画像布告,青马湖这一带村屯里凡是找过徐郎中诊病的人家都见过徐郎中,可是突然听到他成了共产党抗联的人都很吃惊。关大麻子前脚走出去,后脚就有人坐在炕上叹息:"没想到待人和善的徐郎中,竟成了通匪要犯,怕是要砍头的呀。"

也有人家在他们走出去后,啐了一口说,他们是捉不到徐郎中的,徐郎中诊好了那么多人的病,有菩萨保佑他呢。

关大麻子带人走进乔家时,看见乔家住进了亲戚,问:"怎么都到乡下来了?"

"城里不太平,到乡下来住些日子。"乔焕章不冷不热地说。

关大麻子抖了一下手里的告示说:"这姓徐的以前可没少往你家跑,这两日该不会也来过你家吧?"

乔焕章正色道:"关保长,这玩笑可开不得,这可是要杀头的。关保长如果不放心,尽管叫人来搜。"

一看乔焕章板起了面孔,关大麻子就换上一张面孔,说:"那就不必了,谅他一个行医的郎中也没这个胆量,不过那个胡子头可说不准有这个胆量跑到乡下来。"关大麻子色眯眯地扫视了一眼吕凤英,吕家二小姐穿着一件紫绒旗袍,腰身该凹的凹,该凸的凸,小城子到乡下走亲戚的女人穿旗袍的人不多,这旗袍穿在吕二小姐的身上就有了不一样的味道。

关大麻子带人走出去,乔焕章冲他背后吐了一口,道:"不识人味的畜生。"他早已耳闻了关大麻子霸占青涝洼屯李满仓小老婆的事。

226

八月节过后，小城子渐渐平静下来，吕殿臣和二女婿刘兰奎两家也从乔家围子回到镇上去了。乔家跟着悬着的一颗心也放了下来。

八月节过后，地里的庄稼也该往回收了。这天上午乔焕章和家里的伙计套好马车就下地去了，马车"吱扭、吱扭"走在屯外的田地埂上，迎面赶过来一辆满载苞米秆的牛车，男人坐在车前赶车，他女人坐在后头苞米秆垛上，她怀里还摇摇晃晃抱着一个几岁大的孩子。错车时那孩子醒来，兴许是饿的，哭了起来。那女人就吓唬他："再哭，再哭，等叫红胡子听到把你捉了去。"那个光头娃就吓住噤了声。

乔焕章听到了，猛然在心里想到，等高粱、苞米收割完了，地里就藏不住人了。闹腾了一夏天的红胡子，会不会叫日本人找到呢？他就叫管家把马车赶回去，管家吃惊地问："老爷，不去地里收苞米了？"

"我腰有些不舒服，八成要下雨。"乔焕章说了一句。等马车赶回家，快走到门口时，他又告诉管家："待会儿要是不下雨，你就带守仁他们去萝卜地里收萝卜去吧，明儿个再去土豆地里收土豆。"

"嗯哪，老爷。"管家应了一句，心里却觉得老爷有些奇怪，往年萝卜和土豆都是苞米收回来后再去地里收的啊。

过了晌午，天空依旧晴着。乔焕章背剪着手走到屯南头的草甸子上去，他走到守廉的坟头前，已有一匹马影和一个人影站在那儿，是大青马和带福。守廉坟头的荒草被带福拔了去。大青马看他走近，动了一下尾巴。

227

"县城里的警察局局长铃木看中了大青。"带福看他抚摸着大青马的马鬃，这样说道。

他手一抖，问："那咋办？"

"俺干爷在蒙古包里喝闷酒呢，俺干爷说就是死也不能给东洋人。"带福说。

乔焕章看见带福把大青马牵到青马湖边上去，大青低下头饮起水来。带福嘴里说："喝吧，喝吧，你喝个够。"带福也俯下身去"咕嘟咕嘟"喝起来。

带福走上来，仰脖问他："俺干爷说你是读书最多的先生，你说人活着到底为啥？"

乔焕章一愣，他觉得带福今天有点儿怪，话比平时要多。

"俺阿爸说，俺是一个没有家的人，老家也不知道在哪里……那个洋老头叫俺信主，俺问他主能叫东洋人不杀人吗，主能叫俺离开这儿吗，他也回答不上来。"

带福长这么大可能都没跟他爹说过这么多话，现在跟乔焕章说了。以前他还劝过吴有顺叫带福进学堂念书，可是现在带福问他人活着到底为个啥，也把他问住了。

带福牵着马离开了湖边。

乔焕章从南草甸子走回到家里，院子里已堆起了从地里起回来的大萝卜和芥菜疙瘩，看来房管家和守仁照着他的话去做了。而屯子里别的人家收回来的苞米秆，已在院前堆成了一垛高高的玉米秆垛，散发着清新的苞米叶子味。

乔家人刚刚吃过晚饭，院门上响起了一阵急促的敲门声，乔四出去开门，进来的是一脸焦急神色的吴有顺。乔焕章一看到他，心里就下意识地想到了什么。

"乔老爷，你下午在湖边见过带福吗？"进屋，吴有顺就开口问道。

"见到他了，出什么事情了吗?"

"带福和大青马都不见了，包八万爷派出人四下找，都没有找到，有人看见下午您在湖边见过他，他有没有跟您说他要去哪里?"

"啊……没有……没有啊。"乔焕章想了一遍带福在湖边说过的话，摇摇头。

吴有顺沮丧地叨咕着什么，离开了乔家。从这个晚上起，带福和大青马就失踪了。

吴带福带着大青马逃走后的第二天，铃木就差张忠信带着几个警察过包八万爷家来牵马，听说大青马和吴带福都不见了，就把包八万爷和吴有顺都绑到县里去问话。包八万爷被绑，包家的人都慌了手脚。尼日朗花哭哭啼啼请求那慕容去县里找那小胡说说情。她知道那慕容和那小胡还有些来往。那慕容本来对她这个干儿子牵马逃走就很气愤，可一想今后包家还得指望她这个公公呢，就答应了去县上说说看，便叫尼日朗花准备些银子。尼日朗花便把自己的私房钱都拿了出来。

那慕容去县里找到那小胡，那小胡又带着银子去了警察局张忠信那里。待从警察局回来给那慕容回话说:"张副局长答应放回你家老爷子和那个吴邮差了，不过吴邮差的二儿子得到县警局来当差。"

张忠信抓走包家的人开始以为包家是故意放跑了大青马，想要给包八万爷治罪，审了两次，看包八万爷和吴有顺确实不知情，也想把他俩放了，正巧那小胡来说情，就给他这个维持会副会长做了这个顺水人情，叫那小胡带话，让吴带福弟弟当壮丁到县里当伪满警察。张忠信这样做也是一箭双雕，既可在铃木那里有个交代，也可以用身警服把吴带粮套在身边，以后不愁查不到他哥哥和大青马的下落。

隔日，包八万爷和吴有顺从县警察局放了回来，他俩在里边都遭到了鞭打。回到家尼日朗花见到他俩身上的伤痕悲喜交加，听说吴带粮还得去县里当警察，她又默默哭泣起来。

那慕容见了，不耐烦地说："是叫他去当警察，是去吃皇粮，又不是叫他上刑场，你哭什么？"

下过两场霜之后，青涝洼屯还有两户人家苞米地的苞米没有收回去，这其中的一户就是马三旺家，自从去年秋天马三旺和他的大儿子被日本人开枪打死后，二儿子马路又下落不明，马三旺的老伴马婆婆就哭瞎了眼睛。那被霜打过的苞米叶子像枯黄的旗帜，被风吹着孤零零地招摇在地里。

这日午后，马婆婆一个人走进自家地里来掰苞米，掰着掰着，听到一阵窸窣的苞米叶子声响，她警觉地问了一句："谁？"那个人影没吱声，直接弯腰贴着垄沟来到马婆婆面前，马婆婆衣襟里的苞米就撒落了一地。"路儿，是你吗？"来人哽咽地小声说："娘，是俺。娘，你老眼睛看不见了吗？"来人跪在了马婆婆身前，吃惊地看着她的面孔。马婆婆哆嗦着一双手，摸着俯身在腿下的来人的脸，眼角湿润了，颤抖地说："路儿，你回来干什么，你快走吧，别叫那帮牲口抓到你。""娘，俺回来看一眼俺就走了……俺加入了抗联，要进山里去了，今晚就走，这一走不知什么时候才能回来……""儿，你走吧，走得越远越好，别惦记娘。"马婆婆颤巍巍地拉起了儿子。"可是娘，你这样叫俺怎么放下你啊，娘。"马路流泪了。"别哭，记住你爹和你哥是怎么死的，跟着红胡子多杀几个小日本子。""嗯，娘，俺知道了……"地垄沟里，娘儿俩紧紧地抱在了一起，地里的苞米秆遮住了他们的身影，这个宁静的午后，别的庄稼地里没有农民来干活儿的身影，可他们的说话声还是被一个偷偷潜

230

到地里来的人影听到了……

　　关大麻子本来是要到屯子里李满仓家找翠花寻欢的。他中午刚在别的屯子吃了狗肉，这东西躁得他浑身发热，他就想到李满仓家炕上来泻火。走到屯边时，他被尿憋的，就走到一块地头来撒尿。提裤子时他看到马婆婆走进地里的身影，就想她一个瞎老婆子在家，她那个跑出去有一年的儿子总该回来看看她吧。这样想着时，眼前的苞米地垄沟里闪过一个黑影，他以为眼花了，摇摇头却不是，就悄悄跟进地里去，就听到从苞米秆里传出的说话声，他身上的欲火顿时全消了，支棱起耳朵细听起来。

　　活该关大麻子走运，他悄悄跟踪那个人影到了三道岗子一片高粱地里。之后他就折身往县城里赶，等他走进城门，他已累得大汗淋漓，气喘吁吁。他先找到维持会，把他女婿那小胡叫了出来，跟他讲了发现的情况。那小胡听完又惊又喜，喜的是皇军得了这份情报，把前一段袭击小城子的红胡子一网打尽，到时说不定他也会跟着升官发财的；忧的是皇军如果真的一下子收拾了这么多胡子，日后他们肯定会报复的。"你还犹豫什么，还不赶快报告给皇军，上三道岗子那边去抓他们啊。"关五魁催促道。算啦，管不了那么多了，他必须尽快把这个情报报告江原和铃木，他丢下关五魁骑上自行车向县警察局蹬去。

　　当晚，铃木带人和滨江省警察厅派出的一个日本关东军联队在三道岗子会合，他们悄悄地包围了那片高粱地。

　　枪声在三道岗子那片高粱地和芦苇塘里差不多响了一夜，子弹把那片没收割过的高粱头穗打折了一地。过后，附近屯子里听到枪声的人说，日本关东军把从山里来的那伙红胡子（十二支队）和"庄稼人"那绺胡子，一块儿堵在那片高粱地里包了饺子。还有人说日本人全歼的只是"庄稼人"这伙胡子，山上下来的抗联十二支队早在前一晚就撤离了。

七日后，日本人在县城城门贴出了告示，称那一夜在三道岗子击毙红胡子七十多人，剩下的二十多人全部抓获，包括匪首艾青山、中共北满地下党联络人徐泽民。不过这也证实了日本人那一晚打的不是山上下来的抗联十二支队的人。

乔家管家去县城集上卖黄烟回来，带回的这个消息还是让乔焕章吃了一惊。

"你看清楚了，真的有徐郎中?"乔焕章问。

管家点点头，说告示上还画着徐郎中和艾青山的人头像。

"这下完了，徐郎中被抓到肯定会被砍头的。"

"是嘞。"

"日本人咋摸得这么准?"

"听城里头议论说是有人暗中向日本人告的密。"

42

落过几场雪后，青马湖上又覆盖上了厚厚的雪。一入冬，厚厚的冰层被冻裂了几道口子，就叫屯子里的人感受到了这个冬天格外寒冷。早上寒气浓重地笼罩着屯落、湖面，乔焕章"吱呀"一声推开院门走出来，就感受到一股冷风像锥子一样扎在他脸上。他包紧了头上的围脖，挪着厚重的毡棉鞋来到湖面上，雪面上还没有蹚过的脚印，只有风在脚下呜呜地叫着，刮起的雪尘，像小蛇一样在脚下游走。

不知过了多久，从湖面的寒气中走过来一个冻得哆哆嗦嗦的人影，他那身扎眼的黑警服叫乔焕章认出这个人就是吴带粮。自从吴

232

带粮被招到县警局当了警察后，乔焕章对他这身黑警服白领章是没有好感的。但听说他做了狱警后，乔焕章就觉得这个老实巴交的孩子也挺可怜的。每回见到他，吴带粮都不敢抬眼看他。

乔焕章走上前去，把手里的包袱递给他，包袱里是黏豆包，这是给徐先生的，他爱吃这口。

吴带粮手一哆嗦，还是接了过去，眨巴眨巴眼睛。

"徐先生在里面遭罪了吧？"

"遭了，日本人给他用了老虎凳，日本人叫他说出山里下来的红胡子的去向，可他咬碎牙也没说。啧啧。"

乔焕章想到那个胡子头出身的艾青山能扛住日本人的老虎凳，他没有想到徐郎中也能扛住日本人的老虎凳。

吴带粮抄着袖"扑哧、扑哧"蹚着雪走了，雪面上留下一行脚印。

隔了几日，傍天黑时，乔焕章又在湖面上堵着了吴带粮，乔焕章把一个裹着黏豆包的包袱递给吴带粮时，吴带粮说了一句："徐郎中吃不上了。"

"咋啦？"

"明儿个徐先生要和这些人被拉出去执刑了……"

乔焕章听了一怔，包袱皮里的冻黏豆包沾着雪滚了一地，风吹得他脸腮失去了知觉。

当晚他回到家里，跟守仁和管家说了，说明儿个去县城里送送徐先生，他在这里也没有亲人了。一想到徐姑娘在关内还不知道徐郎中的凶信，他心里就有些发酸。

第二天一大早，乔焕章和守仁、管家去了县城。这一天还是个集日，可城里老街基十字街口却显得冷冷清清，进城来赶集的人不多，街两边站着一排维持秩序的警察，冻得哑哑哈哈地缩着头。看这阵势，囚车是要打这里经过的。乔焕章叫把马爬犁拴在一边。

　　不大工夫，十字街口上的人有些涌动，押着囚犯的车开过来了。刚才听人议论，这回枪毙的除了上回抓的那二十八个人，还有十几个关押在这里的反满抗日的思想犯，共三十二人。这三十二人分押在三辆车上，头一辆开过来的车厢板里，押着的是思想犯。一开过来上面就有人冲着下边的人群喊："关东的同胞们，我们不要再当亡国奴了，日本人和满洲国都是长不了的，这东三省是咱中国人的天下，觉醒吧，我的父老乡亲们……""住口！"站在车厢板后面押他的警察，勒了一下他脖子上的绳索。第二辆车开过来，迎风站在车厢前头那个三十多岁的壮汉就是艾青山，车开到这里时，他仰头高喊了一句："弟兄们，都给老子抬起头来，跟着徐先生打小日本是件光荣的事，二十年后，咱又是一条好汉！早死早脱生，下辈子咱就脱生成抗联的人，专和小鬼子干！"车厢两边押着的人都抬起头来，有一个汉子冲车下喊："老少爷们儿，俺叫张德，是扁担岗的人，有往西北方向去的，麻烦给俺家捎个信！"下边的人群里有人唏嘘唱叹着。在第三辆车押着的人里还有人认出那个被日本飞机炸弹炸死爹娘的王地来，王地脸上一副视死如归的模样。就在这辆车上，乔焕章看到了徐郎中，徐郎中也看到了他和管家，平静地冲他俩点点头。不知是谁在车上喊起了口号："打倒满洲国！打倒日本帝国主义！"车上的人都跟着喊了起来，三辆车突然加快了速度，向城南门开去，呼啸的北风淹没了他们的声音……

　　等他们赶着马爬犁随着看热闹的人群来到城南门，城南门早已被把守的警察关上了，接着听到城外东南方向传来了两排枪声。城门里的人听到了，哆嗦了一下。就听夹杂在人群里的马丁神甫在胸前画着十字："仁慈的主啊，请让他们的灵魂安息吧，阿门。"乔焕章一阵目眩，他坐在马爬犁上，耳朵嗡嗡地听不清说话声了。

傍天黑，在自家炕上醒来的乔焕章，想起上午的事来，就问守仁和管家："给徐先生收尸了吗？"守仁和管家摇摇头。"为啥……"乔焕章看他俩神色恍惚，不解。守仁这才说："铃木叫把艾青山的尸体和徐郎中的尸体挂在城门楼上示众，其余枪毙的人都叫人倒上煤油点火烧了。"

乔焕章呆愣了一下，喃喃道："这小鬼子心咋这么狠呢。"想起徐先生走时还冲他笑了一下，就觉得徐先生不是一个平凡的人。当晚，他吩咐守仁和管家去外面冲城南方向给徐先生烧点儿纸。徐先生无儿无女，唯一的养女还在关内不知下落，想起来徐先生真是可怜。

几天后身子骨好些了，乔焕章又去了一趟县城，果然看见徐先生那冻僵的尸体还吊在城门楼上。那发白的面孔似乎还凝固着一丝微笑，和他走时那天看到的一样。他只看了一眼就不敢再看下去了。城门口来来往往的人挺多，有认识徐郎中的就停下来往城墙上望一眼，嘴里念叨一句："好人哪，真可怜……"

城门里涌出来一群穿黑衣服的警察，驱逐了驻足的人群，"走开，走开。"一个有点儿眼熟、警帽上戴着厚厚帽耳的人影骑马走出来，他认出了是张忠信。

从县城回来，他去了一趟邹家屯。乔焕章很少到他这个妹夫家来，特别是邹守田当了保长以后。乔焕章这几年都没有登过他的家门了，突然见到他到邹家屯来，邹守田也有些意外，听完他说要为徐郎中挂在城门上的尸体收尸，请他找找张忠信求情，他更有些吃惊。乔焕章是从焕芝嘴里听说邹守田近来和张忠信走得挺近的。邹守田和张忠信走得挺近，还是因为县警察局上回来家里调查邹新福到关内的事，来了一名思想科科长，追问邹新福到关内干什么去了，还和家里有没有联系。他们已调查出邹新福在学校时是思想激进分

235

子，就是没有反满言论，就凭他离开"满洲国"也是违法的，也够查办反满家属的。邹守田一听吓坏了，就通过那小胡给张忠信送了厚礼，张忠信就把这事压了下来。后来邹守田又把张忠信请到家里来喝过几次酒，邹守田觉得张忠信这个人可以作为一个靠山，就去县城走动多了点儿，慢慢两人就有了一些交情。徐郎中的事情邹守田早就听说了，想到徐郎中给他爹和他的女人都看过病，他还觉得欠徐郎中一个人情，可是一想到他和共产党沾边，他心里有点儿打怵。

"作孽啊，眼瞅着过年了，人被杀了，还不让收尸，真是作孽啊。"焕芝也在一旁说。

"徐郎中在镇上也没有什么人了，他养女又不在身边，就冲他生前和我们两家交情的分儿上，我们也应该帮帮他。守田，你说是不是？"

邹守田一见乔焕章这样说，就说："那我就去县里和张副局长说说看。"

过了两日，腊月初八这天，邹守田带着礼物去了县城。从城南门走过时，看着徐郎中的尸体还在城墙外面挂着，他瞅了一眼，心里一阵恓惶，不由得加快了脚步走进城门去。他来到张忠信家时，张忠信还没有回来，他在张忠信家坐着等了一会儿。他知道张忠信的老婆挺迷信的，就跟他老婆说起了这事，说快过年了，城门上吊着死人，容易把死人的魂招回家的。张忠信老婆一听就害怕了，况且徐郎中生前也给她诊过病，就答应等忠信回来帮他求求情。

说话工夫，张忠信下班回来了，一进家门他老婆就跟他说，邹保长来了好一会儿了。张忠信脱去挂着一身霜花的黑棉警呢大衣，问："邹保长登门来有什么事情吗？"邹守田就唯唯诺诺说明了来意。初听邹守田是来给徐郎中收尸的，他心里有些不悦。不等他说什么，他那个长脸老婆又说，邹保长说的也是，这快过年了，一个死人吊在那里多不吉利。张忠信的老婆是大户人家的女人，别看长得不俊，在家里张忠信还是听她的。转念一想，何不做个顺水人情，一来这些日子徐郎中的尸体挂在那儿，那些徐郎中生前医过病的百姓总是偷偷摸摸放一些供品摆在那儿，他还得派人去管；二来怕冒出山里的共产党来抢尸体，他每天夜里都要带人到城门口巡逻几遍，大冷的天，夜里他和弟兄们真是折腾够了。

第二天一上班，张忠信就去铃木那里跟他说了，说眼瞅要过年了，中国人过年是要驱鬼的，死者尸体要入土为安的。铃木想了想，就同意先把那个郎中的尸体叫他安排人收走了。

邹守田得了信，就叫他大老婆乔焕芝回乔家围子告诉了乔焕章。乔焕章就打发守仁和房管家套上马爬犁去城外给徐郎中收尸。邹守田已从邹家屯先到城里了。

这天下午，天飘起了小清雪，小北风"呜呜"叫着，刮得人脸像刀割一样生疼。乔守仁和房管家赶着马车从县城方向回来，马蹄扬着清雪从青马湖上朝乔家围子奔来。

乔焕章早带着人迎候在了屯口上，他从本屯一户人家手里买下一口给老人备老的棺材，也停放在路口上。一见马爬犁扬着雪尘跑过来，乔焕章就扑落几下棺材盖上的一层白雪，和伙计乔四把棺材盖挪开了。马爬犁跑到跟前停下，乔焕章走上前去，把卷着的炕席掀开，露出徐郎中一张青灰色的脸。乔焕章就把准备好的一张黄表纸盖在徐郎中的脸上，嘴里说了一句："徐先生，你合眼吧，我们这就送你入土为安。"四个人搭手把身子冻得硬邦邦的徐郎中抬进棺材里，盖好了棺木。

"爹，咱这是把徐郎中葬到哪里去啊？"守仁问了一句。

"葬到咱家的地南头，你哥的坟头边吧。"

乔焕章已叫了屯子里三个屯民在那里刨好了墓坑，他们把棺材抬上马爬犁拉过去。

到了墓坑边，伙计乔四在给棺盖钉钉子时，嘴里念叨着："徐郎中，你往右闪，一闪闪过日本人撵；徐郎中，你往左躲，一躲躲过满洲国。"

埋完了坟，乔焕章叫守孝给屯里找来帮忙的几个屯民付了钱，之后叫房管家领他们回去了。

坟头插着的一块白木牌，木牌上什么也没写。乔焕章一个人留在了那里，他在坟头前摆上了馒头、冻梨、冻柿子几样供品，点了三炷香，又往木牌前的雪地里洒上半瓶酒。之后，他坐在那里说："徐先生，你安息吧，有廉儿在这儿陪着你，你不会寂寞的。廉儿虽然没做成你的女婿，可你们爷儿俩还是有缘的，你们都是打鬼子牺牲的，你们都是做大事的人。把你葬在这里，我也安心了，我也算对得起地下的廉儿，对你在外头赶不回来送你的闺女也算有个交代了……老哥，你是我敬佩的人，你等着瞧吧，咱会有光复的那天，到那时俺再给你木牌上留上名。"

清清冽冽的雪粒，不一会儿就将坟头前这个人影变成了一个雪人。

43

六年后，东北光复。这一年秋天八月节刚过，乔焕章站在自己家收割的黄豆地里看见一个骑马的人影"嘚嘚……"贴着屯边朝青马湖边跑过来，他眼里有什么东西抖动了一下。乔焕章老了，他的两鬓已像挂了霜似的白了，眼睛也有些花了。

"守孝，你瞅瞅那是谁……我怎么瞅着那匹马怎么像大青呢？"

正在地垄里割豆的乔守孝直起腰来，望了望，惊讶地叫了一声："是带福哥啊……"

说话工夫，那匹马就奔到了跟前，从马上跳下一个穿着黄军装、背着一把盒子枪的军人来。他冲乔焕章行了个军礼，脱下军帽来，果然是吴带福，"焕章大叔——"

"带福，真的是你……这些年你都到哪里去了？"乔焕章颤巍巍地问。

他看到眼前这个七年前呆头呆脑的马倌，已经出落成一个利落的军人，那双黑眼仁透着几分英气，黝黑的脸颊上透着深红的酡色。

吴带福告诉乔焕章，他七年前带着大青马离开这里后，跑到了北面小兴安岭山里参加了抗联，后来又和李兆麟将军这支抗联队伍打剩下的人从黑河过境进了苏联，两个月前他们又随着苏联进攻东北的部队打回了国内，他们这支中国教导旅的战士是给苏军做向导，日本人投降后他们就分布到了东北民主联军驻北满各地接收委员会里工作。他现在在哈西地委工作，给组织部部长李祝三当通信联络员。哈西地委的驻地现在肇东昌五镇，他是三天前来这里报到的，今天特意向李部长请了假回家来看看。

"好哇，好哇，带福，你爹看到你活着回来，不定有多高兴呢。"乔焕章连连说道。

吴带福并没有急着回去看他爹和他弟弟，而是牵着大青马来到了乔守廉的墓碑前，他从背着的一只方皮挎包里掏出一面被子弹打了无数个洞的日本太阳旗，蹲下划着一根火柴点着了，他嘴里喃喃地说："乔团长，我和大青回来告诉你一声，小日本子完蛋了。"

烧完了，他又牵着大青马走下青马湖边去，他蹲下身和大青马低下头去，一起饮了起来。喝完他抬起头来，长长地舒了一口气，

239

说了句："又喝到家乡的水啦！"两行泪珠顺着他酡红色的脸颊流了下来。一晃，他离开家已经整整七年了。

"快回去看看你爹和你干爷吧，孩子！"乔焕章一直站在岸上看着他。乔焕章没有告诉他他爹吴有顺和尼日朗花结婚的事情。乔焕章知道他一定会先去包八万爷那儿的，吴有顺和尼日朗花结婚后，就住在包家庄园里。

吴带福骑着马还没走到包家大院门口，包八万爷就骑马从院子里迎了出来，他飘散的长头发和胡子都白了，离老远就惊喜地说："小兔崽子回来了，我大老远就听到大青的马蹄声了。"

大青马一见到包八万爷的身影，就"咴——"地长叫了一声，快步奔了过来。

包八万从背上拿下枪，"嗵"地冲天上放了一枪，他这是在给家里人报信。果然，听到枪声后，吴有顺和尼日朗花从院子里出来了。

带福翻身从大青马上下来，叫了一声："干爷——"

"福子，我看你得改口叫我姥爷了。"

吴带福还没听明白怎么回事，吴有顺和尼日朗花就来到了跟前，"爹——"吴带福上前跪在了地上，"福儿——"吴有顺上前把他扶起来，又指着尼日朗花说，"福儿，叫你娘。"

吴带福发愣地瞅瞅尼日朗花，又瞅瞅干爷，包八万爷含笑地说："叫吧，孩子，她现在是你的新额吉了。"

"额吉——"吴带福叫了一声，尼日朗花眼里涌上了泪花，"哎"一声答应了。

一家人簇拥着带福走进了院内。包八万爷吩咐下人赶紧宰羊杀鸡。晚上吴带粮也从县城回来了，他还穿着伪满洲国的黑警察服，他见到哥哥带福非常高兴，十分羡慕地打量着他这身军装和斜背着的盒子枪。带福对带粮去县城做了伪警察也有些意外，他从带粮嘴里知道县城里的铃木在日本天皇宣布投降的那天，就在他的屋内服毒自杀了。还有那小胡和关五魁也被抓了起来，关在县城监狱里。

"那你还穿着这身狗皮干什么？"带福问他。

"我们正在按自治委员会的命令，等待上级接收改编，维持地方治安。"带粮脸红着说道。

兄弟俩没再多说什么，就和家人围在一起高高兴兴吃了这顿丰盛的家宴。吴带福还和包八万爷尽兴地喝醉了，这些年他在苏联那边酒量见长，连包八万爷都喝不过他了。

吴带福住了一夜，第二天就匆匆赶回昌五去了。

吴带福回来一周后，邹新福和徐雪花也回到乔家围子来看乔焕章，只不过邹新福改了名字叫邹新华。

地里的黄豆都收回来了，那天晌午后，乔焕章和伙计乔四、守孝正在院外的场地上赶着马碌碡子轧豆荚，忽听大门口上有人叫他一声："舅舅——"他慢慢转过头来，定睛看清门口站着一男一女两个穿黄军装的人，他一愣。

"舅舅，是我啊，我是福子啊！"看到他迟疑的目光和弯曲的背，邹新华就走上前来拉住了他的手。"这个闺女是……"他的目光还落在门口那个穿黄军装的女子身上。

"她是徐郎中的女儿徐雪花啊。"邹新华贴在他耳边说了一句。

"乔伯伯——"徐雪花涩涩地开口叫了他一声。

十几年不见了，女大十八变，其实乔焕章也猜到了她是谁，只不过看到她叫他心里冒出两个人来，一个是徐郎中，一个是守廉。他眼睛就模糊了。

看到爹神情恍惚，守孝说："爹，叫新福哥和雪花姐进屋去说话吧。"

"哦，哦，孩子们，快进屋去吧……"等人进了院子里，听到了动静，吕凤兰和守仁媳妇、守孝媳妇也都迎了出来。吕凤兰一见到邹新华又抹起了眼泪，问他回家里去看过他娘啦，新华说他回去看过了。"舅母，您身体还好吧？""好，好……"吕凤兰嘴里应着，眼睛却不住地往徐雪花身上看。"伯母，我是雪花啊，您不认得我了？""认得，认得……"吕凤兰嘴上说着，又抹起了眼泪，她一定是由这闺女又想起了守廉，好在守孝在给他俩介绍守仁媳妇和自己媳妇时把话头岔过去了。

到正堂屋里坐下，才听邹新华述说起这些年跑到关内去的经过。卢沟桥事变后，他们先是在北平城内参加了示威游行，日本人占领北平后，他们几个进步学生通过北平地下党组织介绍去山西参加了八路军，在参加八路军时他改了名字叫邹新华。他俩在山西八路军办事处做些文职工作，前不久日本投降后，他俩就被组织调到东北干部团回东北来开展工作，两天前他俩被分配到北满分局哈西地委来。

乔焕章问道："这回来就不走了吧？"

邹新华说，不走了，他要分到县里来工作。因地委女干部少，徐雪花就留在了地委妇女工作部工作。他俩一回来就急着见亲人，于是结伴回来了。

说到这里徐雪花脸色阴沉了一下，插嘴道："乔伯伯，听说俺爹走的时候，是您给他安葬的，他葬在哪儿啦？您带俺去看看。"

"徐郎中的事情你们都听说了？"

邹新华点点头，说："我们回来在哈西地委听说了徐雪花父亲牺牲的经过，这次回来，我们也是想回来看看徐伯父的。"

"那好，我现在就带你们去看徐先生吧。"乔焕章说着站起了身。

说话工夫，守仁也从镇上卖粮回来了。见到表兄和徐雪花自然十分欣喜，他接过管家备的祭品，一同跟他们到墓地去了。

下过两场霜的屯南草甸子上，草叶都衰黄了，湖边高岗子上那两棵老榆树的树叶，也被风扯着零零落落掉了一地，两个坟头上都覆盖了一些半黄的榆树叶，微风中瑟瑟抖动。徐郎中的坟头不太显眼，那坟头前的木牌也是乔焕章几日前刚刚换上的，上面写着：抗日大义者徐泽民先生之墓。

徐雪花一见到木牌就双腿"扑通"一下跪在了地上，任泪水如泉涌般地往下流，说道："爹，女儿回来看您来啦！您走的时候女儿未能来送您，女儿对不起您……可女儿知道您是为抗日牺牲的，您要是知道女儿在关内也是在抗日，您不会怪女儿吧……可爹您走得叫人心疼啊，女儿都听说了，您走得那样凄惨，是女儿不孝啊，连收尸女儿都不能为您做……"说到伤心处，徐雪花泣不成声，差点儿背过气去。

乔焕章说了一句："孩子，给你爹上炷香吧，你爹不希望看见你这么为他流泪。徐先生是含着笑走的，他看到今日倭寇被驱逐出了中国，也一定会含笑九泉的。"

听了乔焕章的话，徐雪花用袖角擦去眼泪，从守仁手里接过祭品，摆在了坟头前，又点上三炷香，跪着磕了三个头，又跪在那里默默烧起纸来。邹新华也蹲下来，同她一起烧起纸来。

给徐郎中上完香、烧完纸，徐雪花又转身走到乔守廉的墓前，也点了三炷香，插在了坟前墓碑下，她喃喃地说道："守廉哥，我回来了，小鬼子投降了，你的血没有白流……"

离开的时候，徐雪花又给乔焕章深深地鞠了一躬，说："乔伯伯，谢谢您替俺把俺爹埋在这里，有守廉哥在这里陪着他，他不会寂寞的。"

邹新华和徐雪花在乔家围子待到晚上，吃过晚饭后，又赶回昌五去了。

41

第一场雪下来的时候，乔焕章接到通知去县里开会。是新县政府成立大会，邀请了县商会、农会和乡绅各界代表人士参加。这天一大早乔焕章起来，叫守仁套好马车，他穿戴好新棉袄、乌拉鞋，戴着一顶圆头棉毡帽出去了。

会场布置在县公署的大礼堂，到了县公署大门外，他叫守仁找个地方拴马车喂马，他走进县公署去。

大礼堂正中的主席台上悬挂着两张人像，在一个身穿黄军装的工作人员的引领下他走到前排坐下，听挨着他身边坐的张耀舟嘴里说，那两张人像一个叫毛泽东，一个叫朱德，都是共产党的领袖人物。

主席台一排桌子后面还没有坐上人，他不想和坐在身边的张耀舟多说什么，听说日本人一投降，他就把维持会会长一职辞了，又摇身一变做起了商会会长来。

正在他左顾右盼之际，有人走到他跟前轻声叫了他一声："舅舅，你来了。"回头，见是邹新华站在了他身边。邹新华身边还站着一位三十七八岁、国字脸、眉毛很重的男人，他披着一件灰色军大衣，在他身后过道上还跟着几个人要往主席台上去。"舅舅，来，我给你介绍一下，这是我们地委的李部长。"乔焕章赶紧站起来，拱了拱手。

这人爽朗地笑着说："我早听新华提起过您，说您是位深明大义的开明乡绅，希望您为新民主主义新中国建设出力。""哪里，哪里，老朽愿意为人民新民主政权效力。"乔焕章彬彬有礼地说。这是他刚刚从会场贴的标语上看到的一句新词。

接着他看到这些人向主席台走去，除了他外甥邹新华，他还看到了一张他熟悉的面孔，就是原来的县长蓬世隆也坐在上面。其他几位干部都是关内来的，李部长刚宣布任命的县委书记韩清华是一位河南人，姓韩的书记表态时操着一口浓重的河南腔。出乎他意料的是蓬世隆又被任命为县长，听他表态时说："敝人蓬某，愿为共产党政府鞠躬效力……"他听到身边的张耀舟带头鼓起了掌，而他把手缩在袄袖里一直没动。他脑子里还在画魂，伪满洲国已经结束了，他这个伪县长怎么还当共产党的县长？

　　会场里有些骚动，大会最后一项，是宣布对罪大恶极的汉奸处决的处决令。这其中就有关五魁、那小胡，他俩被押上台来时，乔焕章看到那小胡蓬头垢面，浑身哆嗦着。听到押到城门外执行枪决时，那小胡的裤管里就流出尿水来……他俩被从过道押出会场时，乔焕章瞅了眼张耀舟，看他脸色都白了，没有了刚才的得意劲。

　　散了会，从县署礼堂走出来，他在大门口前的街上没有看到乔守孝的身影，不知是不是跟先出来的人到城南门去看毙人去了，刚才从那边传来几声枪响。他正犹豫着是不是站在这里等他，忽听有人叫了他一声："乔会长。"他扭过头来，看见一张熟悉的面孔，是正街上的皮货行茂昌商行的老板徐庆昌，这徐庆昌早年在老街基开皮货商行时他就认识，只不过小鬼子来了，他就关了商铺带着家人到关内去了。他是不久前回到县里来的，回来时还到乔家围子去看过乔焕章一回，确切地说他是冲着乔守廉去的。他自称是"国民党肇州县党部书记"，是来转达国民党省党部对乔团长抗日家属慰问的，并给乔家留下一笔抚恤金，说："党国是不会忘记乔团长这样的抗日爱国精英的。"还到守廉的坟头前献上了一个花圈。那次去他穿着一身藏黑色中山装，胸前戴着一枚青天白日的徽章，离开时还对乔焕章说："国军不久后就会来接收东北的，到时候还请乔会长能为

245

党国效力。"如果不是邹新华回来，他还真相信国军会接收东北。

此时徐庆昌穿着一件黑色貂皮大氅，头戴水獭毛帽子、围脖，完全是一副商人打扮。

"乔会长是到县城里来开会?"他压着帽檐问了一句。

乔焕章点点头。

"共产党要分田产了，如果被他们划了地主成分，家产就要被分光的，想必乔会长已听说了吧?"他压低了声音说了一句。

乔焕章听了心一抖，刚才在会场上他已听那个姓韩的县委书记说过，下一步要发动群众进行土改，这土改真的是冲他这样的地主来的?

"乔会长要不到我的皮货行去坐坐，暖和暖和身子。"徐庆昌又说。

"不啦，我得赶回屯子里去……"果然看见乔守孝牵着马随着那些人从城南门那边的街上走过来，他心事重重地走过去。

乔焕章一回到乔家围子，守仁就到他屋来问他:"爹，你去县上开会可见到新华哥了?"

"见到了，他做了共产党的民运部长。"

"还见到了谁?"

"蓬世隆，他还当县长，张耀舟还当商会会长……"

"啥，共产党咋还用这两个人干事呢?"

他没有回守仁的话，他在心里想着别的事，他没有跟守仁说土改的事。他在想这件事才是眼下跟乔家关系最大的事。

果然过了没几天，就听到土改工作队下到别的乡里开展"斗地主，分田地，减租减息"的消息，土改工作的第一阶段批斗的对象都是一些恶霸地主，而像乔焕章这样的开明乡绅还没有找到头上。

这天晚上，乔焕章叫守仁把管家和长工乔四、张水叫到账房屋里，守仁问他:"干啥?"乔焕章说了一句:"分地。"等管家和两个

246

长工来到他房里，他叫管家把地契找出来，把青马湖边上的十亩好田和屯边上的十亩旱田分给乔四。乔四说他不要老爷家的地，他在乔家干了这么多年，不想离开乔家。乔焕章对乔四说："你在乔家干了这么多年，乔家理应不该亏待于你，这十亩好田你留着自己种，那十亩旱田你卖掉，娶一房女人好好过日子吧，你也老大不小了。"乔四就唏嘘哭了。乔焕章又给那新来一年多的长工张水分了十亩旱地。接着给管家分二十亩地时，管家房田禾说什么也不要，还要在乔家当管家。乔焕章就说："你要真为乔家着想，就把这田产收下吧，你没看别的屯子都在闹分田地斗地主吗？你这么多年一直是一个人过，乔家再分一间房子给你。"房管家听乔焕章如此说，就答应收下，不过他闲时还过来帮乔家操持一些家务，反正住得也很近。接着他又把守仁、守孝叫到了跟前，分别给了他俩五十亩田地、两间房子，叫房管家写好房契和地契。

乔家分家产和田地的事，没几日就传了出去。别人不解，只有邹新华明白乔焕章的做法，想乔焕章不愧是读过大书的人，对时势看得入木三分。此时，邹新华是小城子土改工作队的队长，整日为土改分田的事忙得焦头烂额，那些分到田的家户还不敢把田亩的地契揣到腰里焐热，常常是白天拿到地契，晚上又偷偷给被斗地主送回去，因为已有谣传，说共产党待不了多久的。

这日邹新华回家，也动员邹守田像舅舅一样分地。邹守田一听就火了："这是你爷爷留下来的地，你叫我分，除非等我死了。"邹新华就吼他一句："你就等着划成地主成分让人批斗吧。"邹守田抡起烟锅子要打新华，被焕芝过来抱住拦下了。本来多年同家里失去联系的邹新华这次突然回来，还做了共产党的官，让邹守田人前人后炫耀了一阵，没承想他领着一帮穷鬼整天闹腾着分地，还要分自己家的地，这一下父子又闹僵了。邹新华就赌气住在小城子土改工作队的办公室里，邹家屯那个家他也不回去了。

除了土改叫邹新华忙得焦头烂额之外，乡间又闹起了匪患，沉寂了多年的两绺胡子"占天好"和"过江龙"在日本人投降后，又在十里八乡猖獗起来。他们先是出来抢日本丢下的"洋捞"，弹药啊，军大衣啊，这一阵子又进屯来抢从地主家分到农民手里的浮财，什么骡子、马啊，金银首饰啊。

自从新福乡有两名进屯的工作队员一天傍晚半道上被土匪杀死在马爬犁上后，县委韩书记就叫他们工作队员晚上不要进屯了，即使是白天下屯子里去，也要带上县公安大队几名战士跟着。面对这两伙猖獗的土匪，光靠县公安大队是无法消灭他们的，韩书记就请示昌五军分区派部队过来消灭他们，军分区回复暂时还腾不出人手来。

几场雪过后，大地又冻得龟裂了几道口子。这天上午邹新华和几个工作队员围坐在土炕头，一边伸手烤着炕上的火盆，一边商量着为军分区筹集棉花的事。韩书记昨天派人捎信来，地委和军分区不少干部和战士还没有棉衣越冬，叫县里帮助解决部分棉花和布匹。听大伙儿七嘴八舌说着话，邹新华脑子里又想起徐雪花来，他脖子上还围着徐雪花给他织的黑围脖，不知她现在怎么样了，一晃他们快一个月没见面了。寒风呼呼地打在糊着窗纸的窗户上，看来这是一个难以度过的冬天啊！

45

傍天黑时，邹守田从屋里走出来，问伙计邹三福："三福，马都喂好了？"

三福答："老爷，喂好了。"

"多加了黄豆饼没?"

"多加了，老爷。"

"天冷，让牲口们夜里吃饱了。"

"知道了，老爷。"

"把灯熄了吧。"

"嗯哪，老爷。"

一会儿马厩里和下屋里灯光都熄了。

邹守田又冻得哆哆嗦嗦缩回屋里去。火炕让下人烧得滚烫，炕上焐着两个绸缎花被筒。张彩蛾已躺在了一个花被子里，邹守田躺下时，噗地一口吹熄了炕头台上的油灯。

不知是不是炕头太热，让他翻了一会儿身子，他的身子也跟着一阵躁热，听寒风呼呼刮在后窗挡板上，那挡板里头还压着一层棉被，黑暗中挡板上雪粒在沙沙啦啦地响。

"彩蛾……睡了吗?"

彩蛾的被筒里没有回音，只有均匀的呼吸像猫一样细细地发出来，散发着淡淡的胭脂香气，邹守田心里就像伸进去一只猫爪子，一阵痒痒。冬夜长啊!

他窸窸窣窣掀开了彩蛾的被头，把身子压在彩蛾身上，彩蛾被弄醒了，惊讶地叫了一声："老爷——"他的身子立刻就软了下来，那团躁热也被屋子里的凉气吹走了。

"睡吧，睡吧……"邹守田从彩蛾的身子上下来，退回到他的被筒里。他暗自叹息了一声，在心里悲凉地想："老了，老了，真是不中用了。"他和彩蛾好久没有房事了，刚过四十九岁的他突然觉得自己老了，而彩蛾还年轻，二十七八岁正是女人这事旺盛的年纪，况且还没有孩子的拖累。自从有了小新禄后，他再没有叫这个女人肚

249

子鼓起来过，他真的觉得自己不中用了。

下半夜三更时，土匪摸进邹家院子里的时候，邹家上上下下还在酣睡。进来的人都带着一身白白的寒气，像披着一身白毛，里面的人被惊醒后都被堵在各自的屋里，叫躺着别动，醒来的人就在被窝里蒙着头吓得直打哆嗦。正房的门被一脚踢开了，进来的那个头目带着一身的寒气，挥舞着手里的枪筒说："邹家当家的听着，我们只图财，不想害人，快点儿把家里的财宝交出来。"

邹守田浑身筛糠，哆哆嗦嗦地说："马……马在棚里，你们牵走吧，粮食在仓房里……你……你们拿走吧。"

院子里已响起从马厩里牵马和从仓房里搬粮袋子的声音，可屋地里站着的两个人并不走。"说，银圆藏到哪里去了？"邹守田知道是遇到一伙贪心的胡子了，可他还想跟他们磨蹭到天亮，天快亮了，他们是不敢久留的。

"不说是不是，不说就把那个小崽子带走了。"为首的那个胡子头一摆，就听院子里传来小新禄的哭声："爹，娘啊……"九岁的小新禄平时一直跟着大太太焕芝在西屋里睡，这会儿正被两个人从西屋里带出来，身上的棉袄扣还没扣利索。

"我的禄儿——"彩蛾一听到新禄的哭声，就掀开了被头要披头散发冲出去，她的一双白白的奶子都露在红肚兜外面，被邹守田扯被摁住了，"我带你们去找。"邹守田就披衣下了地，一股凉气直抵他的后脊背。

蒙面胡子头向他的二当家一摆头，二当家跟邹守田走出屋去，蒙面的胡子头往外走时，脚步却迟疑了一下，目光久久地盯在炕上的那个花被下……

天亮前这伙胡子离开了邹家，牵着马驮着粮，邹家门前的雪地里留下了一堆乱七八糟的马蹄印，不过到屯头这些人马的脚印都被扫去，不知他们朝哪个方向走去了。

这次土匪把邹家抢了个精光，也大伤了邹家的元气。邹新华闻讯赶回家来，县公安大队的张忠信大队长也带人赶到了。邹守田拉着张忠信的手悲泣愁丧着脸说："张局长，你们政府可得给我做主啊，抓住那些遭天杀的，把我的财产还回来啊！"张忠信看邹新华进院就跟过来说："邹部长，是占天好一伙土匪干的，我已派人出去侦查过了。"

邹守田看他回来，并没有理他。邹新华又到西屋去看母亲，焕芝说她还好，叫他去东屋看看他小妈，她吓得不轻。邹新华就走到东屋去，看张彩蛾搂抱着新禄还在啼哭，新禄也跟他母亲一起哭，这孩子见着新华像不认识似的，特别是对他腰上挎着的盒子枪更是惊恐地躲避着眼神。邹新华没有住脚就出来了。

这个场景突然叫邹新华想起了小时候那次闹匪的事情来。他又想起前些日子劝爹邹守田把田产像舅舅家一样分给长工各家各户，如果分了，邹家也不会这么招胡子惦记了。

他下午还要赶到县里去开会，等张忠信带人勘查完仓房和马厩，就搭坐他们的马车一起回县里了。路上他从张忠信的嘴里了解到，这伙叫占天好的胡子正是当年抢他家的那伙胡子，只不过大当家占天好已不是当年那个天照应陈麻皮了。陈麻皮当年被官府抓到后割了鼻子耳朵眼睛点了天灯，由他长大的儿子陈葱儿手做了大当家。据说陈麻皮这个儿子，是由陈麻皮抢到山上的一个地主小老婆生的，生得白白净净，性格孤僻，不过做起匪事来，比他爹还阴狠。

"邹部长，天照应这伙胡子好像盯上了你家，你要常回家来看看啊。"张忠信盯他一眼说。看来他们父子关系弄僵的事，张忠信已从他爹那儿听说了。

回来后，邹新华听说了爹在伪满洲国时跟这个县伪警察局局长走得挺近，不过他对这个不阴不阳的人并无好感。日本人投降后，他由伪县长蓬世隆作保在县警察局被共产党接收时留了下来，他给日本人做事时，手上并没有血债，而且他还说了三件有利于被共产党信任的事来：一是在抗战之初他曾带着县里的民团去江桥参加保卫战；二是县警局在调查抗日分子邹新华离开家的去向时，他给压了下来；三是他帮助乔焕章偷偷运走了中共龙江工委负责人徐泽民的尸首。后两件事有邹新华的父亲邹守田可以证明，这样上面派张继贤来接任公安局局长一职后，由他做了县公安大队队长，原来县警局的人都接受了改编。

马车轱辘碾轧着雪，在雪地里"咯吱——咯吱——"响着，不一会儿县城就到了。

邹家出了事，屯里人议论纷纷，叫人不由得想起清末年间邹家遭胡子那场灾难来，而且听说还是同一伙胡子，这个胡子头正是当年被官府捉住的陈麻皮的小儿子陈葱儿手，不知是不是对邹家当年报官府捉到老胡子头陈麻皮的报复。

那年胡子来抢劫已叫邹家大伤了元气，惜财如命的老东家邹万灵一病不起，第二年便命赴黄泉了。这次家财洗劫也让邹家大伤了元气，邹守田的小老婆张彩蛾由于受到了惊吓，几日来不吃不喝，人也日渐消瘦了。郎中请到家来瞧了几次也不见好转，要么两眼直勾勾地媚笑看人，要么口吐白沫儿浑身哆嗦着要抽过去的样子。郎中对邹守田摇摇头，太太这种怪病他无能为力了。

屯人又议论起来，这张彩蛾是张扎彩匠的女儿，张扎彩匠是做

252

死人生意的，身上的阴气太重，一定是招惹什么狐仙（狐狸）或黄仙（黄鼠狼）附了体。还有屯里的女人见证说，一看到张彩蛾嫁到邹家来那天，就觉得她眉眼妖娆一副勾男人魂的狐狸精相。不然那年怎么把小城子那个东洋鬼子的教官也给迷住了？

也有屯子里人为这个女人开脱的，说她生的这个儿子不该叫新禄，一定是大太太生的掉井死去的儿子把冤魂附在小新禄身上，向邹家来讨债来了。总之，说什么的都有。当初彩蛾生下这个儿子时，是大太太执意央求守田给孩子取这名字的，说是给她留下个念想，小新禄由她来带。邹守田娶了张彩蛾后，夜夜在她房里过夜，也觉得挺对不起焕芝的，就依了她。到小新禄断奶后，果然就夜夜跟着大妈睡了，到现在小新禄长到九岁了，跟他大妈比跟他亲妈还亲。而开初夜里没有了小新禄在身边，两人只顾乐得鱼水之欢，而忘了这个年纪男人精子的金贵，郎中告诉过他房事不能过勤，如果他还想要子嗣的话。他的身体就这样一点一点被掏空了。等到邹守田发现自己房事不行了时，这一切都晚了。

他娶张彩蛾本来是要为邹家续香火的，难道老天爷真的不让邹家人丁兴旺？

听着屯子里人的议论，邹守田联想到邹家这么多年的变故，他不由得又想起一件事来。那是他和父亲邹万灵刚来这西风口开荒种地的第二年秋天，一天早上下过霜，他先来到草甸子上开地，镐刨到一个草丛中的朽树墩子里，突然眼前闪出一道黄影，吓了他一跳，他定睛看时，只见这个黄影跳到不远处的树墩上，冲他作揖。他认出这个拖着长长尾巴的小脸野兽是狐狸，来东北这疙瘩一年，他领教了冬天的寒冷，而关东人说狐狸皮毛做帽子是最御寒的了，只是听关东人讲，这东西机灵得很，一般猎人很少能打到。他激动地想，爹正愁没有过冬的帽子呢。正这样想时，他一镐抡了过去，黄影痛

253

苦地叫了一声，躲闪了一下不见了。他正纳闷在周围地上寻找时，寻到一个洞口，他把镐把伸进去，一阵猛捣，突然闻到一股臭屁味儿，差点儿把他熏倒。等他捂着鼻子后退了五六步远时，他又看到了那只狐狸，不过它的后腿一瘸一拐的，前爪抱着一只狐狸崽仓皇逃去。他又要抡镐投去，听到身后赶来的爹一声断喝："住手!"他的镐没有投出去，落到了地上。

他和爹扒开那个洞穴口，里面还有一只狐狸崽被他的镐把捅死了。刚才逃走的是一只母狐狸，受了伤后，试图带着它的两个崽一起逃走。

他爹一屁股坐到地上，脸上惊恐悲凉地说了一句："守田，你闯祸了!"

邹万灵又把那个洞穴照原样埋好了，每年八月十五和过年时，他都带着贡品到这里来摆，这片地也没再种什么，任由春夏秋冬地荒着。尽管这样，几年过去，他们再也没有在这片荒草树墩包上见到过那只母狐狸，也没有见到它来过的踪迹。

难道邹家后来这一连串的灾祸都是他当初冒失引起的，胡子进家、爹的死、新禄的掉井而亡……一想到这些，邹守田就不寒而栗了!

爹死时曾执意叫他把自己埋葬在那块荒草土包地里，还叫他在家里摆上供狐仙的供品牌位。前者他遵从父亲的话照着做了，而后者他却没有做。特别是把张彩蛾娶进门，他是真怕邻居知道了说三道四。

"老爷，要不明天去三道岗子找人给二太太跳跳大神。"看当家的愁眉苦脸，大太太焕芝在旁边说。

"去吧，明儿个叫三福挂上马车去请，唉。"

"新福干什么去了，这两天来家了吗?"这个时候他又想起了他

254

的大儿子。

"福儿昨儿个来了，又回镇上去了，他们工作队忙呢……"焕芝小心地说。

"三福把大门闩好喽。"不等天黑他就叮嘱道。

第二日午后，邹三福赶着马车回来了，他把三道岗子的大神、二神请到了。

大神是个黑脸女人，二神是个黄脸女人。两人一进院先没有说话，把各堂屋都看了一遍。小新禄一见那黑脸女人，直往焕芝怀里躲。大神、二神走进东屋来，命邹守田在箱柜上放上个香炉，烧上香。然后又叫病人盘腿坐在炕上，面北背南，头上蒙着一块红方布，双手握着一炷点着的香。接着大神坐在背对病人地上的一把椅子上，闭起目来开始排神，二神则坐在靠门口的一把椅子上，不允许任何人进来。就听大神说道，各路"灵童""报马"听着，速往各处报信，请各位仙家到这里来给妖女子看病。说着她站起身来，绕着柜前的香炉走起来，边走嘴里边唱道："迈开大步走连环，一步三摇三步九转，迈步禅池到燕山，前走四步拜佛祖，后退三步拜神仙，上打三棒震天和地，下打三棒震开鬼门关，震开天门求法术，震开地狱接鬼仙。我要点大报马、二灵童、千里马、顺风耳，看的看，听的听，山崖陡壁把信通。一点胡，二点黄，三要点蟒，四要点长……神仙落座受香火，弟子陪五路宾朋去唠扯唠扯。"大神点了三炷香插到香炉上，之后睁开眼睛回到椅子上坐下，二神递过来一支卷好的纸烟，她鼓嘴几口吸完，喷出浓浓的黄烟雾来。接着二神又递过茶缸来，她接过又鼓着嘴喝了两口，噗地一口吐出来，吐出一截黄茶叶根，露出她两颗黄门牙来。

接着她开始请神，神情肃穆地拿起一只羊皮鼓，用点燃的黄表纸在鼓面上旋围着烤，含口酒，往鼓面上喷，边喷边烤边敲，随后

255

大神口含着酒，慢慢走到病人面前，噗地一口喷到彩蛾的脸上，彩蛾没防备，一激灵，刚要叫出声，大神又一口酒喷到她的脸上，彩蛾的眼就被迷住了，又一口，彩蛾的嘴也呜噜闭上了。大神边紧敲碎点，边在病人头上旋转，待病人神志不清迷糊住时，大神又回转身，点上香，一番"三拜九叩"后，系上神裙、腰铃，戴上神帽，面对神案，双手扶胯，双眼虚闭，嘴里念念有词："一炷信香传天边，请请教主下高山，二炷信香传阴曹地府，请请鬼魅神灵为奴家做主……"二神这会儿过来在大神身后挥舞着神鞭唱道："打打鼓，加加鞭，住士弟子请大仙……"大神渐渐浑身战栗，双臂抖动，张牙舞爪，伸腰弓腿，做狐状或做蛇状，神帽摆动，神裙飞舞。二神报道："神已附体了。"二神唱道："驻军就把庙门开，我把神仙请进来。家住穿堂鼓楼庙，大仙下马报报号。"大神应道："坐不更名，立不改姓，祖祖辈辈胡家兵。"二神又唱道："早知胡大仙来到此，我也该七里接八里送，九里接过马缰绳，远送十里长沙店，近接十里杏花营。"接着问，吸的是什么烟，喝的是什么酒。大神道："吸的是关东亚布力黄叶烟，喝的是关东高粱烧锅酒。"二神道："烟管够抽来，酒管够喝，只要大仙能把奴家小女病治好，奴家年年给大仙立牌位上贡。"

接下来大仙开始讲病因："想必奴家以前得罪过胡大仙，又丧父来又丧子，小女娶到家来又带着阴气，早在家时家里就住着黄家军，七岁时就犯过抽，家里至今还供着黄大仙的牌位，胡大仙和黄大仙本是两路的神仙，只敬黄大仙不敬胡大仙事必有祸端，现在我给她驱驱那些附体的妖气……"大神又转到病人的身前去，浑身抖动着，又是喷酒，又是点黄表纸烧了。忙活了一通，通体大汗淋漓，又口吐白沫儿，两眼翻白起来，眼瞅要摔倒。二神赶忙上前把她扶住，这"病"就治完了。大神依旧闭着眼睛，就听二神唱道："你要走，

256

我不留，一把松开马笼头。你要走，我要送，送你深山归古洞。神鼓一打响连声，教主上马一阵风，你来我接你三通鼓，你走我送你三阵风，神鼓不打住住声，我给你来扇扇风，一扇阴气转，二扇阳气发，三扇弟子转回家。"二神向大神扇了三下风，大神睁开眼睛如梦方醒，伸了下腰，吐了口水，之后坐在椅子上抽烟喝茶，问起刚才神来之事，二神一一答复给她。听毕，大神起身就要抬腿走。此时天已晚，外面黑得不见五指了。大神、二神是不能在病人家过夜的。

邹守田又叫三福套车去送，并将备好的黄烟和两坛烧锅酒给带上，又从仓房里拿出一些冻腊肉给带上。大神说仙家是不吃肉的，二神掂掂也拿在手上了。

马车一阵风从雪地里跑走了。

47

那日大仙走后，张彩蛾捂在炕上通体出了一身汗后，人也缓过秧来，能吃点儿东西了。可是刚好了没几日，一天夜里又犯病了。这天夜里后半夜醒来，忽听她嘴里叫道："……手……手，别……别抓我……"人就又抽过去了。被她惊醒的邹守田赶紧喊人进来，又是掐人中，又是往她脸上喷凉水，她人总算是消停下来。邹守田问她看到了什么，她又痴痴地翻白着眼睛瞅着屋顶不说话。邹守田以为她是做了个噩梦，便没有多想什么。

天亮时，伙计邹三福进来悄悄贴着邹守田耳根说，后窗户墙根发现了两双脚印。听了这话邹守田心里一惊，赶紧和邹三福出去看，果然在后窗墙根下发现两双脚印，这两双脚印一直延伸到后院的土墙根下，显然来人不是走大门而是翻院墙进来的。邹守田想到彩蛾夜里的犯病就惊出了一身冷汗。

吃过早饭，他赶紧打发邹三福去城里找张忠信来家，邹三福走时问要不要去小城子跟大少爷说一声，邹守田摇摇头，不要去跟大少爷说了。

快中午时，张忠信挎着盒子枪带着两名公安战士来到了邹家。张忠信进屋听了邹守田述说的经过，又去后院查看了那两双陌生人的脚印，回屋跟邹守田说，我来单独问一问二太太。邹守田为难地说，只怕她说不出什么来，她受到了惊吓，身体还很虚弱，怕见人。但还是叫张忠信进了西屋，屋里一个女用人正陪着二太太，张忠信叫别人都出去。

坐在炕上的二太太一见他进来，果然眼里露出惊恐的目光，微微地往炕里缩着身子。

"你别怕，我是来保护你的……"张忠信盯着她凌乱的头发遮着的半边面孔轻轻地说。

她稍稍安定下来，目光畏畏缩缩地望着张忠信。

"你知道昨夜是谁来了，对吗？"

她突然急剧地抖动起来，张着嘴半天才发出语无伦次的惊恐声音来："……手……手……我怕，我怕……"她的手在摆动着。

"他是上回来过的胡子头陈葱儿手，对吗？"

一听到这话，她的脸一下子白了，两眼失神地望着他。

"你别怕，他上回来怎么你啦，你跟我说说。"

"手……手……我怕，我怕……我不敢说……"她双手捂起脸来。

"你不说，我就没办法保护你了，他还会来的，对吧？"

张彩蛾一听就被震住了，她惊异的目光瞅着他小声地说："那我跟你说了，你不能告诉老爷……"

"好的，我谁也不告诉。"张忠信又往她跟前的炕边凑近些。

之后，这个女人断继续续向他讲起那天夜里的事情来，虽然有些细节出乎他的想象，可也在他的预料之中。张忠信了解陈葱儿手，了解陈葱儿手的身世，陈葱儿手做出那样的事来也就不奇怪，他只是有点儿好奇，陈葱儿手在那么紧张的情况下，怎么还有闲心做这个。

据这个女人讲，那天夜里在这个胡子头要转身走出房时，脚步却停了下来，回身看着她。他一只手握着枪，一只手握着刀。她看着他向炕沿走来，她以为他要杀她，喊不出声来了，老爷也被人带出去了。她捂着胸口吓晕了过去……不知过了多久她醒来时，只觉得胸前一阵痒痒，两只奶子发胀得厉害，她浑身都在发热，身体酥软控制不住地扭动着。之后就看见有两只细白的手在揉搓着她的奶子，让她动弹不得。直到外边有人喊："大当家的，时辰不早了。"那双蛇一样游动的手才停了下来，之后她听到拱在被子里的那颗人头说了一句："别跟那老东西说，过几日我还会来的，不然我还会要你儿子命的。"

张忠信在伪满洲国时期做警察局局长时曾捉过陈葱儿手，了解过陈葱儿手的底细，知道此人会说到做到的。而且他还了解到陈葱儿手手下的人如果谁下山砸窑时背着他祸害了女人，轻者会被割了命根，重者会被点了天灯。陈葱儿手的生身母亲被抢上山后，在他三岁时跳崖自尽了，陈葱儿手好像天生不近女色，至今还没有谁敢抢个女人给他做压寨夫人。据别的绺子里的胡子说，在陈葱儿手的山寨堂里只供奉着两个牌位，一个是他母亲的，一个是狐仙的。连他的亲爹陈麻皮他都没供。据陈葱儿手底下的胡子说，陈葱儿手的母亲生得一张狐狸脸，尖尖的下巴，细细的眉眼。陈葱儿手自己说敬狐仙是喜欢狐狸的聪明，也希望狐仙保佑他们成事。

张忠信从二太太房里出来，邹守田跟过来问："张局长，彩蛾跟你说啥了没？"

张忠信看他一眼，摇摇头。

"那是什么人昨儿黑进的院？"

"是陈葱儿手。"

邹守田听了头皮一阵发麻，张大嘴惊吓得直吸凉气，半天才说出一句来："上回来不是给过他们银圆、粮食了吗……咋还来？张局长，你可得给我这一家老小做主啊……"

张忠信悄悄贴在他耳边说了几句什么，邹守田才安定下来，连连说："张局长，你可是俺邹家的大恩人了……俺听你的。"

接下来几天，张忠信就成了邹家的常客，他或是到邹家来推牌九，或是到邹家来喝酒，他一般都是下午黄昏时来，吃过饭玩过牌九后，就推开邹家的院门，招呼一声："走啦，邹掌柜。"就听大门"咣当"一声响，接着马爬犁在暗色的雪地里"吱吱呀呀"地走了。

无论玩得多晚，张忠信从不留在邹家过夜。这天喝过酒后，邹守田看张忠信有点儿乏，就对张忠信说："张局长，你过老二那屋，叫老二家的给你点一泡烟解解乏吧。"张忠信也没有推辞，跟邹守田走进东屋去。张忠信以前做警察局局长时也好过这口，邹家他也来抽过。邹守田自把张彩蛾娶到家后，也把她调教得会泡大烟泡了。

烟桌摆上炕，两人脱鞋上了炕，一支烟枪就递过来。这张彩蛾比前些日他来到邹家时的气色要好多了，娇媚地看了他一眼。邹守田说了一句："张局长，你也好长时间没抽这口了。""唔，唔。"张忠信支吾了两声。张彩蛾就挑着一根长火杆把他的烟泡点着了，那葱细的手指触碰了他手指一下，竟让他有种触电的感觉，而那小手也忽地避开了。他猛吸了一口，一股通体的舒坦让他长长地舒了一口气。桌那头的烟枪也点着了。

"你说他还会来吗?"桌那头吐了几口烟圈后说。

"会来,就在这几日吧。"他阴沉着脸说。

桌那头的烟枪抖了几下,险些把烟灯晃灭。一股寒气僵在那张蜡黄的脸上。

"今天是阴历几了?"他问。

"阴历二十七了,再有三天就进腊月了。"桌那头答。

一阵吞云吐雾,又叫两人重新放松下来。邹守田脸上透出不再惊惧的亮光。张忠信呢,他看张彩蛾的人影成了双影,那张脸上的眉眼竟像狐狸的眉眼,他心里明白陈葱儿手为什么会盯上她了。活该这老东西倒霉,娶了这么小的张扎彩匠的闺女来家。

三天后,张忠信来到邹家,跟邹守田说:"我感觉今晚陈葱儿手会来。"邹守田听了身子一哆嗦,张忠信就在他耳边小声说了几句什么。邹守田连连点头。吃过晚饭,离开时,张忠信照例冲院子喊了一声:"邹掌柜,走嘞。"邹守田应了一句:"张局长,您慢走,要过新年了,过两天我备点儿年货叫家人给你送去。"

院子里灯都熄了下来,一个黑影贴着门边悄无声息地又摸进西屋里去。不一会儿,从东屋里结着厚厚的窗花的窗户上,亮出两点时隐时现的烟灯火星来,听里边的女人小声说一句:"老爷,您慢吸,夜长着呢。"之后,再听不到任何动静了。

张忠信一进屋就把盒子枪压在枕头下,任那女人过来给他盖上被子,又点上烟灯,又听那女人也在桌那头蒙上了被子,点上了烟灯。

张忠信的身子渐渐热起来,听那女人发出了猫似的均匀呼吸,张忠信就麻利地钻进了她的被子里。女人猛地一惊醒来,刚要喊,张忠信就捂住了她的嘴:"别喊,叫老爷!"他的另一只手就扯开了

261

女人的灯笼内裤，硬硬地插了进去。女人就一声喊："老爷啊——"身子跟着颤悠了起来。

"砰"的一声，张忠信感觉右耳根一阵发麻，他一骨碌从女人身上滚了下去，从枕头底下迅速抽出枪，"啪"地向后窗户上一甩手，窗户上的玻璃被子弹击穿发出一声脆响，炕上的女人惊叫一声昏厥过去，接着他披上衣服跳了出去。

院子里已经大乱，就听有人喊："胡子来啦——"张忠信一直追到院外，埋伏在屯子口的四名公安战士已经同那两个黑衣人交上了火，张忠信循着枪声追过去，那两个黑衣人已被逼进屯头的一家仓房里，张忠信捂着耳朵和四名公安战士将这家仓房围住，张忠信冲里边喊了一声："陈葱儿手，你跑不掉了，快出来投降。""啪!"一颗子弹从里边射出来，差点儿击中张忠信的头部，他赶紧猫腰和他的手下一阵乱枪往里射击，听里边没动静了，张忠信一脚踹开仓房，一只狐狸正蹲坐在地上拱爪向他作揖，一名队员拉栓开枪，"啪"，子弹却飞到了棚顶上，地上红光一闪，那只狐狸不见了。

地上躺着一具尸体，张忠信认出是陈葱儿手的二当家，仓房棚顶露着一个窟窿，想必陈葱儿手是从房上逃走了。

张忠信当夜赶回县城，去见了县长蓬世隆，蓬世隆瞅了一眼他包扎的耳朵，问他："匪首陈葱儿手抓到了吗?"

"没有，让他给跑了。"张忠信面露难色地说。

蓬世隆本想让他的旧部亲信抓到匪首，他既可以笼络一下本乡本土的共产党干部邹新华，也可以到共产党姓李的部长那里去邀功，看来他又失算了。看着张忠信那只包得像白雪团一样的纱布耳包，他并没有问怎么负的伤。

262

48

　　1946 年元旦，也就是光复后的第一个新年，县长蓬世隆一大早起来，眼皮有点儿跳。他习惯性地往那挂着皇历的阳面墙上瞅了一眼，那上面挂着的伪康德年号的旧皇历已叫人撤下去了，换上一本中华民国三十五年的皇历。院子里落了一地白雪。

　　这几个月来，蓬世隆没有一天睡过好觉，自从日本人投降后，他的心一直悬着。他手上虽没有血债，共产党还让他做了县长，可是早年留学日本早稻田大学的经历和这四年伪满洲国县长的身份，还是让他觉得身上像被烙铁烙上一块抹不去的印迹。

　　蓬世隆是一大早家里来人被用人叫醒的，来人是商会会长张耀舟，他身上的貂皮大衣和水獭毛帽上还落着一层白雪，那张瘦脸上架着副挂着寒雾的金丝眼镜，镜片后面闪着精明的目光。看到他又引起蓬世隆的一丝不快。想起头些日子，他曾叫他们商会募捐点儿猪肉、白面给地委慰问送去，哪知张耀舟竟背着他以县府的名义向县城百姓和小商户们摊派，被那个姓岳的副县长知道了，告诉了韩书记，韩书记狠狠批评了他，说他们是人民政府，不能搞日本人在时那一套。

　　"你有什么事？"他口气冷淡地问。

　　"蓬县长，徐老板从江南回来了，他想见您。"

　　蓬世隆一怔，但脸上依旧很平淡，像没听到什么，嘴里说："今年的新年比往年冷啊，昨晚有些着凉了。"他紧吸了一下鼻子。"这个老狐狸。"张耀舟在心里说。这实际上已经下逐客令了，张耀舟讪讪告辞退出门去，一股寒气在他身后又卷了进来。

蓬世隆穿着睡衣发了一会儿呆，又揉了揉太阳穴，就随手扭开了茶几上那外壳像砖头一样厚的土黄色收音机。这个东洋玩意儿，还是他来肇州县当县长时，江原送给他的。就在四个月前，精通日本话的蓬世隆从这个匣子里听到了裕仁天皇宣读的投降诏书，他听完走进江原的办公室时，看见江原已经在他的办公桌前服毒自尽了，桌上还放着半瓶没有喝完的日本清酒。这几个月来，外边的形势变化，他都是从这个黄匣子里听到的，包括溥仪被苏军押往西伯利亚。

一阵呲呲啦啦的响声过后，他听到了中央社娇滴滴的女播音员的声音："……国军在杜聿明将军的率领下，已在山海关、锦州、沈阳站稳脚跟，收复了东北各大中城市，正在向北满推进……"接着他又把波段调到了延安广播电台，里面呲呲啦啦的声音更刺耳了，不过他还是勉强听到几句，林彪已率部进入东北了，不过进驻到哪里并没有播报。

他关掉了收音机，心绪也因早上这个不速之客的到来，被搅得更加烦乱起来。这东北的天下到底是共产党的还是国民党的？看这阵势，国军的来势似乎更快些。

他心神不宁地吃过早餐，又听院子里扫雪的用人来报："县府有人来找蓬县长。"话音刚落，来人就进来了，是县委的组织部部长邓国志。"邓部长有事吗？""蓬县长，韩书记叫我来的，通知你早上到县政府开会。""哦，哦，知道了，我一会儿就过去。"看着小个子邓国志走出去，他心想，姓韩的找他开什么会呢，一般没要紧的事，韩清华很少过县府这头来。

他草草地吃完了饭，夫人过来给他拿貂皮大衣穿上，他在穿戴完要走出去时，想起什么跟夫人说了一句："你抽空跟香芝说一声，别再跟忠义叽叽闹了，他抽口大烟那也是在监狱时落下的病根，这样传出去影响不好。""我跟香芝说。"夫人应着了。

走在路上，他脑子里还在想他这个连襟李忠义，想他把李忠义从日本人手里救下是救对了。李忠义原是抗联十二支队的参谋长，被日本人抓到后，在哈尔滨日本人监狱里老虎凳、辣椒水、过电什么的都用过了，也没有从他嘴里供出他们的同志。最后日本人考虑到他们抗联在肇州活动过，就押到肇州监狱来。在日本人投降前夕，要处死这些要犯时，是他出面说服他在早稻田大学的同学江原把李忠义保了下来，他跟江原说让李忠义当警察不是变相为皇军效劳嘛。为了止痛，蓬世隆已派人让他在狱里染上了毒瘾，毒瘾发作，蓬又叫人给他送去大烟膏子。这样李忠义也答应了"假投降"，出来后做了伪警察局的一名科长。其实蓬世隆这么做是他早料到伪满洲国长不了啦，而他需要一个护身符。

　　事实证明，蓬世隆这一着棋算计对了，在光复后一个月，他闻知肇东县的伪县长被处决后，就借故到哈尔滨去看病，拉上李忠义一起去哈尔滨探听消息，没想到李忠义通过他在哈尔滨的抗联关系找到了他的老上级，现任北满分局负责人的李兆麟，在马迭尔宾馆里引他与李兆麟见了面。听了李忠义的介绍，说他在伪满洲国时期当县长时手上并没有血债，而且还救过抗联人士，李兆麟就叫他回来继续当县长，叫李忠义回来负责改编接收旧警署工作。蓬世隆一回来就把他的妻妹介绍给李忠义成了家。

　　蓬世隆本来想靠着共产党这棵大树把这个县长当下去，可是这几个月他从收音机里听到的外边形势总是变幻莫测的。一会儿从收音机里听说国民党的中央军要来接收东北，一会儿又听说共产党的林彪部队也过来了，外面的形势飘摇不定，让他有点儿拿不准这共产党靠得住靠不住。正在这时，一个人的出现又打乱了他这理不清的思路，这个人就是茂昌皮货行的老板徐庆昌。

　　那天张耀舟把徐庆昌引来与他见面，他已知道老街基上最大皮货商号的老板是国民党方面的人，从他嘴里听说了国民党大员已从苏联人手里接收了哈尔滨，他就有些沉不住气了，问国军会过江北来吗。徐庆昌说："这是早晚的事，蓬县长还是为自己的后路做些打算吧，你看看关内过来的那些土包子共产党干部在乡下发动那些穷鬼斗地主杀汉奸的，将来真要是让他们坐稳了天下，会放过像您蓬县长这样给日本人做过事的人吗？"听他这样一说，蓬世隆后背有点儿冒汗了。

后来他又叫张忠信去茂昌皮货商行与徐庆昌秘密接触过几次。徐庆昌说国军很快就会开进北满来，叫他们做好准备。蓬世隆心里明白他说的准备是什么意思，是叫他们到时候能控制住县公安大队。

就在蓬世隆心里暗暗盼着国军开进北满的时候，徐庆昌这头却没有了动静。大上个月徐庆昌叫张忠信传话给他，说他过江南去迎接国军一个先遣队的上校过来，可是这一走两个月却没有了音讯。他心里就凉了半截。还有上个月姓韩的找他谈过一次话，好像察觉出了他在听国民党中央社电台的事和前一段与茂昌商行老板频繁接触的事，叫他认清形势，不要辜负了李兆麟将军对他的信任。这次谈话让他警觉了，所以早上张耀舟来家说徐庆昌回来，他表现得十分冷淡，他不想再叫姓韩的抓着他什么把柄。

蓬世隆来到县府的时候，看到关内来的那三个共产党干部正在院子里扫雪，他们三个身上还穿着秋单衣，冻得咝咝哈哈的。那个年纪大一点儿的山西人是副县长岳之平，圆脸的是早上去过他家的邓国志，还有那个身体敦实的黑脸膛汉子是农工部长王耀先。

岳之平一见到他就说："蓬县长，你们关东这疙瘩的冬天这么冷啊，鬼龇牙嘛。"

蓬世隆微微一笑："岳县长扫雪呢。"随后又关切地说："这么冷的天，扫雪有杂役工呢。"

岳之平说："闲着也是闲着，活动一下手脚。"

"真……真不愧是八路的作风啊。"蓬世隆谨慎地选择着字眼说。

二楼小会议室，屋里坐着方脸膛的韩清华和精瘦的县公安局局长章继贤。韩清华嘴上叼着弯肚烟袋锅，屋里罩上了一层旱烟雾。看见他和岳之平进来，韩清华磕了磕烟锅，说了声："我们开会。"蓬世隆这才知道这个会只有他们四个人开。

韩清华一脸严肃地说："根据情报，土匪占天好和过江龙今晚有可能来袭击县政府，破坏我们的新年联欢会。地委指示我们一定要做好警戒保卫工作，不得有任何闪失。叫你们二位县长来也是想听听你们的意见。"蓬世隆这才想起韩清华还兼任县公安局政委。

岳之平说："这可是光复后的第一个新年，不能让土匪的袭击得逞，县城里的老百姓可都在看着我们能不能在这里站稳脚跟，政治意义大于军事意义。"

章继贤说："我怀疑这次土匪来袭击县城，和国民党派过来的人有关，不然土匪怎么敢来袭击我们县政府？前一阵子邹部长他们下乡工作队在丰乐抓到一个窝藏在农民家里的土匪，据这个土匪交代，他们大当家的已和国民党先遣队的人接上了头，没有国民党方面的人指使，谅他们也不敢来打我们县公安大队。"

韩清华听了后说："章局长分析得对，据从哈西军分区传来的情报，国民党先遣队一个白上校过江来了，在肇源江套子里把两伙土匪串联在了一起，成立了反共救国军别动大队，并送给他们一些武器弹药。看这阵势，他们是想在国民党的部队没过北满来，先烧起一把火来，把局势搅乱。蓬县长，你怎么看？"

听韩清华点到自己，蓬世隆心下一惊，刚才他还在心里想着早上张耀舟过他家去说徐庆昌回来了，会不会和这个白上校有关？他略镇定轻咳了一声，说："俗话说兵来将挡，水来土掩，不能让这伙

267

顽匪来袭扰本县城，县公安大队有您和张局长坐镇，谅这些乌合之众也不会把我们怎么样，需要蓬某做的，蓬某一定全力配合。"

韩清华道："那好，刚才我和张局长商量一下，一、三中队负责县府礼堂联欢会现场及县城各主要路段的警戒，四中队负责四个城门的把守，再把二中队从小城子调回来在城门担任警戒，章局长负责坐镇城门的防守指挥，这样没问题吧?"

"放心吧，韩政委，我亲自带着二、四中队在城门内外把守，绝不让土匪窜进城里来。"章继贤口气绝狠地说。他一说话，右腮帮子处还有日本人刺刀捅的一块伤疤在跟着动，带着一股狠劲。

韩清华这才又说："下午地委的李祝三部长也要来我们县里参加联欢会，他也是代表地委来慰问大家的，所以我们一定要确保首长的安全。"

蓬世隆听了忽然心里闪过一个念头，李祝三部长这个时候来仅仅是参加联欢会吗?

一上午，蓬世隆都过得忐忑不安。县政府里的人都在出出进进忙碌着，为晚上的联欢会做着准备，礼堂里已叫人布置得张灯结彩。

下午两点多钟，李部长果然到了，他是坐着一驾马爬犁、带着一名警卫员和通信员吴带福从昌五来的，黑狗皮帽子上挂着厚厚的白雪霜，连腮胡子上也挂着白霜。

韩清华和蓬县长、岳副县长等人站在县府迎接，之后一行人走进县政府楼，李祝三一边往里走，一边爽朗地笑着向蓬县长恭贺新年，并感谢县里给地委送去的猪肉和粉条等慰问品。蓬世隆尴尬地笑了笑，看来韩清华没有向他汇报商会向老百姓摊派的事。

晚上，李部长和大家一起在县府食堂共进晚餐，除了县委和县政府的人，还有邀请来的县里各方面的人士和群众代表。五张圆桌上分别摆着用小盆盛着的四个菜：猪肉炖粉条、酸菜炖冻豆腐、小鸡炖蘑菇和一个盐水煮黄豆。喝的酒是吕家烧锅酒，是下午邹新华从小城子赶回来特意去吕烧锅家买了两坛子带过来的，他知道火车司机出身的李部长爱喝两口这粮食烧锅酒，就为老首长想着了。李部长挨桌给县里的各界代表敬酒，敬完酒后，又回到主桌上坐下了，他瞅了邹新华一眼，又端起酒碗来说："小鬼，什么时候能喝上你和雪花的喜酒哇？"邹新华一听脸就红了。李祝三在山西八路军某团政治处当主任的时候，邹新华和徐雪花曾在他的手下当干事，李祝三参加革命前在哈尔滨铁路上当火车司机，因此对两个小老乡的情况是了解的。他又转向坐在他身边的乔焕章说："新华也老大不小了，你这个当舅舅的不急，我可着急啊！"乔焕章先是一怔，而后嘴里说："首长说的是哩，我这个贤外甥是该成婚了，雪花姑娘也老大不小了。"邹新华这是头一回从舅舅嘴里听见让他和雪花姑娘成亲的话，心里暗喜，嘴上却说："等土改结束吧，眼下土改工作这么忙，我和雪花都没时间考虑这件事。""那就等年后春天土改工作忙乎完了吧。"李祝三说。

乔焕章又不失时机地插了一句："到时还请李首长来给我这个外甥当证婚人。"

"好，到时我一定来给他俩当这个证婚人！"

晚上六点，新年团拜会在县公署大礼堂正式开始，礼堂内点着的嘎斯灯，灯火通亮，礼堂外面由县公安一中队战士全副武装担任警戒，五步一个岗哨。

团拜会由韩清华主持，先由县长蓬世隆讲话，他彬彬有礼地向大家问候新年，言辞恳切地感谢诸位同人对他的信任，使本县在日满政权结束后能平稳地过渡，实乃本县百姓的幸事。接着各界代表也上台讲话，商会会长张耀舟也代表商会讲话，假惺惺地对新县政府极尽恭维之词。

最后由李祝三讲话，他肯定了新县政府四个月来的工作，对蓬县长工作的努力也给予了肯定。接着他话锋一转，宣布了他带来的一个哈西地委的决定，因工作需要，调蓬世隆到哈西地委去，另有任用。县长一职由副县长岳之平接任，县公安大队的李忠义、张忠信上调军分区受训。

这个决定一宣布完，除了韩清华，出乎所有人的意料。蓬世隆刚才还面带笑容鞠躬向人打招呼，这会儿脸上的表情瞬间凝固僵硬住了，不过他很快借着掏出手帕擦鼻子的动作调整了表情。听着台上岳之平在做表态发言，他那侉里侉气的山西话有点儿叫人听不懂，台下有点儿乱，小声说话议论声"嗡嗡"的。

接下来是联欢会，邹新华知道李祝三爱看二人转，还特意把"笑东北"蹦蹦戏班子请来了，一阵堂锣唢呐响过之后，会场安静了下来。看戏时，李祝三特意拉蓬世隆一起坐在了前排的长条凳子上。虽同为东北人，留过洋的蓬世隆对蹦蹦戏并没有多少兴趣。开场由小帽《小拜年》拉开了戏幕，搭戏的是戏班子里的两个男女名角。

蹦蹦戏演到一半时，忽听外边远处传来"砰砰"的枪声，礼堂内顿时大乱，嘎斯灯也熄灭了。岳之平、邹新华等人站在台上向台下喊，叫人不要慌不要乱，都坐在座位上不要动。蓬世隆心里这个时候悻悻地想，土匪这个时候能打进来就好了。过了一会儿，礼堂四周的汽灯被重新点亮，少顷，就见韩清华气喘吁吁地跑进来。他来到李祝三跟前，说了句刚才东城门外一伙土匪从外面偷袭，已被县公安大队打退了。

从听到枪响一直坐在那里没动的李祝三只说了一句："接着看戏。"

会场散时，已是深夜十点钟了，蓬世隆离开时，岳之平问他要不要派两名公安大队的战士护送他回去，蓬世隆说不用，就坐着一辆马车回去了。

到了家门口，蓬世隆从车上下来，走到家门前正要拍门板时，一个人影悄悄贴了上来，拉了下他衣角，他回头一看，见是张耀舟。

"徐老板在家里等着您呢……"

蓬世隆转身跟他上了停在黑暗拐角里的一辆棉帘马车。马车无声地碾着地上的雪走了。

49

李忠义和张忠信第二天傍中午时，被蓬世隆叫人找到家里。他俩脚前脚后走进他家里来，张忠信一进来就叫了一声："蓬县长。"蓬世隆冷色道："我已经不是县长了。"张忠信就讪讪地坐下了。

"你们两个对上边调你们到昌五军分区受训怎么看？"他想上午肯定有人找他俩谈过话，昨晚宣布这个决定时他俩都没有在场。

果然听李忠义说："姐夫，上午那个姓韩的找我谈话了，说是去受训，咋会这么巧，一下子把我们三个调离县城。姐夫，我们不能去，我担心这是他们使的调虎离山计。"

"你呢？"蓬世隆瞅了一眼张忠信。

张忠信道："我一听到这个消息就觉得不是什么好事，一定是姓韩的要清除我们了。忠义说得对，我们不能去，我们一去就会被抓起来的。"

"那我们怎么办？"他不动声色地问。

"不如我们先把他们几个关内的人抓起来，等待国军来接收。"张忠信说。

"你俩都是这么想的？"

271

"姐夫，你就说怎么办吧，俺俩都听你的。"李忠义也说。

蓬世隆这才把昨夜里去徐庆昌那里密谋的事跟他俩说了，徐庆昌跟他说前一阵省党部的人已在省城哈尔滨把李兆麟暗杀了，他在徐庆昌家里还见到了从江南过来的白上校。白上校叫他回来跟他俩商量看看能不能把县公安大队控制住，等昌五来的李祝三一走，他们就把县里派来的这几个共产党干部抓了。

说到这里，蓬世隆问李忠义："那个李祝三什么时候走？"

李忠义说："听说好像四日走。"

"那我们就五日动手。"

李忠义说县公安大队一、二中队没问题，一、二中队都是原来伪警察署改编过来的人，两个中队长都是他和张忠信的人，三、四中队是章继贤来县里后招募过来的人，这两个中队长都听章继贤的。

蓬世隆说："好，等动手的前一天先把章继贤找出来，把他扣起来，看他想不想跟咱们干，如果不干就干掉他……"说到这里，蓬世隆做了一个抹脖子的动作。李忠义和张忠信就明白了。蓬世隆叫他俩回去先把一、二中队稳定住，这两天没事先不要碰面了。

张忠信走后，蓬世隆又把李忠义单独留了下来，叫他找两个可靠的弟兄，把他两家的太太赶车送到哈尔滨去，以防不测。跟外人就说她们姐妹回娘家串门。李忠义点点头说明白。

县城里新年后的两天似乎很平静，元旦那天夜里土匪的闹腾，让街里的百姓一到天黑就早早地关起了商铺门窗。夜里的寒气把狗都冻得懒得叫唤了……天亮时，白霜落在房顶上，瓦片晶莹透亮。

这天早上，住在县城西南角畜产联合会小二楼宿舍的李祝三起来后，叫警卫员去外面打来一盆干净的雪，他搓了一把脸，顿时清爽了许多。他还保留当火车司机时用雪洗脸驱寒的习惯。他昨夜睡得很晚，给地委写了一份肇州县组织机构落实情况的工作汇报。上午他要听取韩清华对县里土改工作情况的汇报，下午他还要听取肇源县委书记刘德明的汇报，吃过早饭，他就叫吴带福去肇源县通知县委刘书记过来了。

临上马时，吴带福问了一句："首长，我们什么时候回地委去？"李祝三说："明天回。"他想了想，又说："小吴，你今天上午从肇源回来顺路回家看看吧，回来县里这几天你还没回过家呢。"吴带福听李部长叫他晚上回来就行，他应着了。

上午韩清华过来汇报工作，谈到进入严冬，农民都进入猫冬季节，别的区乡土改工作队都撤了回来，只有小城子邹新华带的工作队还在那里做第二阶段的土改工作的试点，取得经验后下一步开春再在别的区乡进行借鉴推广。李部长听后说："好啊。"又问他们那里清匪防范工作做得怎样，韩清华说县公安二大队驻扎在小城子，安全没有问题。李部长听了就放心地说："新华是个好苗子，又熟悉这里的乡下情况，应该给他身上加些担子，好好培养。"韩清华明白李祝三的意思，就说："您是他的老首长，您放心吧。"

汇报完工作，韩清华犹犹豫豫说了另一件事，说元旦的第二天有人看见李忠义和张忠信去了蓬世隆的家，昨天又有人看见蓬县长的家眷和李忠义的家眷坐马车回哈尔滨娘家了。

李祝三听了略微沉思了一下，警觉地问："蓬世隆这两天去县府向岳之平交代工作了吗？"韩清华摇摇头，说没有，他说他这两天有些着凉感冒了。李祝三说："等我给他打个电话。"又说："这个时候咱们不要生太重的疑心，以免让国民党方面的人钻了空子。"

韩清华离开下楼时没有看到吴带福，就随口问了一句。李部长说他给小吴半天假，叫他回三道岗子家里看看。看到门口有他调来的两名县大队的战士在站岗，他才稍稍放了心。

中午的时候，蓬世隆接到李祝三的电话，要他晚上过畜产联合小楼一趟，找他谈话，顺便要他把工作和岳县长交接了。接到电话蓬世隆心一怔，不等到天黑，心神不定的他就把李忠义和张忠信找到家中来了。

李忠义一进屋听完就说："姐夫，你不能去，说不定姓李的察觉到了什么。"

"我也是这么想的，把你俩找来商量商量看看怎么办，如果今晚我不过去也许会引起姓李的怀疑的。"

"不如我们提前行动吧，把那姓李的一起抓了。"张忠信目露凶光地说。

"你是说在今晚上……"蓬世隆眼前一亮。

"对，就在今晚。"

"那好，我们先解决章继贤，把县公安大队控制起来。忠义，你出来时章继贤知道吗？"

"不知道。"

"那你一会儿回去，把他约到你家去，就说找他吃饭，把他解决后我们再见机看下一步怎么办。姓岳的和那两个河北人都住在县府宿舍里，到时忠信你带四中队过去抓人，咱们现在就分头行动吧。我一会儿去茂昌皮行一趟，把咱们今晚提前行动的计划告诉徐庆昌和白上校，叫他们到时配合咱们一下。"

李忠义回到县公安局的时候，章继贤刚去城门外查完岗哨回来，李忠义走进他的局长办公室说晚上请他到家里去吃饭。章继贤想也没有多想就答应了。或许两个人都在哈尔滨坐过日本人监狱并成为过同室狱友的缘故吧，章继贤被组织上安排到肇州来当公安局局长，最让他信任的人就是李忠义，作为副手李忠义工作上也的确给了他许多帮助。章继贤单身一人在县里，李忠义以前也找他去家里吃过两回饭。

正是吃晚饭当口，两人从县公安局大院走出来，路过老街基十字街口上一家饭馆，李忠义进去叫了几个菜，叫跑堂的伙计过一会儿给送家去，两人就先回了。章继贤问他："怎么弟妹没在家？"李忠义说："老婆回哈尔滨娘家了，正好咱俩可以好好唠唠，要不过几天俺去昌五军分区受训，就得有日子见不着了。"李忠义一语双关地说。

两个人唑唑哈哈地进了屋，李忠义把屋中间的炉子生起来，提着送菜屉笼来的跑堂伙计也把菜送来了，李忠义就把炕桌摆到炕上，两人也脱鞋上了炕。章继贤见他摆了三副筷子，又问他还有谁，李忠义说是张忠信，咱俩先吃先喝，就给章继贤酒盅里倒满酒。

两个人边喝边等时，就听见门外响起了敲门声，李忠义穿鞋下地去开门。随着一股寒气涌进来，从外面走进三个人来，除了张忠信外，还有蓬世隆和另外一个章继贤不认识的人，章继贤一愣，仍坐在炕上没动身。"忠义啊，你不够意思，你请张局长来家吃饭，也不叫上你姐夫一声，你是不是看你姐夫下台了？"蓬世隆人没进屋声先进了屋，李忠义赶紧说："哪里，哪里，姐夫，看你说的，正好赶上，一起来吧。"

"蓬县长来了，这位是……"章继贤从桌上抬起头来，盯着进屋的那个陌生人。

蓬世隆也盯着他，说："这位是国军先遣队的白上校……"

章继贤一听赶紧去摸他脱在身后枪套里的枪，可是枪早已被张忠信抓在了手里，并把枪口顶在了他脑后。

"忠义？你……你们……"章继贤惊讶地看着李忠义，似乎明白过来什么。

"章局长，对不住了，我们也不想这样，可是老子为共产党卖命这么多年，落着个什么好，这次叫我们到昌五去，就是要收拾我们吧。"

"你们想怎么样？"章继贤想他今晚可能出不去这个屋了。

"章局长，这北满的天下马上是国军的了，如果你跟着我们干，把关内来的那几个共产党抓了，我会保你平安无事前途无量的。如果你不跟我们干，那明年的今天就是你的祭日。"那个白上校手里攥着一把匕首，凶狠地说。

"大哥，咱先不管是国民党还是共产党，咱在东北抗联苦了那么多年，不就是图有一天把日本人打跑了，过上好日子吗？如今打跑了日本人，这好日子才刚刚开了个头，大哥，你连女人都没有娶上呢，就这么死了多不值啊……"李忠义劝道。

屋里的空气瞬间凝固住了，过了一会儿，章继贤低下了头，从嘴里吐出一句："好吧，我跟你们干……"

蓬世隆和白上校商定，李忠义带人去县公安局抓韩清华，章继贤和白上校带人去县畜产联合会小二楼抓李祝三。这边得手后，叫张忠信带人去县府宿舍抓岳之平、邓国志、王耀先他们三个，蓬世隆过茂昌商行那里向徐庆昌报告这里的情况，让徐庆昌叫过江龙和占天好两伙土匪在城外待命，一旦得手就把他们放进城来。安排好后，他们就行动了。

夜里十点钟，李忠义回到县公安局大院，先去找了一中队队长，同他交代了几句，就带着两名公安战士上了楼。韩清华刚刚从县府和岳县长谈完工作回来，进屋脱衣刚要睡，听值班人员打电话进来说李副局长找他。没等他问什么事，门外就响起了敲门声，推开门见李忠义站在门口，说："韩政委，我要走了，想找你谈点儿事。"韩清华恍惚看到他身后跟着两个公安战士，有点儿警觉，刚要一边问什么事，一边去枕头下去摸枪，李忠义已把身上背着的盒子枪掏了出来，"别动！"李忠义冷冷地说。韩清华回过头来，说了句："你果然叛变了。""把他绑起来。"李忠义对跟进来的两个公安战士说，那两个战士不由分说把韩清华反绑了起来。

就在李忠义在县公安局动手将韩清华扣押的同时，章继贤和白上校也带人来到了城西头的县畜产联合会小二楼前，黑影里在楼前听到动静的两个站岗的哨兵问了一声："谁？""是我。"两个哨兵听出是章局长，"章局长，有事吗？""我来查下岗。"两个哨兵看到章继贤身后跟着几个人，正要伸脖细看时，身后被人上来掐住了脖子，没等出声胸口就被捅进了刀子咽了气。

章继贤和几个人影又往小楼里走，刚刚推开门，正碰到吴带福往楼外走，他是晚上挺晚才回来的，想出去喂一下大青马。迎头看见章继贤带人从外面进来，他有点儿吃惊，忙警觉地问："章局长来有什么事吗？""我来查下岗，韩政委叫我带几个人来再增加一下岗哨。"吴带福看了看黑暗中他身后的几个人，觉得神色有点儿不对，就把手摁在盒子枪的枪把上。他还要问什么，章继贤说话了："李部长呢？李部长休息了吗？""还没有呢，正在和肇源来的县委书记谈话呢。"吴带福说。"那你快带我去见李部长，我有要紧的事情向他汇报。"

吴带福转身往楼内走，一把匕首刺在了他的后背上，他拔出盒子枪来，"砰砰"两声沉闷的枪响，身体摇晃了一下倒下去，喊了一声："李部长——"

听到楼下的动静和发闷的枪声，李祝三的警卫员先从楼上房间里跑了出来，李祝三也从房间里探出身来："带福，怎么回事？"

说话间章继贤走进楼里来："李部长，城里进来了土匪，韩政委叫我带人来保护你，刚才是土匪在外面打的黑枪。"章继贤在楼梯下面大声说。李祝三见下面章继贤带着一群人进来就说："章局长，你赶紧带人去打土匪，我这里用不着你带着这么多人来保护。"

"李部长，我看还是需要的吧。"白上校从章继贤身后闪了出来，把手里的枪口对准了上面的李祝三。

"首长，快闪开！"李祝三的警卫员挡在李祝三的身前，下面的枪响了，那个警卫员也中弹倒下了。

"你……你们……"李祝三明白了，楼下的人迅速冲上来，围住了他。

"啪！"从另一个房间里又传来一声枪响，外面的人扑了进去。

眼前的情形叫李祝三意识到章继贤叛变了。听到隔壁刘德明屋里响起的枪声，他后悔因天太晚没有让刘德明赶回去，刘德明跟东北干部团来东北时，河南老家还丢下刚刚新婚三个月的妻子。刚才在谈话时，还问到他妻子的情况，他来东北还没有跟妻子联系过。

白上校叫人把他绑起来时，章继贤不自然地把目光避开了。李祝三盯了他一眼道："没想到在日本监狱都没有叛变的你，现在竟然叛变了。"

凌晨三点钟，坐在茂昌商行里的徐庆昌和蓬世隆也得到县府来人禀报，县府那头的人也得手了。回来的李忠义问他抓到的这些人怎么办。蓬世隆说，先关在监狱里再说。

得手后，蓬世隆就和徐庆昌、白上校聚在茂昌商行里商量下一步怎么办，他们看到今夜的行动如此顺利都很兴奋，特别是抓到了今晚没走的肇源县委书记刘德明，徐庆昌和白上校想到，刘德明在这边被抓，肇源那头一定乱了，索性趁机带人去肇源发动叛乱，上个月他俩在肇源已秘密争取了县大队一个副大队长和驻守肇源城里的一个迫击炮排长。白上校和徐庆昌连夜带着城外过江龙的人过肇源去，这边叫蓬世隆坐镇县里，天亮派张忠信过小城子去，叫在那里的二中队把邹新华和工作队的人也都抓起来。商谋完，他们就分头行动了。

50

县城里一夜之间发生的事，县城和乡下大多数百姓并不知晓，因为到了次日清晨县城又恢复了平静，一切像没发生过一样。只有一个人是例外的，这个人就是乔焕章。

进入腊月这滴水成冰的奇寒日子里，无论是县城还是乡下，百姓都守着自家的火盆躲在家里不愿出屋了。糊得厚厚的窗户纸被雪粒子吹得沙沙啦啦直响，却没有一丝风能透进来，女人盘腿坐在火炕上纳鞋底或缝家里人过年要穿的新棉袄，男人则守在火盆前吸那杆长长的烟袋锅子，偶尔把烟袋锅里的烟灰顺手磕在火盆里，"啪啪"震荡起火盆里一丝轻微的炭火星来，却震不醒炕头或炕梢趴在那里打盹儿的懒猫。这个时候无论外面发生什么事，猫冬的人们也听不到了，也很少关心了，当然了，光复了，日本人跑了，外边也不会有什么大事发生了。

乔焕章这几日就觉得胸口有点儿发闷，可他又说不清这发闷发慌是怎么来的，这种闷得慌的感觉好像那年守廉牺牲在战场上那回他有过，当时也是让他心慌慌过一阵，做什么事情都做不下。

这天一早起来，他问管家："新华有多久没来家啦？"

管家说："邹少爷有日子没有来了。"

"上次他来家时，走的时候说啥了？"

"上次邹少爷来家，走的时候还叫你开春的时候过他家去劝劝他爹，把家里的地分给屯户一些，省得他家被划成地主成分，他这个

279

土改工作队长也脸上无光。外甥像舅，你答应他了，叫他放心，说等暖和的时候过去劝劝他爹来着……"

"不是这句，他还说一句啥来着？"

"他还说等腊八节时过舅舅家这儿来吃黏豆包，喝腊八粥……"

"对，就是这句，昨儿个他咋没有来？"

"兴许是工作忙忘了吧，昨儿个我还告诉张妈特意往腊八粥里多放点儿麦芽糖，你说邹少爷从小喝腊八粥就得意这甜口的。"

"不会的，就是再忙他也会到舅舅家来喝一碗腊八粥的。"

"兴许是回邹家屯姑奶奶家了吧，前些日……"房管家瞅他一眼，轻叹了一口气。

他知道房管家要说的是什么，前些日子邹家闹匪的事他已知道了，头一回被抢后，他还打发守仁给邹家送去了四匹马，这寒冬腊月的，没有马连门也没法出。而第二回家里又进了土匪，是他也没有想到的。从邹家屯传出来的风言说，那个土匪头是冲着张彩蛾去的，他就想起当初邹守田娶这个扎彩匠的女儿他心里就不太赞同，觉得邹守田要娶个庄户人家的女儿做二房也就罢了，娶扎彩匠人家的女儿总觉得身上沾着晦气，果然这女子真给邹家招来了祸事。

自从邹守田娶张彩蛾做了二房后，邹家他就懒得登门了。

过了一会儿，看房管家在院子里套马车，他又想起什么来，问道："你要去小城子给太太抓一服治偏头疼的汤药吗？你去看看他。"

"哎，老爷，我知道了。"

过了晌午，房管家回来了。他和马的身上，都披着一层冒着寒气的白霜。乔焕章听见马车响，就走出屋来，问他："你见到新华了？"

"没有，老爷，俺听人家说土改工作队的人都撤回县城去了。"

"走啦？新华上回来家不是还说他们能待到年后开春吗？"乔焕

章不解道。

第二日是集日，乔焕章叫乔守仁套上马爬犁去县城赶一趟集办点儿年货，顺便让他到县府去一趟，去看看新华，叫他什么时候抽空来家一趟。

可是没等到晌午，乔守仁就赶着马爬犁回来了，马爬犁上装着拉进城去卖的冻葱和黄小米，有一大半没有卖掉。

"咋这么快就回来了呢？"乔焕章问他。

"俺进城去了老街基的集上，赶集的人并不多，站着听那里的人议论说，要打仗了，下午再不出城，等戒严关了城门就出不去了，俺一听也有点儿心慌，也想去找新华哥问个究竟，等俺赶着马爬犁去了县府，县府门口围着许多警察，不让进。俺说找邹部长，他们问哪个邹部长，俺说邹新华啊，又有人问俺是他的什么人，俺说是他表弟。问的人就说他不在这里，俺说在哪里。那人又生硬地说不知道，叫俺快走开。俺只好出来了……"

乔焕章听了心头一紧："县城里要打仗，谁跟谁打？"

"不清楚，听城里的人议论说好像跟江南要过来的大军打。"

"江南要过来的大军？是国军呢，还是共军呢？"乔焕章心里直画魂。

"爹，俺进城还听说了一个情况，蓬世隆还当县长呢！"

"这不对呀，蓬世隆不是要调到昌五去了吗？"新年那天晚上在县府礼堂，他亲耳听到李部长宣布调走的决定，他怎么这会儿还在县里当县长？

乔焕章觉得事情有些严重了，他不知道该向谁打探真实的情况，况且听守仁说县城戒严了天晚了也进不去了，他为新华担着的心突然悬了起来，这个时候他忽然想起一个人来，这就是在县城监狱当狱警的吴带粮，或许能从他那里打探到什么消息。他没等到吃过晚

281

饭，就穿戴好厚厚的棉衣棉帽出门去了，外面阴沉了一下午的天早早黑了起来，还飘起了硬冷的雪粒，他深一脚浅一脚踩着草甸子上的雪窝子朝南屯子走去……

这个西北风刮着雪粒呼呼吼叫的夜晚，注定是一个令人不安的夜晚。县城里的蓬世隆坐在他办公室的皮椅子上，有些焦躁不安，他不时地看一眼墙上的挂钟，此时是夜里九点一刻，他在等待昌五方面传来的消息。

到现在他心里还在后悔听信了徐庆昌和白子清的话，今夜叫县公安大队三个中队跟他们一起去攻打昌五共党的军分区。

本来自从元月四日那天夜里逮捕了李祝三、韩清华之后，把他们秘密关押在县城监狱里，就对外封锁了消息。第二天他叫县府里的那些旧部科、股长该上班上班，对他们只说共产党派来的那几名干部又抽调回去了，他依旧当县长。他是想能拖一天是一天，等待国军的部队过江来。这十多天过去了，县城里倒平安无事。让他高枕无忧的还有肇源县城在徐庆昌、白子清的策动下也叛乱成功，还有北边邻县安达县他那个当过伪县长的同学来信说他们那里也叛乱成功。蓬世隆真的觉得共产党大势已去了。

前天徐庆昌把他们召集到一起开会，宣布了上峰回复的命令，任命蓬世隆为国民党三肇地区接收委员会委员长，将肇州、肇源两个县公安大队和过江龙、占天好两伙土匪武装改编为"国民党东北第六路军第三旅"，白子清任旅长，章继贤任副旅长，李忠义任参谋长，下设六个中队、一个独立炮排（原肇源叛军迫击炮排三十多人）、两个独立连（分别是过江龙和占天好两伙土匪武装），人员已扩大到八百多人。

由于肇源也被他们得手，解决了他们向南去过江与国军会合的后顾之忧，徐庆昌和白子清决定东进，攻打哈西军分区司令部驻地——昌五镇。时间定在今天下午天黑前出发，据得到的情报报告，昌五哈西军分区只有解放军一个独立连二百多人。他们决定调用三个中队、两个独立连加上一个迫击炮排，人数上占绝对的优势。蓬世隆只是担心他们去打昌五，叫江南北上的共军知道了会来支援攻打肇源、肇州两座县城，县城里他们可只各留一个中队守城。白旅长看出了他的担忧，说："放心吧，蓬委员长，我们会速战速决拿下昌五的，到时三肇地界可都是我们的了。"徐庆昌也说："就是我们不打昌五，这会儿昌五的共军知道我们扣押了李祝三，也会来打我们的。"蓬世隆只好听由他们的了。

现在县城里只留下李忠义带着的一个中队守家。天一黑他就告诉李忠义早早关好四个城门，并增加了巡逻的流动岗哨。

徐庆昌在他的住处守着电台，保持着与上面的联系。李忠义一会儿跑到徐庆昌那里去，一会儿又跑到蓬世隆这里来。

时间已是子夜时分了，白子清、章继贤带队伍临走说，他们到达昌五一进攻得手，就火速派人骑马回来报告。从肇州到昌五一百余里地，他们在九点前就该到那里的，如果发动进攻得手，派人骑马回来报信也该在午夜前回来了……时钟在一分一秒地走着，蓬世隆一丝困意也没有。

李忠义又来到县府时，他问："徐庆昌那里有什么消息？"

"他刚接到上峰一封电报，上面叫拂晓前务必拿下昌五，否则……"李忠义犹豫了一下没有说下去。

"否则什么？"

"上峰说，东北共党已知道他们这里的叛乱，东北民主联军一个师正在火速往江南扶余赶，天亮前就会赶到扶余县城，会从扶余过江来的。"

蓬世隆听了一哆嗦，他担心的事情不幸被言中了。李忠义离去后，他心里更加焦虑不安了。

一直到下半夜三点，听到门外走廊上响起了杂乱的脚步声，蓬世隆一下子从沙发上跳起来。门开了，李忠义带着包扎了耳朵的张忠信走了进来，这个样子让他想起半个月前他从邹家屯回来那次，只不过这次他那张血迹斑斑的脸上满是怒气、沮丧和绝望。

"没有得手？"蓬世隆不由得吸了一口冷气问。

"打昌五失败了，唉——他妈拉个巴子，别提了，老子撞见鬼了……"

他们到了昌五以后，白子清叫张忠信和占天好带着人从南城门进攻，白子清和章继贤带着人还有过江龙的人马从东城门进攻。本来和占天好分在一起张忠信就很别扭，这一路上陈葱儿手看他的目光都叫他有点儿发冷，一路上两人都没说话。进攻时，陈葱儿手让张忠信的人马打头阵，他们的人故意在后边磨磨蹭蹭，等张忠信带着进攻的中队人死伤大半时，他们才乌泱乌泱往前冲，张忠信就退在后边指挥。枪声激烈地响了一阵，眼瞅着陈葱儿手的人攻到了城下，就在张忠信以为城门快要攻破时，忽然看见城墙上又冒出一片穿黄衣服的人。他赶紧叫炮排开炮，迫击炮弹又一排排像冰雹一样向城墙砸去，就听到一片哭爹喊娘的叫声。不一会儿，陈葱儿手捂着半边血糊啦的脸骑马跑回来，嘴里痛叫着："谁叫你打的炮，都炸到老子的弟兄了——""可是，城墙上来了共军的援军——""哪里有什么援军？"张忠信再定睛看时，一个穿黄衣服的人影也不见了，倒是东城门响起了激烈的枪声，这边城下倒下死伤的都是他和陈葱儿手的人。"老子让你为死去的弟兄偿命！"陈葱儿手拔出枪来冲张忠信开了一枪，他一躲这颗子弹正击在他右耳朵上，他猫腰赶紧一闪身跳上一匹马跑了。

南门的失利，也叫东城门的进攻难以得手，看天快亮了，白子清只好下令撤了。

说话间，白子清和章继贤也带着被打得七零八落的队伍进了县府大院，白子清一进院就气急败坏地挥着左轮手枪嚷嚷："蓬委员长，都是你的人坏了拿下昌五的好事，我要军法处置，张队长人呢？"张忠信吓得躲在县长室里不敢出来，蓬世隆赶紧迎了出来，赔着笑说："白旅长，大敌当前，息怒，息怒。"蓬世隆向李忠义一使眼色，李忠义赶紧说："徐主任叫你们一回来就过他那儿去，说有紧急事情商量。"白子清一听又骂骂咧咧地和章继贤、李忠义匆忙走了，叫队伍暂时在县府大院子里休息，叫商会的张会长给弄一些吃的来。

过了一袋烟的工夫，徐庆昌和白子清、章继贤、李忠义又回到县府大院，徐庆昌跟蓬世隆说，他刚刚接到上峰的电报，共军的部队已占领了扶余县城，他和白旅长得带着三中队、四中队、迫击炮排和过江龙的独立连赶回肇源去守城，占天好的人昨夜活下来的就剩下十几个了，在回来的半路上陈葱儿手已带着这十几个人离开了他们。这边守城的任务就交给了张副旅长和李参谋长带着的一、二中队。交代完，他们就匆匆走了。

可是刚刚过了午，白子清和徐庆昌骑着马带着一伙不足百人的队伍又狼狈不堪地跑回到肇州县城来，他俩上气不接下气地说："肇源城已被共军攻……攻陷了。"看守不住了，他们只好丢下迫击炮排先撤了出来。"这么快？"蓬世隆听了也大惊失色，赶紧问他们现在该怎么办。肇源县城离肇州县城可只有四十来里地，共产党的军队说打过来就能很快打过来的。"不要慌，共军打过来也得天黑以后，咱们研究一下往哪里撤好。"徐庆昌说。

回到县府小会议室里坐下，白子清展开了一张军用地图，商量后，为转移共军追踪的视线，决定兵分三路往外逃。徐庆昌、白子清、章继贤带人从三道岗子过江往南逃，李忠义带着一部分人往东面逃，而后过江也往南逃，进入国军占领区四平地带。蓬世隆和张忠信带着一中队和过江龙的人往北逃。商量完趁天没黑，徐庆昌和白子清他们先离开县城往南走，之后，李忠义也带着二中队顺着青马湖往东走。李忠义离开时，蓬世隆一再叮嘱他绕道哈尔滨化装进城，一定把他俩的太太接上带到长春去，不能落在共产党的手里。

　　午后阴沉的天空突然飘起鹅毛大雪来，这场大雪叫蓬世隆阴沉的心一亮，也许天助他也。这场雪会阻隔共军追踪的脚步，也会掩埋他们逃去的脚印。他之所以选择向北逃去，是想逃到安达投奔他那个当伪县长的同学，前些日子这个同学还捎信来说叫他在这里站不住脚时到他那里去。临出城时，张忠信问他：“监狱里那几个人怎么办？”他说：“带走。”徐庆昌临走时，叫他把这几个共产党头目就地处决。可他不想这么干，他想留着他们或许还有用。张忠信要带人过去提人时，蓬世隆向他使了个眼色，示意他带过江龙的人过去提人。张忠信心里就明白了，这是让来解救的共军误以为是土匪把他们劫走了，这个障眼法也许会逃过共军追踪他们的视线。

　　过江龙的大当家独眼龙尽管不愿意，还是骂骂咧咧叫人跟他去了。

51

　　黄昏的大雪中，张忠信带着人坐着两辆马车来到县城东北角的监狱大门口，那个尖嘴猴腮姓李的监狱长迎出来，张忠信对他说：“你带他们进去提人，提那七个政治犯。”李监狱长看到马车上跳下

286

来的这伙人有点儿发愣。张忠信又催促了他一句："快点儿，还磨蹭什么？""是，是，这是把他们往哪儿提？"李监狱长又多嘴问了一句。"这你别问了，你带他们过去后，告诉里边的看守，把要提的人每人装进一只麻袋里，就交给他们抬出来，明白吗？""是，是，明白，明白。"李监狱长赶紧点着头。马车上扔下七只麻袋来，跳下来的人捡起来，抖抖落在上面的雪，就跟着李监狱长进去了。

张忠信坐在马车上等着，密集的雪片落了他一身。一会儿，监狱的黑大门边上的小角门开了，听见两个人的脚步声很重地走了出来，走到车前，两个人把抬着的麻袋用力往车上一扔，"嗵"的一声，麻袋重重地砸在车厢板上，车厢板跟着颤悠了一下。张忠信背着身坐在车前没动，哆嗦着手掏出一支老刀牌烟来吸，又听到"嗵"的一声，车厢板又跟着颤悠了一下。雪花落在麻袋上，像把麻袋蒙上了一层白布。

这辆马车三只麻袋装完了，后抬出来的麻袋又往后面的马车上装。

"他妈拉个巴子，死到临头了，还跟老子耍横，你再耍横有什么用啊！"两个土匪骂骂咧咧地抬出一只麻袋。

"你就别跟他一般见识了，你知道吗，听说这个共产党在小城子里当过土改工作队队长，杀了咱好几个弟兄呢。"

张忠信听到手猛地一抖，手里的烟头差点儿掉到地上。他这才想起来邹家的大少爷也在这伙人里。

"老子最恨土改工作队了，等俺剜了他的心肝来下酒。小子，给爷听着，你的活蹦乱跳的肝做下酒菜，爷要定了。"

麻袋被重重地扔上了车。

都装完了，两辆马车就打密密麻麻的雪幕里离开了监狱门口。天色已渐黑了，过来时，蓬世隆告诉过张忠信，让他带着马车到县城北门口会合。刚才耽搁点儿时间，让他心里有点儿着急，他催促头辆马车加快点儿鞭子，马车就抄近路从一条胡同口穿了过去。他们马车从胡同口钻出来时，后面的那辆马车没跟上来，就在这时，一声沉闷的枪响从胡同口后面传来。他一惊，跳下马车刚想跑过去看发生什么事时，后面的马车"嘚嘚"飞快跑过来了。

"怎么回事？"他急问。

"那个死倒不老实，滚下去，叫我舔瓢子了。"那个土匪吹着枪管说。

"就你手快，我本来是要吃他的肝的，这下可好，让你练谷子了。"另一个土匪抱怨地说。

"快走，别啰唆了。"张忠信明白了，是把邹家少爷打死了。现在顾不了那么多了，眼下尽快离开县城才是。

到了县城北门口，蓬世隆已带人等在那里有一会儿了，一见到张忠信颇有点儿紧张地问："怎么才来？刚才的枪声是怎么回事？""刚才在过来的路上，有一个犯人滚到车下去了，被他们开枪打死了。"张忠信贴过来说。"打死的是谁？""是邹新华。""怎么这么不小心呢？"站在一旁的独眼龙听到了，有些不耐烦地说，"死了一个就死了呗，带着也是个累赘，再不走我们都得被共军包了饺子。"隐隐约约从西南方向传来了枪炮声，蓬世隆说了句："撤！"这群人马就冻得哆哆嗦嗦抱着枪朝雪花迷乱的东北方向撤去了，夜幕渐渐隐去了他们慌乱的身影，越下越大的雪也很快埋去了他们杂乱的脚印。

出县城没多久，他们有点儿迷路了。坐在马车棉棚里的蓬世隆这才感到，这场大雪既帮助了他们逃离，又害苦了他们。他们本来想从县城出来想往大同镇方向逃去的，大同镇距肇州县城一百来里，天亮前逃到那里歇下脚，再往安达逃，安达距大同八十里地。

夜幕里这漫天迷乱的雪花渐渐让他们辨不清方向，大路不敢走，

288

屯与屯之间的小路又被雪埋上了，他们也不敢进屯向人家打听，就在这荒野雪地里深一脚浅一脚地向前蹚着。马车还常常陷在雪里，需要人下去推。"呜呜——"像鬼哭狼嚎的西北风刮着狂乱的雪花直往脖颈里钻，不一会儿，狗皮帽子和袄领上就挂上了厚厚的雪霜，脚下举步维艰。从县城出来也没来得及吃晚饭，走了约两个时辰后，人人都又饿又冷，身子直打晃。独眼龙的人哪里吃过这苦头，就开始骂骂咧咧起来，说："国军真不是人揍的，让爷受这份洋罪，还以为跟着蓬县长能吃香的喝辣的呢，没想到跟着出来喝西北风。"

独眼龙看着弟兄们遭罪，就打马走到蓬世隆坐着的马车前，掀开棉帘，冲里面的蓬世隆说，找个屯子叫弟兄们喂喂肠子吧，不然他也不想往前再走了。

坐在棉棚里闭目养神的蓬世隆睁开眼睛看了他一眼，又看了坐在身边的张忠信一眼，问他："这是到哪里了？"张忠信往黑咕隆咚的四下里望了一眼，也说不清这是走到哪里了。独眼龙就说，他派两个弟兄去前面打探一下。蓬世隆就叫他派人去了。

工夫不大，打探的两个弟兄回来了，说前边不出两里地有个屯子，他俩看到屯路口立着个石碑，是邹家屯。一听说是邹家屯，张忠信心里哆嗦了一下，莫非是邹新华那死鬼的冤魂追来了。他本来想阻止进这个屯子，贴在蓬世隆的耳边说，邹新华的爹就是这个屯子的大地主。蓬世隆听了也一怔，可独眼龙已带着他的人先往那个屯拐去了，过了这个屯也不知道前面还有没有屯子，蓬世隆就说："去吧，邹新华不是死了吗，你跟他爹不是很熟吗，进了屯子你就这么跟他说……"蓬世隆就在他耳边耳语了几句，张忠信这才连连点头，觉得蓬世隆真不愧是老谋深算的狐狸。其实他不想进屯还有一个原因，就是他既怕见到又想见到那个女人，自从上次有过那一夜之后，他再也没来过邹家。他不由得伸手摸了摸他耳包里的两只耳朵，那两只耳朵上各用子弹穿了一个洞。这都是陈葱儿手给他留下的纪念。

快到屯边时，独眼龙又打马回过身来，问蓬世隆："这几个死倒还带进屯子去吗？"蓬世隆明白他的意思，带进去容易暴露，他就做了个抹脖子的动作。独眼龙就明白了，叫人把六只麻袋抬到屯西边的一个大雪坑里，看来这是屯里取土抹墙挖的大坑。坑底已盖上了厚厚的雪，麻袋一推下去就深陷在雪层里了，就听几把刀子扑扑刺进麻袋里，响声从静静的坑底传上来。等他们上来，蓬世隆又问了一句："都解决了？""都解决了。""用没用雪埋上？""埋了。"蓬世隆就觉得独眼龙活儿做得干净。

"那好，也委屈你和弟兄们一下，等进了屯我们得把你们绑起来，跟屯里的那个大户人家说，我们是剿匪路过这里的，叫他们给我们弄些吃的，你看行吗？"

"没事，只要是能喂饱肚皮，叫俺咋的都行。"

"那好，忠信，我们进屯，你就照我刚才说的跟邹家人说。"

"嗯，嗯。"张忠信点点头。

一行人就摸黑进了屯子，等进了屯子，才听到屯子里"汪汪……"传来两声狗叫，一时间打破了睡梦中的宁静。屯中邹家的大门被拍响了，里面传出问话声："谁呀？""县公安大队的。""哦，是张队长啊。"门从里面打开了，这些人就悄悄进了院子。

屯里大多数人家还在睡梦中，并没有人家敢推门来看这队深夜进屯的人马。一个时辰后，又听到狗叫声，就知道进屯来的人又离开了……

52

第二天拂晓，雪停了。天刚亮，邹守田就听伙计邹三福慌慌张张跑进来报，说在屯西头的大坑里发现了六具尸体。是屯子里张光棍发现的，他一早起来想上谁家的柴火垛偷点儿烧柴，走到西大坑下，看见一群乌鸦在坑底下盘旋，他以为是土匪抢的浮财（冻死的猪和鸡）埋在了坑底下，就下去扒开看了，不料扒开麻袋后大吃一惊，里面装的是冻僵的死人，就吓得连滚带爬跑上来，回屯见人向人讲了。

邹三福也和屯子里几个胆大的人跑去看了，果然六只麻袋里装着六个死人。

"你看见有昨夜里到过咱家的人吗？"

"没，没有……"

邹守田心里就有些慌起来，想起昨儿个半夜里的事有点儿蹊跷，张忠信说他们是剿匪路过这里来他家讨口吃的，他就叫家里人起来给他们弄吃的。张忠信还把县长介绍给他，弄得他有些诚惶诚恐的。邹守田向张忠信问起邹新华来，张忠信说新华在县里挺好的。他当时就觉得他的眼神不对。冻饺子出锅，大家正在屋里吃着时，忽听东屋里传出二太太的惊叫声，张忠信跟他跑过去一看，见东屋里那个土匪头子正滚到炕上去扯二太太裹着头的被子。这个独眼龙刚才还反绑着手和几个土匪被关在仓房里，这会儿手上的绳子不知怎么解开了，蹿进二太太的屋子里来，他一边向炕上扑去，一边嘴里还说："陈葱儿手看上的女人让老子也尝尝什么味道。"二太太惊叫一声又犯病了，她眉眼挤成一团发出痴痴的浪笑，露出被子的两个白白的奶子在惊慌颤动。邹守田都不忍去看，赶紧上去用被子裹住了她裸露的胸部。独眼龙正要把邹守田一脚踢开，张忠信上去"啪、啪"抽了独眼龙两个大嘴巴，独眼龙刚要发作，蓬世隆也进来了："大胆，把这个土匪头子带走！"上来两个人把他绑走了。"老子……"他刚要喊什么，嘴巴也被人用毛巾堵上了。

"邹屯长，让您和您的太太受惊了，是我们没有看押好。"夜里走时，这个县长还彬彬有礼地对邹守田道了歉。

邹守田心里正犯着疑惑，又忽听外面伙计进来报，说有一队大军进屯来了。邹守田又是一惊，赶紧穿戴好迎出门去。

说话间，一队穿黄军装的人已站在他家大门口了。一个戴着狗皮帽子、上身穿着白羊皮袄的人站在队伍前头，这个胡腮上挂着厚厚白霜的面孔有点儿面熟。

"守田，你不认识我了？"

他一愣怔，认出这人是高满堂来："满堂，你，你们这是——"

"我给大军当向导，昨晚解放了咱们县城，正追击逃跑的敌人，路过你们屯子，昨夜你有没有看到过有人从你们屯子走过去？"

看邹守田有些犹豫，高满堂给他介绍身后一个穿棉大衣、腰间别着小手枪的军官："守田，这是从俺们山东老家过来的民主联军的杨师长。"

姓杨的师长冲他点点头，说："老乡，你不要害怕，我们民主联军是过来保护你们的。听说你还是干部家属，把你看到的跟我们说说。"

"昨夜里张……张忠信和蓬县长他们来过了，他们说是剿匪路过这里。"

高满堂一听就急忙追问："那他们人呢？"

"半夜里就走了。"

高满堂迅速回身和这个长官小声嘀咕了几句什么，又回过身来问道："那你看没看到他们进屯时，带的麻袋里捆着的六个人?"

　　一听到这样问，邹守田和伙计都一哆嗦，赶紧说："刚才有人在屯西边的大坑里发现了六具装在麻袋里的尸体。"

　　"啊，在哪里，快带我们去看看——"一听他这样说，那个杨长官就沉不住气了，催促他们快点儿带他到屯西头去看。

　　这队人由邹守田和伙计带着，急急向屯西头奔去。一到了屯西头大坑里，那个杨师长就和他的警卫员蹚着雪先走了下去，等他扒开一只麻袋后，顿了一下，失声叫道："老李，我们来晚了啊——"

　　原来这杨国忠师长和李祝三在山西八路军部队里就认识，那时杨国忠是团长，李祝三是政委。后来杨国忠随罗荣桓部开赴山东，李祝三则留在了山西八路军办事处。东北光复后李祝三随东北干部团先来了东北，杨国忠所在的师半个月前接到命令紧急从山东调往东北加入林彪的东北民主联军部队，进入东北后他们一路向北开拔，避开大城市，抢先占领北满各县城。等他们进入吉林境内时，才听说肇州县的县长叛变，逮捕了我党几名干部，在逮捕的名单中他看到了他在关内的老战友李祝三的名字，他就再也坐不住了，向东北民主联军司令部请示，率部前往解救。前天在解放扶余县城时，找到一名过江带路的向导，一名老乡听说他们是从山东过来的，要过江去解放肇州，就主动给他们当起了向导。昨天上午他们解放了肇源县城，留下一个团在城里打扫战场，他带领另两个团天黑时赶到了肇州县城，进城后才发现蓬世隆和白子清已从城里逃走了，赶到监狱里才知关押在这里的我党七名干部也被带走了。在一个胡同口，他们救下了被敌人击伤了腿部和腹部的一名县里干部，向导高满堂认出他是邹新华，等他苏醒后，从他嘴里得知，敌人一部分向南逃去了，一部分向北逃去了。他命令一个团向南追击，他亲带一个团向北追来，可是他们还是来晚了一步。

邹守田从高满堂嘴里得知新华负伤了，而且还是被张忠信和蓬县长他们这伙人叛变后害的，一时悲愤交加，忙问："新华伤得重不重？现在怎么样了？在哪里？"高满堂告诉他，杨师长已派人将他安置在县城医院，已经脱离了生命危险。

"这真是作孽啊……他们害了我的儿子，还跑到我家里来吃饭。张忠信，你这个拉白屎的白眼狼不得好死。"随后他说出昨夜吃饭时听他们说好像要往大同去。

杨师长随后命令团长带人往大同追击，他和高满堂带着留下的一个排护送李祝三等六人的遗体回县城。他还叫邹守田去屯子里找来六口棺材，乔焕芝知道是杨师长的大军救了自己的儿子，把为自己准备的装老的棺材也捐献出来了。其他几口屯人备老的棺材，杨师长都叫排长给付了钱。

邹守田和乔焕芝也坐着马车跟杨师长、高满堂一道回县城，他们急着去看负伤在医院的邹新华。家里这头，他出门时叮嘱管家和张妈，让他们照顾好昨夜受到惊吓的二太太，这一夜发生的事情叫邹守田脑子里乱糟糟的理不清个头绪。

等他们赶到县医院时，乔焕章和乔守仁父子两个已经在病房里了，邹新华腿部和腹部缠着厚厚的纱布躺在病床上。乔焕章是早上听跑回去的吴带粮说了邹新华的情况后，才赶到医院来的。这几天县城发生的事他也是今天才知道。那天晚上他去八万爷家并没有见到吴带粮，吴有顺说吴带粮已有好几天没回家了，他也挺着急担心的。吴带粮今早回去后说，自从那天夜里监狱关押了这几个政治犯后，监狱长就下令不叫他们回家了。而且上边还不告诉他们都是谁，把他们关押在最里边两间死囚犯小黑屋里，加了双岗，吃饭都由监狱派人专门送进来。放风时也不叫他们几个出来。一天，吴带粮听到从里边传出邹新华的喊话，他这才知道邹少爷也被关进来了。邹新华是这样喊的："……蓬世隆，你这个见风使舵的伪县长，别以为国军会过来，你就投靠国民党，你不会有好下场的！还有张忠信，你这个伪警察局局长，你跟着蓬世隆跑，也不会得好下场的……"昨天夜里进城的大军把监狱长抓了起来，把他们这些狱警也关在一间屋子里给他们训话了一番，就释放他们回家了。

乔焕章见到推门进来的邹守田、乔焕芝和后面跟着的高满堂，十分惊喜。看守田、焕芝围到病床前去看新华的伤势，乔焕章和高满堂拉着手走到走廊长椅上坐下，乔焕章急急地问道："你怎么在这时候回来了？你这些年都在哪里啦？"

高满堂向他讲了这些年在外边的情况，那年他和黄太太从他这里走后，回四平老家也怕暴露身份，就在扶余乡下隐姓埋名过起了日子，乡下日子虽然苦点儿，可还过得下去。看看日本人要完蛋了，这两年他们又搬到了扶余县城里来住，仗着高满堂有一身的力气，给人拉黄包车，一家四口人还能糊口。他和黄太太也有了自己的孩子。前几天夜里听说城里要打仗，黄太太不叫他出车了，可他想多跑几趟活儿，好一家人过个宽松年，就又偷着出车了，不料想这天天没黑城门就戒严了，他拉着一个进城来抓药的掌柜，被堵在了东城门洞里。就听外边向里边打炮，他告诉那掌柜下车和他一起趴在车底下，别怕。等炮声停了，城门口上保安队的人都跑了，他再看车下，那个掌柜的也不见了踪影。这时就听城门外有人隔着门缝在喊话："老乡，给我们开开城门。"他本想拉车跑掉，可是喊话的声音叫他很耳熟："老乡，别怕，我们是山东过来的八路军，是来解放你们的。"一听这话，高满堂就站住了脚，他毕竟是当过兵的人，也知道八路是打鬼子的共产党的部队，就去把城门打开了。外面的部队呼啦一下都进来了，为首的一个连长拉着他的手一个劲儿道着谢，听他的口音，这个连长问他老家是哪里的，他说是山东黄县高家庄的。那人就攥住他的手不动，高兴地说："嘿，咱们真是老乡呢。"正好他们部队的长官需要找一个向导，这个连长就带他去见了首长，听说要往北边来打肇州，他就带他们过江了……

"咱焕芝妹妹这些年还好吧……"高满堂往病房里看了一眼，自从早上到现在从邹家屯回来，他还没有单独和乔焕芝说会儿话，不过看她可比头些年老多了。

"唉……"乔焕章轻轻地叹了一口气，这个时候他也不能细说啥，转而对高满堂说："要不你跟我回家看看吧，你嫂子这几年还常叨咕你。"

高满堂说："不了，我一会儿还得跟部队的人走，如果大军没什么事，我想尽快回江南去，出来几天了，孩子他娘也该担心我了，我给大军当向导走得急，出来也没来得及告诉她一声。"

"那好，那俺就不留你了，满堂，等日子太平了，你和她娘儿几个搬过来住吧，反正你在那头也没什么人，不知怎的，岁数大了挺想咱哥儿俩能在跟前唠唠嗑儿的……"

53

几天以后，杨国忠的部队撤出肇州县城后，哈西地委派人来县里成立了临时工作委员会，决定由哈西地委组织部副部长刘明义任县委书记，军分区副参谋长袁明任县公安局局长，邹新华任代理县长。

杨国忠部队撤走之前，县里为那天夜里在邹家屯被杀害的六名同志举行了隆重的公祭悼念活动，县政府大院搭起了灵棚，装殓的六口棺材依次排开摆放在灵棚里，由哈西军分区派出的一个警卫班战士持枪肃立在棺木前为烈士守灵。每日里都有县里各界代表前来吊唁。那送来的花圈、挽联从县府一直摆放到大街上……

停灵五日后，举行了有一千多人参加的军民追悼大会，会场设在摆放六口棺木的灵棚前县府大院子里，追悼大会由杨国忠主持，刘明义致悼词，松江省主席于毅夫也特意发来了唁电。凛冽的寒风中，邹新华也由徐雪花搀扶着从医院赶来了……

追悼大会后，六口棺材起灵送到县城西北角的墓地安葬。第一口李祝三的棺木由杨国忠和刘明义在前面抬着头杠，棺木前由师军乐队吹奏着低缓的《国际歌》……棺木后，杨殿甲带着杨小班在后面吹打着哀乐，县城的百姓都自发地加入到送葬的队伍中……

下葬后，在六烈士的墓地前立起了一块高大的石碑，石碑的正面由松江省主席于毅夫题写的碑名：六烈士纪念碑。石碑的背面写的是"六烈士永志"的碑文，凄冷的寒风吹着阴沉天空中飘下的雪花，落在肃立在碑前的人们的脸上，也落在石匠刚刚刻完的碑文上："……宝塔巍巍冲霄汉，光辉永照松江畔……宝塔饱饭紧相连，烈士精神千万年。"

低沉的哀乐过后，有三个人最后离开墓地，这就是杨国忠师长和被徐雪花搀扶着的邹新华。杨国忠把一瓶白酒倒洒在李祝三的墓碑前，沉痛地告别说："老伙计，我不会让你的血白流的，我一定要为你报仇。"他郑重地敬了个军礼后离开了。

邹新华由徐雪花搀扶着走到李祝三的墓碑前，他身体还很虚弱，他弯下腰说："老首长，从关内到关外，您是看着我们进步的，您不是答应过给我们做证婚人的吗？您怎么就这么走了呢，我们的喜酒你都没有喝呢……"说着他们两人都已泣不成声。

两个月后，向南逃去的白子清、李忠义和向北逃去的独眼龙被杨国忠的部队抓到了，在县里召开了公审大会后，押到六烈士墓地前执行了枪决。

　　而向北逃去的蓬世隆和张忠信却没有抓到。据独眼龙交代，那天夜里他们从邹家屯逃出来之后，是往大同去了。可是半道上蓬世隆却改道了，不向大同去了，他担心共军天亮就会追到这里，他想直接向安达逃。又冻又累再加上在邹家屯为那个女人独眼龙吃的那个哑巴亏，他恼羞成怒，于是和蓬世隆、张忠信他们分道扬镳，带着他的弟兄向大同方向逃去。可是没走多久他们就迷路了，他们遭遇了"鬼打墙"，转了半天又转悠到一片坟地里。这样独眼龙不由得想起他碰的那个女人据传言是狐狸精变的，他赶紧叫二当家找个冲东南方向的树窝烧烧纸，嘴里叨咕叨咕。可是二当家在一个树根下哆嗦着手点了几次火都没有点着，正要再点时，眼前的坟地里突然冒出一团红光，二当家和弟兄们吓得"妈呀"一声，趴在雪地里不敢动了。独眼龙下了马，挨个儿踢他们起来，叫他们赶快离开这里。他们慌慌张张没走多大一会儿就被追来的民主联军那个团包了饺子，他们想开枪时，那枪栓都被冻住了。独眼龙就认栽了，他悔不该替蓬世隆杀了那六个人，这是那死去的冤魂来追他索命了，他以前杀人是从不碰女人的，而头天夜里是鬼迷心窍让他忍不住去碰那个女人的……

　　又几个月后，草甸子上的草绿了的时候，张忠信暴尸在草甸子上，被人发现了。据后来找到的他手下的弟兄讲，老谋深算的蓬世隆最终还是抛弃了他们。蓬世隆觉得他们这么多人在一起逃目标太大，就在快到安达在一个小屯歇脚时，打发张忠信带人到前边探探路，他在这只有三户人家的小屯歇歇脚。可是等他们回到屯子里蓬世隆歇脚的这户人家时，蓬世隆却不见了身影。他还幻想着蓬世隆是等不及了，自己往安达走了，就带人向刚才探过的路往安达方向追。可是这时天已黑了，白天探过的路又不对了，走了没多久，他们就迷路在这片草甸子里，前不着村后不着店的。张忠信又急又怕，正在他一筹莫展时，忽听黑暗中传来一个声音："张忠信，你的死期到了。"话音刚落，一阵"嘚嘚"的马蹄声由远及近地踏来。几个蒙着脸的黑影像一阵旋风掠过，手起刀落，张忠信和另外三四个弟兄的脑袋就滚落到草甸子上，张忠信脖口的血喷得雪地一片血红……那把日本军刀在掠去张忠信的脑壳时，持刀人还说了一句话，张忠信手下活着的弟兄后来想起来那句是："我替我冤死的弟兄索命来了。"这就叫张忠信的弟兄想到这一夜来追杀砍死张忠信的人一定是陈葱儿手。

一年后，陈葱儿手被抓到了，他也证实了那天夜里在羊草谷野甸子上张忠信是被他杀害的。问他为什么杀张忠信时，陈葱儿手说是为在攻打昌五时冤死的弟兄报仇。对于那天夜里城墙上为什么会出现让张忠信看着眼花的"黄衣兵"，则说法不一，有人说是张忠信霸占了张彩蛾的身子，沾了那女人的妖气，那女人行妖来报复张忠信的；还有人说是陈葱儿手一直烧香拜狐仙，得罪了黄大仙（黄鼠狼），黄大仙就伺机来报复陈葱儿手。真实的说法是，第二天昌五镇里面的百姓在南城墙底下，发现了两窝被炮弹炸毁的黄鼠狼洞，想必那天夜里是两窝大黄鼠狼带着黄鼠狼崽从城墙上走过，去逃命的。

从这天夜里以后，昌五镇百姓人家的鸡丢失的少了，还有镇上人家的大闺女小媳妇犯抽病的也少了。从打这以后，镇上倒有许多百姓偷偷供起了黄大仙的牌位。

且说在捉到陈葱儿手，要枪毙他时，政府问他有什么要求，陈葱儿手说："抓你们共产党的大官李祝三我也参加了，要舔瓢子就在邹家屯西大坑舔吧，也算冤有头债有主了。"政府同意了他的要求，

299

就把他绑到邹家屯西大坑毙了。陈葱儿手临刑前又要了一碗酒，喝完一甩脑袋冲天高声喊："爹，还是新政府好啊，送咱上西天，一没割鼻子割耳朵，二不浑身浇油点天灯，给咱留个囫囵个全尸不说，还给咱酒喝，我死得比你痛快啊！娘啊，俺下辈子投胎一定去找你，你在那边等着小手啊！"

西大坑以前每年总是干旱，自打死了人之后，每到夏季都蓄满了水。屯里的大人不叫自家孩子到坑边玩，说那水底下有勾人的死鬼。小孩不相信，总是偷偷背着大人去坑边玩摔泥泡儿。可是有一年西大坑终于有人掉进去淹死了，坑边再也没有人敢去玩了。

这掉下去的不是别人，正是邹家的二太太张彩蛾。自打那年腊月里受到了惊吓，张彩蛾就彻底疯了，每天疯疯癫癫地往出跑，手里摇着一个白手绢，站在屯口上，不知等谁。新禄大了，有时看见他娘站在屯口傻傻地摇手绢，就会把她往家里拉。

后来邹守田也叫焕芝看着她不叫她出屋，邹守田这一阵正被贫协会的人找去谈话，说新社会了，不允许男人娶两个老婆，让他休掉一个。邹守田想休二太太，可是看她疯癫癫的样子，送回张扎彩匠家张扎彩匠肯定不干。邹守田就犯愁地一天一天拖着，贫协会的人也不再催他，知道他是县长的爹，也不好催他。

这日午后，又是屯子里的张光棍在西大坑水面发现了漂着的张彩蛾，张光棍足足盯了那发胀的身子有五分钟。张彩蛾长发飘散，那媚眼笑眯眯地闭着。张光棍就心里说了句："日怪，真是个美人坏子，可惜了。"就跳下去捞那软软的胀胀的身子，这也是张光棍第一次抱着女人的身子，他的身体酥酥的、麻麻的、颤颤的，半晌才想起喊人来。

得知张彩蛾死了，屯子里人又联想起许多事情来，联想起光复那年冬夜六个死去的冤魂，也联想起陈葱儿手为什么要来西大坑死了，联想起邹守田在娶张彩蛾那年抬轿进屯时没有绕过西大坑，张光棍还证实那轿子在西大坑边还颠了一下，颠露出一张秀气的脸来。

只有邹守田在给张彩蛾办过丧事之后，松松地吐出了一口气。这下他也不用休第二个老婆了。因为张彩蛾是横死，不能进邹家的祖坟，邹守田就找人在西大坑边上挖了坟坑，草草埋了了事。

54

春去春又回，青马湖两岸的耕地化冻以后，屯民们又开始了新一年的忙碌。和往年不同的是，那些从前没有自己土地的人家现在有了自己的土地，脸上挂着舒心的笑容，往地里撒种子也格外仔细，就连赶牲口的鞭子也是轻轻地挥动着，那牛和马也是分给自己的呀。

这天上午，风和日丽，乔焕章牵着一头耕牛从家里走出来，向湖边那十亩耕地走去，那头耕牛老得和他的步子一样缓慢了。

来到了田里，他给耕牛套上犁，扶着犁把耕了起来。不过，干了一会儿，他就和耕牛一起停在地头歇息了，他从口袋里掏出烟袋锅点了，吧嗒了一口，对牛说："咱俩都老了。"低头在地头上啃着刚冒出芽的青嫩草的耕牛目光怜悯地望了乔焕章一眼，这一眼就望得乔焕章心里酸溜溜的，说不清啥滋味。

"好了，好了，你啃够了没有，咱俩还得干活儿啊。"

乔焕章又牵起牛在地里走了起来，不一会儿，他额头就渗出黄明明的汗珠来。他停下扶犁的手，擦擦汗。这空静的土地静得有些叫他发慌，往年和伙计与守仁、守孝他们在一起，说说笑笑一点儿也不觉得空得慌。可是现在连守仁、守孝都分出田去自己单种了。把地给他们分出去单种时，他们说什么也不同意，乔焕章说："你们要想你爹不被划成地主拉出去批斗，就听你爹的。"他们这才无话可说了。

"喂，伙计，你再也不是当年那个能干的小山东了……"一个人影远远地从草甸子上移过来，他认出是包八万爷来。他也老了，长长的胡子全白了，他牵着那匹大青马走过来，看到大青马让他心里一抖，不由得想起吴站丁的儿子吴带福来。吴带福出事的那天夜里，姓白的上校叫人把吴带福的尸体用大青马偷偷驮着拉到荒郊野外埋了，之后就把大青马收留了。他们的人去攻打昌五时，大青马挣脱了缰绳半路跑了回来。包八万爷一看到大青马就知道带福出事了，第二天由大青马引着找到了埋带福的郊外，把带福的尸体驮了回来。县城一出事，这才知道带福是被他们杀害的。带福的尸体驮回来后，和他母亲的尸体埋在了一块儿。本来安葬六烈士时，县里军管会也要把吴带福的尸体按烈士安葬在县烈士陵园，是吴有顺没有同意。他说生前没有把她娘儿俩领回老家去，死后就让他守在他们娘儿俩跟前吧。站丁吴有顺也老得再没有力气走回关内去了。

老青马走到地头乔守廉的坟墓前垂了一会儿头，又独自走到湖边上去。老青马半天也不眨一下它长长的眼睛，它立在那儿像个哲人，谁也猜不透它有什么心思。

"八万爷，你牧场上的活计也干不动了吧，要不把带粮叫回来帮帮你。"

"带粮不是他哥，他不喜欢草场上的营生。"

"那他还在县城里当差，还在监狱里干那个狱警?"

"他爹想让他当个邮差，可他也不同意，这个木头。"

两个人说了一会儿话，乔焕章又扶起了犁把："驾，驾……喔，喔。"吆喝起耕牛又走进了地里。包八万爷和大青马也慢慢地离开了湖边。

不知什么时候，湖那边又移过来两个人影。来的人走近了，叫了一声："舅舅。"乔焕章才猛然抬起头来，看到走近前来的两个人是邹新华和徐雪花。

　　"哦，新华，你们两个咋来啦?"

　　"舅舅，我们俩回来看看守廉哥和徐伯伯。"邹新华说。

　　"嗯嗯……去吧。"他心里动了一下，不知为什么，没有陪他俩过去。

　　他坐在地头上，看他俩走过去，先在徐郎中的坟头前垂了一会儿头，说了些什么没有听清。然后两人又走到守廉坟前，垂头站了一会儿，说了些什么他也没听清。他现在耳朵有些背了。

　　过了一会儿，他俩走过来。乔焕章瞅着他俩说："等一会儿跟我回家去，晌午叫你舅妈给你俩烙葱花油饼吃，这可是你小时候最爱吃的。"

　　邹新华笑笑，说："好，我也好久没有吃舅妈烙的葱花饼了。守仁、守孝他俩呢?"

　　乔焕章说："我没有叫他俩来，这地里的活儿我还做得动，活动活动筋骨。"乔焕章本来想说："你们共产党不是宣传要自食其力吗?"咽下了这句话没有去说。说这干啥，他每年不都是跟着下地来耕田的吗?

　　邹新华不由分说挽起了袖子，对乔焕章说："舅舅，来，我来干一会儿。"

　　乔焕章一时有些慌乱，说："新华，不急，不急，先回屯吧，也要到晌午了。"

　　可是邹新华已挽起了黄干部服袖子走进地里扶起了犁，乔焕章只好由着他在前头牵起了牛。边耕边听新华说道，徐雪花也从地委女工部调到县里来当副县长了，今后他俩就常在一起了……乔焕章

303

正恍惚地想着心事的时候，忽听一阵马蹄声由远及近地踏来，从马背上跳下一个年轻人，冲地里干活儿的邹新华说："邹县长，刘书记叫我来通知您和徐副县长回去开会。"邹新华就停了犁，对乔焕章笑笑，说："舅舅，晌午不能回去吃舅母的葱花饼了。"

之后，他们两个人就走了。乔焕章站在地里从后面瞅了一会儿，他还愣怔地想着自个儿的心事，刚才手牵着手走去的那对人影，让他恍惚看见是守廉和徐姑娘在一起的背影，他摇摇头就觉得是自个儿眼花了。

阳光依旧温和地照着地里的这个老人和他的耕牛，老牛抬起目光来望了望他，牛望见主人的眼角滚出两颗湿漉漉的泪来。他蹲下身去，攥起两把刚翻起的泥土，站起身来朝地头那两个坟头走过去。他先来到守廉的坟前，把一把泥土放在了他坟头上，嘴里说："廉儿，新华都当县长了，要是你活着，是不是也该当县长了……"这话说过之后，他又摇了摇头，现在是共产党的天下，就是廉儿活着也未必能当上县长。县城里头两年发生的那场你死我活的国共两党的争斗还历历在目。据说县长蓬世隆至今仍下落不明，有人说他跟着从沈阳撤出东北的国民党军逃到台湾去了，还有人说他跟着安达那个伪县长同学逃到日本去了。共产党始终没有抓到他。

他又来到徐郎中的坟头前，喃喃地说："徐先生，你闺女都当副县长了，你没白死啊……"他把手里另一捧黑土压在他的坟头上，风吹得坟头刚绿的青草摇动着，他仿佛又看到徐先生吊在城门上的那颗头颅和嘴角凝固的笑纹。

始终站在地里的耕牛望着它的主人又缓慢地朝青马湖边走下去，这个驼得很厉害的背影叫它看出，他分明老了。炙热的阳光照着这个衰老的背影，在湖边一点一点矮了下去。耕牛把犁杖拖到地头，它匍匐下身去，卧在那里慢慢嚼着伸到嘴边的青草，嚼着细碎的阳光，也磨嚼着它自己的满腹心事……

多宁静的晌午啊，那个孤独地坐在湖边的老人身影一动不动，仿佛睡着了一样。他也仿佛把一生的力气都用光了，他要歇一歇了。眼前的湖水，轻轻地推动着波浪，这一层层无声的波浪，叫他想起十九岁那年秋天他带着妹妹从山东老龙口出来见过的海面，焕芝是头一回见到大海，在甲板上兴奋地喊叫着，不过回到下边的末等舱里，她就吐得翻江倒海了，幸亏有高满堂和他轮流照顾她一夜。这个安静的湖面，又让他想起二十一岁那年春天他和焕芝从江南刚刚走到江北来，那个平静的江面就咔嚓嚓开裂了，那时他就想他和妹妹再也不会又过江又过海回山东老家去了。一晃，四十多年就这么过去了，在关东这疙瘩他们经历了清末、民国、伪满洲国……这么多的乱时候他都经历了，剩下的事情就是到死他也会和守廉、徐郎中一样，把这把老骨头埋在那边的土丘上。

一阵轰响打破湖边和地头的宁静，老人和牛都抬眼望去，在那湖南边的岸上跑过来一辆马车，那急驰的马车渐渐地近了，叫他认出那赶车的老人身影来。"是满堂——"他的眉毛抖动了两下，站起身来。除了高满堂，车上还坐着一个女人和两个孩子，一个已经长成半大小伙子了，一个才几岁。

"嗻嗻——"那马蹄声叩在地上，透着一种叫他心颤的兴奋。

"老伙计，你跑了一辈子的脚，总算回来歇歇了。"

他身体里又陡增了些力气，朝那辆越来越近的马车高声喊道，并迎了过去……

春风和着马蹄声，朝他，朝乔家围子跑来。

图书在版编目(CIP)数据

青马湖 / 王鸿达著. — 北京：中国文史出版社，
2020.2

（中国专业作家小说典藏文库·王鸿达卷）

ISBN 978 - 7 - 5205 - 1419 - 4

Ⅰ. ①青… Ⅱ. ①王… Ⅲ. ①长篇小说 - 中国 - 当代
Ⅳ. ①I247.5

中国版本图书馆 CIP 数据核字(2019)第 245048 号

责任编辑：卢祥秋

出版发行：**中国文史出版社**

社　　址：北京市海淀区西八里庄 69 号院　邮编：100142

电　　话：010 - 81136606　81136602　81136603（发行部）

传　　真：010 - 81136655

印　　装：廊坊市海涛印刷有限公司

经　　销：全国新华书店

开　　本：720×1020　1/16

印　　张：19.5　　　字数：235 千字

版　　次：2020 年 2 月第 1 版

印　　次：2020 年 2 月第 1 次印刷

定　　价：63.00 元